JN126811

三人の女

二〇世紀の春 下

チョ・ソニ
梁澄子 訳
佐藤優 解説

ajuma books

三人の女

二〇世紀の春

下

三人の女 二〇世紀の春

チョ・ソニ著

세 여자 SE YEOJA 1,2 by Cho Sunhee

Original Korean edition published in Korea by Hankyoreh En Company

Japanese translation edition is published by Ajuma Books, Japan
Arranged with Hankyoreh En Company, Korea through Bestun Korea Agency

This book is published with the support of
the Literature Translation Institute of Korea (LTI Korea).

ニューヨーク
サンフランシスコ
ハワイ

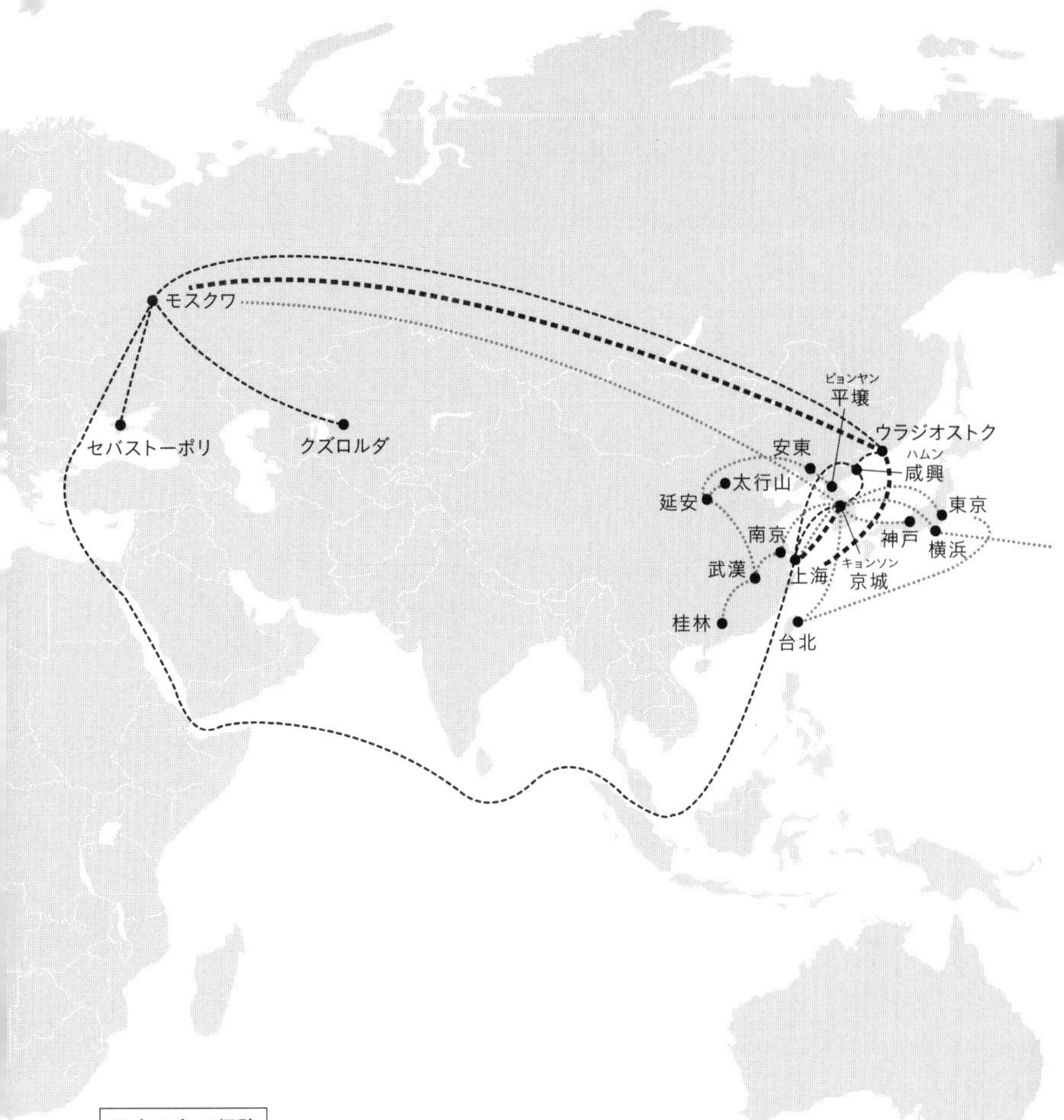

モスクワ
セバストーポリ
クズロルダ
平壌（ピョンヤン）
ウラジオストク
安東
咸興（ハムン）
太行山
延安
東京
南京
神戸
横浜
武漢
上海
京城（キョンソン）
桂林
台北

三人の女の行路

朱世竹（チュ・セジュク）

咸興（ハムン）（1901）—上海（1920）—京城（キョンソン）—ウラジオストク（1928）—モスクワ（1928）—上海（1932）—モスクワ（1934）—クズロルダ（1938）—モスクワ（1953）

許貞淑（ホ・ジョンスク）

京城（1902）—神戸（1918）—京城—上海（1920）—京城—モスクワ（1923）—京城—ニューヨーク（1926）—京城—台北（1933）—南京（1936）—武漢（1938）—延安（1939）—太行山（1939）—延安（1944）—平壌（ピョンヤン）（1945～1991）

高明子（コ・ミョンジャ）

京城（1904）—モスクワ（1926）—京城（1929～1950）

三人の女
二〇世紀の春
下巻　目次

＊本文中、（　）内は原注、〔　〕内は訳注です。
＊朝鮮／韓国の人名、地名、学校名は原語読みでルビを振りました。
＊干支、また中国の人名および地名は日本語読みでルビを振りました。
＊「支那事変」等、現在では用いられない表現についても当時の呼び方のまま記載しています。

主な登場人物

許貞淑（ホ・ジョンスク）　「三人の女」のひとり。延安で中国共産党の抗日義勇軍（八路軍）に加わる。

朱世竹（チュ・セジュク）　「三人の女」のひとり。ソ連で二番目の夫金丹冶（キム・ダニャ）が処刑され、家族として流刑地クズロルダへ。

高明子（コ・ミョンジャ）　「三人の女」のひとり。朝鮮共産党の活動で逮捕、拷問を受け転向書にサインし釈放された。

朴憲永（パク・ホニョン）　朱世竹の夫。共産党活動で逮捕、保釈され亡命するも再び逮捕され懲役六年の刑を受けた。

金丹冶（キム・ダニャ）（**金泰淵**（キム・テヨン））　高明子の恋人、のち朱世竹の夫。モスクワで日帝スパイの容疑により処刑される。

崔昌益（チェ・チャンイク）　貞淑の三番目の夫。貞淑とともに延安で中国共産党の抗日義勇軍に加わる。

朴熙道（パク・ヒド）　親日雑誌『東洋之光』社長。

金漢卿（キム・ハンギョン）　『東洋之光』編集部長。

呂運亨（ヨ・ウニョン）（**夢陽**（モンヤン））　独立運動家。元朝鮮中央日報社長。かつて上海で共産党運動にも関わった。

金元鳳（キム・ウォンボン）　朝鮮義勇隊大将。国民党の下で抗日闘争を続ける。元義烈団団長。

尹世胄（ユン・セジュ）　金元鳳の最側近で義兄弟。抗日義勇軍に合流。

尹公欽（ユン・ゴンフム）　元義烈団員で二等飛行士。抗日義勇軍に合流。

陳光華（チン・グァンファ）　抗日義勇軍宣伝部長。

金枓奉（キム・ドゥボン）　ハングル学者。抗日義勇軍に合流。

武亭（ム・ジョン）　抗日義勇軍。大長征でも活躍した中国軍事委員会の一員。

金命時（キム・ミョンシ）　共産党活動で逮捕、出所後中国にわたり遊撃隊として活動。

鄭栢（チョン・ベク）　建国準備委員会組織部長。解放前には転向書にサインしていた。

安在鴻（アン・ジェホン）（**民世**（ミンセ））　建国準備委員会副委員長。『朝鮮上古史鑑』著者。

朴一禹（パク・イル）　延安の朝鮮革命軍政学校教官。

丁七星（チョン・チルソン）　全国婦女総同盟副委員長。元妓生。

金九（キム・グ）**（白凡**（ペクポム）**）**　独立運動家で民族主義者。反共産主義。解放後、中国から朝鮮に戻り米軍政に歓迎される。

許憲（ホ・ホン）　許貞淑の父。元弁護士。解放後、朴憲永、呂運亨とともに民主主義民族戦線を結成。

ビビアンナ・パク　モイセーエフ民族舞踊団員。朱世竹と朴憲永の娘。

韓雪野（ハン・ソリャ）　小説家。金日成の偶像化に寄与。

方学世（パン・ハクセ）　金日成の側近。ソ連出身。

尹東鳴（ユン・ドンミョン）　高明子の夫。勤労人民党の中央委員。

崔承喜（チェ・スンヒ）　舞踊家。解放後夫安漠（アン・マク）とともに平壌へ。崔承喜舞踊研究所を開く。

蔡奎衡（チェ・ギュヒョン）　貞淑の四番目の夫。最高検察所の副所長。ソ連出身。

本文レイアウト
梶原結実＋金丸未波

本文DTP
NOAH

校正
鷗来堂

編集／カバーデザイン
大島史子

11.

一幕の長い白昼夢

1939年 京城

梅雨が始まっていた。朝方少し雨を降らせた空から雨雲が消えると、すぐに炎天になった。焼けるように蒸し暑い日だった。高明子（コ・ミョンジャ）は部屋の戸を開け放して本を読んでいたが、首筋に流れる汗を洗い流そうと庭に出た。井戸端で大家のおばさんが砧（きぬた）をパンパンと打ちつけながら洗濯していた。明子は井戸から水を汲み上げて首と腕にかけた。深くて暗い井戸から汲み上げられた水は、山奥の渓谷の水のようにひんやりしていた。そのとき、正午のサイレンが鳴った。

大家は砧を投げ捨てて立ち上がり、両手を下っ腹のあたりに重ねて頭（こうべ）をたれた。砧は虚空を舞い、花壇の縁にぶつかって転がった。そっと置いてもよさそうなものだが、あえて投げ捨てた彼女の本音が透けて見えた。「国民精神総動員朝鮮連盟京城（キョンソン）府傘下西大門（ソデムン）町支部愛国班班員」として、一糸乱れぬ行動で他の模範にならんとする心構えを明子に誇示しようとしているのだ。

大家は、明子がいったい全体どんな考えを持って生きているのか理解できなかった。昔から女というものは優秀な二世を産み立派な国民として育てること、それこそが良妻賢母として国と社会に寄与することではないか。なのに、いい年をした女が一人暮らしをしながら本なんか読んでいる。女が結婚もしないで子どもも産まないことほど不忠なことはない。大家が頭をたれたままぶつぶつと文句を言った。

「私のような女は四人家族の家事をして、旦那の店にお昼ご飯を運んで、連盟の活動までして、身体が一〇個あっても足りないくらいなのに……」

サイレンが鳴る間、大家のおばさんは長々と黙禱した。明子はそっと洗面器の水を捨てて、つっかけの音が鳴らないように静かに部屋に入った。しばらくして、外から大家の声が聞こえた。

「中にいるかね？」

戸を開けると大家が縁側に座ってビラを一枚差し出した。彼女は字が読めない。

「それ、ちょっと読んでみてちょうだい」
ビラは国民精神総動員朝鮮連盟京城支部が支那事変二周年を迎えて配布した行動指針だった。今日は七月七日。支那事変、つまり日中戦争勃発からちょうど二年になる日だ。「七月七日を記憶せよ」という題で始まるビラを明子は声を出して読んだ。

感慨無量な七月七日！　新東亜建設の聖業は徐々に完成の目標に近づいている。斯(か)くして興亜大業の意義を再認識し内鮮一体の覚悟を決める上で国民精神を総動員すべきときだ。今や事変二周年を迎えて時局認識の徹底化と東洋新秩序建設に邁進する覚悟をさらに固めんとする。以下七項目を各愛国班長は住民に格別に注意させ履行すること。

一　各家で国旗を掲揚すること。

二　午前八時には朝鮮神宮で紀元祭をとりおこなう。各愛国班長は班員五名以上を連れて参加すること。

三　正午には各自のいる場所にて戦没将兵の永眠を祈り、出征将兵の武運長久を祈願して昭和一三年七月七日に御下に賜はりし勅語を奉読すること。

四　午後五時に天候の善し悪しにかかわらず京城運動場で開かれる支那事変二周年、連盟創立一周年記念大会に全員参加のこと。

五　困苦欠乏に耐える精神を涵養(かんよう)するため各家庭で一菜主義を実行し、弁当も握り飯にすること。

六　皇軍の辛苦を思い酒や煙草は禁ずること。食堂で昼を食べる場合には一五銭程度のものにすること。

七　自粛自誡の気持で歌舞音曲は一切禁ずること。

「五時から大会だっていうんで、みんな見物に行くって大騒ぎだよ。飛行機も飛ばして戦争の示範をやるそうだよ」

内容を知っていながらわざと明子にビラを読ませたのだ。

「後で京城運動場に一緒に行かんかね？　うちの末っ子も高等普通学校が終わって帰って来たら一緒に行くんだけど」

末っ子の話のところで大音量になる。末息子は彼女の希望だった。「高等普通学校に通ううちの息子だよ！」と言いたい気持から、彼女はよく末息子と一緒に外出した。長男は小学校を中退して大工の父親の助手になり、嫁に行った娘二人は母親同様、学校の門前にも行ったことがない。夫は長男と一緒に小さな木工所をやりながら、自分でこの家も建てたのだから自力で成功したと言える。

「今日は約束があるんです」

「あらま、そりゃ残念だね。それじゃあ後で私と一緒に連盟に行ってみないかね？　前戦に送る慰問袋をつくるのに人手が足りんでねえ」

「今日は市内で用事があるんです」

がっかりした大家はすっかり落ち込んで踵を返した。閉まった障子戸の外から、大家が井戸端で皿を洗っているのか、米をといでいるのか、しゃっしゃっという音が聞こえてくる。いつになくラジオのボリュームが大きい。明子はなんだか不安になって服を着替えた。午後五時の約束だが、少し早めに出て本屋で本を見て手芸店にも寄ろうと思った。

鍾路（チョンノ）のキリスト教青年会館前の通りは、昔も今も若者たちで賑わっている。明子は青年会館の入り口に立って男を待っていた。以前は丸一日を過ごした鍾路通りだが、今では行き交う人々の中に見知った顔はいない。明子は青春の一時代が、自分の堂々としていた肩をかわして通り過ぎていってしまったことを実感した。

木の板を肩にしばりつけた飴売りがハサミをカチカチさせながら通りすぎた後、道の向かい側からだぶだぶの背広を着た青年がビラをまきながら歩いて来た。ビラは通行人に拾われたり、道ばたに落ちて踏まれたりしていた。明子の胸は早鐘（はやがね）を打つように高鳴り全身が熱くほてってきた。青年は今すぐ巡査が駆けつけたとしても裏通りに逃げたりは絶対にしないといった決然とした表情をしていた。明子はふと一〇年前に京仁線（キョンイン）の中で「被圧迫労農大衆は決起せよ」と叫んだ男の顔を思いだした。青年が通り過ぎた後で腰を曲げて注意深くビラを一枚拾い上げた。

「三・一万歳は拭いがたい歴史の汚点だ！　——支那事変二周年を迎える我々の心構え」

題名からして面食らった。ざっと目を通してみると、己未（きび）年の独立万歳運動は恥ずかしいことで、今からでも過ちを反省し、我々の兄であり師匠でもある日本人に許しを請わねばならない、今後、骨の髄まで天皇の臣民、模範的な日本人になれるよう努力しなければならないという内容だった。

男は約束時間を二〇分ほど過ぎたときにあらわれた。学校から早歩きで来たようで、額に汗がじっとりとにじんでいた。彼は安国洞（アングクトン）にある女子高等普通学校の教員だった。二人は鍾路裏通りの冷麺屋に入った。

「今日は家にいればよかったわ。さっき黄金町に行ったら踏み殺されそうになっちゃったわ。神社参拝に行く人なのかしら。南山（ナムサン）から降りてくる人とこれから行く人と、もうきりがないくらい押して押されて大変だったわ」

「僕も少し前に黄金町を通りましたよ。神社参拝だけじゃなくて支那事変二周年だからってあっちこっちで行事をしてるから」

二人は冷麺を注文した。価格表を見ると一五銭だ。

「総動員連盟で一五銭までのものを食べるようにって言ってるのよ。ぴったりね」

「はは、もっと高いものを注文したら大変なことになってましたね。僕はしばらく超緊縮をしなけりゃならないんですよ。学校で先生たちの月給の五割を一律差し引いて支那事変の国債を買ってしまったから。そろそろ夏休みだからまだよかったけど。家に閉じこもって本だけ読んでればいいですからね。下宿代を出したらデート資金もほとんど残りませんよ」

男は注文をした後でやっと一息つきながら手拭いで顔の汗をふいた。

「僕も今、龍山（ヨンサン）の朝鮮軍司令部から来たところなんです。午前の記念式が終わって、子どもたちと慰問袋をつくって慰問の手紙を書いて入れてから、ほとんどの先生たちは戦死者家族を慰問しに行って、僕たちは慰問袋と国防献金を渡すために朝鮮軍司令部に行ったんです。締め切りの時間になったら列がすごく長くなって、明子さんが待ってると思ったらめちゃくちゃ焦りましたよ」

彼に出会ったのは明子が西大門に台所つき一間の家を借りて間もないころのことだった。監獄暮らしをし両親を失った後、明子は鬱（うつ）状態だった。彼と初めて会ったのは、彼女がよく行っていた仁寺洞（インサドン）の書店だった。書店の主人が紹介してくれたのだ。彼は妻を亡くし、子ども二人を田舎の両親に預けていた。彼も日本留学時代に共産主義に傾倒したが、人生を賭ける冒険はしなかった。彼は一目で好感が持てるようなタイプではなかったが、何回か会ううちに楽になり、情もわいてきた。明子にも誰かが切実に必要なときだった。古い本を読んでいてページの間から乾いたツツジの花びらを発見したような感じとでも言おうか。過ぎし春から配達されてきたこの花びらは、枯葉舞う寂寞の中にいる彼女にとって、いくらかの慰めになった。彼は明子と結婚したがっていた。

冷麺屋を出たとき、あたりが騒がしかった。探照灯が暗い空をかき回す中、戦闘機が飛んでいた。大家のおばさんは今ごろどこかで末息子と一緒にこのスペクタクルを観覧しているのだろう。二人は映画でも見ようと団成社に向かった。劇場の前は閑散としており、扉に案内文が貼られていた。

「支那事変記念日を迎えて自粛自戒の趣旨で休館します」

二人は団成社を後にした。

「映画を見るご身分ではないってことかな。今日はだめそうですね」

事変前は植民地の民でも、平凡で日常的な生活をすることができた。しかし今、朝鮮人は銃を取っていないだけで、毎日毎日戦争をしていた。二人は電車に乗って西大門に行き、男は明子を家の前まで送って帰って行った。大家の一家はまだ帰っていない様子で、母屋は静かだった。

明子は縁側に上がって部屋に入り、ぶらぶらと揺れる電球のスイッチを入れた。小さな部屋が明るくなって、服や布団が目に入った。みすぼらしい暮らしだった。モスクワ共産大学時代の丹冶（ダニャ）との暮らしは、質素ではあったがみすぼらしくはなかった。また、刑務所では一日三回小窓から入れられる豆飯を食べて過ごしたが、寂しくはなかった。監獄の外に、そして他の房にいる同志たちと、細いながらも強い絆でつながっていたから。しかし転向書にサインしたことで、同志と組織と信念、それらすべてから絶縁され、父まで亡くなって家族もバラバラになった。毎月兄嫁に生活費をもらいに行くのが嫌で、刺繍をして手芸店に売る仕事を始めた。鍾路の手芸店の女は、明子が刺繍作品を持って行くたびに唾が渇くくらいほめちぎった。

「お客さんたちも今じゃあなたの刺繡をすぐに見抜くのよ。奥さまたちはお目も高いし、好みもうるさいから。あなたの刺繡は華やかながらも気品があるって大人気よ。どこで習ったのかしら？　普通学校の家庭科の時間に習った腕前とは思えないけど」

明子は答える代わりにほほえんだ。「華やかながらも気品がある」、母が常々口にした言葉だ。母は明子が普通学校に入る前から刺繡を教えた。やわらかく小さな指に何度も針が刺さり、手芸が嫌で別棟や屋根裏に隠れたりもした。そのときには、それが後に生計の手段になるとは夢にも思わなかった。

三六歳で独身という生活も、彼女が夢見た人生ではなかった。一度踏み外した人生だ。善良な女子高の先生の後妻になって、前妻の子に加え自分の子も産んで賑やかに育てながら暮らしてもかまわないではないか。物騒な世の中、ただ血縁が集まり頼りあい抱きあって生きるのだ。転向もしたくらいなんだから、もうためらうことなんか何もないではないか。男が催促するたび、彼女は何か特別な対策でもあるかのように、ああ言ったりこう言ったり言葉を濁した。明子は明日の朝目が覚めたらすぐに、このうら寂しい生活に終止符を打って彼のところに行こうと決心した。はやる気持で過ごす夜は長く、退屈だった。

「ごめんください」

早朝にほの白い障子戸の向こうから聞こえてきたのは、知らない男の声だった。朝っぱらから何か物を売りに来た行商人か、あるいは郵便配達か？

「高明子（コ・ミョンジャ）さん、いらっしゃいますか」

男の声が近づいてきた。血が凍るような感覚が立ち上る。その声を彼女は知っていた。戸を開けると、黒い背広を着た背の低い男が縁側にぴったりくっついて立っていた。一時、明子を担当していた鍾路署の刑事だった。

「署にご同行ください」

「どういうご用件ですか」

「それをここで話すわけにはいかない。服を着替えるなら早く着替えて出て来なさい」

男が戸を閉めた。あわてた。この五年間、彼女は政治や思想とは距離を置いて過ごしてきた。刺繡をしたり鬱症状とつきあったりしているだけで、鍾路署の刑事が興味を持つようなことは何もしていない。去年から転向者連盟とか時局対応全鮮思想報国連盟とかの創立式に来いとか、時局講演会に来いとか、そんな郵便物が届くようになったが、一度も出たことはない。そのせいか？　あるいは女子高等普通学校の教員をしている彼が何らかの組織事件に関係したのだろうか。まったく見当がつかなかった。明子は下着を鞄に入れて部屋を出た。庭を歩いているとき、台所の隙間から大家のおばさんの顔がちらっと見えた。朝、宮城遥拝をしていないと大家が告発したのか？

数年ぶりに来た鍾路署はすっかり見慣れぬ場所になっていた。彼女はここで交際中の彼に会うことだけはないようにと願った。警察署の廊下を歩く時、明子は全身の神経をとがらせた。彼女が案内された場所は細長い窓が一つついた取調室だった。テーブルの反対側に座った刑事が最初の質問をしたとき、明子は耳を疑った。

「金丹冶（キム・ダニャ）に会ったか？」

「え？」

「金に会ったのか？」

「あの人にどうして会うんですか」

「おまえに会ったことはわかってるんだ。シラを切るな」

「朝鮮博覧会のあった年に会ったのが最後です。今、朝鮮に来ているんですか？」

刑事はしつこく責め立てた。思想犯の前科がある場合にはいつでも予備拘束できる。明子の場合、転向後に当局に協力した明確な実績がないため偽装転向と見なされて再び実刑になる可能性もあった。拷問で口を割らせる前に素直に吐いたほうがいいという脅迫も受けた。しかし明子には言えることがなかった。刑事以上に明子も丹冶がどうしているか知りたかった。

「あの人は確かに朝鮮に来たんですか。いつ来たんですか。今でもコミンテルンの仕事をしているんですか。生きてはいるんですね？」

彼女が逆に質問を浴びせかけると、刑事はいらだった。

「俺を尋問する気か？」

刑事は彼女を取調室に置いたまま出て行き、しばらくして戻って来た。態度はやわらかくなり、言葉づかいもていねいになった。

「うむ、金丹冶が昨年末に国内に潜入したという情報がある。国際共産党の密命を受けて入って来て、今は地下にもぐって組織を指導している。京城と地方を行ったり来たりしながら工作している証拠も入手している。これでいいか？」

刑事は彼女が丹冶に会っていないことを信じた様子だった。彼は明子に過去の同志たちと連絡を取って丹冶と接触するようにと要求した。電報や手紙でも受け取ったら必ず連絡するようにとも言った。刑事はそれらの要求をこんな言葉で締めくくった。

「それは赦免の恩赦を受けた転向者の当然の義務だ」

刑事は警察署の正門までついて来て彼女を見送った。

警察は、彼女の交際中の男や手芸店のことなどすべてを把握していた。大家のおばさんが逐一報告しているのだろうか。もっとも、近ごろのように京城の住民を行政区域単位でまとめて一〇世帯ごとに愛国班をつくり管理させていれば、正体不明のオールドミスがどこに間借りしていて、誰とデートしているのか、知ろうとすればすぐにわかることだ。

明らかなのは今後、尾行がつくという事実だった。しかし彼女は尾行をまく方法を知っている。一週間から一〇日ほど家から一歩も出ずにいれば、たいがいは諦めるのだ。以前にも使った方法だ。明子は大家のおばさんの前で腰が痛いふりをして市場に代わりに行ってほしいとお願いした。彼女は毎日、部屋に閉じこもって本を読んだり、刺繍をしたりしていたが、頭の中は丹冶のことでいっぱいだった。数日前まで忘れていた名前だったが、いったん過去から呼び起こされると、驚くべき速度で頭の中を占領してしまった。もしも彼が京城に来てすぐに彼女を訪ねて来たとしたら、彼女はどうでもいい借家や善良な女子高の先生などさっさと捨てて、丹冶について行っただろう。その彼の消息を、刑事を通して知ることになるとは。目を閉じれば愛おしさが、目を開ければ裏切られた恨みが押し寄せ、布団の中で寝返りを打つたび愛憎が入り乱れた。

国内に戻って来たなら、なぜ私を訪ねて来ないの？　上海では私が転向したと思っているらしいから、そのせい？　昔の情はもう時効になったってわけ？　私の二〇代は金丹冶が導いたものなのに、自分の導いた相手に対する責任感はその程度のものだったの？　転向書にサインするまでにどんなことをされたか、転向後をどんなふうに生きてきたか、彼は知っているのだろうか。彼女は、丹冶が国境を再び越える前に必ずや会わなければと心に決めた。

一〇日後、用心深く門を出て路地の角まで行ってみた。怪しい影は見えなかった。丹冶の情報を得るためにはどうすればいいか。妙案はない。昔の同志たちとはもうずいぶん長いこと連絡を取っていない。明子はまず一〇年前に丹治と身をひそめていた麻浦（マポ）の桃花洞（トファドン）の家に行ってみた。一時、共産党再建委員会のアジトだったその家には、見知らぬ人々が暮らしていた。彼女が隠れ住んでいた仁寺洞の家も、家主が代わっていた。彼女は、月給が半額になってしまった彼氏が半強制的に蟄居生活をしている下宿を訪ねて行った。最後の最後までためらった末のことだった。

　善良で真面目なこの男は快く引き受けてくれて、三日後にはいくつか貴重な情報をつかんで来た。留学時代の友人たちに助けてもらったと言う。彼が紙にびっしりと書いてきた情報によると、朴憲永（パク・ホニョン）、金炯善（キム・ヒョンソン）、権五稷（クオン・オジク）はまだ獄中におり、共産党再建委とメーデー事件で監獄に行ったモスクワ共産大学の同窓生たちはほとんどが出獄していた。金丹治について知っている人はいなかった。明子は彼に、モスクワ共産大学の同窓生の一人の連絡先を調べてくれるように頼んだ。

　数日後、彼女は煩雑な本町カフェで同窓生を待っていた。向かい側のテーブルで髪をセンター分けにして京城帝大の制服を着た男子学生三人がトランプをしながら、ウェイトレスに向かって「お姉さん、ビールもう一本!」と叫んだ。カフェの入り口に同窓生が入って来たとき、疾風怒濤の一〇年が間にあったにもかかわらず、明子はすぐに彼を見てとった。二人は挨拶の代わりに、ただ淡々とした笑みを交わしあった。彼は法廷で見た最後の顔のままだった。ただ、表情と話し方が落ち着いて沈んでいるのは、歳月ゆえか、挫折ゆえか、または監獄での拷問ゆえかわからなかった。どう過ごしているのかと尋ねると、彼は曖昧に答えた。丹治については「知らない」と短く答えるだけだった。明子は彼から警戒の色を読み取った。

「私が密偵として来たと思っているのね」

　しかたなかった。腹も立たない。ただ冷静に経緯を説明した。メーデー事件で監獄に入り拷問を受けたこと、転向書にサインをして出て来たこと、一間きりの借家住まいをしながら刺繍を売って食べていること、そして最近、鍾路署の刑事の訪問を受けたことまで。彼の顔が赤くなった。彼は丹治については本当に何も知らない、調べてみると言った。

数日後、彼から会おうという電報が来た。丹治が戸の外まで近づいて来た気がした。あとは戸を開けさえすれば彼に会えるに違いない。朝鮮人が多い鍾路よりも日本人が多い本町のほうが監視の目から安全だった。堅実な自営業者である西大門の大家の家も最近では米のご飯がなかなか食べられない様子で、鍾路通りの商店も一軒おきに店じまいしているようなご時世だが、本町だけは妙に好況ムードに沸いていた。戦争は大勢を飢えさせるが、腹を肥やす人もいるというのが真理だ。同窓生とはカフェの前で会った。お互いにコーヒー代にも困っていたからだ。再び会った彼は、優しく親しみのこもった態度に戻っていた。ところが最初の一言は明子を落胆させた。

「金丹治先輩が朝鮮に来たというのはデマです」

「それじゃあ……、どうして鍾路署はそう思っているのかしら」

「下手な密偵が誤報を伝えたんでしょう。僕の友人の中にも、誰かが京城市内で金丹治を見たらしいという話を聞いたと言うのがいました。洪吉童（ホン・ギルドン）〔一七世紀の小説『洪吉童伝』の主人公。幻術の使い手〕のような人ですからね」

「金丹治さんは今どこにいるのかしら？　何か聞いていませんか？」

「それがなかなかわからないんですよ。上海にいるとか、モスクワにいるとか言われてますけど。いずれにしても、近ごろは満州と上海が日本の手に落ちて、ウラジオストクの韓人たちも中央アジアに大勢移住してしまって、コミンテルン朝鮮委員会も有名無実になっているみたいです」

過去と現在の間の引き裂かれた時間のかけらたちが、彼女の頭の中をごちゃごちゃと徘徊していた。同窓生が彼女の顔色をうかがった。

「それじゃあ、許貞淑（ホ・ジョンスク）さんや朱世竹（チュ・セジュク）さんとも連絡を取っていないんですか」

「ええ」

「許貞淑さんは崔昌益（チェ・チャンイク）さんと一緒に中国に行きました。もう三年くらいになるかな」

「そうなんですね。初めて聞きました」

「朱世竹さんの話は聞きましたか。シベリアで死んだ……」

「えっ⁉」

彼女の目が徐々に充血してきた。それ以上、何も話すことができなかった。黄金町の電車駅で二人は別れた。すっかり肩を落として背を向けた明子に、彼が握手を求めた。

「いずれにしても、僕たちは連絡を取りあいましょう」

翌日から明子は家に引きこもった。家の中でじっとしていたところ、ある日の夕方、教員の男が訪ねて来た。彼は、明子が丹冶に会ったのか会わなかったのか、気になって気になって神経衰弱にかかりそうな状態だった。話を聞いてから彼は明子に優しい慰めの言葉をかけた。その言葉にはある種の安堵が入り交じって、やや浮いた調子だった。慰めが同じ言葉の反復になってきたころ、男は丹冶を非難し始めた。

「男っていうのは利己的な動物なんですよ。革命事業をすると言いながら利用するんです。オルガナイザーたちは基本的に人をそんなふうに見る傾向があります。実際、僕も主義者たちの裏表が違うことに失望して運動から離れたんです。朝鮮共産党運動をしていた人たちも同じですよ。自分でも責任がとれないような話で大衆を扇動したんです」

話が変な方向に飛んでいた。ある自発的転向者の転向証言を彼女は黙って聞いていた。それを無言の同意と見なしたのか男の声が徐々に自信に満ちたものになっていった。

「モスクワ留学に送ったのも全部計画的なものですよ。高度の包摂戦略とでも言いましょうか。結局、身体を捧げて、命を捧げて。純真な女性たちを細胞として使ってから捨てるんですよ。結局、金丹冶という男が明子さんの人生を完全に粉々にしてしまったじゃないですか」

男の演説は絶頂のところで遮られた。

「もうやめて。出て行ってください」

明子は目を閉じて両方のこめかみをこぶしで押さえた。自分の慰めの言葉がいつの間にか度を超してしまったことに遅ればせながら気づいた男は、行きすぎた表現をなんとか収拾しようとさらに無理な言葉をいくつかつけ足した挙句、這々の体で出て行った。

彼女は部屋を出て井戸端に行った。八月の空気は夕方になっても蒸し暑くじとじとしていた。井戸の深いところから冷たい水を何杯か汲み上げて顔、首、腕、足を洗った。

金丹冶という男のせいで人生が粉々にされてしまったというセリフは、初めて聞くものではなかった。母や兄たちがいつも言っていたことだ。彼女の人生が孤独と悲惨に閉じ込められてしまったという思いが頭をもたげるとき、明子は母に逆らって家を出たことを後悔した。モスクワ共産大学に通っているときにはマルクスの歴史科学が勝利するという信念を疑ったことがなかった。当時はあんなに目の前が透明に開けていたのに、今は一寸先もわからない。一時は、小さな部屋に閉じこもって刺繍を刺すだけの境遇であっても、歴史を見抜いて生きる人生はそうではない人生に比べて一次元進んだ人生なのだと、それが精神的奴隷状態から自身を救い出してくれるのだと思っていた。ところが今は、それすらも揺らいでいる。

そして、丹治との愛が大きな疑問符になってしまった。あのころは愛しあっていると信じていたが、本当にそうだったのだろうか。そう信じたかっただけだったのではないか？

明子は蟄居から三日後、鞄を手に京城駅に行き、新義州（シニジュ）行き列車の切符を買った。海外旅行の許可を得ることは不可能だったから、新義州で別の方法を探してみるつもりだった。とりあえず上海に行き、丹治がいなかったらモスクワに行くつもりだった。一カ月かかるか、一年かかるかわからない旅だ。生きて帰れるかどうかもわからない旅だった。しかし、貞淑や世竹や丹治が、みんな行った道だ。鞄の中には母の純金の指輪と金のピニョ〔かんざし〕を売ってつくった旅費と「武運長久」「戦時報国」といった文字を刺繍したはちまきや手拭いも一束入っていた。このごろは手芸店の注文も花や蝶の枕カバーや十長生の屏風などではなく、こんなものばかりだった。

新義州に降りた明子は万感がこみ上げて駅前でしばらく立ち止まった。新義州はモスクワ留学の途中、期待に胸膨らませながら一夜を過ごした場所でもあるが、裁判所と検事局を行き来しながら人生の奈落を経験した場所でもある。モスクワ留学のときに越境を手伝ってくれた旅館を彼女は覚えていた。旅館はその場所にそのままあって、主人の女性も老女になってそこにいた。旅館で一晩泊まってから明子は主人の老女に用件を告げた。

老女はしばらくして男を一人連れて来た。男は、自分と夫婦になりすまして明日、奉天に行こうと言い、汽車の切符二枚の代金と警察に渡す賄賂（わいろ）の金をくれと言った。明子は汽車賃と余分の金を渡して「武運長久」「戦時報国」の手拭いの束を取り出した。

「それは何だね？」

「京城でよく売れるものなんですが、これを賄賂として渡せないでしょうか。だめなら、これを換金して使ってください」

「まったく何を言ってるんだか。こんなものは出征式のときにでも使うものだろ。戦場では銃で撃たれたら包帯にするのか？」

　翌日に来るはずだった男は、一日経ち、二日経っても来なかった。明子がどうなっているのかと旅館の主人に問いただすと、老女は「あいつにまた一杯食わされたね。年寄りをだますなんて。雷にあたって死んでしまえ！」と罵倒した。しかし、狡猾な老婆も男とグルであることは明らかだった。

「満州だの何のって中国全体が戦争なんだよ。そんなところになにしに行こうって言うんだね？　ピンピンした連中が虫けらみたいに死んでいってるんだよ。徴兵だの、徴用だのって引っ張っていかれた連中も逃げて来てるってのに。軍人たちが女を見つけたら娘だろうがばあさんだろうが襲いかかってるって言うじゃないの。トノサマガエルみたいなやつにやられて金捨てて命拾いしたと思って、そのまま京城に帰りな」

　老婆の忠告はどこまでが本音で、どこまでが嘘なのかわからなかった。明子は旅館にもう何日か泊まって奉天行きの列車と上海に行く船がないか調べた。しかし暗澹たるニュースばかりだった。身分を偽装して鴨緑江（アムノッカン）を渡るところまではなんとかなるが、満州からは日本軍と国民党軍と紅軍パルチザンと軍閥の残党たちが互いに撃ちあっているから、どの弾に当たって死ぬかわからないと言う。モスクワは、さらにはるか彼方にあった。

　明子は新義州で一週間、ただ神経をすり減らして再び京城行きの列車に乗った。旅費もだまし取られ、希望も失い、疲れ切った身体は列車に乗ったとたん濡れたスポンジのようにぐったり伸びた。朝、新義州を出発した列車が京城に到着するまで、明子はひたすら寝た。京城駅に降りたときには夕闇が降り始めていた。

明子は駅舎を出て広場に立ち、暮れていく北の空を眺めた。仁王山(イヌアンサン)裏手の北の空に夕焼けが差していた。丹治はあの夕焼けの向こうのどこかにいるはずだ。近いところだろうか、はるかに遠いところだろうか。他の女性の胸に抱かれているのだろうか。私だけを思っているのだろうか。あの年の冬、桃花洞を出たときが丹治との最後だった。あれが最後だとわかっていたら、あんなふうに行かせはしなかったのに。革命家の妻を気取って、わざとたくましいふりをしたから、丹治が私のこんな気持を知るはずはない。

長く生きたらその分、命もしぶとくなる。二〇歳のときには、命も花びらのように軽く、縁も凧のように軽かった。あのときは、いとも容易(たやす)く凧糸を放してしまった。一度手から離れた凧は跡形もなく消えてしまうのに。

大粒の涙が一滴、頬をつたった。明子は、ぺたんこになった鞄を提げトボトボと鹽川橋(ヨムチョンギョ)を歩いて渡った。列車に長く乗っていたために脚がむくんで腰が痛い。私はいくつになったんだろう。三六歳。腰も痛いはずだ。

西大門の家の小部屋は、出て行ったときのまま彼女を出迎えてくれた。彼女は一幕の長い白昼夢を見た気分だった。明子はふとモスクワ留学に行く前に鍾路通りで年老いた人相占い師が言った言葉を思いだした。生涯虹を追いかけるだろうと。二〇歳の娘にはその言葉が格好よく聞こえた。

明子は二人の男と同時に別れたのだと思った。彼女はもう、革命家の恋人でも、女子高等普通学校教員の婚約者でもない。母の娘でもないし、組織のメンバーでもない。明子は過ぎた時代をたった今、卒業したのだ。

新義州から帰って来た翌日、鍾路署の刑事が訪ねて来た。彼は一週間何をしていたのかと尋ねた。母の位牌を祀った扶余(プヨ)の寺に行って来たとごまかした。彼は保護観察所に申告もしないで京城の外に出たと言って怒った。そして金丹冶から連絡がないかと聞いた。「ない」と答えると、それ以上は聞かなかった。刺繡の仕事は儲かるか、実家から生活費の援助を受けているか、学校の先生とは結婚するつもりかといったことに関心を示す。明子はあまりいい気がしなかった。一九二〇年代に何回か朝鮮共産党を結成して数百人が監獄にぶち込まれたとき、誰かが言っていた言葉が思いだされた。魚が釜の中で遊んでたってわけだ。

明子は引っ越すころあいになったと思った。国民精神総動員連盟愛国班員の家からとりあえず出たかった。翌日、大家に部屋を出たいと言うつもりだった。

ところが翌朝、大家のおばさんはそんな類いの訴えに耳を貸す余裕などない様子だった。明子は大家のおばさんの泣き声で目を覚ました。母屋の騒ぎは昼どきまで続いた。井戸端で顔を洗う間に、明子は事態を把握した。大家の末息子が志願兵として北支に行くというのだ。大家のおばさんが決起大会だ、講演会だと、末息子を連れて歩くのが危うく見えていたが、ついに来るべきものが来たのだ。息子は母親が想像もできないくらい真剣だった。高等普通学校生の熱い血が宣伝スローガンに素直に反応したのだ。母親の取り乱した泣き声と父親の激しい怒鳴り声が戸の隙間から漏れ出ていた。明子は引っ越しの話をするどころか、大家の視線を避けるのに戦々恐々としながら一日を過ごした。

刑事が来てから数日後の夕方、中年の男が二人訪ねて来た。二人ともどこかで見たような顔だった。頭が禿げて老けて見える巨体の男は戸の前に立ったまま朴煕道(パク・ヒド)と名乗った。明子は耳を疑った。朴煕道なら三・一万歳運動の民族代表の一人でキリスト教運動の元老ではないか。よくはわからないが、ここのところ総督府と一緒に仕事をしているという記事を読んだような気がする。明子は恐縮して身なりを整えなおした。朴熙道は一緒に来た男を金漢卿だと紹介した。どこかで会った気がするけどと記憶をまさぐっているときに、彼が先に口を開いた。

「女性同友会をしていらっしゃるときに何回かお目にかかりました。当時私は革清団の執行委員でした」

「あ、そうですよね。あの後、日本に行かれたと聞いたように思いますが」

「そうです。朝鮮共産党日本総局のことで七年の懲役を受けて出て来ました。全部過ぎたことですが」

たいしたことではないといった調子で語られた七年の懲役という言葉に、彼女は内心圧倒される思いだった。

「来る途中で見たらこのあたりには喫茶店はないようですな。失礼でなければ部屋で話したいのだが」

朴熙道が言った。

「むさ苦しいところですが、よろしいでしょうか。少しだけお待ちください。すぐに片づけてまいりますので」

部屋に入って座るときに朴熙道がお決まりの挨拶をした。

「不意にお訪ねして申しわけない」

彼は「噂どおり美貌が衰えていない」という話から始めて、モスクワ留学も思想活動も若者らしい義侠心だと高く評価し、自分も三・一運動で、また『新生活』社長時代の筆禍で何年も監獄暮らしをしたが、振り返ってみるとすべて人格を磨く過程だったと言いながら、これまでの彼女の苦労に対して深い慰めの言葉をかけた上で、「こんなに学歴もあり経歴も立派なインテリ女性が家にこもっているのは国家的損失だ」と嘆いてみせ、自分も今や「年老いて病んだ身ではあるが民族を塗炭の苦しみから救い出すために微力ながらも力を尽くそうと、毎朝かすむ目をごしごしと洗っている」と告白した後、今年の年初に思うところがあって「わが民族が今後進むべき道を照らす灯火のような月刊誌を創刊したのだが、金漢卿先生など綺羅星のような人材が参加している」と言ってからやっと、「高明子先生のような方が加わってくれたら千軍万馬を得た気分になるだろう」と、ついに訪問の目的を明かした。朴熙道がここまで言い終えるころに、金漢卿が鞄から本を数冊引っ張り出して彼女の前に置いた。

『東洋之光』

そんなタイトルだった。民族の前途を照らす灯火にふさわしいタイトルだが、世情から離れて暮らしてきた彼女にとっては初めて見る誌名だった。明子はそっと一冊手に取ってめくり、びっくりした。

「日本語ですね」

「ああ、はい。いずれにしても、もう朝鮮とか日本とか、半島とか内地とかいう区別なく一つの国じゃありませんか。また最近は日本語もかなり普及して識者層は日本語を自由に使いこなしますからね、朝鮮人も、日本人も、一緒に読んで、一緒に考えようと、そんな趣旨なのですよ。小生が社長で、こちらの金漢卿先生が編集部長で、小生は編集には一切関わらない立場です。ただし、うちの編集陣には女性がいないので、高明子先生に参加していただいて、主に婦人問題のほうで専門的な識見を披瀝していただきたいと思っているのですよ」

彼女は少し考えてみると返答し、男たちは本を置いて帰って行った。

本を開いてみると、最初に朴熙道の巻頭言が載っていた。

「朝鮮人の幸福は、ひたすら日本帝国の忠実な臣民としてのみ実現することができる。朝鮮人の幸福は、国民的義務においても、国家的な資格においても、完全なる日本人になることにある。新日本主義の下、内鮮一体となって内地人と朝鮮人が統一結合する時にのみ、朝鮮人は永遠なる繁栄を期待することができる」

くらくらした。彼女は民族の前途を照らす灯火を机の下に押し込んだ。もう本当に引っ越さなければと思った。以前は井戸端でおばさんとおしゃべりをしたり食べものもわけあったりしたが、最近は部屋の中に引きこもっているからまるで監獄暮らしのようだ。明子は機会を見て、大家に話そうと決心した。

ところが男たちが来た翌日から母屋がますます騒がしくなって、明子は計画が再び流れるような不吉な予感がした。朝食に食べるジャガイモを洗いにわざと井戸端に行って、彼女は大家の息子が中国戦線に出発する日であることを知った。志願兵を乗せる軍用列車が午前一〇時に京城駅を出発するのだと言う。大家のおばさんは板の間と台所の間を小走りに動き回りながら、食べものを包んだり、服を荷物にまとめたり、話したり、泣いたりしていた。八時半ごろ、国民精神総動員連盟西大門町支部の人々がのぼり旗を先頭に賑やかな太鼓の音と共に庭に入って来た。一行は一五人くらいで、庭が足の踏み場もないくらいいっぱいになった。支部長だという男は「救国出征義兵の家」と書かれた旗を門に差し込んで、末息子の肩に「武運長久」のたすきをかけ、大家には「偉大な愛国母」の表彰状を授与した上で、「今や朝鮮青年の代表として私の知人と肩を並べて北支戦線に出向き、未開で野蛮な敵軍の胸に銃をかまえることができるようになったことは、千秋に返しきれない皇恩であり、朝鮮の息子として輝かしい光栄だ」と大演説をぶった。稲妻のように急でそうぞうしい行事がおこなわれている間中、大家のおばさんはチョゴリのオッコルムで涙を押さえたりニコニコと笑ってみせたりしていた。

京城駅から戻った大家は、一日中ぼんやりと板の間に座り込んでいた。明子を見て「激しい競争だったんだって。何百対一の競争だったんだけど、うちの子が選ばれて」と、息子自慢をした。明子はかわいそうだと思ったが、一方でいい気味だと思う気持も否定できなかった。

その日の夜遅く、母屋で夫婦がケンカする声が聞こえた。「ご近所に全部聞こえるじゃないの。ちょっと静かにしてよ」という女の声が聞こえた後、男の怒鳴り声と共に女の悲鳴が聞こえてきた。明子が部屋の戸を開けて駆けつけたとき、ちょうど男が投げたラジオが庭を横切って井戸にぶつかるところだった。おばさんは庭に座り込んで泣いており、長男が父を抑えていた。しかし生涯、大工仕事で鍛えた強靭な筋肉を持つ男は、息子の手を振り払って手当たり次第に洗面器やバケツを蹴飛ばし、壁にぶら下がっている籠や木の容器を取って投げ飛ばした。男は板の間に座り込むと、しばらくはあはあと息を整えてから怒鳴った。

「我が家は明日から何も食わんぞ。息子を死地に送っておいて飯が喉を通ったら人間じゃない、獣だ！」

暗闇の中で怒りに燃えたぎる目が妻をにらみつけていた。普段寡黙な男が発したこの短い言葉は、彼が愛用する金槌のように寂寞とした夜の空気を強打した。

翌日の午前、鍾路署の刑事が来た。本当に食事をしないことにしたのか母屋は静まりかえっており、ラジオの音も聞こえなかった。刑事は、「高明子さん」と声をかけると同時に部屋の戸を開けた。彼女は気絶するくらい驚き、ひどく不快だった。彼は「入りますよ」と言いながら靴を脱ぎ、すぐに部屋に押し入って来た。止める隙もなかった。部屋に入って座った彼の最初の一言はもっと無礼だった。

「よくわかっていないようだが、あんたは今、思想犯の前科者で、保護観察の対象なんだよ。京城保護観察所から警務局に一カ月に一回ずつ報告が上がって来てるんだ。我々はあんたみたいに公式に何も活動しない人間は、何かしら地下活動をしていると見ている。あんたが偽装転向してモスクワと内通しているという疑いがないわけではないんだ。ロシア語ができるということは、いつでもスパイをやれるってことだからな。今のような戦時には、あんたみたいな親ロ派はすぐにでも営倉に送れるんだよ。今、ソ連が中国に戦闘機と軍隊を支援して皇軍の戦線が脅かされていることを知っているのか？　朴熙道のような人が直接訪ねて来て説得して行ったのに、いったいどういうつもりでねばってるんだ？」

　最近の奇妙な訪問客たちの全貌がやっとわかった。そういえば、二人の男が彼女に考えてみた上で連絡をくれと言って帰ってから一週間たっていた。

「真面目に生きようと努力する前科者たちに就職を斡旋して、更生の道を歩かせようというのが総督府の方針だ。過去の主義者たちが生活に困ってまた地下にもぐるようなことになってはならないという人道主義的見地でおこなっている事業だ。よくよく考えてみるように。大和塾に入所するか、監獄に行くか。嫌なら明日の朝『東洋之光』に出勤しなさい。こういうことを言ってやるのはこれが最後だぞ」

『東洋之光』事務所は鍾路二街（チョンノ）にあった。編集部長の金漢卿（キム・ハンギョン）、編集主任の印貞植（イン・ジョンシク）、経理部長の姜永錫（カン・ヨンソク）、詩人兼評論家だという事業部長の金龍濟（キム・ヨンジェ）。全員が共産主義運動で獄中暮らしをした人々だった。社長の朴熙道（パク・ヒド）を筆頭に百パーセント左翼転向者たちでつくられた陣営だ。彼女が出勤することにしたのは、とりあえず予備拘束を避けるためだったが、一方で、職場を持ち組織に属したいという欲望に負けた結果でもあった。羊の群れでも狼の群れでもいいから、群れの中に入りたかった。一人で過ごした一〇年の孤独と疎外感は明子（ミョンジャ）が意識した以上に深かったのか、出勤前日はわくわくして眠れないくらいだった。とにかく彼女は鍾路に戻って来た。

『東洋之光』の初日はカルチャーショックの連続だった。鍾路二街の裏通りにある一〇銭クッパ屋でお昼を食べながら姜永錫が言った。

「我々の歴史を深く知れば知るほど魅力にハマりますよ。一口に言ってドラマがある風景とでも言いましょうか」

明子は何も言わずにうなずいた。彼女が生きてきた三五年の歳月だけ考えてもドラマだった。日韓併合で大韓帝国が倒れ、高宗（コジョン）が死に、純宗（スンジョン）が死に、支那事変以降はさらにカオスだった。

「我々の歴史の新しい英雄について、皆さんもそれぞれに立場がおありでしょうが」

明子は当惑した。我々の歴史の新しい英雄とは誰のことを言っているのだろう。太祖王建（テジョワンゴン）？　李舜臣（イ・スンシン）？　世宗大王（セジョン）？

「新しい英雄の中で僕が最も魅力的に感じる偉人は豊臣秀吉でも徳川家康でもなくて、織田信長です。将は自分を評価してくれる主君のために命を捧げると言いますが、実際、忠実な将になるのはかえってたやすいことですよ。豊臣のような賤民の出に目をかけて歴史の流れを変える英雄に育て上げた主君の役割こそ本当に偉大だと思いませんか」

金漢卿が口を挟んだ。

「僕は豊臣秀吉をもう少し評価したいな。でも、お互いに命を預けあう豊臣と織田の関係に優劣をつけるのは出すぎた言葉遊びじゃないかな。織田も豊臣もその息子たちは割腹自殺したが、サムライの割腹自殺には宗教的な神聖さがある。李朝の王たちなんか弱々しいのばっかりで、英雄の面目なんか見当たらないじゃないか」

歴史討論は明子にとって聞いたことのある話もあったが、ほとんどは目新しいことばかりだった。彼女は口を閉ざして静かに聞いていた。午前の編集会議で言った一言のせいで五歳年下の金龍濟に反論されてから口を開くのが怖くなった。植民地朝鮮という表現に、金龍濟が言葉尻をつかんで突っかかってきたのだ。

「少なくとも『東洋之光』の中ではそんな言葉は避けていただきたいですね。植民地というのは、聖なる日韓併合に対する冒瀆（ぼうとく）です。二〇〇〇万朝鮮人が新しい日本人になったのですから、皇民としての自負心も持たずに、いつまで植民地うんぬんして自己卑下をするつもりですか」

よどみなく語る彼の言辞に加え、姜永錫、金漢卿のような先輩たちもうなずきながら聞いていたので、明子はびっくりして口を閉ざしてしまった。金龍濟は『東洋之光』が朝鮮で初めて出された日本語雑誌であることを誇りにしていた。

「僕は最近、日本語で詩を書いているんですが、朝鮮語を使っていたときにはどうしても土俗的で退行的な感傷がわいてきたのに、日本語で書くと国際的で未来志向的な詩想が浮かぶんです。興味深いと思いませんか。僕が書いた詩が満州と日本の内地にまで入って行くと思うと興奮しますよ。井の中の蛙だった我々の文学が、これからは堂々たる国際文学になるんです。そういう時代に詩人として生まれたことは幸運だと思います」

出勤初日に彼女はめまいがし、混乱した。凍てついた植民地が、彼女の知らない間に華やかな青年王国にでもなったというのだろうか。出勤前日にわくわくして眠れなかった彼女は、出勤初日の混沌を整理しようと再び眠れない夜を過ごした。

そもそも明子は『東洋之光』の人たちは彼女同様、徴発された人たちなのだろうと思っていた。ところが何日か行ってみて驚いたのは、この人々が無理矢理引っ張ってこられたかわいそうな「春香（チュニャン）〔パンソリの演目『春香伝』の女主人公。悪徳官吏の求愛を拒絶したため捕まって拷問を受ける〕」ではなく、情熱に燃える確信犯たちだということだった。共産主義運動家時代と働き方も似ていた。啓蒙的な文を書き、講演に歩くのだ。啓蒙の内容が変わっただけだ。無知な人民を目覚めさせ、皇国臣民の輝かしい未来を開いてやらねばという意欲に満ちあふれていた。朴熙道、金漢卿、金龍濟、姜永錫、全員が雑誌をつくる合間に講演に出かけた。内鮮一体と皇民化を声高に叫び、志願兵入隊と国防献金、献納を訴えるのだ。団体活動と組織事業にも熱心だった。一台しかない電話は鳴りっぱなしで、お使いの子は伝言を持ってあちこち飛び歩いていた。明子は、総督府に協力して活動する団体がこんなにたくさんあるとは知らなかった。鍾路に出ると桜が満開で春の香りがそこら中に漂っていて、明子はサムォルを連れて女性同友会に通った二〇歳のころに戻ったような気分になることさえあった。

尹致昊と崔麟が『東洋之光』の顧問になり、ときどき時局講演会や公式行事で客寄せの役割をした。客もひっきりなしに訪れた。以前左派団体で顔見知りだった青年と、数十年ぶりに中年の姿で『東洋之光』事務所で遭遇したときには妙な気分になった。その中でも最も衝撃的だったのは朴英熙だった。明子のグループが朝鮮共産党をつくったそのとき、朴英熙たち文壇の連中はカップ〔KAPF、朝鮮プロレタリア芸術家同盟〕を結成した。当時、彼は青年文士として名を馳せていたが、左派文芸運動一〇年を清算する転向の文でセンセーションを巻き起こしたのが数年前のことだ。転向宣言の有名な文句は、明子のように世間から距離を置いて生きてきた者でも知っているくらいだった。

「得たものはイデオロギー、失ったものは芸術だ」

退却するときですら颯爽としていたこのスターに『東洋之光』事務所で会ったとき、彼女は当惑した。原稿を持って来て、朴熙道、金龍濟と座って話をしているのだが、眼光と口ぶりはみなぎる闘志で上気しているのに、黒くくすんだ顔と縮んだ体軀はまったく違う表情をたたえていたからだ。彼は、カップ一斉検挙のときの拷問で左腕が使えなくなった。そんな彼が今、転向作家たちの先頭に立っている。

『東洋之光』は理論家たちの集まりであるだけに、各自が自分なりの進取的で独創的な理論を開発することに命がけで、互いに自分のほうがより革命的に旧習と絶縁したことを立証する進歩競争が熾烈だった。光州出身の姜永錫は、わずか二年前までマルクスの奴隷だった自分がいかにして唯物論的弁証法の限界を乗り越えたのかについて語った。彼が新たに受け入れた世界観は「世界一家主義」というもので、人類は天皇の子で、五大洋、六大陸が日本の手足の役割をし、全世界が一つの生命体をなしているというものだった。

「この生命弁証法に比べたらコミンテルンや朝鮮共産主義者たちは本当に浅はかだったと言えます。人は私たちに対して転向うんぬんと言いますが、これは転向ではありません。佐野学先生がおっしゃったように、これは良心的選択であり、学問的発展です」

支那事変以前とは何かが確実に変わっていた。数年前までは無残に踏みにじられて組織も、人も、満身創痍だった。ところが支那事変が起きて皇軍が大陸で破竹の勢いを見せると、その勢いが朝鮮の知識人たちを鬱状態から救い出し、非常な興奮状態へと導いていた。かつてじめじめとした独房の鉄格子の中で不眠症に苦しめられていた人々が、今や雲の上に寝そべって浮き立つ気持を一生懸命に抑えながら眠りについているのだ。一種の躁状態だった。

明子は、初めはこの人たちはいったい何を言っているのかと思った。論理がおかしいし、彼らとの対話は不愉快だった。ところが家に帰って布団を敷いて横になると、あっという間に夜が過ぎて朝を迎え、彼らの中にまた帰りたくなるのだ。躁状態も伝染するのだろうか。彼女は転向書にサインしたことが心の重荷になっていたが、それをきれいに払い落とす方法を姜永錫が教えてくれた。また、初めて職場勤めをしたわけだが、ここは泥棒の巣窟ではなく、先見の明を持つプロメテウスたちの結社なのだと誰かが言ってくれたら、そうなのだと信じたかった。幻滅の昼と焦燥感に駆られる夜を繰り返す間、明子は急速に『東洋之光』の一員になっていった。

金漢卿は明子とは同い年で、青年活動時代の縁もあったのでいろいろとよく通じた。一〇年以上日本で生活した金漢卿が毎回、彼女の原稿を細かく推敲してくれた。彼は明治維新の信奉者だった。日本人の好戦的な気質が近代的な精神と出会ったのが明治維新であり、これをもって日本が東洋と西洋を融合して世界をリードする唯一の指導国家として跳躍したと言うのだ。彼の論理が明子にとっては一番わかりやすかった。常に大国にやられてきた民族の運命にうんざりしている人々がサムライ精神に魅惑されるのは理解できた。しかし明子と二人きりの時に金漢卿は「いずれにせよ帝国主義勢力間で戦争が起きるんだから、朝鮮が避けるのは難しいだろう。日本が勝てば、我々が戦争に積極的に協力したのだから朝鮮の状況もよくなるはずだ。内鮮一体が有利に働くかもしれない」と本音を打ち明けた。

『東洋之光』で一カ月ほど経つと、明子はもう何が正しくて何が間違っているのかわからなくなった。初めは、彼らは生きるために転向し、自分の選択を正当化するために論理を編み出し、ついには自身がつくり上げた嘘に自らだまされているのだと思った。しかし、もしかしたら彼らなりの正義感でここまで来たのかもしれないと思うようになった。

どちらであれ、凄惨な拷問を受け独房に閉じ込められて、仕事も、同志も、家族もいない世の中に戻って憂鬱な日々を送っていたときを思えば、比べようもないくらい活気に満ち溌剌とした日々だった。明子も、あの孤独で憂鬱な日々に戻りたくはなかった。一人で家にいるときには長い一日に数十回も、過去という深く暗い井戸から羞恥心と自責の念と憎悪がのそのそと這い出してきて足首にからみついたものだが、出勤生活では一日があまりにも短く、そんなことが入り込む隙がなかった。日本語で文章を書き取材し編集し校正する仕事。彼女にとっては何もかも一生懸命に学ばなければならない仕事だった。彼女は三六歳にして始めた職場生活をきちんとやりとげたかった。

女性同友会の先輩や友人たちの消息も、人づてに知ることができた。妓生（キセン）出身の女傑丁七星（チョン・チルソン）は故郷の大邱（テグ）に戻って編み物仕事をし、講習会も開いていると言う。女性同友会のゴッドマザーだった鄭鍾鳴（チョン・ジョンミョン）だけは、三五年の秋に出獄した後、誰も消息を知らないと言う。朱世竹（チュ・セジュク）は死んだという噂が本当のようで、消息を知る人は誰もいなかった。中国に行った許貞淑（ホ・ジョンスク）が朝鮮義勇軍になって延安にいるという話を聞いたときにはうらやましくて嫉妬を感じた。

一〇月に全鮮思想報国連盟一周年記念大会が開かれた。転向者の行事であるため『東洋之光』関係者は総出動した。最近はすべての行事がそうだが、この大会も皇居遥拝で始まった。徳寿宮（トクスグン）横の逓信会館から、天皇がいらっしゃる東京の方角だから、おおよそ往十里（ワンシンニ）のほうに向かって礼をすればよかった。次は君が代斉唱の順序だった。

君が代は
千代に八千代に
さざれ石の
いはほとなりて
こけのむすまで

リズム感のないダラッとした歌なので、明子は三〇年聞いてきたにもかかわらず伴奏なしでは拍子を合わせることができない。明子が口だけパクパクさせながら耳をそばだててみると、横の同僚も声は大きいものの拍子はめちゃくちゃだった。天皇の治世に対する熱望には火がついていたが、皆転向経歴が浅いため君が代をまだ歌い慣れていないのだ。次に皇国臣民の誓詞を復唱する声は、君が代とは違って一糸乱れぬ調子だった。

我等は皇国臣民なり、忠誠以て君国に報ぜん。
我等皇国臣民は互に信愛協力し、以て団結を固くせん。
我等皇国臣民は忍苦鍛錬力を養い以て皇道を宣揚せん。

国民儀礼が終わると、反コミンテルン決議文が採択された。転向者代表として朴英熙が決議文を朗読する時、明子は共産大学を卒業し、コミンテルンの一二月テーゼを受け取って戻って来た一〇年前の記憶をよみがえらせた。あのころはすぐにでも資本主義世界が没落し被抑圧民族の解放が近づいて来ると信じていたが、今この決議文が述べているように、あれは小児病的な錯覚だったのだろうか。

一九四〇年冒頭の談話で南総督が「朝鮮人が創氏改名するならうれしい」むね述べると、『東洋之光』の人々は率先して名前を変えてお互いに呼びあった。金龍濟は「金村龍済」になり、金漢卿は「金本憲治」になった。

「完全な内鮮一体の道が開かれたんだ。我々の額に貼られていた差別のレッテルをついにはがすときが来たんだ」

明子もなんとなく圧力を感じていた。

「高明子先生は創氏改名しないのですか」

「はい、八月まで登録期間をくれるというので、作名所にも行ってみて……」

明子が『東洋之光』に勤めていることをどこで知ったのか、長兄がお使いの子を事務所に送ってきた。父の祭祀(チェサ)に来るようにという伝言だった。一人暮らしを始めてからもう三年ほど実家には行っていなかった。嘉會洞(カフェドン)の家の門柱にはためく日章旗を見て、明子は万感がこみ上げてきた。兄は彼女の手を取って涙ぐんだ。祭祀の膳の前に集まった親戚たちの前で、兄が改めて妹を紹介した。

「うちの明子が近ごろは総督府が出す月刊誌の記者として勤めています。日本語の月刊誌ですが……」

祭祀が終わると義姉が離れに床を敷いておいたと言った。兄は「これからは両親の祭祀のときくらい必ず顔を見せてくれ。兄妹が仲良くない家はうまくいかないものだ。お互いに助けあって暮らそう」と言った。兄が人前で和解を求めていた。これまで明子は親の寿命を縮め、兄たちを警察に行かせ、家門を汚した問題児だった。

朝食の膳を片づけさせた後で兄が明子を呼んだ。

「生活費をあげると言うのになぜ受け取らないんだ？　最近は針仕事はしていないんだろ？　明子が今や立派な月給取りになったんだからな」

「刺繡は精神修養になるから」

「最近、米豆取引所で投資金も回収したし、困ったときにはいつでも迷わず兄さんを訪ねて来なさい」

兄は明子に分厚い封筒を差し出した。

「うちは高藤(たかとう)と創氏したから、おまえも改名して戸籍に入るようにしなさい」

兄は「創氏改名しなかったら会社登録を取り消すと言われた」と付け加えた。

義姉がこれまで明子宛てに届いた郵便物の束を持って来た。なんとか連盟、かんとか連盟から時局大講演会の案内状が届いていたり、名前もわかるようなわからないような誰かがチンコゲに食堂を開業したという挨拶状も届いていた。そんなどうでもいいような郵便物の中から、くっきりとした文字で書かれた手紙一通が彼女の目に飛び込んできた。発信地は馬山（マサン）。金命時（キム・ミョンシ）だった。出獄したのだ！

明子は封を切った。短い手紙だった。故郷に戻って療養中で、ソウルに行ったら一度会いたいという内容だった。明子が転向書にサインして出て来たのが三二年夏だったから、命時は七年以上監獄暮らしをしたのだ。明子は義姉に、命時から連絡が来たら知らせてくれるようにと頼んだ。

ある日の夕、総督府学務局長が『東洋之光』の人たちががんばっていると、明月館で酒宴を開いた。学務局長がグラスにキリンビールを注ぎ、乾杯の音頭を取った。

「ま、北支から日々、素晴らしい戦勝の知らせが届いているこのときに、刀の代わりに筆で昼夜をわかたず銃後の朝鮮を牽引していっている皆さんのご苦労をたたえたい。筆は刀よりも強しと言うではないか。皆さん一人ひとりが天皇陛下の誇らしい兵士たちだ」

天皇陛下という単語が出たとき、朴熙道を始めその場にいた全員がすぐさま正座して頭をたれた。明子があわてて正座しようとしたときに、他の人々は迅速に再びあぐらに戻っていた。彼らはビールグラスを右手に持ったまま、みごとなまでに中心を失うことなく姿勢を変えた。しかし、乾杯の音頭が長くなるにつれてビールは少しずつこぼれてしまい、彼らが口をつける前にグラスのビールは半分になってしまった。

「戦線に出た兵士と同様、心から天皇陛下に恥じない手足にならなければならないと思います。今回、朝鮮人青年も戦線に志願することができるようにしてくださった天皇陛下の広大無辺なるご恩にむくいるため、自らをさらにむち打たねばなりません。朴熙道社長が天皇陛下に、朝鮮人にも徴兵制の恩恵を賜らせていただきたいと繰り返しお願いしてきましたが、慈愛に満ちた天皇陛下が臣民の忠心を推し量って早晩、その御心をお示しくださることと思われますが……」

客の数に合わせて妓生が出て来た。明子の横に座ったケオギという妓生は、九節板(クジョルパン)をきれいに包んで明子の口に入れながら「私も一度女性記者になってみるのが夢なんです、ホホホ」と言った。

朴熙道社長が学務局長の前で明子をほめた。

「高明子さんが『東洋之光』に来てから誌面の水準が非常に高くなりました。立派な記事も書いて、ロシア語の翻訳もして。女性界の輝かしい人材を迎え入れたから恐いものなしです」

明子が顔を赤らめた。

酔いがまわると、学務局長が拳を振り上げながら歌い始めた。

貴様と俺とは　同期の桜
同じ兵学校の　庭に咲く
咲いた花なら　散るのは覚悟
みごと散りましょ　国のため

最近、京城の通りで四六時中鳴り響いている軍歌だった。局長が歌い始めると、男たちが皆、拳を振りながら一緒に歌った。合唱の声はあまりにも大きく、明月館の天井が吹き飛ばされるのではないかと思うほどだった。

明月館の門のあたりで意外にも鍾路署の刑事がうろついていた。刑事は明子を見ると気まずそうに会釈した。

初冬にさしかかったある日の朝、出勤しようと戸を開けて出た彼女に、大家のおばさんが泣きそうな顔で駆け寄って来た。彼女は明子の服のすそをつかんで号泣した。志願兵として行った息子が戦死したんだな。それが最初に浮かんだ考えだった。

「どうしたらいいの。うちの長男に徴用令状が来たんだよ。こんなのひどすぎる。息子一人は志願兵で行って生きてるのか死んでるのかもわからないのに、もう一人残った息子まで徴用に行くなんて。サハリンの炭鉱に行くか、北支の飛行場整備に行くかわからないんだって。徴用に出たら無事に帰っては来れないって。アイゴー、アイゴー」

大家は涙を止めようとしゃくり上げている。

「家事もそっちのけで連盟の仕事を一生懸命にやってきたのに、金の指輪も一つだけあったのを献納したのに、奥歯も抜いて出せって言えば出すよ。息子たちを全部捕まえて行っちゃうんじゃあ、私らが死んだら誰が祭祀をやってくれるんだい？　誰か偉い人にでもちょっと話してもらえないかい？」

大家は明子に必死にしがみついていた。

「はい、本当におつらいでしょう。どうすればいいか考えてみますが、私に何ができるか……」

門に差し込まれた「救国出征義兵の家」の旗が黄色く色褪せてたれ下がっていた。門を出たとき、大家の愚痴が聞こえてきた。

「私たちは何を楽しみに生きていけばいいんだい。金を必死に稼いでも意味がない。アイゴー、なんてことだ」

電車に乗って光化門（クァンファムン）交差点をすぎると、南大門（ナムデムン）通りが人と日章旗で波打っていた。北支に出征する部隊が軍楽隊の太鼓に合わせて市街行進をおこない、市民が日章旗を振っているのだ。

明子は金漢卿に相談してみることにした。彼は報国連盟にも関係しており、総督府の人々とも親しいから何か方法があるかもしれない。明子は地方講演に行っている金漢卿が帰って来るのをひたすら待った。午後遅く戻って来た金漢卿は事務所に着くや否や受話器を抱えて総動員連盟の誰かと長電話をしている。

「徐々に高学歴の志願者が減っています。本当に嘆かわしいことです。日本に留学した者たちはとりあえず無条件に戦線に出るべきだと思います。皇軍部隊の中で円滑に意思疎通するためには日本語が流暢にできる必要がありますからね。識者層こそ状況認識を厳正にして手本にならなければならないのに、複雑な論理を並べたり、嫡孫だとか、長男だとか、一人息子だとか、末息子だとか、この世の中に誰かの息子じゃない男がいますか」

明子は大家の息子の話を切り出すことができなかった。

毎晩帰宅が遅くなって大家になかなか会えなかった。土曜日の午後、家に帰った明子は大家のおばさんが板の間に呆然と座っているのを見た。梳いていない髪はタワシみたいだ。明子は大家の横に座った。

「すみません。何もできなくて。息子さんはいつ行くことになったんですか」

大家はどれだけ泣いたのか、ヒキガエルのようにまぶたが腫れあがっている。

「旦那が昨日連れて行かれたよ。徴集しに総督府から人が二人来たんだけど、旦那が自分を代わりに連れて行けって言い出したんだよ。初めは何言ってるんだ、そんなこと言ったって品物替えるみたいに替えてくれるわけがないって思ったさ。ところが替えてくれたんだよ。旦那が、息子がいなかったら木工所をたたまなきゃいけない、もう一人の息子は志願兵で行ったんだから、こっちの息子は助けてくれって哀願したら、その男たち二人が何やらひそひそやってたよ。それから旦那に庭の臼を持ち上げてみろって言うのよ。公設運動場までついて行ったけど、徴用に行く人も見送る人も泣いて泣いて……」

彼女は涙も乾いてしまった様子だった。半分正気を失ったようなどよんとした目が虚空をさまよっている。

「私がなんか勘違いして有頂天になってるうちに家族をこんな目に遭わせてしまったんだね。自分で自分の墓穴を掘って入ってしまいたいよ」

板の間の隅に見たことのないラジオが目についた。

「ラジオを新しく買ったんですか」

「あのいまいましいラジオがジージーいう音を聞きたくもないけど、しかたないじゃない。戦争が終わらなきゃ息子も旦那も帰って来れないんだから、世の中がどうなってるのか聞かないと」

自治論や参政権を語っていた文科系体質の朝鮮の知識人たちが、一九三一年の満州事変、一九三七年の支那事変を経て徐々に好戦的に変化していった。一種の軍国主義中毒だった。関東軍が半年で満州を制覇したことに驚き、さらに中国本土を破竹の勢いで進んで行くとき、驚きは賛嘆に変化した。「我々が日本に勝つのは無理だ」というところから独立に代わる自治論が生まれたのだが、日本が思っていた以上に強いと感じたときに、彼らは強い兄を持った幸せな弟になることにした。内鮮一体。植民地の中でも朝鮮だけは一つの家族で特別待遇をしてくれるということではないか。内地人の権利は与えず戦争の義務だけを負わせるおためごかしにだまされてあげることにしたのだ。

一九四一年一二月、日本の空軍が真珠湾の米軍基地を攻撃して太平洋戦争が勃発したときには、一言で「やられた！」だった。カミカゼという想像を絶する方法、太平洋を飛んでアメリカを攻撃したそのスケールに圧倒されたのだ。しかし皆ここから、あるクライマックスへの兆候を読み取った。日本が勝利し世界征服へと進むのか、日本が敗戦して朝鮮独立へと進むのかのわかれ道だった。一九四二年八月に太平洋戦争の戦況を知らせる「アメリカの声」朝鮮語放送が始まった後は知識人たちが小部屋でこっそりと短波ラジオに耳を傾けるようになるが、まだ日本軍の戦勝報道ばかり流し続ける京城放送しかない時代だった。

一九四一年に入ると京城市内はますますあわただしくなった。朴熙道社長は職員を集めて訓示をたれた。

「東アジアの新秩序を構築するために我々が月刊誌を一つつくっただけで任を果たしたと思ってはならない。我ら『東洋之光』が迷える朝鮮人を皇途へと導く牽引車にならなければならないのだ。ここのところ『東洋之光』はありきたりな人物ばかり登場させて食傷ぎみな話ばかりしていると総督府でも大変な不満を持っておられる。突破口を見いださない限り廃刊になる道しかない」

朴熙道社長も近ごろはしょっちゅうかんしゃくを起こすのを見ると、相当に追い詰められている様子だ。もしかしたら追い詰められているのは朴熙道社長だけではないのかもしれない。毎日戦勝の報で大騒ぎだったのに、なぜか総督府もあせっているように見える。

「共産党運動とかカップの運動をして監獄に入って出て来た、いわゆる大物級たちがいるではないか。政府の施策に非協力的な文人が知りあいの中にいるだろう。『東洋之光』も筆者をもっと広げてみようということだ」

ここまで聞いて明子は朴熙道社長の意図をおおむね理解した。その日の夕方、帰ろうとする明子を姜永錫が呼び止めた。

「社長もこのところひどく圧力をかけられていることに気づいているとは思うが。そこで高明子先生に特別にお願いがあるんだ。昔の知人に関することなんだが、つまり、もうわかっているかもしれないが……」

姜永錫が言いよどんだ。

「朴憲永が大田刑務所から出て来たんだ。もしかして出獄後に会ったかい？」

彼を説得して『東洋之光』に引っ張り込めという意味だった。姜永錫は「朴憲永は夫人がソ連で殺されて母親も亡くなって頼るところがないようだ」と言い、接触の要領に関するヒントまで与えた。

「もう一人は……」

姜永錫がまた言いよどんだ。

「呂運亨だ。この人間のせいで総督府が頭を抱えている。放っておいたら国内外を行き来して問題を起こすし、捕まえたら捕まえたで民心が気になるし。高明子先生とは格別な縁があると総督府がずいぶんと期待をしているんだよ」

明子はその夜、眠れなかった。あの男たちが誰だと思っているのか。総督府があらゆる手を使ってなだめすかしても、どうにもできなかった人物たちではないか。朴憲永は一九二九年にモスクワで会ったのが最後だった。世竹とは気の置けない仲だったが、朴憲永は寡黙で厳格な人柄で、なかなか話しかけることもできなかった。今朴憲永に会ったら、彼は懐かしいと言って駆け寄って来るだろうか。とんでもない。私が転向したことはみんなが知っている。彼に『東洋之光』について話すなんて、想像もしたくなかった。

呂運亨先生はなんて言うだろう。朝鮮中央日報の社長をしていたときに道で偶然会って以来、たまに桂洞の家を訪ねて会っていた。

「新義州警察の話は聞いたよ。若い女性の身で。わしはいい大人になっているというのに罪深いな。転向書にサインしてよかった。拷問されて死んだら犬死にだ」

そう言ってくれた彼は『東洋之光』の仕事をすることにも理解を示すだろうか。またはもう二度と私には会わないと言うだろうか。『東洋之光』事務所の明子に対する待遇が突然、手厚くなった。朴熙道社長は「高明子先生は出勤時間を自由に調整するように。重責を担っているんだから……」と言い、人のよさそうな笑みを浮かべた。明子は、記事を書くといって事務所に座っていることもままならなくなった。明子は近い桂洞から先に行ってみることにした。その後のことは、とにかく会ってみてから考えるつもりだった。

明子はとりあえず桂洞まで行ったが、家の前で足を止めた。戸を開けたとき、その後に何が待っているのか恐かった。父が亡くなったとき、明子は呂運亨先生を頼りにした。ところが、今度はその父のような人まで失うかもしれないのだ。

「高明子先生じゃありませんか」

振り返ると、呂運亨先生の長女鸞九（ナング）が妹の鷰九（ヨング）と一緒に立っていた。外出先から戻って来たところのようだ。

「お父さまは昨日、東京に行かれましたけど」

その瞬間、ふーっとため息が出た。失望半分、安堵半分のため息だった。明子は密命を受けてから一週間後に、何ら収穫がないことを姜永錫に報告した。午後、事務所に戻って来た朴熙道社長が明子を呼んだ。品位と人徳を兼ね備えた老紳士の風貌はどこに行ったのか、のっけから激しい言葉が吐きつけられた。

「吹けば飛ぶような名声だけを頼りに非協力的な態度をとる文人たちには目に物見せてやらないと。ところが高明子さんはうぬぼれた連中を手厳しく叱るどころか、そんなに低姿勢で出るから、そいつらが『東洋之光』をバカにするんだ。天皇の臣民としてのプライドを持たないなら『東洋之光』で働くことはできませんよ」

最近、ある元老文人に原稿を頼んでさんざん苦言だけ返された自分の経験を、勝手に当てはめて語っていた。朴煕道社長は手のひらで机をバンと叩き、回転椅子をくるっとまわして明子に背を向けた。金漢卿と姜永錫は明子の視線を避けて机の上に顔を埋め、金龍濟は何食わぬ顔でペンにインクをつけてわら半紙に詩だか記事だかを一気に書き下ろしていた。明子は書きかけだった原稿とペンを机の上に置いたまま、鞄を持って事務所を出た。まだ陽が高かった。彼女は電車に乗らずに歩いて家に帰った。これからどうやって生計を立てていけばいいのか、明日自分に何が起きるのか、不安だった。

一週間後、大和塾に出頭せよとの通知が届いた。思想報国連盟がこの間に全国組織を持つ財団法人大和塾に様変わりしていた。大和塾で会った金漢卿がその後の『東洋之光』のことを教えてくれた。総督府から「紙の消費に比して効果が低い」という指摘を受け、印刷用紙の配給権を剝奪されてもうすぐに休刊に入るということだった。

彼女はときおり、命時のことを思いだし、彼女からの連絡を待っていた。京城に来たら連絡をくれるはずだが、故郷の家に引きこもっているのだろうか。命時に会ったらこれまでの積もり積もった話を何日もかけて吐き出せそうな気がしていた。ところがもう一年が経とうというのに、何の連絡もなかった。

支那事変から一年で上海、南京、武漢まで陥落した時、延安と重慶も遠くないと言われていた。そして中国大陸を手に入れたらすぐに戦争は終わるとばかり思われていた。ところが、華北地域に日本軍が砲火を浴びせているにもかかわらず戦線は押しつ押されつでなかなか勝敗が決まらず、日本空軍が真珠湾を攻撃して太平洋戦争が始まり、今や戦争はいったいいつ終わるのか、どんどんわからなくなっていた。一軒おきに戦争に行って死んだり負傷したりした息子がいた。米は収穫が終わるや否や供出されてしまうので秋夕（チュソク）にも白米を見ることすらできなくなり、冬にはもう端境期（はざかい）が始まった。米の価格はうなぎ上りだった。

大家の門に差し込まれていた「救国出征義兵の家」という旗はいつのまにかそっと姿を消していた。皇軍が延安に向けて進撃するというニュースも、少し出たかと思ったらすぐに消えた。貞淑が崔昌益と延安に行って義勇軍になったと聞いた。明子はニュースに延安という地名が出るとラジオに耳をそばだてた。明子は自分が密かに延安陥落のニュースを待っていることに気がついた。よくわからない。これが嫉妬というものなのか。一時はあんなに好きで実の姉妹以上に親しい先輩だった。二〇歳くらいのころ、明子は貞淑のようになりたかったし、何から何まで真似してみたかった。もしかしたらその強烈な欲望に、初めから嫉妬が内包されていたのかもしれない。

貞淑は今、明子が夢見た革命家の生を生きていた。それに比べて自分はどうだろう。京城という鉄格子のない監獄に囚われて身動きできない身の上ではないか。兄は日本名に改名しろと怒り、京城保護観察所はモスクワと内通していないことを立証する毎日の活動報告を出せと要求し、大和塾は群衆大会に嫌々出るのではなく率先して手本となる態度を示せと責め立てる。

彼女は深い孤独と憂鬱の中にいた。一時周囲にいた男たちは去り、彼女の裏切りを受け入れてくれた両親はもうこの世にいない。夫と家庭をつくり子どもを産み育てる人生を生きられる希望は徐々に遠ざかっていた。孤独で憂鬱な分だけ、貞淑を思いだすと、嫉妬心がわき上がった。しかし、嫉妬を感じるときはまだよかった。嫉妬も生きようとするエネルギーだ。彼女はときどき、許貞淑や『東洋之光』、または他のいかなる単語にも、ほんの少しも揺れることなく、心が沼底のように静まりかえっていると感じることがあった。「はあ、怪しい時代に幸薄い地に生まれて、非業の死を遂げた友人も多いのに、ひどい目に遭いながら長くがんばりすぎたわね」

夜、小さな部屋で灯りを消して横になっていると、明子はときおり、この部屋が棺桶になり、この家が墓になって、自分の人生も静かに寝ているみたいに終わってしまったらいいと願った。希望が寝入った時間には、嫉妬も眠りについた。明子はつぶやいた。

「一人でやりすごすには、人生は長すぎるわ」

ある日曜日、大家のおばさんまで市場に行ってしまったのか、墓のように寂寞とした母屋からラジオの音だけが漏れ出ていた。ニュースが終わり、美男歌手白年雪（ペク・ニョンソル）の渋い声が流れてきた。

昨日は荒野　今日は山峡千里
軍馬も鉄車も果てしなく行く
広い土地数千里　進軍の道は
我らの血と骨で輝く道です
お母さまにこの手紙をしたためます
国に捧げた命　故郷に帰る時
降りそそぐ敵弾の下　死んで帰ります
ああ　また顔を見ようなどと考えないでください

12.

身体が土に埋められたら
魂は夕焼けに埋められるのか

1942年 太行山

三カ月も雨一滴降らないひどい日照りだ。太行山麓の黄土の丘陵から埃混じりの風が吹きつける。日本軍が退却し反掃討戦が小康状態に入ってから、戦闘で荒れはてた畑の畝を耕し新たに植えたジャガイモと豆の茎が干からびていっていた。春の畑が失敗したら飢饉を招き、掃討戦を耐え抜くことができなくなる。

一九四二年四月、山西省遼県麻田鎮。

朝鮮義勇隊員たちがつるはしとシャベルを持ってもう三日も農業用水の普及闘争をしていた。谷間を探索して水脈を見つけ出し、水路を開いて農地に流し込む作業だ。草むらをかきわけて行くと、兵士や馬の死体にしょっちゅう出くわす。この春の激戦が残していった痕跡だ。日本軍は二月に太行山の八路軍陣地を攻撃し、三月末になって退却した。山すそに死体がゴロゴロ転がっているので、増えるのはカラスと狼の群ればかりだ。青々と茂り始めた黄緑の葉の間から死体の腐る臭いが立ち上る。

帝国主義の軍隊との戦闘が終わったと思ったら、厳しい自然との戦争が始まった。太行山一帯は一面が柿の木とナツメの木とクルミの木の林で、どんぐりを拾い桔梗の根を掘り出せば、冬には食べるものが豊かにあるが、春の干ばつにはお手上げだ。農民も軍人も一日二食で過ごした。午前一〇時に朝食、午後四時に夕食だ。メニューはたいがいキビ粥か干し菜粥で、タンポポやヨモギ、野生の雑草が朝食になることもあった。その上、日本軍が補給路を遮断したため皆、栄養失調、栄養不足で顔がカサカサしていた。朝鮮義勇隊が夜中に極秘ルートを使って塩叺を背負って運んだが、全然足りなかった。戦場で敵軍と同じくらい手強い相手は飢えと冬の寒さだ。

麻田は太行山麓にある山奥の盆地だ。麻田の雲頭底村に義勇隊が、小さな川を挟んで反対側に八路軍の前戦司令部があり、麻田鎮のすぐ下に日本軍が陣地をかまえて再攻撃の機会をうかがっていた。不安な平和の四月だった。

にもかかわらず雲頭底村の朝鮮人は日増しに数が増えていた。彼らは黄土の断崖に土窟をつくったり、主人がいなくなった空き家を使ったりした。村の入り口に立つ大きな祠（ほこら）の壁には白いペンキでハングルの標語が書かれていた。

「日本軍の上官を刺し殺して銃を持って朝鮮義勇軍に来なさい」

黄土のレンガ家の塀には、こんなスローガンも書かれていた。

「朝鮮語を自由に使えるように要求しよう」

「すべてを我々の手でつくっていこう」

一九三八年一〇月に創立大会を開いてすぐに武漢が陥落し、散り散りになった朝鮮義勇隊が黄河北側の太行山麓に続々と再集結していた。許貞淑（ホ・ジョンスク）と崔昌益（チェ・チャンイク）をはじめとする延安の人々と第二支隊が先に移動し、桂林や重慶にいた第一支隊と第三支隊まで厳しい長征の末に日本軍の包囲網を突いて太行山に続々と到着した。今や重慶に残っているのは朝鮮義勇隊の大将金元鳳（キム・ウォンボン）だけとなった。国共合作の決裂に伴い、朝鮮義勇隊が毛沢東と紅軍を選び、抗日闘争を選び、また、崔昌益の東北路線を選んだということだ。初めは民族革命党に見知らぬ客人のように入って来た崔昌益が、数年後に民族革命党の軍事力を紅軍陣営に引き入れて、金元鳳をいとも簡単に隠居老人にしてしまったのだ。

聞くところでは金元鳳も四〇歳過ぎて動きが鈍くなったようだ。弱冠二〇歳で義烈団を結成した熱血闘士、不屈のテロリストの金元鳳が最近では、戦闘で負傷して寝込んでいる若い妻のために外出も減らしていると言う。妻の朴次貞（パク・チャジョン）は京城で貞淑と共に槿友会（クヌフェ）の活動をしていたころから関節炎をわずらっていたが、数年前に崑崙（こんろん）山戦で銃傷を負って以来、状態が深刻だということだった。若山（ヤクサン）こと金元鳳は早くから、その勇猛さと義侠心ゆえに空の星のような存在だったが、星も老いて光を失うことがあるようだ。

金元鳳の最側近で義兄弟の尹世冑が太行山に来たとき、貞淑は涙が出るほどうれしかった。崔昌益一派が桂林で軍を引き返すことを主張したとき、最後まで金元鳳大将の側に立った人物だった。三歳年上の金元鳳と密陽の同じ村で育った尹世冑は、金元鳳について中国に渡り新興武官学校に通い義烈団を共に創設した。彼は総督府を爆破するとして国内に潜入、七年を獄中で過ごした後、再び中国に来たのだった。

「私は三清洞で太陽光線治療院というのをやってヤブ医者の真似事をしてたんです。ところがある日、誰かが『民族革命』を忘れて行って、それを見て中国に行こうって思ったんです。尹先生が『民族革命』誌をつくっていらっしゃんたんですよね？」

貞淑は南京で初めて彼に会ったと思っていたが、尹世冑はその前に会ったことがあると言った。

「私は監獄を出てから新幹会密陽支会の幹事をしてたんです。そのときソウルに行って貞淑さんを遠くから何回かお見かけしました。当時は槿友会にいましたよね？　誰かが紹介してくれ挨拶したこともありますよ」

「あ、そんな気もしますが。すみません」

「謝ることはないですよ。貞淑さんは有名人でしたから」

朝鮮義勇隊の北上を主導したのが尹世冑だった。

「国民党は百年河清を俟つだ。その陰にいたんじゃあ、朝鮮の独立を見るどころか、中国で指をしゃぶってるうちに白髪の老人になってしまいそうだ」

第三支隊は大方が武漢陥落後に日本軍から移って来た朝鮮人兵士たちだった。これら新入隊員の中には、京城で高等普通学校に通っていたときに志願兵として出征したが、満州で朝鮮人部落掃討作戦をおこなったことで懐疑心を抱き、脱走して死に物狂いで義勇軍を訪ねて来たという少年もいた。

「自分は思想、そういったものはよくわかりません。ただ、日本のやつらを殺してやりたいんです」

　最近になって朝鮮から来たという者が入ってくると、質問攻勢を浴びせられた。最近の朝鮮は暮らし向きはどうか、米一斗が本当に牛一頭と同じくらいに高いのか、創氏改名を進めているというが家の中でも日本名で呼ぶのか、内鮮一体で朝鮮と日本が一つの家族になったと喜んでいる人もいるというが本当か。

「一つの家族だって？　いろんな方法で殺して魚肉にしておいて、よくそんな嘘が言えるものだ」

　ある義勇隊員は国民党地区にいたときに故郷の兄から「我が家は創氏改名して姓が金山になったから知らせておく。おまえの名前も金山新太郎に改名して戸籍に上げたから覚えておくように」という手紙を受け取ったと言う。

　尹公欽（ユン・ゴンフム）が雲頭底村にあらわれたとき、貞淑は心底驚いた。一〇年前、故国訪問飛行をすると新聞を賑わせた二等飛行士が彼だった。その後、中国で義烈団員になって国内に潜入した、この肝のすわった男は、テロ活動に使う飛行機を日本陸軍から払い下げてもらおうと交渉した挙句に発覚して投獄された。尹公欽も尹世冑も貞淑と同年代だった。

「監獄に入ったと聞いていましたが」

「病気保釈で出て来て中国に逃げて来たんですよ」

　雲頭底村に到着する義勇隊員は誰もが髭もじゃで、洗ったことのない軍服はひどく汚れていた。特に紅軍出身はまるで乞食の風貌だった。分厚い布を何枚も重ねて麻ひもで脚に縛りつけ、肩ひもに薄い夏掛け一枚とブリキの食器をぶら下げたところまで、どこから見ても乞食スタイルだが、右手の銃一丁とベルトの先にぶら下がった手榴弾が軍人の身分を証明していた。彼らは数週間、あるいは数カ月歩いて死線を越え、最後に日本軍の包囲網をくぐり抜けて雲頭底村に到着し、村の入り口で「日本軍の上官を刺し殺して銃を持って朝鮮義勇軍に来なさい」というハングルの標語を見た瞬間、男の面子(めんつ)も軍人の面子もかなぐり捨てて、おいおいと声をあげて泣くのだと言う。

紅軍の基本戦法は四つだった。

敵進我退（敵が前進したら我々は退却する）
敵退我進（敵が退却したら我々は前進する）
敵避我撃（敵が避けたら我々は攻撃する）
敵止我擾（敵が止まったら我々は攪乱する）

前進と退却の合間には後方を攪乱するのだ。戦闘が小康状態に入っている間に朝鮮義勇軍は武装宣伝活動をおこなった。義勇軍の宣伝隊は近くの農村や遠くの市街地にまで進出した。主に懇談会や群衆集会を開くのだが、貞淑は朝鮮人が多い市街地まで出た時には朝鮮語で街頭演説をし、中国人の多い農村に入った時には中国語で演説した。朝鮮語と日本語と中国語でつくったビラをまくのだが、中国人はほとんどが字を読めなかったので漫画を多く使用した。演劇や歌の公演も人気だった。演劇は単純かつ扇動的な内容で、宣伝部長の陳光華(チン・グァンファ)が暇を見て台本を書いた。陳光華は延安軍政大学を出た後、義勇隊に合流する前まで紅軍前戦司令部の移動演劇団の団長として活動した芸達者だった。

貞淑は深夜に宣撫(せんぶ)放送をするため出動することもあった。宣伝隊長の陳光華が「宣撫放送は女性の声が効果的だ」と強く要請してきたのだ。宣伝隊は、日本軍の塹壕二〇〇メートル前まで接近し、虚空に銃弾を二発打ち上げて注意を喚起した後、「敵軍との対話」をする。貞淑がメガフォンを握った。

「若い兵士たちよ、故郷で父母兄弟と別れるときに流した涙を覚えているか。生きて故郷の地を踏みたくはないのか。どうか搾取者と資本家のために大切な命を捨てないでほしい。あなた方の骨が戦場に増えるほど、上官の胸の勲章が増える。銃を捧げるならば命は助けてあげる。我々は捕虜を優待する」

演説が終わる前に、敵陣からは言葉の代わりに機関銃の応答があった。射程距離外でもあり、機関銃の洗礼は長くは続かない。いつものように武装宣伝隊はビラをまいた。日本の共産主義者岡野進（野坂参三）の「日本軍の指揮官および兵士諸君に告ぐ」が印刷されたパンフレットだった。武装宣伝隊がビラまきを終えて撤収するとき、貞淑は交戦が終わった深夜の静寂の中で、ある日本軍兵士の歌声を聞いた。日本軍の陣地から聞こえてくる声は、充分に声変わりしていない少年の美声だった。

万朶（ばんだ）の桜か襟の色
花は吉野に嵐吹く
大和男子と生まれなば
散兵線の花と散れ

義勇軍の武装宣伝隊と日本軍の歩哨兵との間で交戦が繰り広げられることもあった。ある日、義勇軍が死んだ日本軍兵士の武器を回収しポケットの所持品を持って来たところ、そこには金東仁（キム・ドンイン）の短編集と朝鮮義勇軍のビラが小さく畳まれて入っていた。貞淑は言い知れぬ悲しみを感じた。

朝鮮義勇隊が武装宣伝活動の一方で補給闘争、干ばつとの闘いを繰り広げていたとき、最後に雲頭底村に到着したのが金科奉（キム・ドゥボン）だった。彼が太行山に来たのは意外だった。早くに上海に亡命したハングル学者の彼は、思想的にも、経歴的にも、共産主義者とは思われず、金元鳳大将の妻朴次貞と近い姻戚関係だった。

彼が雲頭底村に来た日の夜、朝鮮義勇隊は前年の秋に漬けておいたナツメ酒一瓶を全部出して飲み、宴を繰り広げた。崔昌益だけでなく尹世冑を始め義勇隊員たちは客地に行っていた父親が帰って来たかのごとくニコニコ顔だった。しかし貞淑は心配だった。太行山は戦場だ。このハングル学者はひどく繊細な人物で、戦場で銃弾に当たって死ぬ前にストレスで死んでしまうようなタイプだったからだ。

一九四一年六月、ドイツがソ連に侵攻すると、ソ連がアメリカ、イギリスと同盟を結び、一二月に日本がハワイを攻撃すると、アメリカとイギリスが日本に宣戦布告、ドイツとイタリアはアメリカに宣戦布告した。いよいよ世界大戦の始まりだった。近づく世界大戦は、共産主義勢力と資本主義帝国間の戦争になるだろうという予測もあったが、結局は帝国主義国家の中で新派と旧派が激突する様相で展開していた。イギリス、アメリカ、ソ連は腹を満たしたチャンピオンで、ドイツ、日本、イタリアは腹を空かせた挑戦者だった。

急展開する国際情勢に関する情報を集めるため、貞淑（ジョンスク）は他の政治委員たちと共に足繁く八路軍の司令部に通った。拡大する一方の戦況に対し、義勇隊員たちの見方は様々だった。戦争が永遠に続きそうだと嘆く者もいれば、大団円の最後の最後が始まったのだと見る者もいた。誰が勝ったとしても、再び朝鮮はその勝者の植民地になるだろうと見る者もいた。朝鮮がイギリスやアメリカの植民地になる可能性があるというのだ。

討論は会議の席上だけでなく、食卓でも、畑仕事の合間にも続いたが、主に夕方ごろに屋根の上でおこなわれた。ここ山西省の山岳地帯は民家の屋根が低く平たいので、人々がはしごをかけて上り下りしながら、屋根の上で食事をしたり寝たりする。許貞淑夫婦が義勇隊員数名と共に寝起きする家の屋根の上でも、夕飯を食べた後は、人々が居間に集まるかのように車座になって語りあった。十五夜にはランプをつけた部屋の中よりも屋根の上のほうが明るかった。月光の下、太行山麓万岳千峰のシルエットが水墨画のように広がり、ときにはどこからか胡弓を弾く音が聞こえてくることもあった。春の夜の空気は暖かく乾いていて、朝露に濡れることもなかった。

貞淑は戦争の終結が遠くないと感じていた。戦争が抑えようもなく拡大するほど、また激しさを増すほど、そう思った。花が散る直前に濃艶に咲き誇るのに似ているとでも言おうか。

崔昌益（チェ・チャンイク）は、日本が太平洋戦争を起こして戦争拡大へと進むのは自ら墓穴を掘ることで、我々はこの国際戦に積極的に対応して、その闘争業績を持って祖国の独立に備えなければならないという主張を粘り強く繰り返した。日中戦争が六年目に入り、日本軍の武器と装備が優勢だとはいえ、遠征軍の立場では持久戦になればなるほど不利だった。中国大陸は広大で、農民たちはしたたかだから、占領するのも、統治するのも大変だ。持久戦になってからは紅軍も日本軍との正面衝突を避け、その代わりに宣伝活動に精を出していた。

紅軍の勢力圏であるここ華北地帯で日本軍が苦戦しているのもそのためだった。紅軍が農民たちを自分たちの味方にしたのだ。山西省の人々は、軍閥時代には閻錫山（えんしゃくざん）〔中華民国の軍人〕の軍隊に税金を一〇年、二〇年前倒しで徴収され、暴政に苦しめられた。今も軍閥の残党たちが強盗団になって略奪行為をおこなっている。また、日本軍が入って来て農民たちをスパイだの反逆者だのといって殺し、奪い、焼きつくしている。日本軍や国民党軍は戦場に慰安所をつくって女衒（ぜげん）たちを後方に送り、占領地で女性を無差別に捕まえている。軍閥と国民党軍と日本軍にやられるだけやられてきた農民たちが、親切で礼儀正しい紅軍に好感を持たないはずがなかった。紅軍は住民にていねいに接し、柿一つ取って食べるときにも主人の許可を取った。強かんは銃殺刑だった。部落に入って駐屯する場合には、農民たちに文字を教えた。「天地」「日月」「春夏秋冬」の次には「人民」「民主」「抗日」といった単語を教えるのだ。秋の収穫時には軍人たちが駐屯地近隣の農民たちの手伝いをする。そして収穫が終わって脱穀した穀物を洞窟に隠した後は、農民たちの中の若者は銃をかついで射撃訓練をおこなった。紅軍にとってこれは戦争であると同時に革命だった。

五月に入ると雲頭底村にも戦雲が濃くたちこめた。日本軍の兵力が太行山に集結しているという情報が入った。日本軍が包囲網を狭めてきて、近いところから砲声が聞こえ、日本軍の偵察隊が村の向かい側の尾根に出現した。村に危険が迫る中、貞淑（ジョンスク）と昌益（チャンイク）の間で公開的な夫婦ゲンカが繰り広げられた。ある義勇隊員が紅軍と合同で夜間浸透作戦をおこなったときに作戦地域を離脱するということがあり、彼は密偵だという報告があった。義勇隊の志願者たちは入隊の前に成分審査を受けるのだが、これまでの行動を徹底的に洗い出すには中国の地は広大すぎた。問題の隊員は国民党軍の出身だったので密偵容疑をかけられやすい立場だった。その処分問題をめぐって指導部の意見が食い違ったのだが、貞淑は再教育しようという側で、昌益は処刑しようという立場だった。

「確実な証拠があるとか、現場をつかんだわけでもないのに、状況だけで人を処刑するわけにはいきません。夜中に山中で方向を見失って落伍したという釈明にも一理あります。確実な証拠がない以上、監督を徹底的におこないながら、もう一度チャンスを与えるべきだと思います」

「今は戦時で、戦闘が近づいている。義勇隊は毎日、夜間作戦や警戒勤務に投入されている。密偵ではないかもしれない一％の可能性のために隊員一人を教育し監督するのに人力を配置する余力がない。作戦地域を離脱しただけで銃殺に値する」

密偵容疑をかけられた隊員は即決処刑された。戦時の厳しさだった。家に帰ってから貞淑は怒りを抑えることができず昌益にぶちまけた。

「若者一人が目の前で銃殺されるのを見て、さぞかしせいせいしたでしょうね」

「なぜそんな言い方をするんだ。僕がそんな人間じゃないことは君も知っているだろう」

「いいえ、あなたはもともと冷たいのよ。私はときどき、あなたが感情を持つ人間なのかって思うときがあるわ」

「そういう問題じゃないだろ？　一人を助けるために部隊全体が全滅させられる可能性があるんだ。それに百歩譲っても、疑われるような行動をしたのは彼の責任だよ」

「一九歳の子よ。ミスすることだってある年齢じゃない。私は一種の政治的便宜主義だと思うわ。義勇隊はただの軍隊ではなくて結社体なのよ。密偵ではない可能性一%が事実なら、どうするつもり？」

貞淑は京城（キョンソン）に置いて来た息子のことを思った。キョンハンが今年一九歳だ。昌益は言い返さずに寝台に座ってうなだれた。

「何をしてるの？」

「考えてるんだ。僕は本当に冷血漢なのかって。君は正確に人を見る目を持っている人だからね」

昌益は真剣だった。

「余裕なく生まれて、余裕なく生きてきた人生だから、僕がどれほど感情が乾いていて余裕のない人間なのか、自分ではわかっていないのかもしれないじゃないか」

夫と同じ組織で働いていることがときに夫婦ゲンカの種を提供した。貞淑は、人の意見を傾聴する態度が足りないと夫を責め、昌益は言いたいことをストレートに言いすぎると妻に不満を言った。

「私は結婚制度が体質に合わないのよ。私はときどき、あなたについて道徳的、政治的に責任が負えないと思うことがあるの。あなたも同じでしょう。私が発言するたびにビクビクするって言ってたじゃない。私たちが夫婦だからって常に同じ政治路線を選ばなければならないとしたら、しんどいことよ。私たちがただの同志だったらもっと仲がよかったと思うわ」

「僕たちは仲がいいんじゃないのかい？　僕はそう思っているのに。僕は君が好きだけど、実際こんな戦線で夫婦生活というのも図々しいことだ。君が結婚生活をやめたいならいつでも言ってくれ」

　貞淑はドキッとした。この男は今すぐにでも離婚する準備ができているということではないか。今後、離婚の「離」の字を言っただけでもすぐに判を押す勢いだ。今まで二人の夫を整理してきたが、夫から関係を切られたことはない。

　ついに雲頭底村の短い平和に亀裂が入る日がきた。日本軍二〇個師団の総攻撃があるだろうという情報に、八路軍司令部と朝鮮義勇隊は一部撤収し、残りも撤収の準備を急いでいたある日の朝だった。簡単な朝食を食べ終えるころ、貞淑は「敵軍が降りてくる」という叫び声を聞いた。外に出てみると、麻田盆地の東西南北をぐるっと囲む山麓に、蟻の群れのように動く無数の軍帽が見えた。夜の間に麻田一帯が包囲されたのだ。八路軍が防御戦を戦う間に義勇隊は山すそに血路を開くことにした。朴孝三（パク・ヒョサム）支隊長が義勇隊員の中から選抜隊を選んで先に出発した。すぐに豆を炒（い）るような銃声が雲頭底の部落を揺るがした。東の空から日本の戦闘機編隊が二機ずつペアになってあらわれ、太行山の稜線をなでるように低空飛行しながら空爆を開始した。四方から銃声と爆音と人々の叫びと馬たちの鳴き声が聞こえてきた。

　貞淑夫婦は義勇隊の残留部隊について東に移動した。女性三〇人ほどが隊列に交ざっており、雲頭底村からの避難民の中には老人や病人もいて行軍は容易ではなかった。戦闘は一日中続いた。朴孝三部隊が東の高地一つを占領して、義勇隊の人々が避難民と共に道もない傾斜を上っていくころには、もう日が沈んでいた。その上、雨まで降り始めた。夜になって戦闘が小康状態になると、真っ暗な花玉山の稜線の下にある土窟や茂みに隠れて軽い睡眠をとり、明け方にはまた移動することにした。干し柿と大根、南瓜（かぼちゃ）で飢えをしのぎながら一日中歩いて来た人々は疲れ果てており、日本軍の主力部隊はすでに八路軍を追撃してこの地域から出て行ったようだった。貞淑一行には彼ら夫婦以外に金科奉（キム・ドゥボン）先生とその娘、年老いた非戦闘員と女たちが多かった。義勇隊員の陳光華（チン・グァンファ）と尹世胄（ユン・セジュ）が隊列の前後に立っていた。

夏も近い五月とはいえ、雨も降った後の夜ともなれば、山中の気温はぐっと下がる。茂みは濡れており、ときおり木の枝から水滴が落ちてきた。人々は数人ずつ身体をピタッとつけて座り、夏掛けで夜を明かした。茂みのあちらこちらで眠れない人々がガサガサと動き、ときおり獣が走って行く音が聞こえてきた。

人は死ぬ直前にそれまでの生涯が一気に思い浮かぶという話を聞いたことがある。明日、自らにどんな運命が待っているのかわからないからなのだろう。過ぎ去った歳月のイメージが巻き戻しされる幻灯機のフィルムのように、近い過去から遠い過去へと流れていった。息詰まる過去だったが、後悔はなかった。ただ、胸がしめつけられるいくつかの場面はある。金鉱を探し歩く父、一〇歳にもなる前に逝った次男、そして母。しかし過去は、最も悲しい記憶でさえ甘かった。夫婦ゲンカの記憶もリアルに感じられて、貞淑は横にぴたりとくっついて座る夫を引き寄せた。敵軍に包囲されて山中で飢えと寒さに震えているこの現実を忘れさせてくれることなら何でもいい。初めて夫の傷だらけの背中や腰を盗み見したときのことも、アヘンのように静かで穏やかだ。やがて記憶の片鱗たちの順序がごちゃごちゃになって、空腹と寒さと腰の痛みと混ざりあい、現実なのか幻想なのか夢なのかわからなくなる混沌の中に引きずり込まれた。寒さと恐怖で奥歯がガチガチと震えるのに、眠気が滝のように襲ってきた。

夫が腕を揺らして彼女を起こしたとき、木々の間にほのかに白い陽が差し込み始めていた。人々は湿った服を整え、行軍の準備をした。歩き始めると、空腹も寒さも蹴飛ばされて消えた。しかし頭が冴えてくると、恐怖心も生々しくなる。一歩を踏みしめるたびに、目の前に敵兵の銃口が飛び出して来そうな感覚に襲われる。すぐ近くで敵兵の足音が聞こえるような気もする。どこからか犬の遠吠えも聞こえる。先頭で尹世胄が金料奉先生を支えて歩いていた。

犬の吠える声がまた聞こえてきた。日本語の怒鳴り声も聞こえる。幻聴かと思ったが、違った。声は渓谷の下から聞こえているのだ。尹世胄が尾根のほうを指さしながら一行に低い声で言った。

「ばらばらになって隠れて」

昌益が貞淑の手を取って尾根のほうに下りて行った。二人は茂みに身を隠した。山裾がドスンドスンと地鳴りして、渓谷の下が騒がしくなった。大部隊が動いているようだ。日本軍はまだ去っていなかったのだ。ウォンウォンと猟犬が吠える声と共に人の声も近づいて来た。

「八路軍は降伏せよ」

「八路は出て来い」

日本軍の捜索隊だった。馬の音は貞淑が隠れているところのすぐ下まで近づいて来た。

「ここら辺にいるぞ。さっき動くのが見えた。落伍した八路のやつらがまだこの山中にいるぞ」

低木の林をかきわけながら足音が近づいて来た。舌を出したシェパードのハッハッという声がすぐ側まで迫って来た。貞淑は息がもれ出るのを防ぐために右手で口をおおった。心臓が激しく鼓動する。その瞬間、「あっちだ!」という声が聞こえた。シェパードがウォンウォンと吠えながら走って行く。貞淑が茂みの上に顔を出して見ると、義勇隊員三人が銃を撃ちながら走っていた。一人は稜線のほうに上がり、一人は山脇を横切って行き、もう一人は渓谷の下へと下りて行っていた。真ん中にいるのは間違いなく尹世冑だ。走り、でんぐり返りしながら渓谷下に下りて行く隊員は陳光華だろうか。そのうしろを、日本軍の捜索隊が歩兵銃を撃ちながら追いかけている。日本軍の一人に銃弾が当たって茂みに倒れるのが見えた。渓谷側でもパンパンという銃声がしばらく続いた。銃声は徐々に遠ざかり、ついに最後の銃声がこだました後、周囲は静まりかえった。

静寂が三、四〇分続いただろうか。貞淑の一行は周囲を見回しながら一人、二人、茂みの中から出て来た。皆、動揺して顔が真っ青だった。三人は、一行の退路をつくるために自ら標的になって日本軍の捜索隊を誘引したのだった。一行が三人減った。

渓谷近くに下りたとき、彼らは絶壁の下で陳光華の死体を発見した。顔や胸や手足に銃弾が撃ち込まれて蜂の巣となり、血が流れて渓谷を赤く染めていた。

貞淑は死体から目をそらし、遠い山に目をやった。延安で陳光華に初めて会ったとき、彼は中国共産党員で、文化芸術に造詣が深い才能豊かな人物だった。平壌（ピョンヤン）で中学を出た彼は広州で中山大学教育学科に通ったが、マルクス主義サークル活動のために監獄に入り、出て来た後は大陸南端の広州から黄河以北の延安まで一人で訪ねて来たのだった。紅軍移動劇団の団長として太行山戦線に派遣されて来たところを、朝鮮義勇隊に引き入れられたのが六カ月前のことだ。彼は、たとえ宣伝用の一幕劇でも芸術性にこだわってていねいにつくり、陣中でも合間をぬってシラーやブレヒトを読んだ。「農夫が魯迅文集や黄新波の連環画〔漫画の一種〕をポケットに入れて歩く日がきっと来ますよね?」

そんな夢を見ていた彼は一九一一年生まれ。やっと三二歳だった。

彼らは死体を岩の下の見えないところに移し、木の枝で覆って隠した。位置を覚えておいて戦闘が終わった後でまた引き取りに来ることにした。

もう昼になろうとしていた。あれほど待ち望んだ雨は黄土の埃舞う畑を捨てて来る日にやっと降り始めたが、空は再び青く乾いてもう雲一つなかった。太行山の地理に明るい彼らは銃声が聞こえる反対側に迂回して終日山道を歩き、夕方ごろに八路軍の陣地に到着した。

一九四二年五月二七日だった。

麻田の包囲をやぶって出て来る過程で八路軍も激戦を繰り広げ、副司令官の彭徳懐（ほうとくかい）や政治委員の鄧小平ら司令部は無事だったが、副参謀長の左権が戦死したと言う。戦闘は一週間ほど続いた。日本軍が退却した後で義勇隊が陳光華の遺体を運んで来た。

尹世冑が戻って来たと聞いて、貞淑は部屋の片づけをやめて走り出た。民族革命党と朝鮮義勇隊の理論家、不屈の勇気と気迫を持つこの男が、義勇隊の共同宿舎の庭に横たえられていた。暑さのため遺体はすでにかなり傷んでいた。貞淑は、あの善良そうな顔を見ながら最期の挨拶をしたかったが、遺体に被せられたむしろをはがすことがどうしてもできなかった。

彼が桂林から義勇隊を率いて太行山に来ずに、義兄弟の間柄の金元鳳のところに残っていたとしたら、こんな運命も避けることができたはずだ。貞淑はあふれ出ようとする涙を飲み込んだ。

平壌出身の陳光華と密陽出身の尹世冑が中国大陸の奥深く太行山の谷間に埋められた。日暮れごろのことだった。貞淑は、昨晩は雨を降らせ今は深い血の色に染まっていく夕空を眺めた。身体が土に埋められたら魂は夕焼けに埋められるのか。ここから世冑の故郷はあまりにも遠い。彼の老母は今、何をしているのだろうか。畑で草刈りをしながら、しばし西に沈む陽を見ているのだろうか。

二つの小さな墳墓の周囲を義勇隊員たちが囲んで追悼歌を歌った。

激しい雨風吹きすさぶ路上に
遂げられずに倒れた君の志を
我らが遂げんと誓う
真理の墓碑の下　永眠を祈る
不滅の英霊

朝鮮義勇隊は太行山の山なみに沿って南へと移動し、河北省渉県の中原村に定着した。中原村から清漳河を渡った赤岸村には八路軍一二九師団の司令部が設けられた。定着村がおおよそ整頓された後に、華北朝鮮青年連合会は七月一一日から四日間にわたって大会を開き、朝鮮独立同盟を創立した。同盟の創立スローガンは二つだった。各党、各派を網羅して抗日愛国のため総団結しよう。かつて親日派だったとしても過ちを清算して真の朝鮮人になった者は一緒に進もう。

晩秋の延安から武亭(ムジョン)が来た。彼がついに八路軍を出て朝鮮義勇軍に合流したのだ。貞淑よりも二歳若い彼には武漢で初めて会ったが、以前から名声は聞いていた。紅軍に歩兵団をつくった立役者の彼は、二〇代で連隊長になり、大長征で作戦課長の任務を担い、中国軍事委員会の一員だった。彼は大長征で最後まで残った朝鮮人兵士一〇名ほどを連れて朝鮮義勇隊に合流させた。貞淑は武亭と一緒に朝鮮革命軍事政治学校を開設した。村の古い寺を修繕して学校として使った。

武亭は紅軍で遊撃隊活動をしていた女丈夫一人がもうすぐ太行山に来るだろうと言った。名前は金(キム)・命(ミョン)

時（シ）。貞淑は驚いた。命時に最後に会ったのは、三二年のメーデーのころだった。その後、新義州（シニジュ）刑務所にときどき領置金を入れたり手紙のやりとりをしたりした。

「命時はいつ中国に来たんですか？」

「一昨年だと思います。監獄から出てすぐに密航船に乗ったと聞きました」

江西省の瑞金で遊撃隊活動をする命時に太行山に来るようにと連絡したところ、一年前に瑞金を出発して北上しながら紅軍の遊撃区を通るときにはパルチザンの戦闘にも加わり、そんなふうに一人で大長征をしているところだということだった。

新入隊員の中に普成（ポソン）専門学校に通っていて学徒兵として徴発されてきた青年がいて、彼から貞淑は父の消息を聞くことができた。総督府に協力していないリーダー格の人物数十人が短波ラジオを聞いたという理由で逮捕されたが、許憲（ホ・ホン）もその中の一人だと言う。貞淑は一方では複雑な気持だったが、もう一方ではうれしくもあった。父が六〇代になろうとする年で再び獄につながれることには胸が痛んだが、依然として健在であることがわかってうれしかった。

武亭が延安から持って来て朝鮮革命軍事政治学校の校長室に置いた短波ラジオがあった。チャンネルを回すとさまざまな国の言語が飛び出すこのラジオは、複雑で混乱する国際情勢と同じくらいわけがわからなかった。日本語放送は皇軍がフィリピン、マレーシア、シンガポール、インドネシア、ベトナム、ビルマを解放し、太平洋のさまざまな島で米海軍を撃破し、大東亜戦争で輝かしい勝利を収めており、太平洋全域が天皇の聖恩を賜ることになったと連日、勝戦情報を流していた。ときには「アメリカの声」放送が入ることもあった。アメリカの声は、日本がミッドウェー海戦とソロモン諸島で敗退し、ドイツ軍がスターリングラードでソ連の反撃に遭って退却したと言っていた。中国語放送は南京発か重慶発かによって情報が食い違っていた。しかし、日本がとんとん拍子でないことだけは明らかだった。

13.

あなたのお父さんは朝鮮の革命家なのよ

1945年 ソウル、平壌、クズロルダ

ソウル

「朕(ちん)、深く世界の大勢と帝国の……非常の措置を持って時局を……忠良なるなんじ臣民に告ぐ。朕は……四国に対し、その共同宣言を受諾する旨……」

今日の正午にあるとされた重大放送がこれだ。一九四五年八月一五日。君が代に次いで天皇の声が数分間ラジオに流れたが、ジジジという雑音でところどころ音声が途切れる上に、放送内容そのものが曖昧なこともあって、明子(ミョンジャ)と大家のおばさんはとまどいの表情で互いに顔を見あわせた。

「な、なんて言ったんだい？　何の話だ？」

「戦争が終わったっていう話じゃないかと思いますけど」

日本が無条件降伏したという解説が何度か繰り返された後で、やっと二人の女は一言ずつ言った。

「日本が負けたってことだね？」

「解放されたってことですね？」

「じゃあ、うちの末っ子と旦那も帰って来るね」

板の間に座って昼ご飯用の豆もやしのひげを取っていた大家は、そう言った後でもまだ呆然とした表情だった。明子も今何が起きているのか実感がわかなかった。去年、呂運亨(ヨ・ウニョン)先生から日本はもうすぐ負けるだろうという話を聞いたが、最近のラジオは日本が快進撃しているというニュースばかりで、昨日も近所で志願兵の出征式をやると大騒ぎだった。「忠良なるなんじ臣民に告ぐ」うんぬんという天皇の勅語も、滅びた国の王にふさわしい丁重な物言いではないため、余計に混乱した。大家もうつむいて黙々と豆もやしの下ごしらえをしていて、ある種の心理的な動揺を抑えようとしているように見える。

考えてみると、明子にも待ち人がいる。

丹冶（ダニャ）が帰って来るかもしれない。

ラジオから流れるアナウンサーの言葉が支離滅裂で声も興奮してうわずっているが、要旨は明確だった。

日本が降伏した！

突然、大家は豆もやしの入ったボウルをひっくり返して立ち上がった。

「朴（パク）の奴め！」

大家は庭をキョロキョロと見回し、井戸端で砧をつかんで家を飛び出して行った。あっという間のことで止める隙もなかった。明子は門の外に出てみた。大家の姿はもうそこにはなく、意外にも町は静かだった。


大家は昼ご飯を食べないつもりのようだ。明子も食欲がなかった。ときどき、人々が騒ぐ声、大勢が歩く足音などが聞こえてきた。二、三時間経ってからだっただろうか。大家が砧は持たずに、髪はボサボサでチョゴリのオッコルムが破けた姿で戻って来た。大家は板の間に座ると慟哭（どうこく）し始めた。

「アイゴー、アイゴー、悪い女たちめ、自分たちは服に藁の一本もついてないって言うのかい。神社参拝に行くだの、大和塾に講習に行くだのって出歩いてたのをあたしが知らないとでも思ってるの。旦那を連れて行かれて、息子を連れて行かれて、あたしだって日本人のこと思ったら身の毛がよだつよ。アイゴー、なんてこった」

この町で徴用者名簿をつくったのが総動員連盟西大門（ソデムン）町第五支部長の朴という男だと言う。大家はその男を懲らしめようと飛び出して行ったのだが、朴はとっくに逃げ出していて、朴の家には町の人たちが押しかけて大騒ぎになっていた。大家も砧でそこら辺にある生活道具を手当たり次第に叩き壊していたが、誰かがうしろから髪をつかんで引っ張った。愛国班だとか言って決起大会に引っ張り出して嫌な目に遭わせたと、女たちが殴りかかってきたのだ。

「あたしが好きで愛国班やってたとでも思ってるのかい。欲を張ったわけでもない。子どもたちに災いがあるんじゃないかと思ってやっただけだよ、アイゴー」

夕方ごろには近所が少しずつ騒がしくなった。明子も大通りに出てみた。街は人と車でごった返し、蜂の巣をつついたようで、電車一台が群衆の中に埋もれて身動きできなくなっていた。人々は万歳を叫び、どこからか銅鑼(ケンガリ)を叩く音が聞こえてきた。喧騒とムンムンする熱気の中で、明子は胸がざわつき何かがこみ上げてくる感覚を認識した。彼女も他の人たちのように万歳を叫びたかったが、声が出ない。

向こうから人々に囲まれたトラックが一台近づいて来ていた。トラックの上で短髪の男たちが「大韓独立万歳」を叫び拳を振り上げていた。どす黒い荒れた顔、腰には風呂敷包みを一つずつ下げた彼らは、一目で出獄囚だった。囚人服のままの人もいる。今、西大門刑務所から政治犯たちが釈放されていると言う。人々は、この監獄からの凱旋パレードのために道を空け、トラックを追いかけながら拍手をしたり抱きあって泣いたりしている。

彼らを見て、本当に解放されたんだなと思った。明子は囚人服の男をぼんやりと眺めた。その男がうらやましかった。今朝まで豆粟飯を食べパンツまで脱いだ裸で検査台を通過して使役に出る身の上だった彼が、今は解放の喜びを思い切り味わっている。天皇が降伏する瞬間まで抵抗をやめなかったのだから、それを心から味わう資格があった。しかし転向者が迎えた解放は、バツが悪く、居心地も悪かった。

家に帰ると、明子の部屋の戸にメモが挟まれていた。うしろで大家の声が聞こえた。

「さっき誰か来て置いて行ったよ」

メモには一言だけ書かれていた。

「明日の朝、桂洞(ケドン)に来るように」

桂洞。夢陽(モンヤン)こと呂運亨の家だ。明子はメモをひっくり返して隅々までようく見た。先生の筆跡ではないが、メッセージは明確だった。呂運亨が同志たちを招集していた。今日京城(キョンソン)の人々に訪れた解放が、ついに彼女のもとにも届いたのだ。明子は空に向かって両手を大きく広げ、自分にだけ聞こえる声で低く叫んだ。

「万歳！」

彼女はその日、夜がかなりふけてからやっと寝床についたが、なかなか眠れなかった。昼も、夜も食べなかったが、眠れないのは空腹のせいではない。物心ついたときには朝鮮は植民地で、それは春の次に夏がきて、太陽が東から昇って西に沈むのと同じように、動かしがたい事実だった。それが問題で、矛盾で、変えたり選択したりできることなのだと言われたとき、共産主義は本当に偉大だと思った。ところが解放運動をする、階級闘争をすると言いながらも、無意識のうちに天皇は全知全能で日本は天下無敵で植民地は朝鮮の運命だという劣等感が深くすり込まれていたようだ。日本の降伏というニュースの衝撃を消化するのに、半日はあまりにも短かった。

呂運亨先生がもうすぐ解放されるだろうと言ったときにもそうだった。すぐにも始まると思われた階級革命がまだ始まらないように、民族解放というものも漠然とした夢なのだと思っていた。彼が明子を探しているという知らせを聞いたのは一年前のことだ。しかし、訪ねて行く勇気がなかった。

その数カ月後に再び呂運亨宅のお手伝いの子が来たときは、その子について楊平(ヤンピョン)に行った。白い夏物のチョゴリの袖をまくりあげて畑で草取りをしていた彼は、土のついた手をさっさと払ってうれしそうに明子の手を握った。還暦の老人らしく髪には白髪が目立ち額が広くなってはいたが、田舎の農夫のように適度に日に焼けた顔は素敵だった。日本訪問中に日本はもうすぐ負けるだろうと公言して、六カ月監獄に入った後のことだった。彼は明子に建国同盟の話をした。日本の敗退に備えようということだった。

「恥ずかしくてできません。私は転向書にサインして、『東洋之光』でも働いたんです」

そう言う明子に呂運亨がかけた言葉は、説得というよりも慰めに近かった。「講演に行けとか、文を書けとか、注文や脅迫をたくさん受けただろうに、君はずいぶんがんばったほうだ」

明子は涙ぐんだ。神に罪を告白して許しを受けたような気分だった。

一二時を過ぎても街は賑やかで、ときどき太鼓（プク）や銅鑼の音も聞こえてきた。明子の頭の中で過ぎ去った四〇年のフィルムが巻き戻されたり再生されたりする間に、窓の外が白み始めた。

眠れない夜を明かした明子は、軽く腹ごなしをして家を出た。電車に乗らずにゆっくりと鍾路（チョンノ）に向かって歩いた。朝から通りには人々が大勢出て来ていた。昨日までは、もしかしたら何かの間違いではないか、日本が降伏を取り消すのではないかと半信半疑の表情も見えたが、解放の初夜を送って出て来た人々の顔からは不安の色が消え、活気に満ちあふれていた。

徽文（フィムン）中学校の塀沿いに桂洞の道を歩き呂運亨の韓屋（ハノク）に入ると、庭から板の間まで大勢の人でひしめいていた。居間には呂運亨と十数名がびっしりと座っている。知りあいも何人かいた。その中で金炯善（キム・ヒョンソン）と目が合うと、明子は声をあげそうになった。一九三三年に捕まってずっと獄中にいたから、いったい何年だろう。火曜会の先輩だった趙東祜（チョ・ドンホ）も出獄してすぐにここに来たと言う。火曜会とは宿敵だったソウル派出身の鄭栢（チョン・ベク）と李英（イ・ヨン）もいた。京城帝大出身の李康国（イ・ガングク）と崔容達（チェ・ヨンダル）の顔も見えた。これまで呂運亨中心の点組織だった建国同盟の秘密メンバーたちが桂洞の居間で初めて互いに心からうれしく、または少し気まずく対面していた。この部屋の中で今、建国同盟が解散し、建国準備委員会がつくられようとしているところだった。

今日の午後には建国準備委員会の名で声明が出る、それが放送されるという話だった。話題は、今日の声明の内容から、建国準備委員会の職制問題へ、そしてまた人選問題へと移っていき、治安隊の運営問題、食料配給問題までとりとめがなかった。みんな興奮して黙っていられないのだ。三伏の蒸し暑さに討論の熱気まで加わって、部屋にいる人々は扇子や中折帽や新聞紙などで懸命にあおぎながら議論している。明子も部屋の熱気と興奮にあっという間に感染した。

呂運亨が総督府から治安維持と食料配給を頼まれたという。総督府警務局は天皇の降伏宣言と同時に機能がストップし、朝鮮人警察官は全員逃げ出して警察署はガランとしているという。建国準備委員会が直ちに治安と放送を掌握して当面の間、政府の役割ができるように全国的な編制を整えることが懸案だった。今まさに、天皇の所有物だった国家権力が丸ごと空から臣民たちの前に落ちてきたのだ。リハーサルも、見習い期間もなし。この部屋にいる誰もノウハウを持っていないプロジェクトだった。事前調査や熟慮を経ない、過激で突拍子もない主張が次から次へと出てきて、明子は方向性をつかむことができなかった。

それら過激な主張の半分くらいは鄭栢という男のものだったが、明子は、口角泡を飛ばす男を見ながら、誰だったかなとあやふやな記憶をまさぐっていた。往年のソウル派で第三次共産党事件のときに監獄に入り、転向書にサインして出て来た男だ。明子が『東洋之光』に勤めていたときに、彼は鉱山業をしながら総督府の官吏たちと明月館に出入りしていた。どういう経緯で呂運亨に近づいたのかはわからないが、とにかく今は建国準備委員会の組織づくりという重大な任務が与えられているのだから、口角泡を飛ばすのも無理はなかった。「日警に監視される中で夢陽先生に極秘にお会いしたとき」をうんぬんしているのを見ると、明子同様、建国同盟の秘密メンバーだったようだ。治安をどう引き受けるかに関する討論が延々と続く中、鄭栢は建国準備委員会で急ぎ総督府の職制を引き継ごうなどと、どんどん先走っていった。この中ではめずらしく高等政治の経験がある呂運亨が整理をしていったが、彼もまた内心興奮していることを隠せなかった。鄭栢の長広舌が止まらないと見ると、呂運亨が話を遮って隣を見た。

「民世（ミンセ）、どう思う？」

呂運亨の隣に丸いめがねをかけて静かに座っているのが、民世こと安在鴻（アン・ジェホン）だった。植民地時代に通算九回投獄された経歴の持ち主で、一時朝鮮日報の社長だった彼は、朝鮮語学会事件で投獄されて釈放された後は、解放直前まで故郷の家で隠居して、古朝鮮研究書である『朝鮮上古史鑑』を執筆した。彼は今、この部屋の中で発足したばかりの建国準備委員会の副委員長だった。

安在鴻が声明を持って放送局に出かけて行くタイミングで会議は終わった。呂運亨は明子に過去の女性同志たちがどうしているか調べるよう依頼した。午後に呂運亨宅の向かい側にある徽文中学で開かれる建国準備委員会大会でまた集まることにして、明子は桂洞の家を出た。

毎日見ていたソウルの街だが、今日は人も、木も、家も、違って見えた。空気も違う。明子も一時、共産党を再建して民族解放をはかろうと組織事業をおこない檄文もまいたが、最終的には同志たちが魚の干物みたいにみんな一緒に縄でくくられて監獄にぶち込まれただけで、計画が現実になったものは何一つなく、机上の空論で砂上の楼閣を建てただけだった。しかし今日の桂洞の集まりは、すべてが目の前の懸案に関する話だった。解放された祖国の運命が、彼らの手のひらの上にあった。明子は改めて、解放されたソウルの空気を肺の隅々までたっぷりと行き渡らせようと深く息を吸い込んだ。

真昼の鍾路通りは人でごった返していた。四方から万歳の声が聞こえ、スローガンも聞こえてくる。人それぞれに声を上げてガヤガヤと騒いでいた。皆どこかに隠しておいたものを引っ張り出したのか、太極旗を振っていた。よく見ると、ほとんどは日章旗の上に青く上塗りし八卦を描いて臨時に改造したものだった。ところが八卦の形がバラバラで、四隅に棒を一本ずつ描いたものもあれば、時計のように一二本をぐるっと描いたものもあった。明子も太極旗をあまりにも久しく見ていなかったので、どれが正しいのかわからなかった。中には押し入れの奥で数十年を過ごしたらしき黄色く変色した太極旗もあった。おそらくそれこそが正解なのだろう。縦横にきれいについた畳みジワに、明子は胸が熱くなった。

明子は人波に身を預けて歩いた。電波商の前に人だかりができていて、ラジオに耳を傾けていた。安在鴻の声だった。建国準備委員会がつくられたこと、建国準備委員会は完全な独立国家を建設し、民主政権を樹立すると言っていた。文章が一つ終わるたびに誰かが拍手し、誰かは聞こえないから拍手はするなと文句を言った。建国準備委員会は警察署と放送局を接収したとし、警備隊を編制して秩序維持を期すると述べている。また、すでに白旗を掲げた日本人の生命を保護しようという呂運亨建国準備委員会委員長の特別な訴えを伝えた。ラジオ放送が終わったとき、電波商の前から散らばっていく男たちはほとんどが目を充血させており、女たちはオッコルムで涙と鼻水を拭いていた。明子の前にいた白い夏物チョゴリを着た男が「日本になんとかっていう爆弾が落ちて火の海になったらしい」と言うと「どこ？　東京に？」と横の男が聞き返していた。

午後三時の徽文中学校の運動場は人の山だった。白いジャンパーを着た呂運亨が演説する間にも、あちらこちらからバラバラにスローガンが飛び出した。

「建国準備委員会万歳！」

「日本人はただちに消えろ！」

演壇に立つ呂運亨の一言が雷のようにとどろきわたった。

「今や我が民族が解放の第一歩を踏みしめることになりました。過去のつらく苦しかったことをすべて忘れて、この地に合理的で理想的な楽園を建設しなければなりません。個人的英雄主義は断固なくし、最後まで集団的に一糸乱れぬ団結で行きましょう」

演説が終わるころに群衆の中から誰かが「ソ連軍がソウル駅に到着した」と叫び、続いて「ソウル駅に行こう」という声が聞こえた。ソ連軍は一週間くらい前に元山（ウォンサン）、平壌（ピョンヤン）まで来たというが、さらに南進しているようだ。

呂運亨は演説を急いで終えて演壇から降り、運動場の人波は引き潮のように鍾路方面に流れて行った。ソ連軍がソウルに来る！　彼もきっと来るはずだ。彼女は心臓がドキドキと高鳴るのを感じた。明子は流れる人波をかきわけて群衆の先頭に出た。彼がすぐに見つけられるように先頭に立っていなければならない。

ところが走ったり歩いたりしながらたどり着いたソウル駅は閑散としていた。明子は線路脇に出て新村（シンチョン）へと続く線路を見ながらしばらく待ったが、遠くの汽笛すら聞こえず寂寥（せきりょう）としていた。ソウル駅広場の人波は右往左往した挙句に散って行った。ついに群衆が誰もいなくなって、明子はガランとした広場に一人残された。

「今度来たら君のご両親にご挨拶もして、簡単な結婚式も挙げよう」

麻浦（マポ）区桃花洞（トファドン）の家を出た丹治の後ろ姿が目に浮かぶ。「今度」というのが結局、祖国が解放された後になろうとは思いもしなかった。そうして一六年が過ぎた。でも、丹治は必ず帰って来るはずだ。他の人がみんな捕まって殺されても一人、無事に生き残った人だから。

明子は日が沈むソウル駅広場に一人で呆然と立ち、辺りが暗くなってから広場を立ち去った。誰かが日にちを間違えたのかもしれない。明子は明日またソウル駅に出てみることにした。

彼女はトボトボと歩いて鹽川橋(ヨムチョンギョ)のほうから家に帰ることにした。西大門の電車駅交差点まで来たとき、彼女は電信柱に大きな文字のビラが貼られているのを見た。

「朴憲永(パク・ホニョン)君、早くあらわれて我々の進むべき道を指導せよ」

丁七星(チョン・チルソン)、鄭鍾鳴(チョン・ジョンミョン)ら往年の女性同志たちを探して奔走する数日を送った後、再び桂洞を訪ねて行った明子を衝撃的なニュースが待っていた。一八日の零時ごろ、呂運亨先生が家の前でテロに遭い、頭をひどく殴られて気を失って倒れ、今は楊平で療養しているというのだ。

同じくらい衝撃的なもう一つのニュースは、ソ連軍が平壌(ピョンヤン)までは来たがソウルには米軍がすぐに来るだろうというものだった。総督府は、呂運亨に任せた治安権と食料配給権を後で米軍が入ってきたらすぐに引き渡さねばならないと言って、また持って行ってしまった。建国準備委員会は三日天下に終わってしまったのだ。解放は爽やかに訪れたが、再びすべてが五里霧中の状態となった。つまり、日帝がいなくなった代わりに米軍が統治するということなのだろうか。

延安

貞淑(ジョンスク)は延安の羅家坪にある朝鮮革命軍政学校の教務室で天皇の降伏放送を聞いた。短波ラジオのボリュームを最大音量にしたため、天皇の声が割れてよく聞こえなかったが、敗戦を認める内容であることは間違いなかった。天皇の降伏宣言が終わると、軍政学校教官の朴一禹(パク・イル)が最初に両手をあげて万歳を叫び、金料奉(キム・ドゥボン)、崔昌益(チェ・チャンイク)、武亭(ムジョン)、尹公欽(ユン・ゴンフム)、徐輝(ソ・フィ)ら、ラジオのまわりに集まっていた人々が皆、万歳を叫んだ。

「万歳！」
「朝鮮解放万歳！」
「朝鮮義勇軍万歳！」
貞淑も両手を高く上げて「万歳」を叫んだ。二回目の万歳を叫んだとき、万歳の声と一緒に涙がどっとあふれ出た。何度も万歳を叫ぶ間に、貞淑の顔は涙でくしゃくしゃになった。涙が頬をつたい、軍服の前立てをぬらした。

結局終わった。息子の息子まで植民地の民として生きていく運命なのかと思ったこともあったけれど。武漢から内陸へと追われたときには、死なない限りこの日本人の世界から抜け出せないのかと思ったけれど。でも、結局終わった。戦争も終わって、日本も終わった。

万歳を叫ぶ昌益の目にも涙がにじんだ。昌益の涙を見るのは、かなり長く夫婦としてすごしてきた貞淑にとっても初めてだった。他の男たちもみんな泣いている。笑いながら涙を流す表情は奇妙だった。万歳を叫ぶことに疲れたころ、人々は互いに抱きあった。貞淑は同志たちを順に抱きしめ、最後に昌益と抱きあった。京城（キョンソン）駅で昌益と一緒に北に向かう列車に乗ったあの日から一〇年の歳月が走馬灯のようによみがえる。やっとあの列車を逆に乗って、奉天から京城に帰るのだ。

五日前に日帝が降伏したという新華社通信の報道があった。しかし、天皇の玉音放送を聞いて初めて、人々は心から万歳を叫ぶことができたのだ。貞淑も、一介の敗戦の将となった天皇の弱々しい声を聞いてやっと、天と地が入れ替わったことを実感した。

ゆでたサツマイモを昼食に配給され、わけて食べながら会話がはずんだ。

「ヒロヒトがヒットラーみたいに自殺するかと思ってたが、図々しく生きてなんだかんだと言っているな。

老い先短い身で口は達者だな。天皇はすぐに処刑されるだろうな」

「マッカーサーが銃殺するだろう。でも、天皇は神だから銃では死なないだろ。人類はみんな自分の子どもだとかなんとかホラ吹いてたからな」

「日本軍人の中にはもう割腹自殺したのもいるらしい。バカなサムライどもめ!」

「ところで我々はいつ出兵するんだ?」

延安の朝鮮独立同盟と朝鮮義勇軍の人々はいまだに戸惑っていた。予想よりも早く訪れた終戦のニュースだったのだ。五月にヒットラーが降伏して独ソ戦が終わり、日本の降伏も時間の問題と思われたが、その時間はもう少しかかるだろうと予想されていた。六月末に毛沢東が発令した伝令では「日本の崩壊まで一年半かかるだろう」と予測されていた。ところが八月八日、ソ連が極東戦線に参戦し、米国が日本に核爆弾を落としてから戦況が急転したのだ。朝鮮義勇軍に「満州を経て朝鮮に進軍し朝鮮人民を解放せよ」という八路軍総指揮の朱徳の第六号命令が下りたのが四日前の八月一一日だった。

ところが出兵の準備をしている最中に、降伏宣言が舞い込んだのだ。朝鮮の地を踏みもしないうちに、米軍とソ連軍が戦争を終わらせてしまった。

八月一五日夜、延安はお祭りムード一色だった。日本帝国主義と国民党軍という二つの敵のうち一つを倒したのであり、戦争は続くだろうが、中国共産党の人々は松明(たいまつ)を掲げ、爆竹を鳴らし、紅軍の宣撫隊が唐人笛を吹き銅鑼を叩きながら歩き回った。真昼のように明るく松明を掲げた革命軍政学校の運動場で、独立同盟の金科奉主席は壇上に上がり、感激に震える声で、ついに我々が解放された祖国に帰れることになったと宣言した。しかし、敵を我々の手で倒すことができず、全身全霊で解放を迎えることができないことが悲しいと言ったとき、場は粛然とした。

貞淑も同じ気持だった。解放感の一方でむなしさが押し寄せていた。彼女自身も去る一〇年間、中国に来て悪戦苦闘したし、数百、数千万の朝鮮人と中国人が銃剣または倉庫から錆びた熊手まで持ち出して命がけで戦ってもびくともしなかった日本が、アメリカの核爆弾二発で終わったということがむなしかった。日本の降伏は、彼らからもっともひどい目に遭った朝鮮人たち、あるいは中国人たちの手で勝ち取るべきものだった。

独立同盟は天皇の降伏宣言が出た後、毎日のように会議を開き、貞淑は執行委員の一人として出席した。会議はなかなか収拾がつかなかった。今すぐにでも荷物をまとめてソウルに帰りたい気持は山々だったが、平凡な家族でも一〇年以上定着して暮らしたら荷造りをしたり生活の根拠地の整理をしたりするのは簡単ではないものだ。まして、華中、華北地域に支部組織を持つ亡命団体の帰国は、そう簡単ではなかった。地方組織だけでなく、朝鮮人流民までまとめなくてはならない。また、海外で武装闘争をしてきた代表的なマルクス主義団体として、解放された祖国に帰る際の体面も考慮しないわけにはいかなかった。ソウルに帰還するのにどの経路を選択するのかも問題だった。会議がめちゃくちゃになるのは、皆の心がはやり浮かれて平常心を失っているからでもあったが、何かを判断するには朝鮮の状況をめぐる情報が足りないせいでもあった。

浮かれているのは軍政学校の学生たちも同じで、貞淑が授業に入っても講義がまともにできるような状態ではなかった。日本の敗色が濃くなるにつれて朝鮮義勇軍には新入隊員が急激に増え、革命軍政学校は新入生速成班を編制して国内侵攻に備える軍事訓練と思想教育をおこなった。貞淑は政治思想史の教官で、レーニンの死後にレーニン主義がどのように変化したのかが今日のテーマだったが、学生たちは三・一万歳運動のときの京城の雰囲気はどうだったのかと質問し、朝鮮共産党を結成した先輩たちはどんな人たちだったのかを知りたがった。貞淑は久しぶりに憲永と丹治と世竹、そして曺奉岩や金在鳳の名前を口にした。そして、それらの名前と共にすごした二〇代の時間と京城の街を思いだした。

授業を終えて窯洞に戻ると、すぐ隣の窯洞の戸口で若い義勇隊員四人が座って話していた。彼らは貞淑を見ると、立ち上がって挨拶した。明るい笑顔だった。貞淑は改めて、こんなに明るい笑顔を見るのはどれくらいぶりだろうと思った。一九四二年の反討伐戦以降は、みんな笑顔を失い表情がこわばっていた。窯洞に戻った貞淑は洗濯して干した古い軍服を持って座り、ほころびを縫い始めた。長い行軍を前に、軍服のほころびを縫うくらいしか、帰国の準備としてできることが他になかった。崔昌益と別れて一人で使う窯洞は家財道具もシンプルだった。昌益とはこれまでの結婚の中で最も長い縁となった。林元根、宋奉瑀は離婚と同時に去って行ったが、昌益は同志として残った。延安で貞淑のもっとも近しい同志で気の置けない友といえば、やはり今でも昌益だった。

貞淑は軍服を縫いながら洋服を一着買おうと思った。このボロボロの軍服を着た姿を見たら父は眉をひそめるだろう。監獄から出たという話までは聞いたが、健康状態はどうなのだろう。監獄で病気にかかったのではないだろうか。息子たちはどんなに大きくなっただろう。下の子は一六歳になっているから道ですれ違ってもわからないかもしれない。三清洞と鍾路はどんなふうに変化しただろう。三〇代で出て来て、四〇代の中年になって帰るのだ。中国の地に骨を埋めるんじゃないかと思ったこともあったけれど、やっと懐かしいソウルに帰ることができるのだ。

窯洞の外が騒々しくなってきた。聞き耳を立ててみると、武勇談に花を咲かせている。遊撃区で行軍中に奇襲されて死にそうになった話、密偵にだまされて死の峠をやっとの思いで越えた話、監獄で死ぬほど拷問された話、全部が全部、死の際でなんとか生き残った話ばかりだった。一九三八年に武漢で出発した朝鮮義勇隊創立メンバーは、ここのところ頭の中が複雑で発言をあまりしなくなったのに対して、こんなふうに武勇談を誇る人たちは、ここ一、二年の間に中国に徴用や徴兵で来て、ここまで流れてきた若い人たちだった。二〇歳前後で戦場のど真ん中にかり出され、命からがら戦線を越えて延安までたどりついたところで解放を迎えたのだから、どんなに寡黙な人でも黙っていることは難しかっただろう。また、同じ人の同じ話も二、三回繰り返されるうちに、小さな小川が大河となり、敵軍三、四人が三、四〇人にふくれ上がったりした。

ソ連軍と米軍が北緯三八度線を境界として朝鮮半島を分割占領するというニュースが伝わったのは八月二五日。日本の降伏から一〇日後のことだった。羅家坪の朝鮮人村が、各地から押し寄せて来る人々と、尾ひれはひれのついた後日談と、国内侵攻に対する期待と興奮ではち切れそうになっているときのことだった。新華社通信ラジオニュースは、浮かれていた羅家坪の人々に冷水を浴びせかけた。三八度線以南には米軍政が、以北にはソ連軍政が樹立されるというのだ。軍政学校に集まってラジオを聞いていた独立同盟指導部はパニックに陥った。

最初に口を開いた金枓奉主席の第一声はこういうものだった。

「ところで三八度線ってどこにある線だ？」

皆、教務室の壁に貼られた世界地図に駆け寄った。北緯三八度線というが、地図には三五度線と四〇度線しか出ていない。

「ちょっと待て、ものさしを持ってきてごらん。三五度と四〇度の間を五分の一に割るとだいたい……」

義勇軍総指揮の武亭（ムジョン）が「我が義勇軍もあるし、臨時政府の光復軍もあるのに、どうしてよその国の軍隊が入って来るんだ！」と怒鳴った。

金料奉が「我々も中国で日本軍と戦い、連合軍の一員も同然なのに、なぜ我々の問題をやつらだけで勝手に決めるのか。ソ連軍が頭満江（トゥマンガン）を越えて下って行くときに我々が合作で進軍するべきだった。あの世に行って金学武（キム・ハンム）や陳光華（チン・グァンファ）、尹世冑（ユン・セジュ）同志に顔向けできない」と言いながら崔昌益の表情をうかがった。

まさにそういう主張をしてきたのが崔昌益だったからだ。彼は、日中戦争が始まったころからずっと東北方面への進出を主張してきた。そして終戦を目の前にした最近では、積極的な参戦で戦後交渉における発言権を確保すべきだという立場だった。崔昌益が重い表情で口を開いた。

「まったく本末転倒ではないか。戦犯国である日本が分割されるべきなんだ。朝鮮は被害当事国で、義勇軍や光復軍が日本と戦ってきたではないか。我々は参戦国といえるはずだ。なのになぜこんな扱いを受けなければならないんだ」

米軍とソ連軍の分割占領というのにも戸惑ったが、貞淑は目の前の進路に対する考えで頭の中が複雑になっていた。どこに帰るべきなのか。独立はされたが、領土が真っ二つにわけられたのだ。どっちに行くべきなのか。北か、南か。どっちが私の祖国なのか。私がいた場所はソウルで、そこに父と子どもたちがいる。しかし、我々の理念的同志はソ連ではないか。

独立同盟がついに帰国の途についたのは、一〇日後の九月三日だった。歩いて行く道のりだった。義勇軍とはいえ、軍用車両一つ持たない貧しい軍隊だ。独立同盟の指導部だけでも車で先に帰国しようという話もあったが、独立同盟は当然ながら軍隊を先頭に威風堂々と入国するべきだという意見が大勢だった。独立同盟が他の抗日闘争団体と大きく異なるのは軍隊を率いているということではないか、ソ連軍が先に入っている状況なのだから、独立同盟がその威厳と力を誇示しながら鴨緑江（アムノッカン）を渡って凱旋しなければならない、ということだった。羅家坪の朝鮮人村は今や一〇〇〇人の大部隊となっており、その中で独立同盟指導部と義勇軍四個部隊が第一陣として満州に向けて出発した。延安から鴨緑江までは五〇〇〇里。徒歩の行軍だと二カ月は優にかかる距離だった。

前日の夜遅くまで飲んだ酒のせいで頭が重かったが、貞淑は洗って継ぎ接ぎした軍服に着替え、軍章をつけた。昨晩、毛沢東、周恩来を始め中国共産党の人々が高粱酒と豚肉を牛車に載せて羅家坪を訪れ、賑やかな惜別のパーティーを開いてくれた。行軍を始めると、歩みが軽かった。

中国の広大な大地に朝鮮の若者が行進する
歩を合わせて行こう　全員前へ
気だるく長い夜が過ぎ　光り輝く新しい朝が明ける
響き渡る革命の歓声の中　義勇軍の旗がはためく
進もう　血たぎる友よ　突き抜けろ　敵の鉄条網
揚子江と黄河を越え　血にじむ満州の決勝戦に
敵を東海に追いやろう
前進　前進　光明さすあの道へ

毎日歌ってきた義勇軍の行進曲だが今日は何か違う。隊員たちの声もいつになく大きい。今日こそ気だるい夜が過ぎ、光り輝く新しい朝が明けて光明さすあの道へと前進しているのだ。

「許貞淑同志、これまでご苦労さま」

貞淑の横に並んで歩いていた昌益が笑った。ソウルに行くべきか、平壌に行くべきかをめぐって貞淑は昌益と議論した。しかし、答えを得るのに多くの言葉を要しなかった。二人は平壌を選んだ。生まれた故郷がどこかは関係なかった。肉親のいる故郷よりも、思想の故郷が優先だった。

「夢に描いた東北進出を、こんな形ですることになったわね」

延安から張家口を経て承徳まで、徒歩の行軍は五〇日あまり続いた。隊列はどんどん増え、行軍はどんどん遅れていった。天皇も降伏したというのに場違いにも「天皇陛下万歳！」を叫びながら銃を乱射する日本軍敗残兵に出くわして軽い交戦となり、行軍が一時中断することもあった。村を一つ通るたびに朝鮮人たちが加わってくるので、一〇〇〇人で出発した隊列は今や数えること自体が難しくなり、先発隊が野営して行った村に一日遅れて後発隊が到着する体（てい）になった。新たに合流する人々は、学徒兵や徴兵出身者もいたが、ほとんどがさまざまな理由で満州に流れてきて帰国しようとする流民たちで、満州の口といわれる張家口を過ぎると、義勇軍の隊列はもう行軍とは言えない、むしろ民族大移動と呼ぶべき壮観をなしていた。

貞淑の軍服は、継ぎ接ぎしたところがまたほころびて、ズボンの裾もすり切れて糸くずがぶらぶら垂れ下がっていた。陽と風で色褪せ、黄河の砂埃が染みこんで、軍服のカーキ色が黄土色に変色していた。

承徳で列車に乗り奉天に到着したのが一一月二日。延安を出発してちょうど二カ月後だった。奉天では初冬の寒気がボロをまとった義勇軍の隊列を出迎えた。一一月の満州はもう冬だった。袖から、破れた靴の穴から、冷たい風が刃のように吹き込んできた。貞淑にとって風餐露宿の長い行軍は初めてではなかったが、四〇を越えた年のせいだろうか、奉天で彼女は寒さと疲労に耐えられず精根尽きて倒れてしまった。

しかし、冬の寒さよりも独立同盟の人々をもっと苦しめたのは、解放された祖国のニュースだった。すでに三八度線が引かれてほぼ国境線になっており、鉄道も、道路も、電線も、何もかも三八度線で切断されていると言う。南北でソ連軍政と米軍政がそれぞれ別個に政治をおこなっているようだ。

奉天に来て比較的詳細に聞いた平壌に関する噂の多くは金日成（キム・イルソン）に関するものだった。ソ連軍政が一時パルチザン闘争をしていた極東軍の大尉金日成を、平壌の指導者に推しているということだった。ソ連軍政が平壌の公設運動場に市民一〇万人を集めて歓迎大会も開いてあげたと言う。独立同盟もこれまで、満州東北抗日連軍に連絡して合作を謀ったことがあり、金日成の存在は知っていた。誰かが彼は大韓帝国の武官出身で洪範図（ホン・ボムド）将軍〔一八六八年生まれの独立運動家。抗日パルチザンを率いた〕と同年代だと知ったかぶると、早くに満州に派遣されていた李相朝（イ・サンジョ）が金日成はやっと三〇歳を越えたばかりの青年だと言い、それを聞いた人々はびっくりした。独立同盟と義勇軍が雨風に打たれながら満州平野を横切って民族大移動の行軍をしている間に、ソ連が若い極東軍大尉を軍艦に乗せて素早くスマートに平壌に連れて来たのだ。

しかし貞淑にとっては、金日成よりも朴憲永（パク・ホニョン）のニュースのほうがもっと驚きだった。彼は貞淑が中国に向かって発ったときには監獄にいて、その後どうなったか消息がわからなかったので、漠然と死んだのかもしれないと思っていた。ところが彼は、解放と同時に墓から復活して今や三八度線の北と南の両方で朝鮮共産党の最高指導者としてあがめられていた。解放直後に彼が公表した八月テーゼが朝鮮共産党のガイドラインになっているというのだから、朴憲永個人が往年のコミンテルンを体現している形だった。

すでに三八度線と米ソの分割占領に衝撃を受けていた独立同盟の人々は、朝鮮半島情勢をつかみきれない上に、ソ連軍政が金日成を中心に、ある種の計画を立てて根回しが終わっているのではないかと思い、不安な表情だった。

「ソ連軍政としては現地社会と意思疎通するための回路が必要だったんだろう。政治代理人とでも言うべきか。極東軍出身だからロシア語もできるだろうし、ソ連軍政とはよく通じるだろうから……」

「政治代理人なら曺晩植(チョ・マンシク)みたいな平壌で影響力のある人物のほうがいいんじゃないか。もっとも曺晩植はソ連とは思想が合わないからな」

「パルチザン闘争をちょっとやったからって、三〇歳そこその若造に何がわかる？　ソ連軍政は自分の手足として使いやすい人間が必要だったんだろう。何をやってたやつだって？　勉強はどこでしたんだ？」

「吉林で中学に通ったとか、中退したとか」

日本や中国の名門大学留学経験者がゴロゴロしている独立同盟の高級知識人たちの顔に嘲笑の色が浮かんだ。しかし、光明さすあの道へ前進また前進しようと、堂々たる歩みで延安を出発したときの気迫は、もう半分くらいすり減ってしまっていた。不気味で不穏な霧の向こうに隠されていた祖国の現実が冷厳な実態を伴って彼らの前にあらわれたのは、鴨緑江の先に朝鮮が見える安東県に到着したときだった。ソ連軍政の新義州(シニジュ)保安隊が義勇軍の行く手を阻んだのだ。保安隊は義勇軍に武装解除を求めた。今、朝鮮の三八度線以北ではソ連軍だけが武装することができる、他の軍隊は認められないと言うのだ。独立同盟の幹部たちも個人の資格で入国審査を経なければ朝鮮に入ることができないと言う。

すり切れて色褪せた古い軍服を着て長い行軍をしてきた高齢の軍人たちの中から、怒号とため息が吹き出した。短くても一〇年、長い者では三〇年もの亡命生活をしてきた抗日闘志たちだ。

「主客転倒にもほどがある。今、誰が誰の資格を審査すると言うのか」

「朝鮮独立に生涯をかけてきた者たちだぞ？　どこから露助(ろすけ)が出てきて入れとか入るなとか言えるんだ」

「個人資格だと？　独立同盟と義勇軍は今日付で解体しろってことか」

「軍人に向かって武器を捨てろとはどういうことだ」

武亭が拳銃に手をかけて、ものすごい剣幕で叫んだ。

「朝鮮義勇軍がどんなふうに生まれた軍隊だと思っているのか。たとえ解放された祖国でも、軍人として果たせる役割がないなら、いっそ中国に帰ったほうがましだ」

彼は義勇軍を率いて引き返し、紅軍と共に革命戦争を続けると主張した。年長者たちが彼を引き留めた。

「ここの保安隊に何がわかる。ただ上部から下りてきた指針どおりにしているだけだろう。独立同盟や朝鮮義勇軍の処遇については、軍政指揮部と直接話してみなければわからないだろう」

金科奉、崔昌益、許貞淑、武亭ら指導部三九名が談判のため先に平壌に入ることにした。義勇軍総司令官の武亭は、腰から拳銃をはずして副官に預けた。義勇軍を先頭に立ててみごとな凱旋を果たすという野望は泡と消えた。解放の英雄ではなく、一群の敗残兵のように憔悴した格好の独立同盟指導部が安東から南に向かう列車に乗った。

鴨緑江に薄氷が張っていた。京義線(キョンウィ)列車の中で一行はときおり、車窓に広がる朝鮮の山河について感慨を述べた。

「鬱蒼とした松の木を見ると、やっぱり朝鮮の山だな」

ときどき低いため息が漏れる以外には、あまり言葉が出ることもない。亡命客の帰還列車にしてはあまりにも静かだった。

平壌のソ連軍司令部は、八月に公表されたチスチャコフ布告令の要旨を説明し、解放者である赤軍以外にはいかなる武装勢力も許されないの一点張りだった。断固としていた。結局、独立同盟は安東で待つ一五〇〇人の義勇軍を武装解除することに決めた。独立同盟の幹部たちに取り囲まれて武亭が義勇軍総司令官の名で隊員たちに送る最後の伝令を作成するとき、貞淑は武亭の涙を見た。早くから紅軍の作戦課長として大長征を完走し、二〇年という歳月を前戦の砲煙と砂埃の中で送ってきた人らしく、がっしりとした体格と真っ黒に日焼けした顔をしていたが、その黒ずんだ頬に涙がつたい落ちた。貞淑がこれまで見てきた武亭は、いつも軍服の腰に拳銃を下げていた。ところが拳銃も持たず、周囲に兵士もしたがえずに、平壌に残ることになった武亭の脇腹がわびしかった。

噂の金日成は、間もなく独立同盟の人々の前に姿をあらわした。彼は、朝鮮共産党北朝鮮分局中央組織委員会の名で独立同盟の幹部たちを夕食に招いた。朝鮮共産党本部はソウルにあり、平壌は分局だった。聞こえてくる話では、金日成が平壌にもう一つの党本部をつくりたがったが、朴憲永が認めなかったと言う。

意外にも金日成は快活な好男子という印象で、笑いながら握手を求めてきた。

「遠くからご苦労さまでした。心から歓迎します」

「金日成同志が満州で活躍した話はかねがね聞いていたが、こんな紅顔の青年だとは」

金科奉が挨拶を返した。金日成はパルチザン出身とはいっても、ソ連軍の将校として数年を送り、二カ月前には平壌入りして、すっかり垢を落とし、すっきりとした風貌だった。一方、貞淑一行はズボンの裾がすり切れた古い軍服を着て、野宿疲れした顔がすっかりやつれて荒れていた。

食事が出され桔梗酒が一まわりぐるっとまわる間、短い挨拶や控えめな質問が交わされるほかは、食卓に気まずい沈黙と緊張が流れていた。皆、極力発言を控えつつ互いの人物像を探ることに余念がない様子だった。

祖国に帰って来たら酒の味が違うと桔梗酒に対する品評を述べた上で、金科奉が「金日成大将の普天堡(ポチョンボ)戦闘の噂は延安まで聞こえてきた」と言うと、金日成はためらうことなく武勇談を切り出し、山中で虎と出くわして思いがけず虎の皮を手に入れたという逸話で、話の最後をド迫力で締めくくった。戦争談義が始まると、独立同盟側の相手として武亭が登場した。彼は、大長征のときに四川省の大雪山で雪と木の根で飢えをしのぎながら一週間行軍した話を昨日のことのように生々しく再現した。顔合わせが終わるころには、武亭は金日成にすっかりタメ口になっていた。

「我が軍隊を創設する問題についてはそのうちゆっくり話そう。訓練された義勇軍数千の兵力が待っているから」

武亭は一九〇四年生まれで、金日成は一九一二年生まれだ。年齢だけでなく、軍隊の経歴的にも相当に開きがある。金日成はたかだかソ連軍の大尉で、武亭は十数年前に紅軍の砲兵司令官だった。武人同士の対話は豪快だった。

この三四歳の青年の自信満々な態度にソ連軍政の後光が働いているのは確かだが、貞淑は背後に何があるかとは関係なく、人間そのものに好感を持った。彼は闊達でよく話し、虚勢や誇張も混ざっているし、年齢のせいかどこか幼稚で不器用なところもあるが、それでもなお親しみの持てる人物だった。貞淑は、ソ連軍政が金日成を選んだ理由がわかる気がした。でも、政治的手腕は未知数ではないか。彼女は、ソ連軍政が使い捨てのカードとして金日成に白羽の矢を立てたのではないかと思った。彼は陰謀家には見えなかった。

独立同盟の宿舎に誰かが貞淑を訪ねて来て金日成のところに連れて行ったのは、それから数日後のことだった。金日成は公式的な顔合わせだった数日前とは打って変わって、長年の友人に接するかのように温かく彼女を出迎えた。彼はパルチザンの同志である金策（キム・チェク）から貞淑父娘の話をよく聞いたと言った。金策が西大門（ソデムン）刑務所にいたとき、許憲（ホ・ホン）が無料弁論をしてくれた上に、満州に発つときには旅費までくれたと聞いたと言いながら、金日成は彼女の父親を偉大な民族的良心だとほめたたえた。彼は、平壌はどうか、宿舎は快適かと尋ね、家を用意するまでもう少し合宿生活をしていてほしいと言った。金日成は面談の途中で副官を呼んだ。

「許貞淑同志に今すぐ洋服を一着用意するように。軍服が古くなっていますね。髪が短いから洋装がお似合いだと思います」

ある日、ソ連軍政からオペラ公演の招待状が送られてきた。一二月初めの、寒いけれどもよく晴れた気持のいい日だった。延安から来た独立同盟の人々だけでなく、ソ連から帰国した人々、満州パルチザン出身者など解放後に平壌に集まった指導者クラスの人々がひととおり招待された場だった。オペラはロシアの作曲家ミハイル・グリンカの『イヴァン・スサーニン』だった。貞淑はプッチーニのオペラ『ラ・ボエーム』や『蝶々夫人』はよく知っていたが、ロシアオペラは初めてだった。プッチーニとの類似点もありながら、早いテンポとスラブ的な躍動感が魅力的だった。

貞淑はオーケストラの演奏を聞きながら目を閉じた。閉じた目の内側で一〇年の歳月が満浦線列車のようにガタガタと走りすぎていった。睫毛が濡れた。太行山で討伐隊に追われているときには、解放された祖国に戻ってオーケストラを鑑賞することになろうとは想像もできなかった。乞食のような姿で帰還した平壌では、まだ人にも、地理にも慣れることができず、一〇年前に南京に到着したときのように、また亡命生活が始まるような気持だった。ところが、ここ平壌人民劇場の客席に身を埋めて初めて、貞淑は解放された祖国に帰って来たことを実感した。ここがソウルで鍾路だったら完璧だっただろうが、しかたがない。彼女は平壌に帰って来て以来初めて魂の安息を味わった。

劇場を出るとき、貞淑は今はこの世にいない世竹（セジュク）のことを思った。上海時代に彼女は二日に一度は夕飯が食べられなかった。食事にかわるものが必要だった。それがときには音楽であり、ときには革命だった。モスクワの東方勤労者共産大学に留学し独立同盟に入ってきた朱徳海から聞いた話では、彼女は金丹治と再婚して丹冶が銃殺された後、シベリア流刑となり、そこで死んだということだった。スターリン体制の下で起きた殺伐とした出来事については十分に聞いていたので、世竹と丹冶が再婚したことや、二人とも死んだということも、初めはショックを受けたが、すぐに無感覚になった。

クズロルダ

世竹は、クズロルダ州カルマクシー区域の前進協同組合の宿舎で、目覚めるや否や日本が降伏したというラジオニュースを聞いた。ニュースの途中、天皇の声も流れた。アナウンサーは興奮した語調で偉大なるスターリン大元帥をほめたたえた。ドイツに次いで日本との戦争を勝利へと導いた世界最高の指導者であり、その領導の下、我が人民は帝国主義勢力から祖国を守り抜き、四〇年前の日露戦争の敗北を雪辱したと言っていた。

もう一週間前にモロトフ外相の太平洋戦争参戦宣言が出た後から、ラジオでは毎日のように赤軍が朝鮮の北部都市を解放していると報道されていた。そしてついに天皇の声で、戦勝ニュースのフィナーレを飾ったのだ。しかし、一九四二年の冬にスターリングラードでナチス軍に大勝を収め、今年の春にヒットラーがベルリンの地下バンカーで拳銃自殺するまで、ソ連のラジオが連日独ソ戦を中継し、人民を興奮のるつぼに追い立てたのに比べたら、日本降伏のニュースはおとなしいものだった。

お昼休みになると協同組合の食堂は闇市のようにガヤガヤと騒々しかった。ラジオからは今も戦勝ニュースが流れていて、このテーブル、あのテーブルで、カザフ語や朝鮮語やロシア語でそれぞれに騒いでいるので、世竹は片時も落ち着かなかった。

朝鮮人たちのテーブルでは強制移住させられた住民たちが大声をあげていた。戦争が終わって日本が負け朝鮮は解放されたのだから、自分たちの運命にも変化があらわれるかもしれないという思いに、皆興奮して口々に何か叫んでいた。

「我々が日本にくっついて密偵になるんじゃないかと思ってここに追い払ったんだから、元に戻してくれるだろう。沿海州にまた送ってくれるんじゃないかな？」

「どうして沿海州に行くの？　朝鮮が解放されたんだから故郷に帰らなきゃ。生きて故郷に帰れるなんて。これ、夢じゃないの？」

世竹は黙々と聞いていた。朝鮮人の群れにところどころ交ざっている流刑囚たちは、それぞれ複雑な表情だった。ほとんどが教育水準の高い流刑囚たちは、用心深く政治的な見解を披瀝した。

「朝鮮が完全に解放されるのだろうか。日露戦争でロシアが日本に朝鮮をゆずったから、今度は日本がソ連に朝鮮を明け渡すんだろうか」

「満州とサハリンと極東の島々はどうなるのだろうか。ソ連が取り戻すのだろうか」

「戦勝でスターリン体制がいっそう強化されるだろうから、流刑が解かれるのは難しいのではないか？」

翌日からカルマクシー部落の党支部には、移住を申請する韓人たちの列ができた。どの家でも、朝鮮に帰りたいという親と、ここに残りたいという子どもたちの間で、行く、行かないのひと悶着があったと言う。支部の前で列をつくっている人々は、子どもよりも強い親たちだった。

「沿海州にいたら川一つ渡るだけだったのに」

カザフスタンから極東まで、再び荷物をまとめて引っ越すことは気が遠くなるようなことだろうに、皆大変な期待と興奮で顔を輝かせていた。しかし移住申請は数日の間にことごとく拒絶された。党支部は「だめだ」「わからない」ばかりを繰り返した。

それでも居住地移転を申請しに党支部に行ける人々が世竹はうらやましかった。流刑期間は二年前に終わっていたが、彼女はなぜか流刑地から解放されなかった。

日本の降伏のニュースがあってからしばらくは韓人たちが騒いでいたが、一カ月も過ぎるとカルマクシー部落は何事もなかったかのように静かになった。解放のニュースも遠い国の昔話になった。世竹が八年も暮らしてきたカルマクシー部落では、毎朝九時に人々が宿舎を出て仕事に行き、午後六時には一斉に退勤する。仕事が多くても少なくても、出勤と退勤の時間は決まっていた。

彼女がここ数日、何も言わず、笑いもせず、退勤時間になるとうしろを振り返りもせずに家に帰って行くので、今日みたいな金曜日の夜にも、誰も彼女に招待の言葉をかけることができなかった。ときには誰かの家に集まってウオッカを飲み、歌を歌って遊ぶ金曜日の夜に、世竹は一人、家で冷たい牛乳を一杯注いで固いフレーブ〔パン〕をちぎって食べていた。牛乳を温めるのも面倒だった。

「カザフスタンで新しい家庭を持ったんでしょう？　子どももできたの？」

ビビアンナの声が一日に何回も聞こえてきて頭の中でぐるぐると回る。ビビアンナは民族舞踊のダンサーとしてかなり有名になっていた。しかし世竹は娘の公演を写真で見ただけだ。昨年の夏、初めて旅行の許可を得て六年ぶりに期待に胸ふくらませて到着したモスクワで、世竹を待ち受けていたのは無情な冷遇だった。思春期を過ぎたばかりの娘は、母の顔をまっすぐに見すえて心臓をぐさっと抉るような質問をしてきた。幼いころから、どうして私の姓はみんなみたいにアルベロヴァやヴォロディナじゃないのか、どうして私の姓はパクなのか不思議だったの。お父さんが朝鮮人だからなの？　すごく小さいときに男の人に抱かれていた記憶があるんだけど、あれが私のお父さんなの？　それとも義父なの？　私は私生児だったの？　お母さんは離婚したの？　お父さんは革命家だったの？　それとも浮気者だったの？

一七歳の娘になったのだから父について知りたいと思うのも当たり前だし、母を問い詰めるのだって当然だ。家族というものを知らない子だけれど、家族に対する渇望がないわけがない。娘は今でも、母親が少数民族の強制移住政策によってカザフスタンに行ったと思っている。母が流刑囚だということ、まして義父が第一級の政治犯として銃殺されたことなど、知るよしもなかった。一昨年、流刑期間五年が終了して手紙のやりとりができるようになり、世竹が久しぶりに長い手紙を送ったとき、ビビアンナは短い返信を送ってきた。

なぜカザフスタンに行ったのか、そこで何をしているのか、どう過ごしているのか、一言半句も聞いてこなかった。ただ、学校生活は今も楽しいと、バレエができて幸せだと、偉大なるスターリン大元帥の慈しみを受けて何の不便もないと、共産党のすることには誤りがないと書かれていた。ロシア語で書かれた屈託もなく突拍子もない手紙から、彼女は怒りと恨みを読み取った。そして娘が、ほんの少しだけ開けておいた心の扉を完全に閉ざしてしまったことを知った。何も言わずにモスクワから姿を消して以来、五年もの間、保育園を訪ねることも、連絡をしてくることもなかった母親を、理解することも、許すこともできなかったのだろう。母親が新しい家庭を持ったのだと確信している様子だった。心の扉を閉ざすことが、これ以上傷つかずに自分を守る道だったのだろう。

初めは子どもがまだ幼いと思って言わなかった。父親が朝鮮の監獄にいるということ、監獄で気が触れてしまったかもしれないということ、そして、もしかしたらもうこの世にはいないかもしれないということを、幼い子どもに到底話すことができなかった。その後は、母がなぜ他の男と暮らしているのか、理解させる自信がなかった。丹冶（ダニャ）が逮捕された後は、子どもに累が及ぶのが恐かった。流刑囚になった後は話す機会すらなかった。娘と再会して、すべてを話そうとしたときには、もはや過去のことが心の中で大きなしこりとなっていて、触ることも、抉り出すこともできなくなっていた。心の傷はルビャンカの地下室のように深かった。ルビャンカは、金丹冶が朴憲永（パク・ホニョン）を日本の警察に売り渡したと言っており、世竹を共犯に仕立て上げていた。世竹は、それが真実ではないと思っていたが、究極の真実を知ることが恐かった。そして、そんな気持を誰かに気づかれることも恐くて、ただすべてを深く埋めるほかなかった。

　どこからかバラライカの音色が聞こえてきた。軽快ながらも力強い演奏は『ステンカ・ラージン』だ。バラライカの弦を弾く音に、人々の合唱が入り交じっている。

　世竹は半分くらい残ったウオッカの瓶を棚から下ろした。彼女は小さなグラスにシベリアの寒さのように透明なウオッカを一杯注いだ。燃える氷。ウオッカを飲み干すとき、喉が凍るように、そして焼けるようにひりひりした。立て続けに二杯飲むと、腹の底から火花が散り、胸が熱くなった。世竹は紙を一枚引っ張り出してテーブルの上に置いた。

「あなたのお父さんは朝鮮の革命家なのよ。あなたのお父さんについて話すべきときがきたようね。あなたはいつのまにかすっかり大人になったのね。お母さんが今までこの話をしなかったのは……」

　心臓がバクバクして息が苦しくなった。どこからどう話せばいいんだろう。どこまで話すべきなのか。世竹は紙をグシャグシャに丸めてゴミ箱に捨てた。ゴミ箱には昨日書こうとして丸めた紙の束が入っていた。彼女はウオッカをもう一杯注いだ。バラライカと歌声は近づいたり遠ざかったりしながら、ついには遠い過去からこちらに渡って来ようとしていた。

丹治と再婚さえしなければ娘を失うこともなかっただろう。流刑にされることもなかった。丹治とたった三年暮らしただけなのに、その罪科はいったい何年支払わなければならないのか。彼女は人生を丸ごと後悔していた。今までの後悔だけでも腰がちぎれそうなのに、これから先、いったいどれだけたくさんの後悔を積み上げて背負っていかなければならないのか。

手紙をまた書き始める気力はもう残っていない。数行の手紙で書き表せる話ではなかった。何日もかけて対話しても語り尽くせないだろう。でも、クズロルダとモスクワは列車で五日もかかる。今年はもう旅行許可は下りないだろう。

ソウル

明子（ミョンジャ）は踏み石の靴を履こうとして、軒先にぶら下がる氷柱（つらら）に手を伸ばした。氷が指先に張りつく。気温は氷点下のまま、なかなか上がろうとしない。彼女は毛糸で編んだマフラーを頬まで引き上げて家を出た。仁寺洞（インサドン）の全国婦女総同盟事務所で会議があるのだ。信託統治問題に対する対策を議論することになっている。全国婦女総同盟が設立されたのが一二月二四日。四日前のことだ。劉英俊（ユ・ヨンジュン）が委員長、丁七星（チョン・チルソン）が副委員長で、明子は中央執行委員兼ソウル市支部長だった。明子は、これまで生死もわからなかった往年の先輩、同僚たちと再会できて感慨無量だった。何よりも、金命時（ミョンシ）と一緒に働けることが心強かった。金命時は中国で朝鮮義勇軍に入るため延安に向かう途中、解放を迎えて一人ソウルに戻って来たのだ。

解放されて四カ月経ったが、もう四年くらい経ったような気がする。天皇のラジオ放送を聞いた大家のおばさんが砧を持って飛び出した日が遠い昔のようだ。この四カ月間に見て聞いたこと、そして興奮し、浮かれ、失望したことだけで、この世に生まれて四〇年間に経験したことに匹敵するくらいだ。

米軍の占領軍統治が始まったが、それは日帝の植民地統治と同じようでもあり、違うようでもあった。総督府の建物が軍政庁になり、日章旗の代わりに星条旗が掲げられ、阿部総督が去ってホッジ中将があらわれ、総督府の局長と機関長の座に大佐から中尉まで米軍将校たちが居座った。あらゆる職制が日本時代のままで、解放後数日間どこかに逃げていた朝鮮人警察官たちが元の場所に戻っていた。呂運亨が建国準備委員会を朝鮮人民共和国という名の政府体制に変更したが、米軍は入って来るとすぐにこれを違法化してしまった。その代わりに米軍政は、一〇月にアメリカから帰って来た李承晩の歓迎大会を開き、一一月には中国から戻って来た金九の歓迎大会を開いてやった。トップが何回も代わった。二〇〇以上の政党が生まれ、数十種の新聞が創刊された。首都の名称、京城はソウルになった。

大通りに出ると、足元に多種多様なビラが絨毯のように敷かれていた。信託統治関連のようで、「独立をくれ、さもなくば死をくれ」というタイトルも目につき、「金奎植の正体を暴く」という黒色宣伝ビラもあり、「丁子屋ダンスホール」の広告チラシも混ざっている。一昨日、明子たち全国婦女総同盟がまいた創立宣言ビラは、とっくに新しいビラたちの下敷きになって満身創痍になっている。最近では機械が止まった工場も多いと聞くが、紙工場、印刷工場だけは繁盛しているようだ。明子が女性同友会に出入りしていたころも、思想団体の全盛時代と言われていたが、今に比べたら旧石器時代だ。朝鮮人は二人が出会えば政党を三つ作るという話がある。各自が一つずつ、そして二人で一つ。軍政庁の米軍将校が言ったという話だ。

今朝の街頭では臨時政府の金九主席の名でまかれたビラが圧倒的だ。昔の日本軍の軍服を墨汁で染めて着た青年がまいていったビラを見ると、「信託統治に従う者は反逆者として処断する！」と大書されたタイトルの下に、全国民に呼びかける九項目の行動綱領が書かれていた。金九主席が、全国民に一斉ストライキに突入すること、米軍政で仕事をしている朝鮮人には業務を拒否して反託運動に参加することを厳かに命じていた。

　モスクワ三国外相会議の結果は同日午後六時に公式発表される予定だったが、発表を待つ人はいなかった。一日前に東亜日報が一二月二七日付一面トップで「ソ連は信託統治主張、米国は即時独立主張」という記事を出すと、金九の臨時政府と李承晩の独立促成中央協議会が「決死抗戦」を宣言、たった一日で全国は反託〔反信託統治〕の波に覆われていた。左右合作で信託統治反対国民総動員委員会が結成され、商店街は店を閉め、反託デモが開始された。国民総動員委員会は金九と李承晩が主導したが、共産党と人民党、そして婦女総同盟も参加した。建国準備委員会の解消後、左右にわかれて死ぬか生きるかの争いをしていたが、反託戦線で再び糾合されたのだ。国民総動員委員会が明日の夜、京橋荘（キョンギョジャン）で対策会議を開くから婦女総同盟からも代表を送ってくれという連絡が来た。

　婦女総同盟執行委でも信託統治反対声明を出すことに異論を唱える者はいなかった。お昼を食べに出たときにもビラがまかれていた。金九主席の指示は即時的で絶対的だった。鍾路（チョンノ）の商店は店を閉め、飲食店も閉まっているところが多かった。営業している食堂はたいがい満員で、婦女総同盟の人々は鍾路裏通りの餃子屋でなんとか餃子を一皿買って事務所でわけて食べた。

　午後遅く、婦女総同盟の声明を印刷所に送った後、明子は呂運亨先生の家に行った。桂洞（ケドン）の家には今も人々が出入りしていたが、ここのところその数がぐっと減った。人民共和国もハプニングに終わり、米軍政が入って来て、李承晩と金九が戻り、朴憲永（パク・ホニョン）が左翼陣営を圧倒する中、呂運亨は左右両方から冷遇されていた。まして八月と九月に二回もテロを受けて重傷を負い、療養に行かなければならない状況だが、テロを働いたのが右なのか左なのかもわからなかった。彼の顔は、監獄から出て楊平(ヤンピョン)で畑仕事をしていた一年前よりもはるかに疲れてやつれていた。

婦女総同盟で反託声明を書いて来たと言うと、呂運亨は「そうか、三千里の山河全体に反託の風が吹いているのだな。昨日の朝刊に出たと思ったら、今日は商店が軒並み店を閉めて抗議しているのだから、朝鮮人はやはりなかなかのせっかちではないか」と言った。明子が先生の健康状態について尋ね、最近の出来事について話していたところに、朝鮮人民党の幹部たちが入って来た。人民党宣伝局長の金午星(キム・オソン)と政治局長の李如星(イ・ヨソン)だった。反託声明の文案をつくり、党首である呂運亨の裁可を受けに来たのだ。金午星が文案を見せると、呂運亨は渋い表情で首を横に振った。

「公式発表は今晩だと聞いている。まだモスクワ会議の結果が正確にわかっているわけではないではないか。新聞記事を何度も読んだが、何度読んでも釈然としないのだ」

彼は文箱(ふばこ)の上から『東亜日報』二七日付を持って来て目の前に置いた。

「記事をもう一度読んでみたまえ。『バーンズ国務長官がモスクワを出発する際、ソ連の信託統治案に反対して即時独立を主張するよう訓令を受けたというが、三国間でどのような協定があったのか、なかったのかは不明で』と、記事はこう始まっているではないか。要するに、モスクワ会議の内容はわからないということだ。出所も曖昧で、記事を最後まで読んでも『オレンスバーグジャーナル』の報道だということしか書いてない。このオレンスバーグの報道というのも、ソウルで書いている臭いがプンプンしているではないか。どう考えても誤報か、誰かが仕組んでいるとしか思えない。京橋荘や李承晩の側も、記事をそのまま真に受けて朝鮮半島全体を赤化しようとするソ連の陰謀だと声を荒らげているが、私が以前から聞いていた話では、朝鮮の信託統治はスターリンではなく、ルーズベルトの提案だということだ。米国務省が信託統治案を出したのが一〇月だった。とりあえず声明はもう少し後にしよう。今日の発表を見てから明日出しても遅くはないだろう」

李如星はうなずいたが、金午星が即座に反発した。

「これがアメリカ側の主張だとしたらますます許せません。完全独立はカイロ会談の合意事項ではありませんか。それなのに今になって信託統治を実施するとは！　とにかく我々としては信託統治に対する反対の意思だけは確実にしておく必要があると思います」

「君は声明を今日のうちに絶対に出そうということかね」

「絶対ということではありませんが……。京橋荘や独促〔独立促成中央協議会〕が攻めているので、あまり遅れをとるのはどうかと……」

「これは付和雷同する問題ではないのだ。今日の発表を見て、明日の朝早く執行委員会を開くことにしよう」

李如星が「先生のおっしゃるとおりにします」と、その場を早々に収拾した。弟の李快大(イ・クェデ)と共に兄弟画家で経済学者でもある李如星は、新聞社で働いたことがあるため、呂運亨の話をすぐに理解した。太平洋戦争の終盤におかしな親日怪談の類いがあふれかえっていた仁寺洞の書店で李如星の『朝鮮服飾考』を発見したとき、明子はすがすがしい風に当たったような気分だった。親日と検閲の狭い隙間で『朝鮮上古史鑑』を書いた安在鴻(アン・ジェホン)のように、彼も歴史に道を見いだしたのだ。二人が部屋を出て行った後、明子は金午星について不満を言った。

「あの人はいったいどうしてあんなに傲慢不遜なんでしょうか。表面的には人民党の幹部と言いながら、実際には朴憲永の指示を受けているのではないでしょうか。人民党を共産党の第二分隊にしようとしているみたいです。朴憲永さんもひどすぎます。建準〔建国準備委員会〕を解消させて、人民共和国をつくって人民共和国も自分の思いどおりに動かそうとして結局だめにしてしまったじゃないですか。先生の面子が潰されただけです。悔しくてたまりません」

「これ、明子」

しばらく豪快に大笑いしていた呂運亨が、顔から笑顔を消して言った。

「これは絶対に誰にも言ってはならないことなのだが、朴君も今、難しい立場なのだ。ソ連軍政のほうからの注文もあるから。ま、これ以上は知らないほうがいいだろう」

彼はしばらくうつむいていたが、痛いひとことを付け加えた。

「ときどき、丹治(ダニャ)を思いだすんだ。丹治がいたならば……」

明子は涙が出そうになって、先生の顔を見ずに部屋を出た。

桂洞の家を出て西大門(ソデムン)の京橋荘に行く途中で米軍政庁の前を通ったとき、明子は軍政庁正門前で白い粉を頭から被った紳士を見かけた。軍政庁の入り口には米軍兵士が二人立ち、一人が身分証の検査と持ち物検査をして、それが終わるともう一人の兵士がＤＤＴ〔有機塩素系の殺虫剤〕をまくのだが、その紳士はＤＤＴを大量にまかれたようだ。黒い背広の紳士は、頭と肩から粉を払い落としていた。

京橋荘は、棍棒を腰に下げた青年団員たちが塀を取り囲んで厳しい警戒をしていた。いつも前を通っていた竹添荘(チュクチョムジャン)だが、主人が替わってやっと門の中に足を踏み入れることになった。竹添荘はもともと、金鉱成金の崔昌学(チェ・チャンハク)の家だったが、解放されてから白凡(ペクポム)こと金九一行が帰国するや、崔昌学が白凡の私邸兼臨時政府の庁舎として献納したのだ。上海時代に金九が独立軍に資金を援助してほしいと人を送ったときに、金は渡さずに警察に通報したという悪縁もあり、太平洋戦争時に飛行機を献納して巨額の国防献金をした親日前科もあって、崔昌学としては自分が狙いをつけた最有力の大統領候補に私邸を捧げるという、命がけの賭けに出たわけだ。白凡の韓国独立党にも莫大な政治資金を出していた。「京橋荘」という看板を新たに掲げたこの邸宅は、夢陽（モンヤン）の韓屋と比べたら、規模といい、華やかさといい、宮殿だった。

　大きな長方形の宴会場には、ざっと見渡しただけでも一〇〇人くらいが集まっていた。席がたりなくて若手は立っていたが、明子が入って行くと、顔見知りの男が席を譲ってくれた。参加者たちは全員、テーブルを拳で叩き悲憤慷慨（ひふんこうがい）していて、会議というよりも決起大会だった。

「長い歴史と固有の文化を持つ我が民族が植民地三六年でも足らず、信託統治五年とは。これは耐えがたい侮辱です」

「信託統治は我が民族を奴隷化しようとする脅迫以外の何ものでもありません。五年でなく五日であっても認めることはできません」

　金九主席が発令した行動綱領の威力は実に素晴らしく、この日、米軍政庁の職員一〇〇〇人が出勤を拒否して反託大会を開き、ホッジ中将の調理師がエプロンを投げ捨てて反託大会に出て来たという噂もあった。そのせいか臨時政府の人々はひときわ勢いづいていた。

「この機に臨時政府で軍政庁を接収してしまいましょう。今後、軍政庁の朝鮮人職員はホッジ中将ではなく金九主席の指示を受けるようにするべきです」

　弁が立つことでは引けを取らない政治団体の代表たちが一堂に会していた。近ごろタプコル公園や府民館でマイクを握ったことのない人など、ここには一人もいないだろう。そんな扇動の達人、大家たちの競演が繰り広げられていた。それでも何と言っても大家中の大家は金九だった。

「当人は海外で数十年、民族独立のために闘い、祖国の土を踏みましたが、不幸にも今日、三〇〇〇万同胞と共に独立運動を再び始めなければならない状況になりました。日本の虐政三六年でもたりず、我が民族が国際政治の生け贄にされようとしているのです。我々は再び民族の罪人になってもいいのでしょうか。今日以降、洋服も、靴も全部捨てて、皆でわらじを履いて歩きましょう」

　少なく見積もっても二〇〇〇坪はあると言われる京橋荘を揺り動かすような大演説が涙を堪えながらしめくくられると、人々は静かに口をつぐみ、場内は湿った毛布のように粛然とした沈黙に覆われた。中には拳で涙を拭く男たちもいた。明子も涙がこみ上げ、まぶたが熱くなった。一分が一時間のように感じられるその堅牢な静寂をやぶる声の主人公は、韓国民主党（韓民党）の宋鎮禹（ソン・ジヌ）だった。「オホン、オホン」と声を整えた彼は、落ち着いた語調で話し始めた。

「皆さんが愛国心から発言されていることはよくわかります。私の認識ではモスクワ議定書の内容は、米ソ共同委員会を設置した後、韓国の政党、社会団体と協議して南北を統一した臨時政府を樹立し、五年以内の信託統治をおこなうということです。長くても五年後には統一した我が政府を樹立することができるということですから、それも次善の策になるのではないかと思います。今、朝鮮半島は分割統治下にあり、強大国間の戦後問題が解決していない状況で、我が民族の当面の懸案を独自に解決できる妙案があるわけでもないではありませんか。私も信託統治には反対です。しかし、ただ反対するだけではだめだと思います。米軍政と極端に衝突することも、いい方法ではないと思います。あくまで冷静に事態を把握し……。そして軽挙妄動は控えるべきです」

　宋鎮禹の発言が一つの文から次の文へと移るにつれ、場内の空気は高濃縮の爆発性の緊張でパンパンに膨れ上がった。その空気の圧力で息を吸うのも苦しいほどだった。

「軽挙妄動だと！」

臨時政府の外務部長の趙素昂（チョ・ソアン）だった。宋鎮禹の発言を論理的に問い詰めたり反駁（はんばく）したりするには、場があまりにも激昂していた上に、彼が発言をまとめる際に「軽挙妄動」という表現を使ったことが人々の神経を逆なでしてしまった。その後、会議場は修羅場となり、悲憤慷慨の糾弾はいっそう激しさを増して続いたが、明子はその過激な表現と絢爛（けんらん）たる修辞の中で、なぜか会議の前半で感じていた緊張と感動がどこかに行ってしまった感覚を覚えていた。

反託の波に覆われた朝鮮の地で、いや、このソウル市内で、今、信託統治問題について冷静にもう一度考えてみようと言う人はたったの二人だった。呂運亨と宋鎮禹。

翌朝、遅めの朝食をすませて家を出た明子は、たった今まかれたらしき新聞の号外を手にとってめまいがした。

「宋鎮禹、暗殺。今日未明、苑西洞（ウォンソドン）の自宅で」

明子は号外を手に桂洞へと走った。呂運亨はすでに新聞を前に置いて座り、人々と話し込んでいた。沈痛な面持ちだった。極端に走る時局への心配ゆえであろうが、おそらく宋鎮禹の心臓を貫いた銃弾が、いずれ自身に向けられるだろうという思いを拭うことができなかったはずだ。その上、彼はすでに二回もテロを受けた経験がある。

「古下（コハ）〔宋鎮禹の号〕は温厚な人物だったのに。惜しい人を一人失ったな」

彼は長いため息をついた。

「誰のしわざでしょうか」

「思い当たる節があることはあるが」

「昨日の京橋荘では臨時政府関係者の気勢がものすごかったです。ほとんど米軍政庁を接収しに行きそうな雰囲気でしたが、宋鎭禹さんがそこに冷や水を浴びせたんです。間違いなく臨時政府側だと思います。反託の風に乗って最近、京橋荘に若者たちが集まっているんですが、その雰囲気たるや殺伐としたものですから」

「私が受けたテロの捜査もうやむやになったが、古下の場合も簡単ではないだろう。暗殺犯が捕まっても、背後は明らかにならないと思う」

「ところで、臨時政府と韓民党はグルだと思っていましたが、なぜ宋鎭禹先生だけ信託統治問題で違う意見を出したんでしょうか。昨日、京橋荘を出るときに、古下が米軍政に踊らされているって言ってる人がいましたけど」

明子の言葉に、呂運亨がうなずいた。

「米軍政が古下に世論の収拾を頼んだ可能性もあるな。そうでなかったとしても、古下自身が状況の内幕を知っているからバランスを取ろうとしたのだろう。古下が京橋荘で言ったという話、正しいことを言っている。みんな三国外相会議の発表文から信託統治の文言だけ見て興奮しているが、南と北を合わせて臨時政府をつくろうというのが核心だ。信託統治の期間は五年以内となっていて、もっと短くなる可能性もあるようだ。もしもこれを素朴な民族感情で排撃するなら、朝鮮半島が南北にわかれて三〇年経っても統一することは難しくなるかもしれない。それに、南北の内戦が始まらないと誰が保証できるのか」

「戦争だなんて、まさか……」

解放されたと太極旗を掲げ通りに出て万歳を叫んだ人々が、期待と不安のうちに丙戌(へいじゅつ)〔一九四六〕年を迎えていた。物価が跳ね上がり、札束を積んでも米が買えないと悲鳴をあげ、主人のない工場が廃業し、失業者があふれかえっていた。それなのに三八度線以北から下りて来た人々と海外から戻って来た人々でソウルの人口は毎日のように増え、四大門の内側で何か政治集会があるというと集まった群衆ではち切れんばかりだった。

漢江（ハンガン）がカチンコチンに凍る厳冬に、ソウルは、ストレスというガソリンをぎっしりと詰めて綿の芯で口に栓をした透明のガラス瓶のようだった。この火炎瓶の芯に火をつけた人物が、よりによって朴憲永だった。

一月二日、朝鮮共産党はモスクワ三国外相会議の決定を支持すると発表した。次いで、朝鮮人民党も支持声明を出した。一月三日、ソウル運動場で開かれた共産党の「民族統一自主独立促成市民大会」は、そもそも反託大会として計画されていたのだが、にわかに賛託大会に変わった。朴憲永が平壌（ピョンヤン）に行って来たのだとか、当初の誤報が生んだ誤った判断だったのだとか、党論が変わったことについていろいろな噂がついて回ったが、理由は何であれ、そのUターンはあまりにも過激で劇的であったため未曽有の大事件になってしまった。

この日、朝鮮共産党大会が開かれたソウル運動場はすし詰め状態で、全国の労働組合、農民組合、青年同盟がそれぞれにプラカードや旗を掲げ、壮観をなしたと言う。大会が終わり、群衆が市街行進のためソウル運動場を出ようとしたとき、どこからか大量の石つぶてが飛んできて数十人がケガをした。朝鮮人民報の事務所には手榴弾が投擲された。戦争の始まりだった。政治的な渇望で熱く乾いた解放群衆の頭上に火炎瓶が投げられたのだ。

右翼は反託、左翼は賛託で真っ二つにわかれ、ソウルの街路は戦場になった。反託デモには「朴憲永打倒」という新しいスローガンが登場した。モスクワ三国外相会議は乙巳（いっし）保護条約〔第二次日韓協約〕になぞらえられ、朴憲永は乙巳五賊の李完用（イ・ワニョン）にされてしまった。右翼団体が朴憲永の首に三〇万円の懸賞金をかけた。共産党本部がある小公洞（ソゴンドン）の精版社ビルには、ものものしい警備体制が敷かれた。

ある日の夜、安国洞（アングクトン）交差点の婦女総同盟事務所に、朝鮮人民党の男が息せき切って走って来た。

「今、反託デモ隊がこちらに向かっています。我々人民党の事務所も襲われて修羅場になりました。学生たちが棍棒を振り回してそこら中を壊しています。早く逃げてください」

今日の午後、貞洞（チョンドン）教会で反託全国学生総連盟の大会が開かれると聞いたので、大会が終われば街頭デモがあるだろうとは思っていたが、こんな奇襲攻撃があろうとは思いもよらなかった。事務所には丁七星と明子と若い職員が二人いた。明子はあわてて右往左往してしまったが、丁七星は机の前に座ったまま淡々と言った。

「明子、二人を連れて逃げて。私は大丈夫。いい年した女に若い子たちが手出ししたりしないでしょ」

仁寺洞のほうからウオーという歓声が聞こえてきた。しかし、丁七星の顔を見たら明子も落ち着いてきた。彼女も海千山千を経てきた年数でいえばもう老齢の域だった。

「あなたも私も一緒に年取ってきたじゃない」

明子は席に座りなおした。頭の中では連続して爆弾が炸裂しているのに平気なふりをして机の上の書類を触っていた。「売国奴を処断しよう」「賛託分子を撲滅しよう」というスローガンが徐々に近づいてきて、ついに扉がバーンと開き、デモ隊が押し入って来た。鉢巻きをした学生三、四人が棍棒を振りかざして「撲滅」うんぬんしながら勢いよく入って来たが、狭い事務所で四人の女が静かに座って事務仕事をしているのを見て、「間違えたかな」という表情をした。とりわけ美しく年を取った往年の漢南（ハンナム）券番の一流妓生（キーセン）、丁七星が微動だにせず彼らを見つめているので、「なんだ、これは」という様子だった。事務所があまりにも狭く、学生五、六人が入ったら立錐の余地もないので、隊列の後方は外で声だけあげていた。

学生たちはテーブルを一台壊し、窓ガラスを二枚割ってから「京橋荘に行こう」という先頭の学生の言葉を合図に撤収した。

翌日の新聞を見たら、反託学連のデモ隊は京橋荘に行って反託国民総動員委員会委員長の金九に大会の成果を報告したが、京橋荘に行く途中、新門路（シンムンノ）で左翼の学兵同盟のデモ隊と衝突して学生四〇人以上が負傷し、警察が学兵同盟側の学生たちを逮捕しようとして銃撃戦が繰り広げられ、学生三人が死亡したと言う。

婦女総同盟の同僚が「お母さんが、いっそ日本の統治時代のほうが楽だったって言ってたわ」と言うので、明子は「そんなふうに言っちゃだめよ。今起きているこの問題も全部、あのあくどい植民地の後遺症なのよ」と怒った。

ある日、桂洞の家に入ろうとして、庭で朴憲永と出くわした。彼の右にいるのは李承燁（イ・スンヨプ）、左のすらっとした男は李康国（イ・ガングク）だった。朴憲永のうしろに青年二人がぴたりとついていたが、一人は肩幅の広い警護員のようで、もう一人は運転手兼随行秘書の李東樹（イ・ドンス）だった。彼は丁七星の息子だ。

朴憲永は明子を見ると、硬い表情を崩して笑顔を見せた。彼は明子の前で止まって「明子さん、今後しょっちゅう会うことになりそうだよ」と言って、彼女の手首を軽く握って立ち去った。朴憲永はまもなく発足する「民主主義民族戦線」のことを話していたようだ。冷たくこわばった顔に冬の陽射しのように一瞬あらわれて消えた微笑みから、明子はふと十数年前のモスクワ時代の彼を発見した。うしろで車のエンジン音がした。家の前に停まっていた黒いベンツが朴憲永の乗用車だったらしい。

解放後、何度か偶然、彼に会った。最初は建国準備委員会時代に桂洞で会ったのだが、当時の彼は浅黒い顔と粗末な身なりで、まだ工事現場の人夫のようだったものの、表情や物言いは躍動感にあふれていた。

彼は一九三九年に監獄を出た後、身分を隠して光州（クァンジュ）でレンガ工場の人夫として働きながら地下組織事業をおこなっていたのだと言う。二人の最初の一言が「丹治のこと聞いた?」だった。「いいえ、何か聞いてますか?」「いや、何も」「世竹（セジュク）さんのことは聞きましたか」「いいや、何か聞いてるかい?」「いいえ」と世竹と丹治に関する情報交換をしてからやっと「元気だったかい?」「もう二〇年ぶりですね」「顔色がいいね」といった挨拶言葉を交わした。その後、何度か会ったときには軽い黙礼をするだけで、何も話さなかった。朴憲永の表情も徐々に重苦しくなっていった。黒いスーツを着た朴憲永は共産陣営の最高指導者らしく常に青年党員たちに囲まれていた。初めのころはトラックの前の席に乗って来たりもしたが、今はベンツに乗っている。

以前は、憲永が留学に行っても、記者になっても、監獄に入っても、誰かが必ず妾の子、酌婦の息子、庶子と後ろ指をさしたものだが、今ではそんな雑音は聞こえてこない。創氏改名とか太平洋戦争とか光復とか、度肝を抜く波乱を経験する過程で、人々は両班（ヤンバン）と賤民、嫡子と庶子をうんぬんしていた過去を急速に忘れていった。そして憲永自身も、もう誰かの息子ではなかった。彼は、繊細な一〇代のころは差別と闘いながら学業に邁進し、二〇代のころは自身が身にまとった社会的な外皮がみすぼらしい分、余計にある種の高邁な世界を自身の精神世界に構築しようとしたのだろう。階級トラウマと身分コンプレックスが梃子（てこ）になって、彼のプライドと完璧主義をさらに引き上げたのだ。そんなふうに一生の大半を送った後に、彼はついにただの「朴憲永」になった。

朴憲永が解放と同時に地上に出て来たとき、二〇年近く離れていたソウルで、年上世代で心から訪ねたいと思うような人物は、呂運亨と許憲（ホ・ホン）くらいしかいなかった。二人は解放空間のソウルで朴憲永の政治的パートナーになった。そのころ、呂運亨と朴憲永は四分五裂した左翼陣営の大同団結を掲げ、民主主義民族戦線を立ち上げた。

朴憲永は民主主義民族戦線〔民戦〕を立ち上げる問題で桂洞に来ていたのだ。民戦で明子はソウル市支部の宣伝部長を担うことになった。民戦の幹部を決める際に、明子の親日経歴が問題になったと言う。その問題を持ち出したのが、他でもない、鄭栢(チョン・ベク)だという事実に、明子はあきれてしまった。彼の親日経歴は明子よりもはるかに上手だったからだ。その場を呂運亨がまとめたと言う。「親日にもレベルがある。主義者が治安維持法の前科を持って日本の統治下で生き残るのは思ったほどやさしくない。モスクワ共産大学を出た女性に対する圧力は相当なものがあっただろう。高明子先生くらいなら、それでもかなりがんばったほうだ」

その話を伝え聞いたとき、明子は転向者というレッテルゆえに受けてきた屈辱と悲哀が一気に吹き飛ばされたような気分になった。明子は、自分にできることなら、呂運亨先生のために養女にでも、秘書にでも、何にでもなろうと心に誓った。呂運亨は明子と話すのを楽しんだ。若者たちにとって夢陽は近寄りがたい存在だったが、明子は気兼ねしなかった。明子は亡くなった父に対するように彼に接し、夢陽も見知らぬ人に明子を紹介するとき「私の養女だ」と言った。

モスクワ三国外相会議から半月も経たないうちに、政界で安在鴻や金奎植、金炳魯(キム・ビョンノ)などかなり多くの人々が三国外相会議の決定どおり米ソ共同委員会をつくり、統一臨時政府をつくることが悪いアイデアではないと考えるようになったが、すでに弓矢は放たれた後だった。反託運動は解放空間のあらゆる懸案を呑み込むブラックホールになってしまっていた。

植民地を経験した人々は信託統治という単語にアレルギーを起こし、反託のスローガンは過去の親日派の罪も不問に付すくらい呪術的な力を発揮した。反託は新しい愛国の証明だった。反託政局で最大のダメージを受けたのは朴憲永と共産党だった。モスクワ三相会談の実際の内容と賛託の理由を説明するパンフレットを一生懸命にまいたが、拾って読む人はほとんどいなかった。

平壌

合宿生活をしていた延安派の人々に個人住宅が割り当てられた。貞淑(ジョンスク)の家は解放山麓のこぢんまりとした日本家屋だった。板塀と小さな庭があり、玄関に入ると板の間の横に大きなオンドル部屋と畳部屋があった。新しい家に引っ越した後、貞淑はソウルに手紙を送り、息子たちを平壌(ピョンヤン)に呼び寄せた。

再び春を迎えて貞淑の身体も回復した。桂林から延安まで冬の行軍の末に肋膜炎をこじらせて苦労したが、今度も帰国の行軍を終えて平壌に着いた後、風邪かと思っていたらあっという間に身体が火のように熱くなり、呼吸困難になって結局、病院に入院し肋膜炎の手術を受けた。

息子たちが夕方に到着するという電話を受けたとき、貞淑は新義州(シニジュ)にある北朝鮮共産党平安北道(ピョンアンプクト)道党庁舎で土地改革の実態報告書を整理していた。平壌の党組織委からかかってきた電話は、キョンハン、ヨンハンが平壌に到着し、荷物を置いて新義州に向かったという知らせだった。貞淑が中国に発ったとき、キョンハンは一三歳、ヨンハンは七歳だった。大人になった息子たちに会うのは楽しみだったが、理由の定かでない不安もあった。一〇年という歳月は、彼女よりも息子たちにとって、はるかに長い時間だったはずだ。

三八度線以北にソビエト体制を建設する工事は、着々と進められていた。昨年一二月に米英ソ外相会談でモスクワ協定を採択したとき、軍政の民間行政担当官イグナチェフ大佐は軍政庁舎に主要人物を呼んで協定の内容を伝えた。大佐は外相会談で第二次大戦の戦後処理に関する包括的な合意があったと言い、敗戦国の賠償責任問題を簡単に説明した上で、朝鮮問題についてアメリカとソ連の軍事占領を終わらせる方法を具体的に話した。大佐は「コリアに関する決議」四項目を読み上げた。

一　民主主義の原則に則って臨時政府を樹立する。
二　臨時政府の樹立をサポートするため米ソ共同委員会を設置する。
三　米国、ソ連、英国、中国は臨時政府樹立をサポートするため最大五年間の信託統治を実施する。
四　二週間以内に米ソ司令部の代表会議を開催する。

貞淑は合理的な決定だと思った。しかし、この決定は若干の物議を醸した。五道行政局の曺晩植（チョ・マンシク）委員長を筆頭に民族主義陣営が信託統治そのものに反発したのだ。一カ月にわたる騒ぎは、五道行政局を解体し、北朝鮮臨時人民委員会を樹立することで終わった。ソ連軍政が民族陣営との中途半端な連帯を放棄して、すっきりとソビエト体制を構築することにしたのだ。うるさ型の大物クラスは皆ソウルに集まっていたので、平壌はソ連軍政にとって扱いやすい対象だった。

一九四六年二月、金日成（キム・イルソン）を委員長とする臨時人民委員会が発足すると、それこそ順風に帆をあげた格好で新しい法令が次々と採択された。土地改革法、八時間労働法、重工業国有化法、男女平等法、選挙法など。その最初の措置が土地改革法だった。土地改革によって農地の五〇％以上が農民に新たに分配されなければならなくなり、貞淑は法令執行検閲小組（しょうそ）の一員として平安北道に派遣された。宣川（ソンチョン）郡の邑（ゆう）単位で法の執行実態を点検するのが彼女の任務だった。

報告書で彼女はスドン里村の例を詳細に書いた。この村には土地改革法が噂で先に到達していた。地主の土地を奪い小作農と貧農に分配するという噂だった。田植えが始まる前に田畑が分配されるらしいが、どの家もずいぶん前に米びつが空になっている。村人たちは徒党を組んで地主の蔵を襲いに行った。代々地主の土地を管理してきた管理人の息子がスドン里人民委員長で、彼が首謀者だった。村の青年、老人の別なく熊手や鍬を手に地主の蔵から米俵を引っ張り出してわける間、村人たちの間で誰が多く取ったとか、誰が少ないとかいった争いが起き、その最中に村で一番大きな土地を持っている大地主の長男が殺される事件が発生した。その父親が人民委員会の看板を掲げた教会を訪ねて抗議すると、委員長という人物は逆に彼を人民裁判にかけた。地主が審判台に立たされると、村人たちの長年の恨みが爆発した。貞淑がスドン里村に行ったときには、ちょうど人民裁判が開かれており、息子を失った地主が袋だたきに遭っている最中だった。

貞淑は人民裁判をただちにやめさせた。四〇代後半くらいに見える大地主は唇が切れ髪がもじゃもじゃで、呆然とした表情だった。修羅場を収めるには「平壌の党中央からいらっしゃった」という平安北道党幹部の一言で十分だった。貞淑は、人民委員長だという青年を始め農民委員長や腕章をつけた男たちを人民委員会の事務所に集めた。人民委員長は満州でパルチザンにいたというが、本当に抗日闘争をしたのか、腰掛け程度にいたのか、確かめようがなかった。死んだ地主の息子はハルビンで大学を出たインテリだったが、父と同じで悪徳地主だという話もあり、ひそかに独立運動に資金を渡していたという噂もあった。貞淑は委員長を警察に引き渡し、道党幹部にスドン里の土地改革を特別に管理するよう託した。

彼女が見たのは一つの小さな戦争だった。彼女は、布団を包んだ風呂敷と家族を牛車に乗せて歩く行列にたびたび出くわした。土地改革が始まると、故郷を捨てて三八度線の南側に下りて行く人々が目立って増えたが、たいがいが地主か富農だった。貞淑は報告書をこんな文言でしめくくった。
「人民の半分である小作農と貧農は、土地改革が終われば自分の土地を持つであろうし、共産党と人民委員会に感謝するだろう。ソビエト体制建設の土台になる土地改革を成功させるためには、土地改革法の趣旨に関する広報を強化する必要がある。また、人民委員会の権限に関する規定をさらに精査し、地域で不必要な対立や混乱が起きないよう防止するべきだ」

貞淑は夜一〇時の列車の到着時間に合わせて新義州駅に行った。待合室のほの暗い電灯の下で、彼女は改札口から出て来る人波の中に息子の顔を探したが、一目で見つけることはできなかった。人波がほとんど引けた後、彼女は人気（ひとけ）のない待合室でもじもじして立っている二人の若者を発見した。彼女が覚えている、想像していた顔とは全然違う若者が立っていた。中国に出発したとき、ヨンハンの背はキョンハンの腰のあたりだったが、今では同じくらいの背丈だ。ヨンハンはぽっちゃりした丸顔だと思っていたが、身長が伸びるのと共に顔も細長くなっていた。
「キョンハンとヨンハンね？」

子どもたちは遠くからじっと母親を見つめていた。貞淑が呼ぶと、そのときになってやっと「お母さん」と走り寄って来た。

彼女は新義州で息子たちと二日間過ごし、仕事を終えて平壌に戻った。貞淑が党中央にスドン里でのことを報告したとき、組織部長という人間が忠告だとして言った言葉に、彼女はショックを受けた。
「悪質な地主を被抑圧民自身の手で処断することを、党として抑えることができないことはよくご存知じゃありませんか。スドン里人民委員長という人物は十分に叱って家に帰したそうですから、今後はそういうことはないでしょう。今後、検閲小組の活動をする上で、地方委員会組織には関わらないほうがいいですよ」

「なんですって。彼がまた人民委員長に復帰したんですか」

「まあ、そういうことです。道党でも他に方法がないということで……」

貞淑は金日成委員長に報告すると言い捨てて席を立った。部長がついてきて彼女を捕まえ、平安北道道党には金日成委員長とパルチザン活動を一緒におこなった東北抗日連軍の出身者がいて、スドン里人民委員長はその縁故なのだと言った。帰宅途中、貞淑は狐の洞窟に入った気分だった。スドン里委員長と道党委員長と道党幹部という人物と党組織部長まで、みんなグルなのか。

延安時代の同志たちと会った席で、貞淑は今回の出張の話をした。

「やはりソ連モデルを機械的に適用するのは無理だったんだと思うの。新義州から帰って来る途中、毛沢東先生の新民主主義をもう一度考えてみたんだけど。実際、朝鮮社会はソ連よりも中国と似ているじゃない。下からの革命をしようと思ったら、悪質反動階級だけ除いて連帯が必要なのに、今の北朝鮮は革命の過程は省略して結果だけ移植しようとしてるから問題が起きるんだと思うの。土地改革令はもう稼働しているけれども、問題点を補完する方策もあるんじゃないかしら」

金科奉（キム・ドゥボン）も、崔昌益（チェ・チャンイク）も、黙りこくって答えない。それもそのはずだった。延安派は土地改革法をつくる過程で毛沢東の新民主主義を公式的な立場として採用し、新たに結成した党の名称も「新民党」にしたほどだった。しかし、金日成の人民委員会とソ連軍政は、ソ連人顧問二名を連れて土地改革法を牛耳り、新民党の意見は黙殺した。貞淑が問題点の補完をうんぬんしても意欲が起きないのは当然だった。昌益が一言言った。

「だから新民党に入れって言ったじゃないか。我々の中でもこんなに結束ができないんだから、戦闘力なんか生まれないよ。土地改革の失敗が我々にとっては反転のチャンスになるかもしれないんだ」

延安派が新民党を結成する際、貞淑が参加しなかったことを責めていた。

「崔昌益同志、土地改革が失敗したほうがいいってこと？　マルキシストとしてどうしてそんなことが言えるの？」

「そうじゃなくて、朝鮮の現実に合った土地改革を実施しなきゃいけないってことだよ」

昌益があわてて言い返した。

つまり延安派は虎視眈々と金日成を引きずり下ろすチャンスを狙っているのだ。土地改革が計画どおりにいけば、貧農、労働者階級を主力とする共産党が躍進するだろうし、富農と知識人グループまで包括する新民党は弱体化し、右派民族主義勢力とキリスト教徒らが主導し地主と資本家が裏で金を渡している朝鮮民主党は基盤を完全に失うだろう。それが、北朝鮮共産党とソ連軍政の狙いだった。土地改革の伏魔殿で各党派がそれぞれに利益を計算してそろばんをはじいていた。もはやここに革命家の姿はなく、政治家だけがうじゃうじゃしていた。

平壌は表面的には静かだったが、砲声のない戦場だった。金日成は北朝鮮共産党責任秘書兼臨時人民委員会委員長として第一人者の地位を着々と固め、それを見て延安派はますますヒステリックになった。中国に革命政府が樹立されれば彼らの立場が有利になるのは間違いなかった。「中国大革命も終わりが見えてきた。紅軍が南進する速度が汽車よりも速い」とか、「モスクワよりも北京がはるかに近い」などと口では言うが、平壌の状況は時々刻々と変化するのに中国革命の進度ははかばかしくなく、心中はあせりで燃えつきそうになっていた。蔣介石は延安時代以来、いまいましい宿敵だった。

「禿げ頭のじいさんも、そろそろ降伏するだろう。戦況が不利なんだから、まさか銃弾が底をつくまでねばる気じゃないだろ」

延安派が三八度線の南側に人を送って延安派ソウル支部をつくり勢力の拡大をはかるのも、一方では平壌の金日成を、もう一方ではソウルの朴憲永（パク・ホニョン）を牽制しながら、首位奪還を狙う動きだった。ソウルで延安派に呼応するのは鄭栢（チョン・ベク）や李英（イ・ヨン）など、かつて崔昌益とソウル青年会で一緒だった者たちだった。朴憲永を牽制したい気持は彼らも同じだったからだ。貞淑は火曜会なんかはるか昔のことと思っていたが、彼らはいまだに火曜会、ソウル派にこだわっていた。延安派の人々は、貞淑が自分たちと一緒につるまないことが不満だったが、だからこそ貞淑は余計に派閥に属したくなかった。京城（キョンソン）でも、南京でも、武漢でも、派閥争いにはうんざりしていた。

ソ連移民出身のソ連派たちは金日成の満州パルチザン派と一味のように見えて、その実自分たちだけで酒を酌み交わすときには金日成を「カピタン金（金大尉）」と呼び、パルチザン派は無知だとバカにしていると言う。若くて血気盛んな金日成が致命的なミスを犯してソ連の期待を裏切ることだけを、ソ連派も、延安派も等しく待ち望んでいた。主人のいない権力が目の前にちらつき、手を伸ばしさえすれば握れるように見えていたのだ。

貞淑はまだ平壌に馴染めていなかった。平壌の街にも、平壌の政治にも、馴染めなかった。貞淑は宣伝部の仕事が終わったら、夜はなるべく早く家に帰って子どもたちと過ごした。平壌は、彼女にとってもまだ馴染めない場所なのだから、息子たちにとってはなおさらだ。もしかしたら子どもたちにとって、このよそよそしい都市以上にもっと馴染めないのが母親なのかもしれない。長男のキョンハンは新義州の駅ですぐに「お母さん」と呼んだが、母親に対する記憶があまりないヨンハンはいまだにお母さんと呼ぶのが照れくさい様子だ。彼女は息子たちに中国語を教え、一緒に映画を見たりもした。金日成委員長が息子たちをモスクワに留学させたらどうかと言うので、貞淑は留学の準備を兼ねて息子たちにロシア語の教師をつけた。林元根(イム・ウォングン)も、宋奉瑀(ソン・ボンウ)も、もう一〇年以上前に別れたが、息子たちと過ごしているとときどき彼らを思いだした。キョンハンも、ヨンハンも、それぞれに自分の父親と似ているからしかたがない。

朴憲永が平壌に極秘で二、三回来たという噂は聞いていたが、貞淑がついに彼に会ったのは七月に入ってからだった。今度は公開的な訪問だったので、金日成、金策(キム・チェク)、許哥而(ホ・ガイ)、金科奉、崔昌益たち北朝鮮指導部が総出動して平壌郊外まで出迎えに行ったと言う。ソウルとは別に、平壌で最近は北朝鮮共産党が目立ってはいたが、南北共産党の指導者は依然として朴憲永だった。朴憲永は全朝鮮プロレタリアートの確固たる不動の指導者であり、金日成は北朝鮮の責任者だった。それでも昨年一〇月、平壌で朴憲永に反対されて独自の共産党を結成することができず、仕方なしに北朝鮮分局をつくった金日成が「このような集まりを認めてくださった朴憲永同志に感謝し、すべての問題について彼の指示に従う」と言ったときに比べたら、この間に金日成の地位はかなり高くなった。

憲永はスーツのジャケットを脱いで手に持ち、ワイシャツ姿でにっこり笑いながら貞淑の事務所に入って来た。前頭部が禿げ上がり頬に肉がついた中年の顔だったが、鋭い目つきと口元は、間違いなく朴憲永であることを証明していた。憲永の顔に、二〇年くらい前の貫鐵洞(クアンチョルドン)の家での最後の姿が重なった。おなかが今にも張り裂けそうな世竹(セジュク)と一緒に来た彼は、立ち去る瞬間まで貞淑に目もくれなかった。しかし今の爽やかな笑顔は、それらの記憶が時効になったことを宣言していた。彼女もにっこりと笑って手を差し出した。

軽い挨拶を交わした後、彼がワイシャツのポケットから手紙を出した。父許憲(ホ・ホン)からの手紙だった。田舎で暮らしていた父が解放後ソウルに戻り、呂運亨(ヨ・ウニョン)、朴憲永たちと共に活動しているという話は聞いていたが、病院に入退院を繰り返しているようだ。貞淑は手紙をざっと読んで「手紙の配達が目的ではないでしょう？」と言った。すると憲永は「貞淑さんが年を取った姿も見るついでにね」と、ずいぶん悠長な冗談を返した。貞淑が世竹のことは聞いたかと尋ねると、憲永は「娘を見つけた」と話をずらした。

「ソ連領事館が手伝ってくれて娘と連絡が取れたんだ。モスクワで舞踊学校に通っていて、立派に育ったようだ。ソビエト体制の教育システムというのは驚くべきものだよ。すぐに娘に会えそうだ。ところが娘とロシア語で話さなきゃならないっていうのが想像できないんだよ。子どもが朝鮮語を全然できないっていうのがつらいよ」

娘の話に、彼は以前とは違っておしゃべりになった。いや、寡黙だというのも昔の記憶に過ぎないのかもしれない。娘に会うということは、娘を平壌に連れて来るということか、それとも本人がモスクワに行くということか。

「ソウルはどう？　モスクワの決定のせいで戦場になってるようだけど」

「そうなんだ。お父上がいつも助けてくれて本当にありがたく思っているよ」

彼は許憲をお父上と呼んだ。

「米ソ共同委員会がだめになったら三八度線の南も単独政府を樹立する方向に向かってしまうでしょうに、持ちこたえる余地はあるの？　父のことも心配よ」

貞淑は父がテロの威嚇を受けたことを聞いていた。しかし、父に対する心配を払拭してくれる返事の代わりに、彼は禅問答のようなことを言った。

「政治指導者の誤謬（ごびゅう）は歴史が正すものです。当代には誤謬だらけですよ」

彼は、政治の話になると言葉少なになった。貞淑は彼の言葉から、何か思いどおりにいっていないのだなという感じ、ある種の敗北意識を読み取った。彼は現実政治の経験を語っていた。昔の彼ならこんなふうには言わなかった。それは、原則主義革命家の言葉ではなかった。

貞淑は、憲永が娘にどうやって会うのか、すぐに知ることになった。一カ月ほどして、彼女は朴憲永と金日成がモスクワに行って来たという話を聞いた。平壌に戻った金日成が突然、北朝鮮共産党と朝鮮新民党を統合しようと言ったとき、延安派は反発したが、それがスターリンから受けたガイドラインであることを知って矛を収めた。延安派は党の合併が何を意味するのか知っていた。これで北朝鮮社会は一党体制になり、ソ連が金日成を確固不動たる第一人者として認めたということだ。まだ大衆演説の際の声もガラガラと荒く、マルクス主義理論もほとんどわかっていないように見えたが、この男が使い捨てカードかもしれないという期待を捨てなければならないときが来たのだ。時局は延安派にも、朴憲永にも、よくない方向に向かっていた。

クズロルダ

最初の文章を書きながら、世竹(セジュク)はもう何回も紙を丸めてゴミ箱に捨てた。

「親愛なるスターリン同志。私は朝鮮共産党中央委員会責任秘書の朴憲永(パク・ホニョン)同志の妻です」

彼女はウオッカを一口飲んで乾ききった口内を潤した。

　私、ハン・ヴェーラは一九〇一年、朝鮮のある貧しい農家に生まれました。一九二二年、私は朴憲永同志と結婚し、娘のパク・ビビアンナを産みました。彼女は現在一七歳で、モスクワでバレエ学校に通っています。一九二二年から三四年まで、私は夫朴憲永および金丹冶（キム・ダニャ）と共に朝鮮で非合法活動に従事しました。その過程で一九三四年、夫朴憲永は日帝の警察に逮捕されました。夫が逮捕された後、私は金丹冶と共に日帝警察の野獣のような追跡から逃れてソ連に亡命せざるを得なくなりました……。

世竹が『プラウダ』紙で朴憲永の記事を見たのは数カ月前のことだ。ロシア語の記事の中から、見慣れた男の顔が飛び込んできた。彼は朝鮮共産党責任秘書になっていた。

万感がこみ上げるというのはこういうときのことを言うのだろう。世竹は彼が生きていてうれしかったし、彼が高い地位にいることに驚き、今の自身の境遇を思うと悲しかった。しかし、ビビアンナに対して、ついに父親について自信を持って話せると思うと、胸がいっぱいになった。彼女はすぐに新聞を切り抜いて「これがあなたのお父さんよ」と書いてモスクワの娘に送った。ところが一カ月後に帰ってきた返信は冷たい怒りに満ちていた。

「父について一度も話してくれませんでしたね。友だちに父のことを聞かれるかと思っていつも恐かった。出自を恥ずかしく思いながら、私生児として育つ子どもの気持がわかりますか」

娘の手紙は、世竹をズタズタに切り裂いてドブに沈めてしまった。彼女がやっとドブから這い上がり、自分の境遇をなんとか変えてみようと勇気を振りしぼるのに、数カ月かかった。いったんそう決心すると、ソウルからも、モスクワからも途方もなく遠いカザフスタンで、流刑期間も終わった流刑囚として、生きているのか死んでいるのかもわからない生を生きていることに、もうこれ以上我慢ができなくなった。

私は一二年間、夫朴憲永がどこにいるのかまったくわかりませんでした。周辺の状況ゆえに、私は金丹冶と暮らすしかありませんでした。ところが今年一月、私は『プラウダ』紙を通して夫朴憲永が生きており、監獄から釈放されて再び革命活動に従事しているという事実を知りました。

親愛なるスターリン同志！　私の夫朴憲永を通して私について確認していただき、私が再び朝鮮で革命活動に従事することができるよう、朝鮮に派遣してくださることを切にお願いします。私は心から忠実に働き、夫を以前のようにサポートします。私の要請を受け入れてくださるよう切実にお願いします。もしも朝鮮に行くことが不可能ならば、モスクワで暮らしながら娘を育てることができるように許可してくださるよう心からお願いします。私の娘パク・ビビアンナは今、第一三六学校で第九学年の課程を踏んでいます。今一度、私の要請が拒絶されないことを切に願います。

一九四六年五月五日　ハン・ヴェーラ

スターリン宛てに書いた請願書を提出して半月後に、娘から手紙が届いた。娘の語調がひときわやわらかくなっていた。ソウルの父親から手紙が来たと言う。父は三歳の娘を保育園に預けて発つしかなかった事情を説明し、父に腹を立てないでほしいと書いていた。また、ソウルに来たければいつでも来るようにと書いてあった。父は母がどこにいるかわかるかと尋ね、昔は身体が悪かったが今はどうかと気にしていると書かれていた。

世竹は泣いた。溜まりに溜まった悲しみがこみ上げてきた。いつから溜まった悲しみなのか、上海からなのか、モスクワからなのか、クズロルダからなのか、見当もつかなかった。一時間くらい泣いたら、長い日照りに乾ききり大雨で渇きを癒やした田んぼのように、かつかつとしていた心が潤ってきた。

世竹はカルマクシー区域の内務人民委員部に走って行った。スターリン宛てに提出した請願書がどうなったか知りたかったのだ。内務人民委員部の支局には、さまざまな届け出を持って来た住民たちが朝から行列をつくっていた。二時間ほど待ってやっと世竹の番になったときには、もう昼食時間に近づいていた。山のように重ねられた書類の横で、人民委員部の職員は気乗りしない様子だった。受付台帳にまだ名前がないから、彼女の請願書は書類の山のどこか下のほうに潜り込んでいるのだろうと言った。彼女は震える声で低く叫んだ。

「それ、スターリン同志に送ったものです」

人民委員部の職員は、もっと大きな声で怒鳴った。

「ここに積まれた書類の半分はスターリン大元帥閣下宛てのものですよ！　あなた個人のことだけ重要だと考える利己心を捨てなさい」

落胆して帰る世竹に、職員がやわらいだ声で言った。

「こちらで書類を検討することになったらあなたを呼びます。そのときまでおとなしく待っていなさい」

内務人民委員部カルマクシー支局からは、五月になっても連絡がなかった。六月にも、七月にも、何の連絡もなかった。

ただ七月末ごろ、モスクワの娘から意外な手紙が届いた。父親がモスクワに来たというのだ。父親の一行がモスクワ郊外の別荘に泊まっていたので、そこに行って三日間、共に過ごしたということだった。娘は、父親は温和で優しい人で、小さなダイアモンドの指輪をくれたと書いていた。しかし、世竹についてどんな話をしたのか、何も書かれていなかった。ビビアンナがいまだに母親を恨んでいることがわかった。娘から父親を奪ったのは悪い現実だったが、思い出や慕情まで抜き取ったのは世竹だった。

八月に入ると内務人民委員部支局が召喚状を送ってきた。チャキエフ中尉という青年が彼女に「いくつか調査が必要なことがある」と言った。また最初からやりなおしだ。

「姓は？」

「ハン」

「名前は？」

「ヴェーラ」

モスクワに来て居住地登録をするときにつけた名前だ。韓国人だから姓は「ハン（韓）」、そして信じることを意味する「ヴェーラ」。調査が終わるとチャキエフ中尉は、請願書を提出するためにはまず流刑解除訴訟を起こさなければならないと言った。世竹は内務人民委員部の態度がかなり丁重になったと感じた。しかし、丁重になったからといって業務のスピードが上がったわけではなかった。人民委員部支局は、部落民の誰かの親戚の結婚式に出席するため極東に旅行するのを認めるかどうか、他のコルホーズに職場を移したいという誰かの希望を受け入れるかどうかを検討し、討議し、決定しなければならないし、支局の責任者ドゥセペコフ中佐がサインする速度よりもはるかに速いスピードで、新しい届け出書類が到着して積み上げられていた。

燃える氷。彼女の優しい友であるウオッカがそばにいてくれなかったら、彼女は一日も眠りにつくことができなかっただろう。誰かが更年期の症状だと名づけてくれたが、彼女の気分はつかみどころなく揺れ動いた。朝はわくわくする気持で起きたのに、夜にはもう憂鬱だった。朝鮮解放のニュースを聞いてスターリン元帥に請願書を書いたときには全身をおおう期待で今にも舞い上がりそうだったのに、一日のうちに希望を感じられる時間はどんどん短くなっていった。カザフスタンに来てから、欲望という欲望はすべてすくい出して捨てたつもりだったのに、八・一五の解放と夫の近況が再び欲望をかき立て、心の平穏を切り裂いてしまった。モスクワで暮らしていたころには、この寒くて寂しい都市をいつ抜け出して故郷に帰れるのかと思っていたが、今はモスクワに行けさえすればもうそれ以上望むことはないと思っていた。

九月に入り人民委員部支局の召喚を受けて出頭したとき、世竹はやっと請願書がカルマクシー部落を出てクズロルダ州内務人民委員部に上げられたことを告げられた。親切なチャキエフ中尉は、請願書と共に刑期満了証明書、部落評議会の居住証明書、職務証明書、勤務評価書を添付して上にあげるために時間がかかった、勤務評価書が非常に堅実で友好的に作成されたのでいい結果を期待してもいいはずだと言った。コルホーズでの業務が肯定的に評価されたという話を聞いて気分は悪くなかったし、また、楽観的な一言の論評が大きな慰めになった。世竹は疲れた表情を取りなおして中尉に質問した。

「私の書類はいつスターリン元帥に到着するでしょうか」

「さあ、クズロルダ州内務人民委員部で検討して連邦国家保安委に上げるか否かを決定するのですが、運がよければ年内に連邦保安委に上がる可能性もあります」

世竹は家に帰って夕飯の代わりにウオッカを飲んで寝た。

平壌

貞淑（ジョンスク）はある日、昌益（チャンイク）から招待状を受け取った。齢（よわい）五〇で、初婚の若い女性と結婚すると、大変な陰口が行き交っていた。みんな政治活動にばかり熱中していると思っていたら、恋愛も実は盛んにおこなわれていた。祖国が解放された後、男たちの欲望も解放されたのだ。ピンク色の青春を歴史に捧げ、平凡な日常生活も、正常な結婚生活も、無期限に留保してきた不遇の中年男たちが、競って艶聞をまき散らしていた。

平壌に来てから政治的な激動の中で昌益とはよそよそしくなる瞬間もあったが、依然として彼は貞淑にとって最も近しい友人だった。親友に妻ができるということが一方ではうれしく、一方では寂しくもあった。昌益の結婚式で彼女は祝辞を述べた。

「前夫を新たな結婚生活へと送り出すことになり、ほっとしてうれしい反面、寂しくもあります。新婦にお祝い申し上げます。崔昌益先生は寡黙であまりおもしろくはありませんが、おかげでひどいケンカをすることもありません」

結婚式で昌益は終始ニコニコしていた。貞淑は改めて自分がシングルだという事実に気づいた。亡命先から帰って来た男たちのように、彼女の内部でも欲情が密かに頭をもたげていた。

チスチャコフ大将が本国に戻り、北朝鮮駐屯ソ連軍司令官として新しく来たコロトコフ大将の歓迎晩餐会が終わった後、延安派の人々は昌益の新居に押しかけた。昌益の若い妻がきれいに化粧をして赤いチマと緑のチョゴリ姿で挨拶をした。彼女は果実酒と干し柿を出した後、夫のうしろに少し下がって両手を膝の上で重ね、おとなしく座っていた。

人々はそれぞれの暮らしについて尋ねあい、時局談義を繰り広げた。貞淑は彼らが金日成（キム・イルソン）のいないところでも金日成委員長という呼称をつけて丁重に呼ぶことに驚いた。まず金科奉（キム・ドゥボン）先生がきちんと金日成委員長と呼ぶので、皆、自然とそれに従った。金科奉は北朝鮮唯一の政党である北朝鮮労働党の委員長に推戴されたからには、会派とは関係なく丁重に扱うことに決めた様子だった。透徹した革命家というよりは人格と徳望を備えた学者である金科奉の役回りはいつもそういうものだった。最高の座についたからといって虚勢を張るような浅ましい人格でもなく、組織を自分の意思どおりに持っていくほど主観が強くもないから、そういう役には適任だった。

　金日成委員長はまだ若いが期待以上の統率力を発揮しているという好評もあり、ソ連が軍政数カ月で人民委員会に行政と治安を渡したのは賢明だという評価もあった。満州平野の砂埃の風で全身真っ黄色になって「日本人を東海に追い払おう」と帰国したときに比べたら、延安派の人々はずいぶんとおとなしくなった。生活が安定したこともあり、何よりも大勢（たいせい）が不可抗力だった。人民委員会委員長であり北朝鮮労働党副委員長である金日成の指導体制が迅速に固まりつつあった。金日成の家庭教師としてソ連軍政は有能だった。ソビエト体制のインキュベートを大方終えて、金日成というキャスティングは成功だったと結論づけたソ連は、軍隊を撤収させて北朝鮮から手を引く手順を踏んでいた。

　貞淑は改めて金日成に対し賛嘆の念がわき上がっていた。具合が悪いときには医者を送り、夜遅く退勤するときには車に乗せ、新しい家に引っ越したら夫婦でやって来て妻の金貞淑（キム・ジョンスク）がコチュジャンや青菜を持って来る。政治手腕なのか、あるいはショーマンシップなのか。いずれにしても、たいした能力だった。そうこうするうちに、拒みがたく人間的な情理が培われていった。ふと、貞淑はもしかしたらこの場にいる人たちは皆、同じような経験をしたのではないかと思った。物怖じせず口も達者な金日成に全員が各個撃破されたのかもしれない。朴憲永（パク・ホニョン）と延安派とソ連派を狡猾に分割統治する、この三五歳の男の政治手腕は、もちろんソ連軍政の顧問官たちから師事されたスターリン手法なのだろうが、いずれにしても金日成は自分よりも一〇歳、二〇歳年上の延安派の人々から忠誠の誓いを取りつけることに成功したのだ。

　ところが、夜がふけアルコールが血管に染みこむと、固く結ばれていた口がゆるみ始めた。

「学者も文人も芸術家も、みんなソウルに集まっているから、平壌（ピョンヤン）は知的基盤が浅くて心配だよ。国立大学を建てて政治家が自分の名前をつけるなんて下品だ。教養がないからこういうことになるんだ。若い政治指導者が今から名前に欲を出して将来が心配だ」

「中山大学も孫中山（孫文）先生が最初に建てたときには広東大学だったじゃないか。先生が亡くなってから中山大学になったんだ。まともな人間なら生きているうちに自分の名前をあっちこっちにつけたりしないよ。しかも国立大学に金日成総合大学とは……。ちぇっ」

「しかし南朝鮮を見てみろ。ソウル大学を建てて米軍大尉を総長にしたじゃないか」

「韓雪野（ハン・ソリャ）が小説家を名乗って書いてるものを読んだら恥ずかしくなる。抗日闘争は満州パルチザンだけが全部やったみたいに。金日成の偶像化以外の何ものでもないじゃないか！　スターリンから悪いことばかり学んで。毛沢東を見ろ。農民たちにとっていつもただの先生じゃないか」

　みんな延安が懐かしいのだろうか。金日成に対する不満がひとたび出始めると、自己検閲、相互検閲モードにひびが入り、一同は競って語り始めた。それまで口は穏やかだったが、頭の中は複雑だったのだ。いや、口で穏やかなことを言えば言うほど、腸（はらわた）は煮えくりかえっていたのだ。

「極東軍司令部の大尉の中には金策（キム・チェク）や方学世（パン・ハクセ）もいるし、崔庸健（チェ・ヨンゴン）は参謀長クラスだったのに、金日成は運がよかったんだ」

「方学世はソ連出身だから難しかったんだろう。崔庸健先生は見聞も広いし人となりもあれくらいなら十分だ。遜色ないし、闘争経歴は金日成よりはるかに上だ。ソ連派のほうで聞いた話だが、崔庸健は北満州のほうにいただろう？　国内の人民の間であまりにも名前が知られてなくて排除されたらしい。金日成は鴨緑江（アムノッカン）を越えて越境戦闘をしょっちゅうやって新聞に出てたから認知度の面で有利だったってことだ。スターリンが初めから金日成だけ選んで面接したって話だ」

　貞淑にとっては初めて聞く話だった。正式に北朝鮮人民委員会が発足する前に、スターリンが金日成と朴憲永をモスクワに呼んでもう一度面接したが、結果はやはり金日成だったと言う。ポーランドのボレスワフ・ビェルトや東ドイツのヴィルヘルム・ピークのようにスターリンが選んだ新しいソビエト国家の指導者たちの中でも、金日成のような政治の素人はいなかった。

「スターリンはレーニンコンプレックス、インテリ嫌悪症があるだろう？　金日成は学がなくて、共産主義をやるのにそのほうがいいと思ったという話もある。朴憲永はこれまでにスターリンに粛清されてきた知識分子の典型だからね」

「金日成もそうだが、まわりにくっついてあおる連中がもっと問題だ」

武亭（ムジョン）が委員長という立場もかなぐり捨てて果敢に発言すると、崔昌益が貞淑を見ながら意味深長な一言をつけ加えた。

「宣伝局は仕事をやらな過ぎても、一生懸命にやり過ぎても、問題な場所だ」

人民委員会で局長は閣僚に当たるものだった。延安派では貞淑が宣伝局長に、昌益が人民検査局長についていた。新しい法や政策を広報し、新聞や放送を管理するのが貞淑の仕事だが、金日成の指導者イメージを大衆に植えつけるのが最も急を要する事業だった。つまり、昌益はその最優先事業が気に入らないのだ。当惑の沈黙も束の間、貞淑の口から速射砲が火を噴いた。

「私が委員長をあおる連中の一人だってこと？　私は、仕事をするときにはいつも一生懸命よ。私のことを委員長派って言ってるそうだけど、宣伝事業の責任者は委員長派にならなきゃ。宣伝が指導力の中心と離れて動くとしたら、それを政府って呼ぶことができるのかしら？　口が頭と違う行動をしたらどういうことになると思ってるの？　烏合の衆の泥仕合にしかならないでしょ。それでも私は委員長の前で言うべきことは言っています。崔昌益同志が私にそんなことを言う資格があるのか疑問だわ」

なれあいながら深まりつつあった酒の場がシベリア平原のように凍りつき、酔いで赤く染まっていた昌益の顔が真っ青になった。痛快と絶望。異質な二つの感情の闘いで熱くなった額に、貞淑は右手を当てた。

曖昧な表情を浮かべる金科奉に軽く会釈して、貞淑はコートとバッグを手に昌益の家を出た。一〇年の風餐露宿を共にした、血縁以上の縁でつながれた同志たちが、少しずつ遠ざかっていっていた。離婚して再婚しても親友だった昌益との友情が、たった一度の足蹴りで断崖絶壁の下に突き落とされた。もしかしたら昌益の皮肉る言葉のせいだけではなかったかもしれない。官用車の後部座席に乗り込んだ貞淑は、ハンカチで額を拭きながら呟いた。

「ふん！　苦労は私として、楽しみは誰とするわけ」

昌益の若い妻は夫のうしろに影のように座っていて、お酒とつまみがなくなるとすぐにまた持ってきた。酒席の話題が山にいこうが海にいこうが、若い妻はあくびの音すら出さなかった。

車が人民劇場の前を通り過ぎるとき、並べて飾られたスターリンと金日成の大型写真が目に入ってきた。昌益の家を出てから今まで、金日成の巨大な顔に五回は会った気がする。貞淑は昌益の言葉をかみしめてみた。共感できる部分もあり、恨めしくもあった。

「何よ、政治ってものをあなたのほうがはるかによく知ってるじゃない。泥に足を浸ければ靴が汚れるのは当たり前なのに、どうしてあなたの靴だけきれいなままみたいに言うのよ」

貞淑は平壌に来て最初から党の宣伝部門を担当してきた。ソ連の顧問団からスターリン式モデルを学びながら働いた。社会を革命的に改造する仕事には強力なリーダーシップが必須であり、リーダーシップの半分は宣伝活動で維持される。国家単位の指導力とは、個人の資質と努力だけで手に入るものではない。ましてや金日成は最高指導者になるにはあまりにも若く、さまざまな面で不利だったため、より強力な宣伝事業が必要だった。仕方がないではないか。スターリンが金日成を抜擢して北朝鮮建設を任せたのだから、新しい国を建設するにあたっては、信念であらゆる疑念や不確実性を突破していく必要がある。宣伝部の仕事をしていると、わからなくなることもある。自分が正しいと宣伝していることが、はたして自ら正しいと信じていることなのか、あるいは信じたいだけなのか。しかし確かなことは、彼女が男たちよりも原則に忠実だという点だ。少なくとも、党派的な利害のために原則的な判断を誤ることはない。延安派の同志たちは金日成を毛沢東と比較するが、毛の権威は闘争経歴やパンフレットから出ており、たえずパンフレットを書いて理論と原則で党を指導し闘争を導いていた。レーニンも同じだ。そういう革命指導者は、朝鮮では朴憲永だ。彼は、共産主義陣営では断然最高の理論家だ。一方、金日成はマルクスの書籍を一冊でもじっくりと読んだかどうか定かではない。貞淑は金日成と朴憲永を重ねてみた。常に正確に原理原則を語り言うべきことだけを言う朴憲永が繊細な知識人革命家の典型だとしたら、武官特有の無鉄砲スタイルでハッタリを言ったりくだらない冗談も言ったりしながら人々をその気にさせていく金日成は生まれながらの政治家だ。二人とも度胸と決断力だけは他の追随を許さないが、政治家にふさわしい資質を持っているのはどちらだろうか。とにかく、ソ連は金日成を選んだのだ。

数日後、貞淑はあの日の酒席で、その後何が起きたかを聞くことになった。貞淑が帰った後、延安派の最年少者である徐輝(ソ・フィ)が雰囲気を収拾しようと、貞淑はもともと節操のない女性ではないか、首相にくっつくのも驚くことではないと悪口を言った。延安派のボスである崔昌益が気分を害したように見えたので自分なりに慰めようと浅知恵を働かせたのだろうが、思いがけず崔昌益の逆鱗に触れてしまった。「言葉をつつしみ自重しろ。闘争経歴から見たら、おまえは許貞淑先生の足元にも及ばない！」

結局、徐輝が「軽挙妄動を謝罪する」と頭を下げたのだと言う。

貞淑はある日、ソ連大使館で偶然、世竹(セジュク)の話を耳にした。世竹が朝鮮の夫の元に行かせてほしいとスターリンに請願して、最近ソ連共産党中央委が朴憲永の意思を尋ねて来たのだと言う。貞淑はびっくりして椅子を蹴って立ち上がった。

「朱世竹が生きてるんですって？」

「カザフスタンで流刑生活中だそうです」

「シベリアで死んだって聞いてたのに、ああ、神さま！」

貞淑は目頭が熱くなった。

「それで朴憲永先生はなんて？」

「簡単ではない問題だと思います」

「え？」

ソ連領事は、朴憲永が断ってきたと言った。貞淑は怒りに震えた。「そんなこと許されない！」世竹と憲永が一緒にどんな歳月を送ってきたかを知っている彼女としては、受け入れることができなかった。しかし、彼女は憲永をよく知っていた。彼が断ったのなら、その前に深く考えたであろうし、一度決めたことは簡単には覆さないだろう。それでも、貞淑が知った以上、放っておくことはできない。

翌日、彼女は事務所を一日空けて海州(ヘジュ)に行った。平壌から車で三、四時間の距離だった。朴憲永は去年の秋に米軍政の逮捕令から逃れて北に来ていた。葬儀車の棺桶に入って三八度線を越えたという噂だった。彼は海州に南朝鮮労働党連絡事務所を設けて、主に声明や手紙でソウルの南労党を指揮していた。延安派の同志たちが言う書簡統治というやつだ。憲永が越北して以来、延安派の人たちは露骨に憲永をこき下ろし始めた。金日成の居候だとか、極左冒険主義で南朝鮮の共産主義運動をだめにしたなどと言っていた。

延安派が朴憲永の越北を強力なライバルの出現と見なすのは無理もないことだった。

朴憲永がいる海州の南労党連絡事務所には「三一出版社」という看板が掲げられていた。連絡を受けて出て来た職員が建物の入り口で挨拶した。どこかで見たような気がすると思ったら、丁七星（チョン・チルソン）の息子だと言う。槿友会（クヌフェ）時代に丁七星の家で、そして丁七星の楽園洞（ナグオンドン）の編み物店で会った子どもが、こんなに肩幅のがっしりした、顎の下にひげがのぞく青年になったのだ。

「お母さんはお元気？」

「状況があまりよくないようです。もしかしたら北に来るかもしれません」

貞淑は階段を上がりながら感慨にふけった。歳月が一回りしたのだ。もう子どもたちがこうして出てくるのだから、私たちが年を取ったということだ。

朴憲永は二人の男と話していた。貞淑が入ると、男たちは立ち上がって部屋を出て行った。机と本棚、ソファが一つ置かれた彼の部屋は質素で、窓ガラスに差す四月の陽は暖かかったが、暖房をつけていない部屋には冷気が漂っていた。

明るいベージュのワンピースを着た女性秘書がお盆を持って入って来て、二人の前にお茶を置き、貞淑に向かって笑みを浮かべながら軽く会釈をした。

「趙斗元（チョ・ドゥウォン）同志の義妹だ」

硬かった憲永の表情が、秘書を紹介するとき少しやわらかくなった。貞淑も、朝鮮共産党時代に趙斗元とは顔見知りだった。秘書が出て行くと、憲永の顔はすぐにまた固まった。解放と同時に政治の舞台に上がって以来、彼には闘いではない日はなく、今日彼が闘っている戦闘が何なのかはわからないが、相当につらい闘いであることだけは理解できた。三八度線以南の南労党だけでも、昨年五月の精版社偽札事件で米軍政の弾圧が始まって以来、ゼネストと暴動の激しい闘争へと進み、徐々に崖っぷちに追いやられていた。依然として南北共産主義者の領袖として崇められている彼ではあったが、貞淑の前では緊張と煩悶に駆られる孤独な中年男として座っていた。

「お天気がいいから散歩でもしましょうか」

「それはいいね。座って少し待っててくれ」

彼は、ソファに座った貞淑の肩を一度叩いて部屋を出て行った。彼はしばらくして帰って来て貞淑の向かい側に座った。

「デートには出られないな。連絡が入ることになってて、ここで待たなきゃいけない。お茶でも飲みながら話そう。ところで海州には何の用事で来たの？　まさか僕に会いにこんな遠くまで来たわけじゃないだろうから、どこか出張にでも行く途中かな？」

「朴憲永先生に会いに来たのよ。埠頭を一回りしてから市内に入って来たんだけど、由緒ある都市のおもむきが感じられるところね」

「こぢんまりとして静かな都市だよね」

のんびりとそんな会話をした後で、貞淑が用件を持ち出した。世竹のことだという言葉に憲永の顔から笑みが消えた。彼女は貫鐵洞で最後に見た臨月の世竹について、そして憲永が監獄にいたとき、日雇い労働までしながら監獄通いをしていた話まで、わざと長々と語った。

「みんな帰って来てるのよ。抗日闘争をしに行った人たちも帰って来てるし、沿海州に農業をしに行った人たちも、満州にお金を稼ぎに行った人も帰って来てる。関東軍にくっついて密偵をしていた人までみんな帰って来てるわ。それなのになぜ世竹だけ縁故もないカザフスタンというところに残っていなければならないの？」

彼はただ「僕も気になってるよ」と答えた。その一言を聞いて貞淑が勇気をふるった。

「連れて来ましょう。こんなチャンス、二度とないかもしれないわ」

「もう終わったことだ」

貞淑はこみ上げる怒りを必死に抑えた。

「あなたの気持次第なのよ。私が平壌に帰ったら大使館にすぐに話すわ。必要ならソ連の党中央委に直接連絡を入れてもいいわ」

憲永は何も答えず視線をテーブルの下に埋めていた。

「憲永さんが許せないのは世竹なの？　丹冶(ダニャ)なの？」

貞淑は、今さらながら世竹の孤独で不遇な人生にため息が出た。

「私だったら愛する妻が頼るところのない孤独な境遇になったときに誰かがそばにいてくれたら感謝するわ。世竹も、丹冶も、自分が望んでああいう人生になったわけじゃないじゃない。世竹がモスクワに行ったのは、そもそもあなたを脱出させようとして行ったんでしょ？　丹冶は一〇年前に死んだのよ。なのにあなたは許すことができないって言うの？」

ほどなく憲永が口を開いた。煩悶の洞窟から絞り出された重く湿った声だった。

「許すとか許さないとかいう問題じゃないんだ。我々が生きてきた時代は、個人の理性や判断を超えている。許すなら時代を許さなきゃ。丹冶は当然すべき選択をしたと思う」

そのとき、部屋のドアをノックする音が聞こえ、秘書が戸口で「先生」と呼ぶと、朴憲永は立ち上がり「すぐに戻る、すまない」と言って出て行った。口当たりのいい対話や説得で、変えることができる状況ではないことがわかった。憲永が言う時代というものが覆いかぶさって、彼女も肩がずっしりと重くなった。憲永が戻ったとき、彼女はバッグを手に窓際に立っていた。

海州から帰る途中、舗装されていない道路をガタゴトと走っていた車がやっと滑らかなアスファルトの上に載った。平壌が近づいたころ、日は暮れていた。憲永は何を考えているのだろう。彼を取り巻く状況がどのようなものなのか、頭の中で徐々に明瞭に整理されていった。昔の友人と妻に裏切られたという気持がまったくないことはないだろう。しかし彼の言うとおり、それは重要ではないのかもしれない。今、平壌はソ連の影であり、スターリン政権下で流刑囚になった妻を連れて来ることは政治的な冒険になるのだろう。まして南でも北でもない三八度線付近に中途半端にぶら下がっている朴憲永の立場も、家庭を築くには曖昧で不安定だった。朴憲永は明らかに金日成の居候だった。海州はソウルからも、平壌からも遠く離れており、門の中には入ったが門脇の部屋で暮らす身の上なのだ。

だとしても、貞淑は憲永を許せなかった。

「私なら前後のことなんか計算しないで、しでかしちゃうわ。中央アジアのはずれで女が救いの手を切実に求めているなら、私ならどんなことがあっても手を差し伸べるわ。冷たい人間！　女を包み込めない男が、世の中を包み込めるのかしら。だから憲永を尊敬するけど、好きにはなれないのよ」

彼女は、現実の壁の前でうなだれて背を向けるこの男が限りなく小さく見えた。

「卑怯者！」

そう呟いたとき、ふと海州事務所の若い女性秘書の顔が思い浮かんだ。すっきりとした額と整った目鼻立ちがどこか世竹に似ているようにも思える美形で、温和で人柄もよさそうな顔つきだった。趙斗元の義妹って言ってたっけ。秘書を見るときの憲永の表情を思いだして、貞淑は理路整然とまとまっていた頭の中がまたぐちゃぐちゃになってしまった。

貞淑は、ソ連大使館から世竹について若干の情報を得ることができた。丹冶との間にできた子は流刑地で死に、今は工場労働者として働きながら一人で暮らしていると言う。後に貞淑は、世竹の請願に対する否定的な回答がモスクワに送られたことを知った。朴憲永は、代わりに社会的危険分子に対して可能な最大限の配慮を要請したと言う。貞淑は舌打ちした。

「ふん！　格好つけちゃって。流刑生活なんてみんな同じよ」

世竹のことはすぐにゴシップになって党と内閣指導部の間で隠密に広まっていった。朱世竹と朴憲永と金丹冶の三角関係に対する噂が回り、南労党側の人々は朴憲永に対する忠誠心をたっぷりと盛り込んで世竹と丹冶を非難した。実は上海にいるときから世竹は丹冶と浮気していて子ども産んだという話もあった。ついに憲永が南労党内部に向けて、今後一切この問題に言及してはならないという箝口令を出した。

遅れて広まったゴシップはおかしな方向に発展した。ある日、中央委員会の合間に貞淑はうしろのほうでソ連派の二人がひそひそ話をするのを聞いた。ひそひそ話とはいっても、周囲に十分聞こえるくらいの大きな声だった。朴憲永が日帝時代末期に地下活動をしながらアジトキーパーの女性との間に子どもをもうけたという話だった。朴憲永は闘争経歴に一寸の汚点もなく、道徳的にも一寸の欠陥もないというのが、追従者たちの信念だった。アジトキーパーの女性に子どもを産ませたということは、他の人ならともかく、朴憲永にとっては完全無欠なイメージを傷つけることになり得る。ソ連派の人々が興味津々の様子でこの噂を伝播させていったのも、そのためだった。

この話を聞いたとき、貞淑は失望も怒りも感じず、ただ淡々としていた。ただ「許すなら時代を許さなきゃ」という憲永の言葉が思いだされた。

ソウル

金丹冶(キム・ダニャ)の父親がソウルに来て息子を探したが、見つからないまま帰って行ったと言う。朝鮮人民報の編集局長が明子(ミョンジャ)に会いたいと言うので会ってみたら、丹冶の父親の話だった。七〇代の老人なのに腰もまっすぐで話し方にも品位があったと言う。父親は朝鮮博覧会があった年に、人目を避けて夜中に息子と少し会ったが、解放されても帰って来ないため、ソウルに来れば消息がわかるかと思って来たと言う。丹冶の母親は死に際に、息子のことを思うと死ぬに死ねないと言ったと言う。

「お父さんに、息子さんはモスクワで重要な仕事をしているそうだ、と申し上げた」

金丹冶がソ連にいるという噂は明子も聞いていた。明子は今も、戸の外で「明子さん」と呼ぶ声が聞こえ、戸を開けたらそこに丹冶が麻浦(マポ)で別れたときの姿のまま立っているような気がしていた。アメリカから、中国から、ソ連から、帰国の行列が続いていたころ、彼女は毎日のようにソウル駅に行って、ただ呆然と立ちつくしてから帰って来たりしたものだ。解放の翌年になって帰国の行列が短くなり、ついに全くなくなったが、明子は今もときどき、丹冶のことを思いだすと、ソウル駅に出かける。彼に会えるという期待があってのことではない。それしか気持を慰める手段がないからだ。

丹冶の父親の話が、彼女の記憶の底に沈んでいた愛憎のかけらをかき乱した。私は忘れようと決心することはできる、でも、忘れたいと思うことすらできない人がいるのだ。死んでも死にきれない人がいるのだ。丹冶の母親に比べたら私なんか。二〇歳の虚空に建てた家とでも言おうか。地上には痕跡すらない、雪道に獣が残した足跡のように雪が解けたら消える、目を皿にして探しても見つからない、心に残る痕跡。

呂運亨(ヨ・ウニョン)先生が丹冶について調べてくれると言っていた。ソウルのソ連領事館は撤収してしまったが、平壌(ピョンヤン)の大使館を通して調べるつもりのようだ。ある日、桂洞(ケドン)の家に寄ったとき、呂運亨は「ちょうど君を呼ぼうと思っていたところだ」と言い、部屋にいた人々を外に出して明子を座らせた。

「今でもソウル駅に行っているのか」

「しょっちゅうではなく、たまにです。思いだしたときに」

「もうやめなさい。丹治はもうこの世の人ではない」

明子は気が遠くなるのを感じながら、なんとか気を取りなおした。

「どういうことですか。いつ、どうなったということですか」

「ソ連で、もう一〇年近く前のことだ。それだけだ。それ以上は知ろうとしないほうがいい」

明子は逃げるように桂洞を出て、電車に乗り、まっすぐ家に帰って来た。部屋に入り戸を閉めると喉が張り裂けそうなくらいに泣いた。泣き声は徐々に高まり、徐々に大きくなった。大家に聞こえようが、西(ソ)大門(デムン)一帯が耳をふさごうが、関係ない。少なくとも今日一日は思い切り泣いてもいい権利があると思った。一時間ほど経っただろうか。泣き声が細くなり、途切れた。心臓が張り裂けそうに痛いと思ったのも、勘違いだったのか。泣き終わるとすっきりした。明子はいつからか彼が死んだことを知っていたような気がした。

明子は赤く腫れ上がった顔を冷たい水で洗おうと、部屋を出た。井戸端で大家が洗濯をしていた。近づいて見ると、女はわんわん泣きながら砧を打ちつけていた。明子の涙が伝染したのだろうか。解放の翌年、大家のおばさんの夫はすっかり身体を壊して帰って来て、いまだに寝室で寝込んでおり、自慢の高普生の息子はついに戻って来なかった。おばさんはときおり手のひらで胸を叩きながら嘆いた。

「今ここを開いたら、心臓が真っ黒に焦げて炭のようになってるだろうよ」

勤労人民党への出勤も数日休んで家にいたが、ある日の夕方、戸の外で「高明子さん、いらっしゃいますか」という声がした。金丹治の声だった。びっくりして戸を開けて見ると、庭には金丹治ではなく、こざっぱりと背広を着た紳士が立っていた。一瞬見覚えがないと思ったが、知っている男だった。呂運亨が党首をしている勤労人民党で中央委員として一緒に働いている尹東鳴（ユン・ドンミョン）だ。日帝末期に金漢卿（キム・ハンギョン）と国民文化研究所の活動をしていた人物なので、ずいぶん前からお互いに見知っている仲だった。

「遅い時間に突然お訪ねして申しわけありません。夢陽（モンヤン）先生の使いで来ました」

「あ、はい」

夢陽先生の使いという言葉に明子は緊張した表情をやわらげた。

「部屋に入れてくださいとは言えませんから、失礼でなかったらどこか近くの喫茶店にでも……」

明子が外出のしたくをして出たとき、尹東鳴は庭をうろついていた。二人は西大門を通過して京橋荘（キョンギョジャン）の前を通り過ぎ光化門（クァンファムン）まで歩いた。心地よい風が吹く六月の夕刻だった。喫茶店に座ると、尹東鳴は朝鮮中央日報を数部鞄から出した。彼はこの新聞の編集局長だった。

「米ソ共同委員会の記事が掲載された新聞を持って来ました。夢陽先生が明後日の朝、米ソ共同委員会に対する対策会議を開こうとおっしゃいました。新聞記事を参考にしてほしいということでしたので、お宅に帰ってからゆっくりと読んでみてください」

「お使いの子に持たせてもいいのに、わざわざ……」

「いえ、必ず私に直接持って行くようにとおっしゃったんです。ハハハ」

尹東鳴が気持よく笑った。近くに座ってよく見ると、かわいげのある顔だった。注文したコーヒーが出てくる前に公式的な用件は終わってしまい、小さなテーブルを挟んで二人の距離はとても近かったので、明子は息を吸うのにも困ってしまった。尹東鳴は気まずくなった視線を極力逸らしていた。初め見覚えがないと思ったのは、ピカピカの背広にきれいに梳いた髪型という、今日のスタイルが見慣れないからだった。普段の彼は、近ごろ新聞社で禄を食(は)む人たちが皆そうであるように、月給取りなのか失業者なのかわからない貧乏生活ゆえ、新聞記者なのか肉体労働者なのかわからないくたびれた身なりだった。明子はぷっと噴き出してしまった。

「スーツがよくお似合いですね」

コーヒーが出てきた。どんぶりくらい大きなカップになみなみと注がれたコーヒーは、一夜を不眠で過ごすことになりそうなくらいの量だった。

二日後、勤労人民党中央委員会が終わり昼食に行く途中、夢陽がかすかな笑みをたたえながら話しかけてきた。

「東鳴君をどう思ったかね。わしが見たところでは、思慮深くて気さくなところもあって……」

「まだ、気持の整理がつかないんです」

夢陽はしばらく黙々と前を見て歩いた。

「明子、これはずいぶんと遅い忠告だとは思うが、六〇年生きてみた経験から言うことだ。我々は一生を生きながらたくさんの人に出会うものだ。その中で、ある人は通り過ぎ、ある人は留まる。一時自分の身体のように大切だった人が短い縁で終わることもあれば、鉱石のように固く強いと思われていた関係がむなしく壊れることもある。人にはそれぞれの人生のサイクルがあるから。自分でもどうしようもないのだから、他人にどうにかできるはずがない。無理になんとかしようとすると執着になり、それが我々の人生の貴重な時間を奪っていくものだ。だから通り過ぎる人は見送って、留まる人は留まらせなさい」

明子は社稷洞(サジクトン)の丘の上に一間きりの部屋を借りて尹東鳴と暮らし始めた。結婚式も、新婚旅行もなく始まった夫婦生活だった。尹東鳴は男やもめの臭いが染みついた服や本、歯ブラシなどが入った鞄一つをぶら下げて来た。明子の荷物を積んだリヤカーは、尹東鳴が引き明子が押して社稷洞の丘を上がった。西大門の部屋で使っていた布団、そして箒やスプーンや箸など、家財道具は一つも漏らさず全部詰め込んだ。物資が貴重な時代だった。オンドルの床の四隅が南京虫に食われて浮き上がった部屋で、新婚にふさわしいものと言えば、きれいに刺繍した白い布団だけだった。モスクワで丹冶と留学生夫婦として暮らしたのは二年ほど。その影を抱いて二〇年近く生きてきた。肉体のない愛の二〇年だった。彼女は寝ている時に時折り驚いて目を覚ますことがあった。孤独に慣れた肉体が、布団の中で別の身体に触れた時、飛び上がらんばかりに驚くのだ。

尹東鳴はいやしくも新聞社の編集局長だったが、月給は数カ月に一回やっと出るようなありさまだった。解放後、新聞社が雨後の筍のように生まれ、月給をきちんと払えるような会社は復刊された東亜日報と朝鮮日報くらいだった。明子も婦女総同盟や勤労人民党、民主主義民族戦線の仕事まで、東奔西走の日々だったが、ごくまれに入ってくる活動費は、やっと口に糊する程度のものだった。手芸の仕事をまた始めようかと調べてみたが、解放空間のゴタゴタの中で花や蝶が刺繍された絹の枕を買う人はいなかった。人々は、三人集まれば乾いた口で悲憤慷慨し、空虚な腹は主義主張でもたれていた。

李承晩（イ・スンマン）が南朝鮮単独政府論を持ち出して以来、この一年間、左右合作運動も粘り強く続けられていた。左右合作の右側の代表が金奎植（キム・ギュシク）、左側の代表が呂運亨だった。呂運亨は左右両側から非難されていた。左からは日和見主義者で米軍政のスパイと言われ、右からはアカで朴憲永（パク・ホニョン）の操り人形、金日成（キム・イルソン）の手下と言われていた。

昨年、金奎植と共に左右合作七原則を発表したその日の夜、彼は桂洞の家の前で拉致された。山の中に連れて行かれ木にしばられていた彼は、なんとか縄を解いて抜け出したが、このときに崖から転げ落ちて腰を痛めた。療養先の黄海道白川（ファンヘドペクチョン）温泉で襲撃されたり、真っ昼間にソウルの街頭で怪しい男たちに包囲されてリンチされたりもした。テロ事件のせいで明子も何回も警察に証人として出頭した。

> 過酷なテロ行為は南朝鮮一帯でたえず起きているが、悪辣なテロ団の行為で呂運亨氏が再び難にあった。……一七日午前一時、桂洞の自宅で大きな爆発音がして舎廊（サラン）チェが爆発した。この爆発で舎廊チェのオンドル石が全部ひっくり返り、柱が倒れ、レンガが飛んで隣の家の窓ガラスを破損し、屋根の瓦までひっくり返る凄惨な光景となったが、幸い呂運亨氏はこの日、某所で泊まっていたため難を逃れたが……事件発生後、鍾路（チョンノ）署では呂運亨氏の秘書高明子氏と娘の呂鴛九（ヨ・ウォング）氏を証人として尋問しているが、まだ確たる手がかりはつかめていない模様で……。
>
> ――『自由新聞』一九四七年三月一八日付
>
> 〔＊舎廊チェ…主人の居室で客の接待にも使われる部屋がある棟〕

夢陽は毎日、知人の家を転々として泊まっていた。金奎植も同じような境遇だった。「金奎植暗殺団」ができたという噂があり、自身の私邸である三清荘（サムチョンジャン）の中で毎日寝室を変えて寝ていると言う。呂運亨も金奎植も、極左にとっても極右にとっても邪魔者だったので、どちらから私製爆弾が投げ込まれてもおかしくなかった。

爆弾テロがあった日、警察署を出て夢陽が避難していた昌信洞（チャンシンドン）に行くと、彼は明子に、自分が解放後の朝鮮で最も不幸な人間の一人だと言った。呂運亨は八・一五後、全部で九回テロを受けたが、テロのせいばかりではなかったはずだ。彼は上海時代以降、若い共産主義者たちの後見人だったが、極左と極右に走る解放空間の政治闘争において結局、中道の道を選択した。彼が共産主義陣営に決別を宣言したとき、朴憲永は米軍政にもてあそばれていると非難し、朴憲永が北に行った後で南労党の党首となった許憲(ホ・ホン)は、彼を日和見主義者だと言って攻撃した。何から何までお見通しの狭いソウル四大門の内側で、三〇年来の旧友たちと人身攻撃をしあう解放空間が、彼にとっては植民地時代よりももっと辛いものだったのかもしれない。

　いつのまにか解放の日から二年近い月日が流れていた。

　米ソ共同委員会が一年ぶりに活動を再開し、呂運亨も勤労人民党を設立して再び忙しくなっていた。一九四七年六月、米ソ共同委員会が臨時政府樹立のための交渉窓口を開設すると、三八度線の南と北で数百の団体が登録した。韓民党は李承晩の単独政府樹立派と米ソ共同委参加派に真っ二つに分裂し、韓独党でさえ米ソ共同委参加派が大勢となって反託運動の盟主である金九(キム・グ)の周囲には一部だけが残り、あとは脱党してしまった。統一政府が樹立され軍政が終わる日が、もうすぐ目の前に迫っているかのように思われた。

　しかしモスクワ三国外相会議の履行手続きが始まると、しばらく静かだった反託運動も復活した。米ソ共同委の登録締め切りの日に、李承晩と金九の反託デモ呼びかけ文が出回り、六・二三反託デモに送る金九の直筆檄文がまかれた。金九は南怡(ナム・イ)将軍の詩を引用した。

「男子二〇歳にして国を平定できずや後に誰が益荒男(ますらお)と呼ぼうか！」

　ところどころ破けて端がボロボロになった「信託統治決死反対　We denounce the trusteeship」といった類いの幟(のぼり)が再び竿に結びつけられて鍾路や南大門(ナムデムン)通りに登場し、米ソ共同委のソ連代表団が一周年を迎えた。

「今は米ソ共同委員会しか他に案がない。今回、米ソ共同委が再び失敗したら、朝鮮は南北にわかれたまま一〇年いくか、二〇年いくかわからない。世界大戦の戦後処理も複雑化していて、米国とソ連の間もただならない。もしも米ソ間に戦争が起きたら、朝鮮が戦場になることだってあり得る。再び第三次世界大戦に巻き込まれるんだ。南北間で戦争が起きないと誰が保証できるか」

勤労人民党の中央委員のほとんどが彼よりも若かったが、夢陽の情熱と覇気についていける人はいなかった。これまでのあらゆるテロが残した傷はどこに行ったのか。彼は重症を負っても一、二週間休むだけでまた起き上がった。暇さえあればバスケットや野球、サッカーを楽しみ、チャンスがあればスケート場にも行くスポーツ好きだからだろうか。何よりもあのしつこい政治攻勢から平常心を守れる精神的活力はどこから生まれるのか不思議だった。

「まさか戦争がまた起きるなんてことはないですよね」

「まさかだって？　アメリカが大恐慌から抜け出したのはニューディール政策のおかげではなく第二次世界大戦のおかげなんだよ。戦争が思ったよりも簡単に始まるのは、利得を得る側がいるからだ。この地で戦争が始まったら、我々だけがばかを見るんだ」

梅雨の終わりの陽射しが明るいある日の午後、明子は桂洞の家に行く途中、徽文（フィムン）中学校の校門前で足を止めた。運動場で数人の男がバスケットをしていた。その中の白いランニングシャツ姿の男は呂運亨だった。バスケットチームには桂洞に出入りする記者の顔も見え、警護員も交ざっていた。男たちが走るとき、運動場には砂埃が立ち上った。彼女は空を見上げた。晴れ上がった空には一点の雲もなかった。陽射しを直視してかすんだ目を再び運動場へと転じると、人の声や車のクラクションのような騒音が消されて、バスケットゴールの前でボールを投げて走る男たちの動きだけが無声映画のワンシーンのように流れていた。彼女はほんの少しの間、幽体離脱の静寂に浸った。突然、うしろでガサガサという音がした。振り返ると黒い作業服姿の見知らぬ男が二人立っている。ドキッとした。呂運亨は白いランニングシャツ一枚で、運動場には隠れられるような木一本もない。「先生！」と叫ぼうとしたが、声が出ず、身体だけがブルブルと震える。そのとき、うしろから男の声が聞こえた。

「若者よりもよく走るじゃないか。夢陽先生も元気だな」

男たちは坂道に向かってその場を立ち去った。明子はふーっと胸をなで下ろした。彼女はしばらくバスケットを見物していた。還暦を過ぎた白髪の男はランニング姿でバスケットをしていた。

ある日、明子は勤労人民党舎で呂運亨銃撃の知らせを受けた。彼女が大学病院の救急室に駆けつけたとき、呂運亨はベッドに横たわっていた。顔は眠っているかのように穏やかだったが、胸までおおったシーツは赤く染まり、シーツの端から落ちる血の滴が救急室の床に溜まっていた。彼を乗せた乗用車が恵化洞(ヘファドン)のロータリーを回るために速度を落としたとき、うしろのバンパーに犯人が飛び乗り銃撃したと言う。銃弾は一発が心臓を貫き、もう一発は腹部に当たった。彼は二年間に九回テロを受け、一〇回目で命を落とした。

半月後に葬儀がとりおこなわれた。棺を運ぶ行列が朝八時に光化門の勤労人民党舎を出発してソウル運動場を経て恵化洞のロータリーを過ぎ、午後遅く牛耳洞(ウイドン)の埋葬地に着くまで、通りは市民の泣き声に覆われ、商店は一日中店を閉めた。

一九四七年八月三日だった。

左右合作の右の翼である金奎植先生は、身体の半分が崩れ落ちたかのように見えた。彼は泣きながら弔辞を述べた。

「我々は、一人の偉大な革命闘士を失っただけでなく、唯一の目標である新国家建設のために全民族が合作して完全統一に向かおうと最後まで努力した指導者を失いました。私は、我が民族の自由を獲得しようとする共同陣営の一人の勇将を失ったと思っています。これは即ち民族全体の損失です」

明子は棺の行列について歩きながら生前の夢陽を思いだしていた。一年前、拉致事件のときに崖から転げ落ちてケガをした後、足を引きずりながら人民党舎に行くというのを止めると、彼は笑いながらこんなことを言った。

「安全を言うなら棺の中ほど安全なところはない。だからといって今から棺の中にいるみたいに口を閉じ、目を閉じ、耳を塞いではいられないだろう。命は天に任せるしかない」

以前、明子は共産主義者だったが、解放後には呂運亨先生が正しいと信じ、彼のするとおりに建国準備委員会、民主主義民族戦線、社会労働党、勤労人民党を追いかけてきた。明子には彼が党であり、テーゼだったが、天が彼を連れて行ってしまった。彼女はこれから自分がどこに流れていくのかわからなくなった。

葬儀が終わって社稷洞の家に帰ったときには、もうあたりは暗かった。ランプの芯に火をともすとき、東鳴の顔に煤煙がかかった。明子は顔を洗う気力もなく、靴下を脱ぐ力も残っていなかった。一日中閉め切られていた部屋は悪臭がし、真夏なのにかすかに寒気がした。今年は本当に酷な年だと思った。丹治と夢陽、二人の男を一気に失ったのだ。布団も敷かずに床に縮こまって横になったとき、喪服のチョゴリから砂埃が飛んだ。朝は白かった木綿のチョゴリが黄色っぽくなっていた。

「疲れたみたい。頭が痛くて寒いわ」

台所でガチャガチャと音を立てていた尹東鳴が平鉢を手に入って来た。平鉢にはご飯でも粥でも麦茶でもなく、水が入っており、コンロで温めたのか湯気が立っていた。彼女は横になったまま尹東鳴を見つめた。半分くらい閉じた目尻から涙が流れた。

「私は子どもが産めるかしら。私たちの子どもがほしいわ。本当にどうしても子どもが産みたいの」

アメリカとソ連は朝鮮半島を半分ずつ受け持って植民地後の体制を建設する課題を抱えた。一見、同じ宿題のようではあったが、不公平にも米軍政の宿題はソ連軍政に比べ一〇倍ほど難しかった。平壌は政治勢力というものがない一介の地方都市である上、解放と同時に海外から左派だけが集まったため、ソ連は軍政数カ月にして人民委員会を設置し、統治を任せて監督だけする形で、比較的簡単に問題を解決できた。ところがソウルは左右それぞれの政治勢力が根を下ろす首都であり、知識層の大半が共産主義者だったので、米軍政は二年近くの間に朴憲永を三八度線の以北に追い出したこと以外にはこれといった成果もなく悪戦苦闘していた。

八・一五解放当時、朝鮮に関する限りルーズベルトはスターリンよりも無知で、米国政府はアジアよりもヨーロッパに関心があり、太平洋司令官のマッカーサーは朝鮮よりも日本に没頭しており、軍政責任者であるホッジ中将も朝鮮に来たのは初めてだった。ホッジはどの党派が自分の友軍なのか、この難題を解く上でプラスになる政治指導者が誰なのか、わからないでいた。米軍政は、南労党を違法化させる一方で李承晩、金九のような極右も複雑な南朝鮮問題を解決するのには力不足という判断に達した末に、その中間地帯の呂運亨と金奎植を自身のパートナーとして選択したときに、呂運亨が暗殺されてしまったのだ。

分割占領が永久分断へと流れていく渦中で、分断を避けることのできる選択のチャンスが与えられたにもかかわらず不発の歴史に終わってしまったのは、南北を総じてそれを現実化する能力を持つ政治指導者がいなかったからだと言えよう。ただし、もっともそれに近い人物がいたとしたら、それは呂運亨だったと言えるだろう。

やみくもに自身を正義、他者を不正義と決めつける時点で、歴史の悲劇は芽吹く。米国とソ連が南と北を占領したのは分断の始まりに過ぎなかった。分断を完成させたのは愚かさと我執と独善だった。極悪の植民地状態から抜け出したばかりの人々に、対話や妥協のマナーを期待するのは無理だった。寛大や賢明といった美徳は、飢えや人権蹂躙（じゅうりん）のない環境で訓練されるものなのだ。

14.

狐の穴か、虎の穴か

1948年 平壌、ソウル

明子はソウルを発つとき、写真帳や日記を鞄に入れた。一間きりの素朴な暮らしではあるが、きれいに整理して掃除もした。ソウルの街路にも、ソウルの人々にも、ソウルの生活にも、さほど未練はなかった。ただ、尹東鳴には申しわけない気持だった。「申しわけないなんて、これも愛なのかしら」

見送りに来た尹東鳴から鞄をもらいながら明子は「私がいなくても大丈夫よね？」と言い、東鳴は「半月くらいだろ」と答えた。短い対話の中に複雑な感情が入り交じっていた。永遠のものになるかもしれない彼女の別れの挨拶を、東鳴は必死に否定していた。

朝ソウルを発った小型バスが開城を通って三八度線を越えるときには正午ごろで、南北一〇〇メートルの緩衝地帯を通過した後、ソ連の警備兵の検問と保安要員の荷物検査を終え、礪峴駅で列車に乗り、平壌に着いたときには夕闇が下りていた。

平壌駅に降りた明子一行は五人だった。連席会議の準備委員会所属の三人の男がプラットホームで彼女たちを出迎えた。一九四八年四月一八日だった。

平壌の南北諸政党社会団体連席会議に左右合作派の勤労人民党は二三名もの代表団を派遣した。勤人党首席副委員長の張建相以下五人が第一陣として先に出発し、中央委員の高明子もその中の一人だった。夢陽こと呂運亨が暗殺された後、洪命熹が臨時党首となったが、このころには副委員長三人の集団指導体制で運営していた。

明子の一行は黒いセダン二台にわかれて乗り、三一旅館という看板が掲げられた宿舎に案内された。明子がビラの束をサテンのチマに隠して平壌に来た十数年前に比べ、さほど大きく変わったようには見えなかった。街路や家屋がみすぼらしいのはソウルの四大門の外も同じようなものだし、建物の壁や電信柱に政治スローガンが貼られているのもソウルとそっくりだった。ただ途中、建物のワンフロアを覆うくらいに巨大な二人の男の顔と出くわすたびに明子はびっくりした。七〇代のスターリンは若く、三〇代の金日成（キム・イルソン）は老けて見えるように描いてあるので、兄弟の肖像のように見えた。街頭の標語の中には朝鮮語とロシア語が並べて書かれているものもあった。

「北朝鮮は人民の国だ。すべての権力はソビエトに」

　ロシア語が明子に、元気で幸せだった一時代の郷愁を呼び起こした。

　南の客人たちが来る大きな行事が開かれるからか、箒で道を掃く人、雑巾で壁を拭く人も目についた。交差点で停車したとき、明子はなんとなく窓の外を見ていて、雑巾を手に塀を拭く青年に目がとまった。よく見ると「殺人強盗団の頭目金九（キム・グ）を打倒しよう」という壁新聞をはがしているところだった。

　夕食を食べに旅館を出て食堂に行く途中、明子は依然として雑巾を持って塀の前に立っている人々を見た。まだところどころに「金九は金狗（キム・グ）だ」「金九は犬畜生の息子だ」というビラがそのまま貼られていた。

　夜、許貞淑（ホ・ジョンスク）が三一旅館に訪ねて来た。

　夕食の場で北側の案内員たちから彼女の訪問があるだろうと聞いていた。貞淑は南北連席会議準備委員会の書記長だった。つまり、連席会議の準備責任者だ。貞淑が北朝鮮で要職にあるという噂はずいぶん前から聞いていたが、「書記長がいらっしゃいます」という知らせに次いで、外で車の音が聞こえ、貞淑が随行員四人を連れてあらわれたとき、彼女が正真正銘の大物であることを明子は肌で実感した。

「皆さん、心から歓迎します」という公式コメントを発しながら旅館に入って来た貞淑は、明子一行の中で最年長の張建相と手を握りあって「先生、延安でお会いしてから三年ぶりですね。ますますお元気になられたようです」と言い、他の三人の男と順に握手した後、最後に明子に近づいて「ああ、本当に何年ぶりかしら」と言いながら両手を広げて抱擁した。

貞淑は髪が肩にかかるくらいのボブヘアで、洋装のスカートの腰にベルトをしめていた。貞淑がハイヒールを脱いで床に立つと、随行員の男がさっとハイヒールの向きを変えて並べた。勤労人民党一行と円座になった貞淑は、準備委員会書記長の立場にふさわしい公式発言をおこなった。今回の南北連席会議は我が民族が分断に進むか統一に進むかのわかれ道において重要な契機になるだろう、南北のすべての民主主義政党、社会団体は我々の地から外国軍隊を追い出し、完全な自主独立を手に入れるため団結しなければならない、というのが要旨だった。すでにパンフレットで充分に読んだ内容だ。かつての思い出にふける明子の耳元で貞淑の演説が空回りした。

父親が死んだときに嘉會洞(カフェドン)の家で会ったのが貞淑との最後だった。その後十数年が流れ、明子がやっと借間を得て独立したとき、貞淑は中国の延安へと出発し、明子が初恋の男の影を抱いて哀れに刺繍を施しているときに、貞淑は三人目の男と手に手を取って抗日武装闘争に飛び込んだ。貞淑はときどき、西大門(ソデムン)の借間に横たわる明子の夢の中に訪ねて来たが、馬に乗って満州平野を悠々と駆ける姿だった。明子よりも二歳年上だが、貞淑は二〇歳ですでに女丈夫で、二〇歳の女丈夫はもう四〇歳の女丈夫になって明子の前で演説をぶっていた。

話の最後に貞淑が「金九主席は明日平壌にいらっしゃる予定です」と言った時、張建相先生が驚いた様子で「それは本当ですか」と言った。当初、金奎植(キム・ギュシク)、金九の二人が提案した南北協商だったが、金日成、金枓奉(キム・ドゥボン)の名で協商が受諾された後で様々な意見の食い違いがあり、いざ平壌会議が決定した後は、行くの行かないのと一騒ぎあった。明子一行が出発する前まで、京橋荘(キョンギョジャン)では参加に対する言及がなかった。白凡(ペクボム)こと金九が反託運動のパートナーだった李承晩(イ・スンマン)と決裂して単独政府の樹立に反対し、南北合作の盟主に躍り出たのだが、だからといって金日成と席を共にする光景を想像することはできなかった。

いつか呂運亨が「もしも日本共産党首の野坂参三と李承晩が同時に溺れたら、朴憲永（パク・ホニョン）は野坂を先に助けるだろうが、私は李承晩を助けてから余力があったら野坂を助ける」と言ったことがあった。しかし白凡は、金日成と裕仁（ひろひと）が溺れていたらどちらを先に助けるかわからない。もちろん、二人とも見殺しにするだろう。彼は呂運亨と金奎植の左右合作にも決死で反対してきたし、呂運亨に対するテロのうち数件は、最後のテロまで含めて、彼が黒幕だという噂があった。臨時政府時代の白凡は右手で政治をし、左手ではテロをおこない、それによって抗日闘争の星になったが、解放後も両手を同時に使っていた。今や同族、自身の政敵に対して。

白凡は解放の翌年の三・一節には金日成暗殺団を平壌に派遣した。三・一節の祝辞を述べていた金日成は演壇に飛んできた手榴弾に驚き、その後、北朝鮮で金九は「民族革命の高潔な志士」から「金狗（キムグ）」になり下がったのだ。貞淑の話を聞いてやっと、明子は今日、平壌の街路で見たおかしな光景を理解した。

公式的な歓談が終わり、貞淑が張建相先生に別室で話しましょうと誘って彼と先に席を立ったとき、明子は寂しい気持を抑えることができなかった。一行は各自の部屋に戻って行き、明子も客室に帰った。高級旅館らしく客室には文箱と鏡が置かれており、日本家屋にはカーテンがかけられた明かり窓があった。明かり窓を開けると、涼しい川風が吹いてきた。ソウルは鍾路（チョンノ）通りでも夜になると真っ暗だが、平壌の通りは街路灯で真昼のように明るかった。勤労人民党の代表数人は平壌にそのまま居座るつもりで、越北を考えている様子だった。明子もソウルへの情を断ち切って来た北行きだった。

呂運亨が暗殺されて一年になろうとしていたが、桂洞（ケドン）の近くに行っただけでも涙が出た。夢陽の死は、あまりにも大きな影を残した。彼の死後、ドミノ倒しのように左右合作が崩れ落ち、米ソ共同委は決裂し、朝鮮問題は国連に移管されて、国連は南北総選挙で統一政府を樹立することを決議したが、南は南なりに、北は北なりに、単独政府樹立の方向に急激に舵を切った。彼の死により政治活動をやめた人もいた。火曜会の大先輩で八・一五の日に出獄して以来、主に桂洞の家の裏の部屋で酒と無駄話で時間を潰していた趙・東祜は故郷に帰り、第三次朝鮮共産党責任秘書で解放と同時に出獄して呂運亨と左右合作運動をしていた金綴洙も故郷に戻って隠遁生活をしていた。夢陽が党首をしていた勤労人民党も形だけ残った。夢陽がいなくなったソウルはガランとして空虚だった。

しかし平壌は、街路も、人も、方言もよそよそしく、旧友までよそよそしかった。空虚なソウルとよそよそしい平壌。二つの都市の間で疲れ切った気分で、壁に寄りかかって座った明子の部屋の扉をノックする音が聞こえた。返事もしないうちに扉が開き、貞淑が入って来た。貞淑はにっこりと笑っていた。明子は飛び上がるように立ち上がった。貞淑のうしろから見知らぬ男が入って来た。貞淑があわてる明子の手を取って「大丈夫、気にしないで」と言った。貞淑はもう一度明子を抱きしめ、両腕に力を入れた。

「明子、あなたにはもう二度と会えないかと思ってたわ。本当によく来てくれたわね」

部屋の真ん中に向かいあって座ると貞淑が先に口を開いた。

「夢陽先生のことは本当に残念だったわ。ところでこれまでどんなふうに暮らしていたの。今でも一人なの？」

明子は尹東鳴と暮らしていることや手芸で糊口をしのいできたことなど脈絡もなく語った。

「母に学んだ刺繍でご飯が食べられるようになるなんて思ってもみなかったわ。反転してまた反転するのが人生なのね。初めて女性同友会に行った日、貞淑さんが言った言葉が思いだされるわ。女学校でどうして手芸を教えるのか、手芸は職業にする人だけが学べばいいって。その話を聞いて私がどんなに驚いたか」

「はは、そうだったっけ。あなた記憶力がいいわね。二〇年も前のことなのに、それをいまだに覚えているの」

貞淑はいい意味で言っていたが、明子は複雑な表情でうつむいた。記憶力に関する限り、許貞淑をしのぐ人はなかなかいない。ただ、記憶というものは選択的で、自分にとって意味のある部分、強烈な部分だけを選び取るものだから、貞淑と明子が互いに占める重みが違うだけの話だった。男は貞淑のうしろに少し離れて座っていた。今度は明子が貞淑のこれまでの話を聞く番だったが、その機会が与えられることはなかった。

「明子、後でゆっくりと話せる機会をつくりましょう。今日はまた事務所に行かなければならないから単刀直入に用件だけ言うわね。あなたも知ってると思うけど、今回勤労人民党の代表たち何人かは連席会議が終わって平壌に残ることになっているの。共和国建設に参加することになると思う。あなたの考えはどう？　今すぐ答えなくてもいいわ。平壌にいる間によく考えてみて。もし残るなら私が手伝うから」

その覚悟で来たのだったが、いざ二者択一を迫られた瞬間、明子は即答できずにためらった。しかし、道は定められていた。「私も……」と明子が言い始めた瞬間、貞淑が立ち上がった。

貞淑が出て行った後、明子は思いにふけった。なぜ即答できなかったのだろうか。ソウルに未練があるのだろうか。あるいは平壌も、貞淑もよそよそしく感じられたせいだろうか。貞淑の話は明子にだけしたようでもあり、一行みんなにしたようでもあり、私的な助言のようでもあり、公的な提案のようでもあった。貞淑が「明子、帰らないで私と一緒に平壌にいよう」と言ったなら、明子はためらう必要もなかった。断髪しようと言われれば断髪し、勉強しようと言われれば勉強した二〇歳のときのように暮らすこともできる気がする。

明子は布団を敷いて横になり、平壌でどんな未来が待っているか思い描いてみた。貞淑の本音は何なのだろう。いや、明子自身の本音は何なのだろう。しかし、三八度線を越えて見知らぬ都市に対面した疲労感が、散漫な考えを眠気で覆ってしまった。

翌朝、連席会議が開かれる牡丹峰（モランボン）劇場に行く途中、明子は「愛国者金九万歳！」「白凡金九先生、歓迎」といったプラカードを見た。

朝、鏡を見たら一日で目が深くおちくぼんでいた。南か北か、選択の岐路で広漠とした未来をさまようのは疲れることだ。モスクワで学んだ一二月テーゼを抱えて帰国するときに夢見た、あの朝鮮人民のソビエト社会がここにあるのに、どうしても迷ってしまう理由は何なのだろう。白凡よりも数日前に来たために見てしまったあの笑える光景のせいだろうか。または道を曲がるたびに驚かされる大型の肖像画のせいだろうか。

牡丹峰劇場で勤労人民党一行と共に、南と北から集まった人々の騒音の中に座っている間、明子は三八度線を越えたときのようにまた胸が高鳴り始めた。歴史的な場所に立ち会っているという興奮だった。壇上の主席団の座席が一つの政治スペクタクルだった。金日成、金枓奉と共に朴憲永、許憲（ホ・ホン）、金元鳳（キム・ウォンボン）の顔が見えた。呂運亨の代わりに弟の呂運弘（ヨ・ウノン）が主席団に座っていた。金九と金奎植はまだ到着していないと言う。

昨年の夏、南労党が違法化されて指名手配になった後、ソウルから姿を消した許憲が牡丹峰劇場の壇上にあらわれたとき、明子はびっくりした。許憲は南労党が地下にもぐる最後の瞬間まで朴憲永の側に立ったが、明子はそれが信念のためなのか、娘のためなのかわからなかった。朴憲永を見るのも二年ぶりだ。聞いたところでは、彼は越北してからずっと海州（ヘジュ）にいたが、今回の大会のために平壌に来たのだと言う。

金元鳳は昨年の秋まで民主主義民族戦線の会議で見かけたが、今年の春に家族を全員車に乗せて越北したと聞いた。どうやらそれは事実だったようだ。彼は民主主義民族戦線の議長だったが、他の左右合作派と同様、毎晩違う場所に身を隠し、昼間は変装して歩いた。往年のテロリストの代表格だった彼が、解放後にはソウルでテロの脅威にさらされていたのだから皮肉だった。昨年三月のゼネストのときに逮捕されて半月後に釈放された彼は、惨憺たる心境を吐露した。「解放された祖国で変装して密かに動くことになろうとは思ってもみなかった。往年に特高の刑事だったやつが捜査局長だとか言って偉そうにしている。我々は本当に解放されたと言えるのか」

彼を尋問したのは、悪名高い特高警察の盧徳述（ノ・ドクスル）だったと言う。盧徳述は今では首都警察庁の捜査局長だ。奇妙な光景だが、それがソウルの現実だった。モスクワ三国外相会議後、賛託勢力と共産主義を撲滅する愛国キャンペーンが優勢になり、総督府の下で錬磨した特高刑事の拷問技術も必要とされるようになった。

会議三日目に金九一行が到着し、民主独立党の代表として洪命熹も主席団に合流した。金奎植は体調が優れないという理由で会議場にはあらわれず、金九は南であれ北であれ単独選挙や単独政府はだめだという挨拶だけして退場してしまった。

牡丹峰劇場では演説が終わると誰もが前に置かれた盃を掲げて「金日成万歳」と叫んでから酒を飲むのだが、明子が注意深く見たところでは、金九は挨拶が終わった後でそのまま酒だけ口に流し込んで席を立った。勤労人民党の後発隊の話では、金九は平壌に向かって出発するとき、反対する群衆を避けて京橋荘の裏塀を乗り越え抜け出して来たのだと言う。米ソ共同委員会や左右合作に決死で反対し、反託運動を主導して、統一政府とは遠ざかる方向に引っ張ってきたのが李承晩と金九だった。その彼が平壌に来る決心をしたのはなぜなのだろうか。いずれにしても、彼が京橋荘の出口をふさいだ若者たちに「三八度線を越えて、死んでも行かなければならない」と言ったと聞いて、明子はなぜか胸がジーンとした。

五日間にわたる連席会議が閉幕した後、明子は勤労人民党の人々と共に、金日成総合大学、黄海(ファンヘ)製鉄所、金日成の生家、崔承喜(チェ・スンヒ)舞踊研究所、平壌紡織工場、国立映画撮影所、革命家遺家族学院を見学した。平壌郊外の万景台(マンギョンデ)にある金日成の生家は小さな藁葺き家で、意外にも金日成の祖父がそこで暮らしていて、庭で何か雑用をしていた。

連席会議の行事が終わるころ、明子は金奎植がなぜ会議に出なかったのかを知った。彼は、初めから数百人が集まる騒がしい行事ではなく、統一政府について対策を議論する要談を望んでいた。ところが、ある程度予想したことではあるが、平壌に来てみたら連席会議はよくセッティングされた大型政治イベントで、会談する雰囲気ではなかった。北側も統一政府のようなものは、もう望んでいないという印象を受けた。政府の樹立を宣言していないだけで、もうあらゆる準備が終わっていた。国立映画撮影所が建てられ、金日成の生家が見学コースになっていて、もう何かを言える状況ではなかった。

勤労人民党の人々は、公式日程がない時には三々五々集まって街を見物したり平壌の知人に会ったりした。党副委員長のソウル大学教授白南雲(ペク・ナムン)や鄭栢(チョン・ベク)、李英(イ・ヨン)のような人たちは、初めからソウルの暮らしを畳んで来た人たちだった。植民地朝鮮で最も有名で人気のあった社会主義経済学者の白南雲先生は、北のソビエト経済実験に大きな関心を示していた。鄭栢はもう平壌の政治に深く足を踏み入れたようで、主に北労党の人たちとくっついて歩いていたし、金日成をもてはやすのに忙しかった。実際、勤労人民党の人々はソウルではもう居場所がなかった。夢陽が死んだ後、党は名ばかりで、幹部たちはほとんどが要注意人物だったり、すでに検挙令が下りていたりした。

連席会議が閉幕して数日後、貞淑が三一旅館に使いを送り、明子を呼んだ。貞淑が送った車に乗って人民委員会の庁舎に行く途中、明子は宿題ができていない子どものように不安で落ち着かなかった。北を見ても南を見ても、活路が見いだせなかった。北の金日成体制は米軍政と同じくらい居心地が悪く、南では米軍政が左翼の息の根を止めようとしていた。狐の穴か、虎の穴かだった。

人民委員会の庁舎が遠くに見えてきたとき、明子はジレンマを大急ぎで整理した。両方とも未来が見えないなら原則どおりにいこう。土地改革だけ見てもそうだ。南側も左右を問わず土地改革を語るのに、現状を見るといったいいつになったら実現するのかという感じだ。明子は北に残ろうと決心した。いったん決めたらすっきりして、当然なことをなぜあんなに悩んでいたんだろうと思った。ここは間違いなく味方の陣地だ。ソウルでは敵陣で落伍した身の上で、いつでも逮捕令が下りたら逃げなければならなかった。しかし平壌（ピョンヤン）では共産主義者であることは誇らしい身分なのだ。首相も軍隊も警察も、皆、共産主義者だ。街頭に出れば棍棒を持って大手を振って歩くいまいましい青年団のやつらをもう見なくてもいいと思うだけでも、明子は万歳を叫びたい気分だった。

明子が入って行くと、貞淑は席を立ってにっこりと笑った。

「明子、こないだはきちんと話もできなくて本当にごめんなさい。あの日は本当に、スカートがずり落ちたとしても引き上げる暇もないくらいだったのよ」

快活な冗談が明子の心にかすかにあった寂しさを吹き飛ばした。

「今日は誰も入って来られないようにしておいたから心置きなく話してもいいわよ。それで尹さんはどういう人なの」

貞淑はそんなふうに始めた。話は京城（キョンソン）からモスクワへ、延安へと十数年の歳月をくねくねと曲がりくねった。

「貞淑さん、丹治(ダニャ)はソ連で死んだんですって」

「私も聞いたわ。本当に惜しい人を」

「世竹(セジュク)さんのことも聞いた？」

「うん、今回来られればよかったんだけど」

「それ、どういうこと？　今どこにいるの？」

「カザフスタン」

「ソ連なの？　まあ、なんてこと！　生きているのね、ああ、本当によかった。よくない話を聞いていたのよ。じゃあ、どうして帰って来ないの？」

「流刑が解かれてないのよ。世竹もどうしてあんなに不遇なのかしら。丹治と再婚しなければ……」

明子は貞淑の言葉をすぐには理解できなかった。ただ後頭部をハンマーで殴られたみたいにくらくらした。

「誰が再婚したの？　丹治と世竹さんが？」

「知らなかったのね。明子……。どう話せばいいのかわからないんだけど……」

明子はただ、こう言った。

「私ちょっと寄りかかるわ」

昨年、丹治のことを伝える際に世竹の話をしなかった夢陽の気持がやっとわかった。丹治が死んだと知ったとき、明子は心と体が一気に壊れた。丹治が帰らぬ人になっていたとは。待つことさえ許されない未来が真っ暗だった。そのときは、西大門にいる人全員に聞こえるくらいの大声で思い切り慟哭した。今はただすべてが間違っていて、めちゃくちゃだと思った。明子は対象のわからない何かに対する乾いた怒りで喉が焼けた。訃報には慟哭したが、これは泣くことも笑うこともできない、おかしなニュースだった。彼女の人生は何なのか。思想も、愛も、残ったものが何もない。

「丹治は世竹さんをいつから好きだったのかしら」

貞淑は他のことを考え込んでいる様子だった。

「え？　今なんて言った？」

貞淑と一緒に晩餐会に行く車の中で、明子はうつむいたまま一言もしゃべらなかった。一人の男を待ち続けた歳月がむなしく、自分の人生が恥ずかしかった。何もない野原のように荒涼とした彼女の頭の中に、ふと二〇年前の一つの記憶がよみがえった。レーニンの前で四人の男女が手を重ねて誓った。革命のために命を捧げる。お互いに何かあったら家族の面倒をみる。特別な場所だから雰囲気にのまれて即興のイベントをしたのだと、その後忘れて生きてきた。あの日の記憶が救世主のように明子を奈落から救ってくれた。

「丹治は誓いを守ったんだわ。友人の生死がわからなくなったとき、友人の妻の面倒をみなければならなかったのよ」

明子はうなだれていた頭を持ち上げてつぶやいた。

「そうよ、そうだったのよ」

貞淑が明子の表情をうかがった。

「大丈夫？」

貞淑が明子の今後について尋ねた。

「丹治のことでその話はできなかったわね。どう、決めた？」

「ううん、もう少し考えてみる」

晩餐会が開かれた民主女性同盟の朴正愛（パク・チョンエ）委員長の家は、日本家屋を改造した邸宅だった。南北の女性代表三〇名あまりが集まった。そこで明子が明確に知ったことは、金日成の周辺にいる最強の女二人が、党側では朴正愛、内閣側では許貞淑だという事実だった。

晩餐会から戻って来た明子はさっさと布団を敷いて横になった。ものすごく疲れていた。でも、なかなか眠れない。身体は深い眠りを切実に求めているのに、魂は夢遊病にかかったかのように十数年前に置いてきたモスクワの街頭をさまよい続けた。

翌朝、顔を洗った後、鏡をのぞき込みながら明子は尹東鳴を思った。「愛している」という言葉にすら照れる男だが、明子と外出するときには急に何を着ようかとせわしなくなり、明子の誕生日には朝食もつくってくれた。鏡の中の女は今でも「おきれいですね」と言われる顔だが、目元と口元に歳月の影が深く刻まれ、疲れ切った面持ちをしている。この一〇日間、平壌に残ろうか帰ろうかと悩んでいる間、なぜ尹東鳴のことを考えなかったのか、理解できなかった。彼は明子がいない部屋で今か今かと待ちわびながら、もう永遠に帰って来ないのではないかと心配に駆られ、ひと月または一年のように長い一日を送っているに違いない。明子は決めた。こんなに簡単なことを！

五月五日、明子はお土産にもらったユトンという合成繊維のチマチョゴリ一着を鞄に入れて平壌を発ち、ソウルに戻ってきた。平壌に行くときには二〇人以上いた勤労人民党代表団が半分に減っていた。

牡丹峰劇場ではなかなか顔を見ることもできなかった金九と金奎植は、その間に金日成、金料奉と四者会談をおこない四項目からなる共同声明を発表した。

一　外国の軍隊の即時同時撤収。
二　外国軍の撤収後、内戦が発生してはならないことを確認。
三　外国軍撤収後に政党の共同名義による全朝鮮政治会議を招集し、民主主義臨時政府を即時に樹立。総選挙による朝鮮立法機関を選出した上で、朝鮮憲法を制定し、統一的な民主政府を樹立。
四　南朝鮮単独選挙、単独政府に反対、これを認めない。

三八度線を越えて南の地に足を踏み入れたとき、最初に目についたのは民家数軒が集まっている小さな村の入り口に掲げられた横断幕だった。

「南北協商に惑わされず五・一〇選挙に邁進しよう」

ソウル市内は殺伐としていた。横断幕と壁新聞、ビラの戦争だった。

「国連選挙監視団の入国歓迎」

「五・一〇は国会議員総選挙投票日」

「百万郷土保衛団、五・一〇選挙を死守しよう」

このような横断幕の向かい側には、また別の横断幕がかけられていた。

「親米の操り人形、国連朝鮮臨時委員会を追放しよう」

「保守反動の五・一〇選挙をボイコットしよう」

「民族の反逆者、李承晩と金性洙(キム・ソンス)一味を処断せよ」

光化門(クァンファムン)の勤労人民党舎で北朝鮮訪問報告会と解団式を終えて出て来たとき、明子はゼネストの壁新聞を貼っていた青年たちが「族青（朝鮮民族青年団）」の腕章をつけた一群の青年たちに袋だたきにされているのを見た。道ばたに血痕を残してぐったりと倒れ、米軍政庁舎付近を巡察する警察の前に引きずられて行った二人の青年が、生きているのか死んでしまったのか、知るすべもなかった。明子は、狐の穴を出て虎の穴に入ったことを実感した。

五日後、総選挙がおこなわれた。金九の韓独党と金奎植の左右合作派、南労党の左派が選挙をボイコットした。李承晩の韓民党は惨敗したが、無所属議員を糾合して多数党となり、制憲議会を設置した。制憲議会は李承晩を大統領に選出し、八月一五日に政府の樹立を宣言した。金九や金奎植が北に行かずに選挙に参加していたならば、大統領になっただろうと言う人もいた。ボイコットしなければ、少なくとも李承晩が大統領になることはなかっただろう。解放空間で無数の政治指導者があらわれ消えた末に、大韓民国の初代大統領が李承晩で落着した。

北では八月二五日、最高人民会議代議員を選出する選挙が実施され、九月九日には朝鮮民主主義人民共和国の樹立が宣言された。許貞淑は北朝鮮の内閣で文化宣伝相になった。前夫の崔昌益は財政相で、朴憲永は副首相兼外務相だった。首相は言うまでもなく金日成である。

金九と金奎植が平壌から持って来た共同声明は、世間知らずなロマンチストたちの寝言になってしまった。南北連席会議は、スタイルはいかにももっともらしかったが、結局は一つの歴史的厄払いにしかならなかった。金日成はすでに単独政府のお膳立てをしておいて、悠々と民族解放者のふりをしながら、統一政府のために努力したという名分を手に入れたのだ。李承晩は、総選挙で何としてでも状況を逆転させて政権をつかむことが焦眉の課題だったため、統一交渉うんぬんなどと格好をつけることに気を遣える状況ではなかった。そんな南と北の間で出口を見いだせなかった金九と金奎植は選挙も放棄して嫌々ながらも平壌に行ったのだが、最低限の体面を保つためには共同声明でも持ち帰るしかなかった。共同声明の合意というものも、実行する意思もなくつくられたことがありありとしていた。金九の「三八度線を越えて、死んでも行く」という言葉がたとえ本心からのものだったとしても、不幸なことに時はすでに遅かったのだ。

15.

あの骸骨の中に一時トルストイやガンジーが入っていたというのか

1950年 ソウル、平壌、クズロルダ

クズロルダ

「ハン・ヴェーラ」

「はい」

「同志に対し一つの指摘事項があった。ウオッカを濫用する傾向！　認めるか？」

世竹(セジュク)は顔が赤くなるのを感じた。

「はい？　ウオッカを愛用しているのは事実ですが、作業時間中に飲んだことは断じてありません」

「もちろんそうでしょう。しかしアルコールというものは弱い人間を中毒にして中枢神経を麻痺させ、はじめは夜を、そして徐々に昼間の時間帯をもむしばむ毒です。作業時間中に飲んでいないとしても、影響を及ぼす可能性があることを認めなければなりません。ウオッカを濫用するようになった経緯を自己批判しなさい」

「それは……、私の年齢とも関係しているかもしれませんが……、しょっちゅう憂鬱になって……、カザフスタンに来て以来ずっと一人で生活してきましたし、家族もなく夜の時間を過ごさなければならないので寂しさに耐えられず、一、二杯口にする程度です」

七〇名ほどの会議場のあちらこちらからどよめきが起き、会場は騒然となった。「憂鬱」は公式の席上で決して口にしてはならない単語だった。世竹は長いため息をついた後で続けた。

「はい、いずれアルコール中毒になる可能性があることを認め、是正するよう努力します」

クズロルダ州工業企業所の共産党支部から来た委員の中で、三〇代半ばに見える女性が論評した。

「今、ソビエト社会の各部門で女性の役割はめざましく伸びています。現在約一〇〇〇名の最高ソビエトで、女性代議員は二七七名もいます。コルホーズで農作業の班長や牧畜場の責任者のうち女性が一〇万人を越えるということを知るべきです。今、ソ連の女性は先進ソビエト文化の尖兵として歴史的に重要な使命を担っています。近くのチェルブンナヤ・コルホーズでも、文盲退治所夜間学校出身の高麗人女性同志が仔牛三六頭を上手に飼育して、昨年、スターリン労力英雄の勲章を受けた事例を学習しませんでしたか？　退廃的な個人主義と感傷主義は、当然ながら恥ずべきです。アルコール中毒はツァーリ時代が残したもっともひどい悪臭のするゴミです。ハン・ヴェーラ同志は今後、夕食時に組合や部落単位の集まりに積極的に参加するようにしてください。あなたは参加状況が低調だと報告されていますね。各種の学習や奉仕小組を通していくらでも時間を生産的に送れるじゃありませんか。すべての問題は学習不足や思想的な弛緩から生まれるのです。今後、必ずマルクス・レーニン主義学習会に参加するようにしてください」

世竹の工場ソビエトの秘書が彼女に関する参考事項を報告した。若干の私的な問題はあるが、勤務成績は良好なほうで、党機関紙『プラウダ』を一生懸命に読んでいるという、多分に好意的な内容だった。党支部委員長がまとめた。

「ハン・ヴェーラ同志はアルコール濫用に対する改善の努力を実施し、改善の結果を毎月一回ずつ党支部に報告するようにしなさい」

世竹は右手をあげて宣誓した。

「労働に栄光を！」

支部長が右手をあげた。

「スターリン万歳！」

世竹は席に戻り、次に名前を呼ばれた女が立ち上がって中央に歩み出た。次は彼女の工場の同僚だったが、作業の不良率が顕著に高い原因が怠惰なのか無能なのか自己批判せよと叱責された。

クズロルダ州工業企業所は六月の一カ月間をスタハノフ週間と定め、すべての作業場で生産量倍加運動を繰り広げた。しかし世竹が働く縫製作業場は生産目標を達成できず、目標達成に失敗した作業場では順番に自己批判大会が開かれた。

一九三〇年代には自己批判大会が殺伐としていた。大会の途中で引きずり出されることもたびたびで、事由によっては流刑になることもあった。世竹も何回か経験したが、委員会の前に出るたび、真っ青に凍りついた。しかし今は批判をする人もされる人も、厄払いをする程度の気持が表情によくあらわれていた。革命期の興奮と緊張が冷めると、あらゆることが慣習になり、慣行になった。もしかしたらモスクワとカザフスタンの違いかもしれない。世竹にしてもそうだ。すでにカザフスタンで流刑地なのだから、ここから追い出されたらどこに行くのだろう。また、縫製工場の職工よりも悪い補職もあるだろうが、いずれにしてもたいした違いはない。夢があって胸を躍らせた時期もあった。模範囚になって一日も早く流刑から抜け出してモスクワの娘のところに行きたかった。熱望が残っていたときには、あらゆることに熱意もあり緊張もあった。しかし希望がなくなると、楽しみもなくなり、恐いものもなくなった。

朝鮮に送ってほしいという請願をスターリン宛てに出したのが四六年春。そして四八年一月に拒絶通告を受けた。夢に胸膨らませて請願書を書いたが、党支部で時間を引き延ばしている間に気が抜け始め、ついに国から忘れられた存在だという結論を下して請願書を出した事実すら忘れて過ごしていたころに、内務人民委員部に呼び出された。

クズロルダ州内務人民委員部に行った日、彼女はどれほどうきうきと胸弾ませていたことか。心が震え、手が震え、ミシンの針を二回も折り、人差し指を針に刺して血が出たため生地を一つ捨てた。そして午前の作業を終えてお昼ご飯も食べずに支部に走って行った。列に並んで一時間ほど待った後、世竹は「請願が棄却された」という簡単な通告を受け取った。クズロルダからモスクワまで行く間に、世竹の書類は『資本論』一冊分くらいに分厚くなったが、いちばん上に押されたソ連国家保安委員会の決定事項はたったの一行だった。

「ハン・ヴェーラの前科抹消請願を棄却する」

理由もなく、説明もなかった。内務人民委員部の職員は、もう次の順番の住民と話していた。世竹はとりあえず一番近い椅子を見つけて座り込んだ。無意識に「おお、主よ！」という声が漏れ出た。工場から党支部まで三〇分の距離を一気に走って行ったが、帰り道ははるかに遠く、何回も道ばたにへたり込み、足を休ませなければならなかった。夕食も食べずに空きっ腹にウオッカを流し込み、ぼーっとした頭でベッドに入る日が増えたのは、それ以来だった。

世竹は時々、心臓がバクバクして数日間居ても立ってもいられないことがある。そんな時には今後の人生が不安と暗闇に覆われていて、生の重みを支える自信がなくなり、すべてを捨ててしまいたくなる。これは何なのだろう。老化の症状だろうか。身も心も衰弱したためか。中年を迎えたすべての女性がこうなのだろうか。いや、夫を失い、子どもを失い、一人慣れない地で流刑生活をする独身の女性だけがあらわす孤独病なのかもしれない。

彼女の人生で思いどおりになったことなど何一つなかった。永生(ヨンセン)女学校は退学になり、音楽の勉強も途中でやめ、上海留学から帰る途中に夫が投獄された。ソ連に逃げて来たが、まさかこんなに長く住むことになろうとは。カザフスタンというところに連れて来られて、ここに骨を埋めることになるなんて想像もできなかった。人生に襲いかかる悲劇や不運の前で慢心などあり得ない。これ以上の苦難などないだろうと思っていたら、もっとひどい苦難が襲い、もうどん底だと思ったときに、その底が抜けてしまうのだ。

以前は誰かに「人の名前に竹の字は使わないものだけど」と言われ、独特だとか、かっこいいとか言われると、内心うれしかった。憲永(ホニョン)も、彼女の性格が竹のように強くてまっすぐだと言い、お祖父さんがいい名前をつけてくれたと言っていた。ところが憲永が監獄に入り、惠化洞(ヘファドン)に一人で暮らしていたとき、大家のおばさんが巫堂(ムーダン)気がある女性で、「孤独殺〔配偶者を喪ったり、子どもに手を焼く運命〕が見える。名前を変えなさい。『竹』の代わりに花の根をあらわす『英』を使いなさい」と言ったことがあった。最近、ビビアンナの手紙を受け取って、ふとそのことを思いだした。「孤独殺」。

ビビアンナは手紙で、今年の夏に一カ月平壌(ピョンヤン)に行って過ごす予定だと書いてきた。父親が平壌に来いと言っており、ビビアンナが所属するモイセーエフ民族舞踊団全員を招請したのだと言う。父親の紹介で崔(チェ)・承喜(スンヒ)から朝鮮の伝統舞踊を学ぶことになったと、ビビアンナは舞い上がっていた。最近では恋人もできたと言う。ビクトルというロシア人青年で、モスクワ国立大学歴史学科で講義を受けている時に出会ったのだと言う。

ビビアンナは一九歳の時にプラハの世界青年学生舞踊大会で大賞を取って以来、アメリカ、フランス、日本、中国へと海外公演に飛び回っていた。娘が若い時代を快活に送るのをたのもしく思いながらも、彼女は心の片隅にぽっかりと穴が空いたような感覚を覚えた。娘の人生はもう完全無欠だと言ってもいいだろう。婚約者までいるのだから、なおさら母親が割り込む余地はない。彼女はいまだに娘に、自分が流刑囚であることを秘密にしていた。

ビビアンナの手紙の半分はビクトル、あとの半分は平壌の話だった、不安と憂鬱の日々から抜け出ることができない世竹に決定打を与えたのは、手紙の最後のくだりだった。

「平壌ではいろいろと忙しくなりそうです。お父さんが九月に再婚するから、必ず来て祝ってほしいとおっしゃっているので」

平壌

一九四九年八月、平壌（ピョンヤン）で迎える四回目の夏だった。貞淑（ジョンスク）は平壌に来て人生の半分くらいはここで過ごしたような気がしていた。非常用の食料と下着を詰めたリュックサックを背負って、ズボンの裾がほころびた古い軍服を着て平壌駅に降り立った日が、小さなタオルをぶら下げて小学校に入学したあの日の記憶と同じくらい遠い昔のことになった。この都市に多くの変化が起き、彼女にも多くの変化があった。

平壌の街にも、今ではもう三清洞（サムチョンドン）や仁寺洞（インサドン）のように慣れ、楽になった。大同江（テドンガン）と解放山（ヘバンサン）も、漢江（ハンガン）や仁王山（イヌアンサン）と同じくらい情が湧く風景になった。多分、父がいるからだ。父が来て、平壌が故郷になったのだ。その上、義母と異母弟妹まで合流して、にわかに大家族になった。

息子たちをモスクワに留学させて、一人で暮らす家に父と弟妹たちがよく遊びに来た。貞淑は異母弟妹たちを人民市場に連れて行き、服や靴を買ってあげたり演劇やオペラを見せたりした。週末には家族と一緒にお弁当を持って牡丹峰（モランボン）に登ったり、綾羅島（ヌンラド）に遊びに行ったりした。一人でいる時には、本を読むか、音楽を聴くか、犬の散歩をした。

息子は、留学させてくれたお母さんと首相同志に感謝するという手紙を送ってきた。普通学校の新入生の時に満州事変が起き、高等普通学校に入る時に日中戦争が始まり、典型的な軍国主義皇民化教育を受けた世代だから、モスクワ大学で見るもの、聞くこと、すべてが新鮮で衝撃的であるに違いない。貞淑は息子に、ソ連の人々は肉食を好むけれども野菜をたくさん食べるようにし、服は自分で洗っていつも清潔に着て歩くようにと手紙に書いた。

　朝鮮民主主義人民共和国政府も二年目に入って安定しつつあった。四九年二月から首相と内閣の半分が二カ月間留守にして、まるで修学旅行にでも行くかのようにソ連に見学に行き、登山やピクニックでチームワークを固めたりもした。しかし夜になるとソ連派、延安派、南労党派がそれぞれに集まって陰口と噂話に花を咲かせた。以前は延安派だけで賑やかに子どもの一歳祝いや忘年会を開いたものだが、最近ではまわりに気づかれないように静かに集まった。ソ連派や南労党系も同じようなものだった。

　貞淑は金日成（キム・イルソン）内閣で唯一の女性だった。首相を嫌う人もいたが、貞淑は彼が嫌いではなかった。正確に言えば、好きなほうだった。本人が言うとおり、パルチザンの同志である金策（キム・チェク）をサポートしたからなのか、平壌に来て力になってくれた父に対する感謝の気持からなのか、彼女に対する彼の態度は無条件的だった。最高権力者の好感を得ることが、気分の悪いことであるはずがない。

　内閣と党の要人たちの官舎が集まる解放山の麓には、子どもたちが新芽のように続々と生まれた。修行僧のように身体の中に経典を蓄え風餐露宿していた革命家たちが、解放された祖国に戻り、若い妻をめとって乳飲み子の父親になった。子どもたちは生まれたばかりの共和国と共に育った。

　仕事から帰る道すがら、灯りがともるビルを見ながら貞淑は「これが私たちが建設した共和国なのね」と感慨に耽った。国を失った植民地の知識人としてアメリカや日本や中国を渡り歩きながら見て聞いて学んだこと、あの屈辱と苦難まで、あらゆることが今日のこの建国事業の糧になっているのだから、世の中に無駄なことなどないのだ。上海でブハーリンの「共産主義のＡＢＣ」を購読する時、その原則を骨子として国家建設をする日が来ると思っていただろうか。槿友会（クヌフエ）で結婚と離婚の自由を叫んでいた時には、女性が閣僚になるなどと想像もできなかった。

車窓の外に大同江が見えたかと思うと、車は川沿いの三階建てビルの前に停まった。崔承喜(チェ・スンヒ)舞踊研究所だった。党と内閣の要人たちが来る場所なので、研究所の周辺はものものしい警備だ。大講堂の前で崔承喜が夫の安漠(アン・マク)と一緒に立っていたが、貞淑を見ると近づいて来て、うれしそうに挨拶をした。

「相〔閣僚の呼称〕は、モイセーエフ舞踊団の公演は初めてですよね？」

「春にモスクワを訪問した時に白南雲(ペク・ナムン)相が見ていらしてすごくほめていらっしゃったわ」

劇場の客席には朴憲永(パク・ホニョン)がもう来て座っていた。貞淑が近づいておめでとうと声をかけると、憲永は立ち上がって手を差し出した。この男がこんなにニヤけて口が閉まらない姿を初めて見たと思った。ただ娘を誇らしく思う父親、それ以上でも、それ以下でもなかった。

すぐに公演が始まった。モイセーエフ舞踊団の公演とは言うが、客席の視線はひたすらビビアンナ一人を追っていた。ビビアンナはモンゴルの民族舞踊をソロで踊った。ビビアンナは母親の西欧的な美貌には似ず、父親そっくりのこぢんまりとした顔立ちだったが、その東洋的なマスクがモンゴル舞踊によく合っていた。舞台の上からビビアンナが吐き出す強力な磁性に、時々貞淑は戦慄を覚えた。楽観と覇気にみなぎっていた上海時代の貞淑と世竹(セジュク)。今のビビアンナがちょうどその年ごろだ。世竹が南山(ナムサン)くらいのおなかを抱えて歩く後ろ姿を見たのが最後だ。そのおなかの子が育って今、貞淑の前で踊っていた。

講演後の茶話会で貞淑は舞台衣装のまま出て来たビビアンナに会った。彼女は両手でビビアンナの手を取り、手の甲を撫でた。

「本当にきれいな娘さんに育ったわね。ご両親が自慢するのも当然だわ」

貞淑のロシア語は、対話に不自由はなかった。ビビアンナは、返事はせずに笑った。

「お母さんはお元気？」

「さあ、どうでしょうか」

「カザフスタンには行ってみた？」

「はい」

「お母さんの家にも行ったのね」

「いいえ、公演でアルマトゥイに行っただけです」

貞淑はビビアンナの手をそっと離した。崔承喜が来た。

「ソ連の芸術教育には本当に驚くわ。ビビアンナの才能も素晴らしいけれど、才能を早くに見つけて育てるシステムがうらやましい。私たちはいつになったらそんなふうになれるのかしら」

ビビアンナはこれから一カ月の間、研究所で朝鮮の伝統舞踊を学ぶのだと言う。崔承喜はショートカットにひらひらしたベージュのワンピースを着ていた。平凡なワンピースでも崔承喜が着ると天女の羽衣になる。女同士だが、貞淑はときおり崔承喜にうっとりしてしまう。中国に向かう前に京城(キョンソン)で崔承喜の公演を見た時、崔承喜に京城はあまりにもみすぼらしいと思ったが、平壌は彼女にはあまりにも窮屈に見えた。彼女は植民地朝鮮のポケットを破って突き出た錐だった。時代は立ち後れているのに、彼女はあまりにもモダンで、その才能は傑出していた。二〇歳のころ、貞淑は自分が古くさい時代に間違って生まれたと思い、自身の不幸を嘆いたものだが、崔承喜こそ一〇〇年ほど時代を先んじて生まれた女性だった。と言うよりも、彼女は朝鮮に生まれたのではなく、どこかの星から落ちてきたような女性だった。

一九四六年の夏、崔承喜が夫の安漠と共に越北して以来、金日成の特別な指示で貞淑は研究所を建て、全面的な支援をした。崔承喜が平壌にいるということ自体が、北にとっては最高の宣伝効果だった。しかし、平壌に初めて来たときに比べると、生き生きとした表情にやや陰が差しているように思える。彼女もそろそろ四〇歳になろうとしていたが、年齢のせいばかりではなさそうだ。彼女の舞につきまとうブルジョア芸術という批判を、彼女自身も意識しているようだ。過去十数年、地球を何周もして公演してきた世界的スターにふさわしく、彼女は平壌だけでなく、ソウル、東京、北京にも家があったが、北京の家は昨年売ったと言う。

朴憲永と崔承喜のイベントだったので、南労党の関係者と越北文化芸術家が総出動した。植民地時代に京城最高のロマンチックカップルだった詩人の林和（イム・ファ）と小説家の池河蓮（チ・ハリョン）夫妻の姿もあり、作曲家でピアニストの金順男（キム・スンナム）、女優の文藝峰（ムン・イエボン）、映画監督の徐光霽（ソ・グァンジェ）の姿も見えた。ほとんどが左翼の文芸活動をして違法化された後、越北した人々だった。

数人が集まった場で、朴憲永が最新号の『勤労者』に書いた文が話題になった。憲永は「南朝鮮の解放が遅れれば遅れるほど、南朝鮮の人命がさらに失われることになるため、統一は党と人民の最も重要で緊急な課題だ」と書いた。林和が言った。

「確かに南朝鮮問題は急を要すると思う。白昼に堂々と暗殺とテロが横行してるんだから無政府状態としか言いようがない。その上、文化というものも、米帝国主義のゴミ溜めになっている」

不吉な夏だった。首相が今年の新年の辞で「国土完整」という新造語を一〇回以上使って朝鮮全土の完全な解放を強調して以来、南朝鮮の解放という言葉が党と内閣で頻繁に聞かれるようになった。第一の課題であるソビエト政府の樹立が終わったので、第二の課題は南朝鮮の解放だということだ。まるで示しあわせたかのように、三八度線の南側では李承晩（イ・スンマン）がともすると北進統一を叫んでいた。三日で平壌を接収できるとか、平壌で昼飯を食べて新義州（シニジュ）で夕飯を食べられるなどと言っていた。三八度線からは毎日数件ずつ交戦状況の報告が上がってきたが、ほとんどが南側の徴発によるものだった。南の情勢がひどく不安定なため、戦争で打開しようと境界線を狙っているのだ。この夏の金九（キム・グ）暗殺事件は平壌でもビッグニュースだった。あれほどの大物政治家が真っ昼間に自宅で陸軍将校に殺害されたということが、常識的な状況ではないことを物語っていた。

金日成首相が最近、閣議で「朝鮮半島の北側は解放され、土地改革も成功して豊作が続いているのだから、今後は米帝国主義と李承晩傀儡一味から南朝鮮の人民を解放してあげるべきなのではないか」と発言した時、異議を唱える者は一人もいなかった。すぐ横の席で副首相の朴憲永が深くうなずいていた。三八度線の南側では大々的な共匪討伐と南労党員捜索作業で共産主義者が根絶やしにされようとしており、党員たちの命が風前の灯火だったから、憲永は気が気ではなかったはずだ。首相は首相で、内閣の中で陰口が多いことにいらついていた。首相は内閣が部隊のように統率されることを願った。首相は満州パルチザン時代に銃一丁を肩にかけ鴨緑江（アムノッカン）を渡ったように、戦車部隊を先頭に三八度線を突破して名実ともに朝鮮全体の解放者になりたいという野心を隠さなかった。貞淑は二人のことをよく知っていた。今や北朝鮮の第一人者と第二人者が共に、画期的な変化を望んでいた。

数日後、崔承喜舞踊研究所で会った南出身者の一人が貞淑の執務室を訪ねて来た。映画監督の徐光霽が政治保衛局に捕まって数日間何の消息もないというのだ。酒の場で言ったことが問題になったようだ。労働新聞に、金日成がモスクワを訪れスターリンに謁見したという記事が出ていたが、一国の首相が他国の首相と会うのを謁見と表現するとは、北朝鮮はソ連の植民地なのかと言ったという。

「そうですか。政治保衛局がそんなに長く捕まえておくようなことでもないと思いますが。一度調べてみましょう」

政治保衛局は内務省にあるが、内務相の朴一禹（パク・イル）には何の情報も入っていなかった。朴一禹は朝鮮独立同盟で一緒だったし、革命軍政学校の教官生活も共にした同い年の友人だった。間島（カンド）の小学校の先生をしていた彼は主観が明確で、首相の前でも歯に衣着せずに言いたいことを言った。ところがそんなストレートな性格の朴一禹が、報告がないことに怒るのではなく、貞淑にそれとなく警告のサインを送ってきた。

「あまり詳しくは言わないが、僕が報告を受けていないことなら、君も知らないふりをしたほうがいいよ」

朴一禹は内務相ではあったが、保安や警察関係はソ連派とパルチザン派が掌握していたので、実際にはただの看板のようなものだった。貞淑は最高裁判所や教化所も調べてみたが、そこにもいなかった。数日後、徐光霽の友人が焦燥の色で再び訪ねて来た。貞淑はここでバッサリと断ち切った。

「いろいろ探してみましたが、どこにもいません。どういうことなのか、私にもわかりません。徐光霽さんのことを探すのはもうやめたほうがいいです。このことで私を訪ねて来るのは今日までにしてください」

徐光霽は映画評論、脚本家、俳優、監督と八面六臂の活躍をする才能の持ち主だったが、貞淑は彼のことがあまり好きではなかった。彼女は、崔承喜をはじめとする越北文化芸術家たちの親日行跡報告書を綿密に検討したことがあった。徐光霽が演出したという映画『軍用列車』は、一言で言って呆れてものも言えない内容だった。彼が『軍用列車』を制作したそのとき、まさに南京で何が起きていたか。とにかく彼は静かに姿を消した。政府樹立後、いわゆる秘密警察の動きが非常に活発になっていることを感じた。

一九四九年九月、金日成の妻が亡くなった。三三歳の妻金貞淑（キム・ジョンスク）が出産時に死んだのだ。金日成にとって一年前に次男が池に落ちて死んで以来の凶事だった。コソコソと噂話も多かった。妻が死んでまもなく、金日成は貞淑を首相室に呼び、息子の家庭教師をしてくれと頼んだ。九歳の正日（ジョンイル）は小学校二年生のちぢれ毛の少年だった。貞淑が首相官邸に出入りすると、首相と貞淑の関係を口にする人もいた。首相の死んだ妻の名も貞淑だったという、危険極まりない冗談を言う者もいたが、金日成がソ連軍司令部でタイピストとして働く二〇歳の金聖愛（キム・ソンエ）といい仲だということは、たいがいの人が知っていた。

その九月、朴憲永が尹（ユン）オクと結婚式を挙げた。憲永は数え五〇歳。尹オクは二五歳だった。憲永が秘書と結婚するという噂を聞いたとき、貞淑はショックを受けた。はじめはあきれ、後になって裏切られた気持になった。海州（ヘジュ）で見た趙斗元（チョ・ドゥウォン）の義妹が、その秘書だった。結婚式は野外で開かれ、閣僚は全員出席した。白いドレスのビビアンナが三歳年上の義母の横で介添え役をし、首相が新郎に花束を渡し、新郎はずっとニヤニヤしていた。

遅れてきたロマンスを燃やす帰還革命家集団で、貞淑だけ例外ではいられなかった。貞淑の相手は最高検察所副所長の蔡奎衡（チェ・ギュヒョン）だった。ソ連で法学部を出て検事生活をした蔡奎衡は、いわゆるカレイスキー（ロシア内の韓人）出身で、つきあう人々もほとんどがソ連派だった。貞淑は彼の家で方学世（パン・ハクセ）のようなソ連派たちとトランプで遊んだりした。蔡奎衡は闊達な好人物で、気前もよく、ソ連でも豊かな生活をしていたことがうかがわれた。貞淑は彼がロシア人女性と結婚していたという程度のことしか知らなかった。彼も、崔昌益（チェ・チャンイク）が貞淑の前夫だという程度のことしか知らなかった。とにかく彼はロマンチストだった。

「崔昌益先生は男らしいよね。君を譲ってくれたことがありがたいよ」

二人は互いの過去について無関心で淡泊だった。二人が同棲を始めると、昌益が鋭敏な反応を見せた。

「とりあえずおめでとう。でも、正式な結婚はもうちょっと慎重に考えたほうがいいよ」

延安派とソ連派は首相の信任を争うライバル関係だったし、昌益が蔡奎衡をあまりよく思わないのも当然だった。貞淑にとってそれは長い間慣れてきた感情だった。彼女は度々、他の派の男を選び、そのたびに同志たちの非難を浴びた。これはまたどういう運命なのだろう。派閥をつくるのが男たちの習性で、彼女がそこから自由であるだけの話なのか。貞淑はにこっと笑って大したことではないと言わんばかりに応酬した。

「自分は子どももつくったくせに。私も子どもを産んでみようかと思うの」

「いやいや、そういうことじゃなくて……。人っていうものは……」

語尾を濁すとき、昌益の顔が困ったようにゆがんだ。日ごろ無駄話をしない昌益の一言が痰のように貞淑の喉のあたりにからまった。

蔡奎衡と許貞淑。二人とも平壌では新参者で、その疲労と興奮をわかちあっていた。彼はウオッカを飲み、いい気分になってくるとアコーディオンを弾きながら『カチューシャ』を歌った。もしかしたらソ連時代を懐かしんでいるのかもしれない。移民一世または二世であるソ連派たちは、ことさら「我が祖国」「祖国に帰ってみたら」というセリフで祖国を強調した。しかし貞淑は疑問に思っていた。家族や友や記憶のある場所が祖国だ。それらが何一つない祖国とはいったい何なのだろう。見知らぬ祖国が与えてくれるものとは何なのだろう。結局彼らは二つの祖国、身体の祖国と心の祖国、物理的祖国と精神的祖国の間で愛憎を秤にかけながら生きていく運命なのだろうか。蔡奎衡もソ連で法学部を出て検事になり、少数民族としてはめずらしいエリートコースを歩んできた人生だが、出世したとしても地方の高級官僚程度がせいぜいだったはずだ。ましてスターリンは少数民族をどれほど冷遇したことか。そんな彼が平壌に来て、祖国に来て、最高検察所の副所長になった。抗日闘志出身の所長チャン・ヘウは、法曹界の経歴といっても監獄に入ったことくらいしかないから、人民共和国の検察体系は全面的に蔡奎衡が形を整えた。実際には彼が検察所長も同然だった。郷愁などが入り込む隙などない。彼は威風堂々として自信満々だった。

「君は今まで僕が出会った女性の中で最高にアトリーチナだよ（素晴らしぃよ）」

「僕が祖国に帰って来て手に入れた最高の宝物は貞淑、君だよ」

実際よりも少し盛って話す習慣は、ロシア文化なのだろうか。いずれにしても、ぐっと抑えてやっと絞り出す昌益とは正反対だった。

一九四九年の一年間に南と北が打ち上げた北進統一と南朝鮮解放のスローガンは、朝鮮半島の上空でむなしくすれ違った。そして年が改まり、平壌の政界がついに一段階アップグレードした雰囲気が漂っていた。昨年の秋、三〇年にわたる中国内戦の末、北京に革命政府が樹立され、鴨緑江と頭満江（トゥマンガン）の上の二つの国が両方ともソビエト化したことは、平壌の政治家たちを大いに励ました。

まさか戦争にまで行くことはないだろうと思っていたが、冗談のようなことがあっという間に現実になっていた。年初から金日成と朴憲永の動きが早まったと思ったら、四月にはモスクワに行って戻って来た。モスクワに発つ前、首相はスターリンに会いに行く目的を貞淑に耳打ちした。南朝鮮解放の原則には彼女も同意した。しかし、方法は戦争しかないのか。彼女は判断がつかなかった。けれども曖昧な傍観者の立場に居続けることはできなかった。立場を明確にしなければならないときが近づいていた。

モスクワから戻った首相が彼女に北京訪問への同行を要請した。毛沢東を説得するのを手伝ってほしいというのだ。スターリンから毛沢東の承認を前提条件として解放戦争に対する許諾を得て来たのだと言う。

首相が直接、文化宣伝相室にやって来た。

「相同志、毛主席さえ協力してくれれば南朝鮮解放は時間の問題だ。相同志の力が必要だ」

「首相同志、問題が二つあると思います。まずは毛主席の問題ですが、革命政府樹立を宣言してまだ数カ月しか経っていません。内部的にまだ複雑な問題がたくさんあって、新たな戦争を始めることは難しいと思います。仮に解放戦争をするとしても、朝鮮半島よりは台湾が先と考えると思います。毛主席は中国革命には背水の陣で命を賭けましたが、決して無謀だったり好戦的だったりする人ではありません。勝利に対する確信がなかったら絶対に軍隊を送らないでしょう。二つめは私自身の問題です。実は、南朝鮮解放戦争に対して私自身がまだ確信が持てていないのです」

首相の顔がみるみる硬くなった。彼の沈黙が貞淑を緊張させた。今、北朝鮮の内閣で、それぞれ派閥が違うとはいえ、首相が手伝ってくれと言うのに「ノー」と言える者はいなかった。首相も、「そうですねぇ」などという反応を聞くために文化宣伝相室までわざわざ来たわけではなかろう。視線を落としたまま無言で座っている彼の鼻から、荒い息だけがスースーと漏れていた。最高権力者の頭の中で数十の選択肢が電光石火のごとく明滅する音だった。目の前のこの女性をどうすればいいものか。寛容に受け止めるべきか、懲らしめるべきか。怒るか、耐えるか。説得するか、脅迫するか。権力を取り上げてしまうか、そのまま置いておくか。咸鏡北道（ハムギョンプクト）の外れの集団農場の管理人として送ってしまおうか、いっそこの世から追い出してしまおうか。テーブルを蹴飛ばして出てしまおうか、話を続けようか。

しばらくして首相が顔を上げ口を開いた。

「確信ができるまで待とう。けれども時間は四日しかない。私が朴憲永同志と北京に行く計画には変更はない。今まで相同志と同じ船に乗っていると思ってきたのに……。誤解ではなかったことを祈る」

最後に短い笑みを浮かべて彼は立ち上がり、扉に向かって歩いて行った。彼は年齢に比して老練な政治家だった。

平壌に来て以来、彼女は再び岐路に立った。彼女は三八度線以北の人民共和国が三八度線以南に比べて優れているという確信を持っていた。しかし、戦争だけは避けたかった。朝鮮の地を三八度線で分割することは自体が理不尽なのに、その上と下が互いに銃を向けあうのはあまりにもばかげている。戦争なら中国で嫌というほど味わった。もう野や河原や道ばたに転がって醜く腐っていく死体を見るのはうんざりだ。

貞淑は二日間、煩悶に包まれて落ち着かない昼と眠れない夜を送った。解放戦争か平和統一かというジレンマは、同時に、生きるか死ぬかのジレンマだった。三日目になる日、彼女は自身の考えが首相の考えに収斂(しゅうれん)されていっていることを認識した。それは解放戦争の道。そして自ら生きる道だった。生存本能が思考を牽引したのだ。

首相の考えにも妥当な面がある。強国に翻弄されてきたのが朝鮮半島の歴史だ。この貧しく小さな国が、さらに半分に分断されている。首相が底力を発揮しなければ分断状況を突破するチャンスは永遠に来ないかもしれない。戦争をするべき時にはするべきなのだ。と、貞淑は結論を下した。

貞淑は金日成首相、朴憲永副首相と共に北京に向かった。用件を知っている毛主席の表情は重かった。それでも、貞淑と握手をするときにはにっこりと笑った。

「おお、許貞淑同志」

首相は昨年の春、モスクワに行ったとき、解放戦争について意思を打診したようだが、スターリンはのっけから反対したと言う。三八度線を越えて南進したらアメリカが介入するだろう、アメリカとの戦争は避けたいという立場だった。第二次大戦の終戦からわずか五年で、ソ連とアメリカは同じ連合国のメンバーとして危ういながらも友好関係にあった。いわば同じ檻の中にいる虎とライオンだった。スターリンとしては戦後交渉で期待以上のプレゼントを贈られ、東欧とアジアにわたり巨大なソビエト帝国を建設できたことに満足しており、その状態が維持されることを願っていた。金日成は米軍の参戦はないだろう、万が一アメリカが介入するとしても、その前に戦争を終わらせてしまうと粘り強く食らいつき、一年かけてスターリンの裁可を得た。スターリンの結論は「武器は与えるが派兵はしない。速戦即決で自分で解決するならしろ」だった。

革命政府宣布後、冬の二カ月間をモスクワで過ごした毛沢東も、スターリンの考えがどういうものかを知っていただけに、戦争を認めたことが信じられないという反応だった。毛主席は中国解放戦争が終わると紅軍の中にいる六〇〇〇〇人の朝鮮人部隊を北朝鮮に送った。しかし彼もまた、戦争には負担を感じていた。アメリカが介入するだろうし、第三次世界大戦になり得ると心配していたのだ。その上、下手をしたら満州にまで戦火が広がるかもしれない。

「南北の兵力はどうだね？」

「南朝鮮が六万、そして我が人民軍が一二万です」

金日成は北朝鮮の兵力が絶対的に優勢な上に、ソウルさえ占領すれば南朝鮮の人民が呼応するから、戦争は長くは続かないだろうと説明した。戦争は三日、または一週間以内に終わるから米軍が本土から移動する時間はないだろうし、ソ連も核実験に成功したからアメリカもそんなに簡単には行動しないだろうと言った。

「とりあえずソウルさえ掌握すれば李承晩傀儡一味に抑圧されている共産党員二〇万人が蜂起するでしょう」

「南朝鮮労働党党員たちは、いつかいつかと待っています」

金日成の主張を朴憲永が後押しした。貞淑はその昔、延安抗日軍政大学時代に毛沢東が言った言葉を思いだした。

「先生は朝鮮人と中国人は血をわけあった兄弟だとおっしゃいましたね。そして、中国の地を解放させた後で、朝鮮人の闘争を熱烈に支援するとおっしゃいました」

「確かにそう言った」

毛主席は結局、解放戦争を承認し、米国が派兵した場合には中国も派兵すると約束した。

「あくまでも米軍が先に入って来た場合に限るという点を忘れないように」

貞淑は北京に行って来る間に、金日成と朴憲永、戦争へと向かう二人のパートナーシップを漠然と把握した。金日成の信念はシンプルだった。三八度線の南側で左右合作キャンペーンも破れ、南北に二つの政府が樹立した後、南朝鮮の解放は武力以外に方法はなくなったと。パルチザンの大将出身にとって武力は使い慣れているものでもあり、簡単な答えでもあった。彼は政府樹立前に人民軍を創設し、軍需工場を建てた。南よりもスピードが速かった。彼の野心と度胸はよく知っていたが、彼がはじめスターリンを、次には毛沢東を説得しながら戦争に勝つと豪語するとき、貞淑はその確信と自信がどこから来るのか不思議だった。性格なのか、経験なのか、若さなのか。いずれにしても三八度線の南を見たこともない金日成にとって、南朝鮮の解放は心情的な複雑さを伴うものではなかった。

朴憲永にとって南は、自身の故郷と友人たちがいる場所であり、そこに爆弾を落とす問題についてはとらえ方が少し違っていた。その上、朝鮮全体の共産主義運動の中心だった彼にとっては、朝鮮半島全体が自らの血管がめぐる自分自身の身体のようなものだった。朴憲永は南労党指導部を率いて北に来るとき、腹心の李舟河（イ・ジュハ）と金三龍（キム・サムリョン）を残して南労党の地下活動を任せて来た。海州時代に江東（カンドン）政治学院の要員らを南側に送ったとき、すでに朴憲永の戦争は始まっていた。南派された要員らがゲリラ闘争で絶滅され、最初の痛恨の敗戦を経験していたのだ。朴憲永は首相の戦争ドライブにブレーキをかけることもできなければ、かける理由もなかった。もしかしたら戦争で平壌の権力体系をひっくり返すことができるかもしれないという一抹の期待もなくはなかっただろう。しかし彼は、この戦争がそう簡単ではないことを誰よりもよく知っていた。

北京に行って来る間に、貞淑は二人の表情からたくさんのことを読み取った。金日成は覇気に満ちた表情で迫力のある声、朴憲永は複雑な表情で口数も少なかった。

そのころの閣議は何事もないかのように日常的で単調だった。台風前夜の静けさであることをすべての閣僚たちが感知していた。ただし一度、首相が「南朝鮮の傀儡軍が七月に北進を計画しているという緊急情報を最近、民族保衛省が入手した」と報告して、閣議で激論が交わされたことがあった。党政治委員の許憲(ホ・ホン)が貞淑に耳打ちしたところによると、民族保衛相の崔庸健(チェ・ヨンゴン)がいない中で首相がこのような報告をしたのは、すでに党政治委員会で戦争を始める日程まで出ているということで、実際に戦争を遂行する部署の責任者である崔庸健が反対したため軟禁されているということだった。貞淑も中国訪問後、戦争準備が着々とおこなわれているという感覚をつかんではいたが、それ以上の情報にアクセスすることはできなかった。

李承晩の北進計画情報に一堂は一方では驚き、もう一方では疑心を示した。信憑性のある情報なのか、南朝鮮に戦争能力があるのか、李承晩の虚勢ではないのか、実際に北進して来た場合にはどう対処するのか。意見が錯綜する中で、貞淑は七月北進説が、内閣の雰囲気を探るための首相の創作だという心証を固めていった。民族保衛省の副相として崔庸健の代わりに出席した武亭(ムジョン)が「我々が先制攻撃しよう」という発言で議論を終息させた。

「砲兵司令部の戦車砲もあり、中国革命で戦闘経歴を積んだ精鋭部隊もあります」

党政治委員たちとパルチザン派のインナーサークル程度が戦争計画を知っている状況のはずだが、内閣の中では誰が知っていて誰が知らないのか、貞淑は判断できなかった。今この場で「先制攻撃」を提案する武亭は、正確な戦争計画を知って言っているようにも思えるし、知らないで言っているようにも思える。ただ、南朝鮮解放戦争が政府樹立以来の首相の強い意志であることを知らない者はいなかった。武亭の提唱を受けて、内務相の朴一禹は「内務省の軍隊だけでも二〇日もあれば釜山（プサン）まで陥落させられる」と呼応した。武亭も朴一禹も金日成のインナーサークルの外にいる延安派だ。正確な内幕も知らないで度胸自慢をしているだけなのか。学校で教える教科書には金日成とパルチザンの英雄談しかなく、公式の席上で延安や太行山の話を切り出すことすらできない彼らに、プライドを復活させられるテーマが投げかけられたことだけは確かだった。

李承晩は北進統一を唱えているが、あくまで大衆のうけを狙っているだけで、政治的なジェスチャーにすぎない、南朝鮮の軍隊は軍紀もめちゃくちゃで軍備も取るに足らないという報告が後に続き、内閣の戦闘意欲はさらに鼓舞された。内閣の相当数が武装闘争の経験者たちだからだろうか。あるいはそれが男の世界というものなのだろうか。皆が負けじと戦争を主張し勝利を請けあった。ただし、洪命熹（ホン・ミョンヒ）副首相は沈黙の末に、一個人の意見であることを前提に「南の政府との戦争を避ける方策を探ることはできないのだろうか」と言ったが、すぐに首相の意味深長な一言でかき消されてしまった。

「梅雨に入る前に、急いだほうがいいですね」

梅雨に入る前ということは、六月ということか？

閣議で誰が真の民族解放者なのかをめぐって競争が繰り広げられ、また自分こそが方法と実践に長けていると各自が豪語しているとき、金日成と朴憲永だけでなく、延安派、ソ連派まで全員が、戦争が現状を変えるであろうし、それが自分たちに有利な方向になるとそれぞれに楽観しているように見えた。戦争に負けたら誰もここに残っていられないかもしれない。けれども戦争に負けるということを考える人は一人もいなかった。

弓弦は思い切り引っ張られていた。あとは手を放しさえすれば、矢が飛んでいく。

ソウル

袋の底にほんの少し残っている麦をはたいて朝ご飯を炊き、明子（ミョンジャ）は日が昇る前に社稷洞（サジクトン）の家を出た。一カ月くらい隠れ暮らしてほとぼりが冷めたら家に帰って来るつもりだった。東鳴（ドンミョン）は彼女を先に送り出し、自分も簡単に荷物をまとめてしばらく友人宅に行っているつもりだと言った。社稷洞の家は、今すぐ警察に襲われることはないとしても、直ちに食べる食料がなかった。尹東鳴は新聞が廃刊になって、もうずいぶん前からこれといった稼ぎがなかった。警察を避けて友人宅に行くとは言ったが、実はもう少しましな暮らしをする友人宅でしばらく居候をするという話だった。でも、手配が解けなかったら？　どこでどうやってまた会う？　東鳴が「毎月一日にこの家に寄ることにしよう。だから一二月一日、一月一日、そんなふうに……」と言い、「それがいいわね」と明子が相づちを打った。

「新年の雑煮は食べられないかもしれないけど、どんぶりに冷水を入れてここに置いて、向かいあって座ろう」

狭い借間を照らすランプの灯りの下で、彼の口元にかすかな笑みが一瞬浮かんで消えた。

一時、六〇万党員だの、一〇〇万党員だのと言っていた南朝鮮労働党は一九四九年の一年間で跡形もなく消された。解放直後までは左翼が優勢だったが、何回かのゼネストと大邱暴動、麗順反乱事件を経て、死んだり投獄されたり越北したりで、共産主義者の種が干上がってしまったのだ。にもかかわらず時々、新聞に組織の責任者が捕まったとか、ブロックの責任者が捕まったという記事がのり、南労党の残骸がからくも残っていることを示すことがあった。南労党や勤労人民党など一三三の政党・社会団体の登録を取り消した一〇月一九日付の政府法令は、死体同然だった左派政党の棺桶の蓋に釘を打ちつけた。勤労人民党幹部の一部は、南労党のスパイ容疑で指名手配された。明子もその中の一人だった。

　指名手配になったという知らせを受けて、まんじりともできずに夜を明かした後、日が昇る前の薄暗闇の中、家を出たが、彼女を待つ場所があるわけではなかった。明子は、とりあえず南労党の秘密党員で金漢卿との連絡を取り持ってくれた若い女性の家を訪ねることにした。南労党の組織責任者である金漢卿に会えば、現在の状況について知ることができるだろうし、当面の間、隠れていられる場所を紹介してもらうこともできるだろう。以前は靴がすり減るくらい通い詰めた安国洞通りを歩き、東大門を過ぎて新堂洞の女性宅に着いたときには、あたりはすっかり明るくなっていた。家に行ってはみたものの、門を開けてもらえるまでにかなりの時間がかかり、「あの子は親戚の家に行かせた」という中年女性を説得するのにも時間がかかり、屋根裏部屋に隠れていた女性に会えたときには正午になっていた。そんなふうに苦労してやっと会えた女性の口から出た情報は、明子を落胆させるものだった。金漢卿も数日前に逮捕され、女性の家にも警察が来たが、箪笥に隠れてなんとか助かったと言うのだ。

　明子は再び外に出たが、行き先が思い浮かばなかった。嘉會洞の兄とはずいぶん前に縁を切ったきりだ。彼女は、自分の家の屋根裏部屋に隠れて母親が運んでくれるご飯が食べられる女性がうらやましかった。明子はゆっくり歩いて鍾路に出た。人通りが多い真昼の街はかえって気が楽だった。粗末な朝ご飯を食べて長時間歩いたから、おなかが空いていた。明子は道ばたで中華まんを一つ買って食べた。呂運亨（ヨ・ウニョン）先生が生きていて、北に行った劉英俊（ユ・ヨンジュン）や丁七星（チョン・チルソン）先輩がソウルにおり、明子が婦女同盟と勤労人民党と民戦の事務所を行ったり来たりしていたときには、鍾路通りは隅から隅まで我が家も同然だった。ところが今は一日泊まる場所はおろか、ほんの少し足を休ませる場所を見つけることすら容易ではなかった。かなり長い時間、あてどなく歩いたと思ったら、いつのまにか光化門（クァンファムン）交差点を過ぎて京橋荘（キョンギョジャン）の前を歩いていた。通い慣れた道だった。

解放された年の冬に京橋荘に来たときのことを思いだした。あの日、モスクワ三国外相会議の決定にただ一人支持発言をした宋鎮禹（ソン・ジヌ）がその翌日に殺害され、その背後には白凡（ペクポム）こと金九（キム・グ）がいると噂されたが、その白凡も今年六月にこの京橋荘、つまり自分の家で暗殺されてしまった。解放後のソウルでめずらしくなくなったものが拳銃だった。白凡が死ぬと、もともとの主人だった金鉱成金の崔昌学（チェ・チャンハク）が京橋荘を返せと言ってきてひと悶着あったというが、明子はその後どうなったか聞いていない。ただ、崔昌学は自分の家まで捧げて白凡と韓独党にオールインしたために李承晩（イ・スンマン）政府から目をつけられて行く末が暗いと言われている一方で、和信（ファシン）百貨店の朴興植（パク・フンシク）は左右両方に公平に金をばら撒いて李承晩の側にも資金提供をしておいたから、やはり朴興植は賢いといった話を耳にしていた。

明子の人生も一寸先はわからない状態だが、大金持ちたちの運命も手のひらを返すようにひっくり返る乱世だった。西大門（ソデムン）の大家のおばさんはどうしているだろう。間借り一〇年ならそれなりの縁だ。でも、不遇な運命の女性だった。「あそこは絶対にだめ！」という心の声を無視して、足は慣れ親しんだ道を踏み、ほどなく西大門の家の前に立っていた。門を押してみたが開かない。明子はしばらく門の外に立ちすくんでいた。台所から食器のガチャガチャいう音や、井戸端で砧を打ちつける音でも聞こえたら、彼女は門を叩いたはずだ。しかし、門の内側は墓場のように静まりかえっていた。彼女は踵を返した。一〇月も終わり、一時ビラが敷き詰められていた道には落ち葉が散っている。空腹が極限を迎えると、疲れた脚がもっと重くなった。

幼いころ、江景（カンギョン）の故郷の家の前に立つと、四方に広がる田畑は見渡す限り明子の家の土地だった。秋には黄色い稲穂が波打ち、収穫が終わると米俵を積んだ牛車が列をなして門の中に入って来た。しかしここ二、三年、社稷洞の借間には三日分の食料が残っていることがほとんどなかった。そんな中で今年の夏、サムォルが差し入れてくれた米一斗は食料の心配を一時忘れさせてくれた。

「サムォルは西小門（ソソムン）のどこに住んでるって言ってたっけ。サムォルの住所を手帳のどこかに書いておいたはずだけど……」

一八歳のとき、嘉會洞の家に出入りしていた小間物売りの男について行ったサムォルが突然明子を訪ねて来たのは、社稷洞で暮らし始めてすぐのときだった。「お嬢さん」という声に驚いた明子が部屋の窓を開けると、目鼻立ち以外には髪型から皮膚の色艶までまったく見覚えのない中年女性が立っていた。明子は「見違えたわね。完全に貴婦人になったわね」と言いながらサムォルの手を握った。サムォルは道ばたにひざまずいて深々とおじぎをしてから立ち上がり、「お嬢さんは昔のままですね。全然お変わりになってない」と言った。サムォルの言葉に明子はただ笑った。久しぶりに会う人の中には明子を見ても気づかない人がいた。荒々しく気まぐれな歳月が、抜けるように白かった顔に黄色い陰を被せ、ひどい生活苦がふくよかだった頬をくぼませて通り過ぎていった。顔におしろいをはたいたのも、もうずいぶん前のことだ。サムォルの夫は才覚もあり運もいい男だった。おしろいやクリーム、櫛などを背負って売り歩いていた小間物売りが、解放された年から仁川（インチョン）埠頭で外国の貨物船が降ろす品物を扱い始め、それから財産が膨れ上がった。今では鍾路、仁川、大田（テジョン）、大邱と商店が四カ所もあると言う。女性同友会時代に見よう見まねで文字を覚えたのが役立って、商店を始めたときには夫婦で一緒に帳簿をつけ、二人三脚で頑張ったのだと言う。

サムォルの住所を手に明子は西小門通りを三周した。物騒な時代を経験した人々は門を固く閉ざし、道行く人に尋ねても行政区域が何度も改編されたために皆、自分の住所さえよくわからなくなっていた。警察を訪ねて行けばいいのだろうが、明子にはできないことだった。日が傾き、道路に横たわる影が長く伸びるにつれて焦りが深まっていたそのとき、黒い文字の横断幕が目に飛び込んできた。

「まだ遅くない。自首せよ。―国民補導連盟」

西小門から貞洞（チョンドン）に入っていく坂道の上で横断幕が秋風にはためいていた。横断幕のうしろの正門の片側には「南労党員よ自首して」とあり、もう片側には「国民補導連盟に入れ」と貼り紙された二階建ての洋館があった。ここが昨年できた国民補導連盟の本部建物のようだ。政府が「南労党自首期間」を与えるという新聞記事を読んだが、よく考えてみたら明日が一一月七日、その締め切りの日だ。昨年一年間、「転向声明に名を連ねて補導連盟に入れば政府か党に職をつくってあげる」という提案も、三、四回受けた。越北しようという密かな提案もよく受けたが、明子が尹東鳴のためにためらっている間に、皆三八度線を越えて行ってしまった。でも今は、自首とか転向とか越北とかどうでもいい。今すぐ座れる椅子が一つあればいい。補導連盟の二階建て洋館が横断幕をはためかせながら坂の上で手招きして彼女を呼んでいた。でも、ふくらはぎが重くて、あの坂を上って行けそうにない。疲労と空腹で気が遠くなっていく明子の前に、二人の顔が重なってあらわれた。

一人は金命時（キム・ミョンシ）。半月ほど前、明子は新聞の片隅に命時の名前を見た。

「北労党政治委員金命時、留置場で自殺」

一行の記事には、命時が富平警察署の留置場で自分のチマを引き裂いて天井の水道管に巻きつけ首を吊ったと書いてあった。しかし、この記事をそのまま信じることはできなかった。最近警察では、日帝時代の特高が独立闘士を扱ったような方法で、思想犯を扱っていると言う。明子は、命時が拷問されて死んだのだろうという心証を得ていた。もちろん警察発表どおり、自ら首を吊ったのかもしれない。しかし、未来が見えていたとしたら首を吊ったりはしないだろう。結局、自殺か自首か、それが問題なのか。

もう一つの顔は金漢卿だった。『東洋之光』で一緒に働いていた彼は、明子が辞めた後も皇国臣民と大東亜共栄の道について猛烈に書き、講演していた。解放後に民主主義民族戦線で再会したとき、金漢卿は「あのころは日本が二、三〇〇年行くと思ってた」と言った。日本の監獄で青春の七年間を無駄にして出て来たとき、彼は「犠牲は無駄、人生は短い」という座右の銘を得たのかもしれない。明子は一カ月ほど前、変装して隠れ歩く金漢卿に会った。

「あのころは歴史に対する信念が弱かったから日和見主義者になってしまった。信念を強固に持たなければならない。南朝鮮政府がいつまで続くかわからない。明子さんももう少し耐えてくれ。解放の日は遠くないと思う。もうすぐ下りて来るという情報があるんだ」

彼は声をひそめて言った。大統領李承晩の口癖になっている「北進統一」は聞き慣れているが、「すぐに下りて来る」という金漢卿の囁きにはビクッとした。明子も転向については明確な立場を持っていた。

「二度転向することはできません。同志たちを再び失いたくはありません。飢え死にすることがあっても、監獄に行くことがあっても、二度と変節者にはなりたくありません」

もう六時を回っているみたいだ。地面が暗くなってきた。人々の顔もぼんやりしている。これ以上暗くなる前にサムォルの家を見つけなければ。道の向こうからお母さんがサムォルと一緒に歩いて来る。翡翠色のサテンのチマチョゴリにウサギの毛がついたベストを着た母が「サムォル、よそ見しないで早く歩いて」と促している。せっかちは昔も今も変わらない。母に追いつくためには私ももっと早く歩かなきゃいけないのに、脚に力が入らない。と思った瞬間、明子は気を失って倒れてしまった。

目を覚ますと、いつのまにか嘉會洞の父の部屋にいる。サムォルの顔が見える。

「アイゴ、本当によかった。私の家の前で倒れるなんて、どうやって家がわかったんですか。寒いのに他のところで倒れてたら大変。考えただけでも恐ろしい。お嬢さん、いったいどうしたんですか」

中年女性の顔になったサムォルがけたたましく言う。

「ちょっと、サウォル、蜂蜜を水に溶いて持っておいで」

明子が身体を起こそうとすると、サムォルが言った。

「アイゴ、もっと寝てなきゃ。特別なことがないなら、今日は私の家でゆっくりと休んでください」

うれしかった。明子は細かい説明はしないことにした。

サムォルの家と楽園洞(ナグォンドン)の旅館と勤労人民党の同僚の部屋を渡り歩いて過ごした明子は、その年の最後の日の夜に社稷洞の家にこっそりと潜り込んだ。部屋には誰もいなかった。灯りをつけることも、オンドルに火を入れることもできない。部屋の隅に畳んである布団を広げたとき、冷たい部屋の床から埃が立ち上った。少なくとも一カ月以上、誰も立ち寄った形跡がない。彼女は暗く冷たい部屋で布団をぐるぐるに巻いて尹東鳴を待った。多分明け方に眠ってしまったようだ。目が覚めたとき、窓から朝日と騒音が滑り込んできた。お昼どきになっても、尹東鳴はあらわれなかった。息を吸うたびに、部屋の中に不安が膨れ上がっていく。はじめは、「彼に何か起きたのではないか」だった。しかし不安の中身は徐々に変わっていった。彼が私から去ったのだろうか。

明子はメモを書いて敷居に差し込んで家を出た。

「私、行きます。一カ月後に会いましょう」

一九五〇年の初日の太陽が高く昇っていた。明子はタプコル公園の裏通りのクッパ屋で遅い昼食を食べながら、数日前の新聞に見慣れた顔を発見した。南北連席会議のときに勤労人民党代表として一緒に越北し、平壌（ピョンヤン）に残った鄭栢（チョン・ベク）だった。明子は誰かに見られるのではないかと思い、新聞を手に取ることもできないまま、大きな活字で書かれた題名だけを横目で読んだ。

「勤民党鄭栢氏転向／過ち気づき転向宣言／共産党と決死闘争／韓国に忠誠誓う／転向に警察局長敬意」

明子は背筋に悪寒が走り、吐き気がして箸を置いた。今日たった一回の食事になるであろうクッパを半分ほど残して食堂を出た。鄭栢がソウルに来たことは知っていた。楽園洞の旅館にいたとき、鄭栢から勤労人民党の再建事業について議論するために来るという連絡を受けて、不吉な予感がして最後まで悩んだ末、旅館から荷物をまとめて出て来た。検挙されたということだが、実際には自首したのかもしれない。任務を遂行するふりをしながら自分のほうから先に警察に接触したのかも。

「ゴロツキだわ、本当に政治ゴロツキ。呂運亨先生は素晴らしい方だったけど、人を選ばないのが問題だった。あんなのを右腕だなんて言って連れて歩いてたんだから」

金漢卿は歴史に対する信念だと言った。明子にはまだそんなものが残っているのだろうか。三・一万歳とメーデーまでは間違いなくあった。そこから徐々に暗くなっていく帝国主義戦争のトンネルをくぐり抜ける間、孤独で憂鬱だった三〇代の裏街道を歩く間に、明子は間違いなくどこかにそれを落として来てしまった。歴史に対する信念、と言うよりも興奮の記憶程度なら比較的生々しく残っているが、それは解放後の数日、そして一九四八年に平壌に行ったときの束の間のことだ。なのに転向できない理由は何か。彼女は同志たちを失いたくなかったし、変節者と言われるのが恐かった。もしかしたら転向そのものを嫌悪しているのかもしれない。立場を変えること、過去を否定することは、もう一回死ぬことだ。子どもや家族がいたなら、妥協も必要だったかもしれない。けれども明子には、とるに足らない自分の命一つがかかった問題だった。

南労党の幹部たちはヒ素を少しずつ持ち歩く。頭の中に詰まった秘密が拷問に負けて漏れ出たら、組織と同志たちに被害を与えるからだ。明子も数日前、サムォルが握らせてくれたお金の中から残ったいくばくかの金でヒ素を買った。頭の中にものすごい秘密が入っているからではない。辱めに耐えなければならないほど人生に多くのものが残っているわけではないからだ。メーデー事件のときの新義州(シニジュ)検事局でのことと同じことが繰り返されるくらいなら、死を選ぶほうがましだ。あのときは死ぬほど拷問されて転向書を書いてしまったではないか。

明子は毎朝目を覚ますと、今日が最後の日になるかもしれないと思い、食事のたびに最後の食事になるかもしれないと考えた。連絡がとれる党員が急速に減っていた。

一月中旬、明子はアジトに案内するという党員について行って警察に逮捕された。雪の降る日だった。彼女は春秋に着るユトンのチマを着ていた。縫い目がほつれて下着が見えた。裸足でコムシンを履いており、すり切れたコムシンは紐でぐるぐると巻かれていた。持ちものは小さな塩酸の入った瓶一本と一握りのヒ素だけだ。

彼女は留置場の前で身体検査を受ける前にヒ素を口に放り込んだ。警官二人が彼女を水道のところまで引きずっていって口にホースを差し込み蛇口をひねった。全身の血管と五臓六腑が膨れ上がり、今にもはち切れそうな苦痛が通り過ぎた後、彼女は生き残った。

市警察局では勤労人民党中央委員で南労党の工作員である高明子を指名手配していたところ、去る一八日、市内某所で逮捕し、厳重に取り調べていたが、去る六日、関連書類一式を添えて送致した。高は一九二五年に朝鮮共産党に加入した後、解放された今日まで依然として旧殻から抜け出せず売国路線に加担し、その重要な役割を果たしてきた者だと言う。

――『東亜日報』一九五〇年二月七日付

六月二五日、朝から看守たちの動きが尋常ではなかった。二六日には一日中刑務所の外で大小の騒音が聞こえた。梅雨が近づいているのか、遠くで雷の音も時折り聞こえてくる。二七日には雷が増え、音も大きくなった。午後になると、それが雷ではなく大砲の音であることがはっきりしてきた。時々、ズドンという砲声がなると、同時に刑務所も揺れた。「戦争だ!」「人民軍が下りて来た!」という叫びが刑務所の廊下を伝って聞こえてきた。庭の反対側の既決囚の棟が騒がしくなった。既決囚たちがアルミニウムの食器を鉄格子にぶつけているのか、カンカンカンという音がして何かスローガンを叫んでいる。明子は心臓がドキドキと高鳴った。彼女の房は政治犯三人、その他四人。南労党員の若い女性が食器で鉄格子を叩きながら「南労党万歳!」を叫んだ。すぐに壁を叩く音がして、「静かにしな!」という怒鳴り声がした。痰のからまったその声は、隣の房にいる年を取った南労党員の女だった。

「南労党員はいっぺんに全部銃殺してから逃げるかもしれない。生きたかったら黙ってな」

ちょうどそのとき、鋭い銃声が聞こえた。刑務所の中なのか、外なのか、わからない。銃声は立て続けに六回か七回響いた。房の中の女たちが互いを見る表情は「銃殺か」と問うていた。日が暮れて雨が降り始めた。夕方から看守たちの姿が見えない。砲声と銃声は喚声と悲鳴、車両の騒音に入り交じって夜通し続き、女たちは古い毛布一枚巻いて横になっているが、眠っている者は一人もいなかった。

　六月二八日の朝、刑務所の扉が開いた。人民軍が入って来たというが、明子の房の扉を開けてくれたのは、男の囚人だった。頭を丸刈りにした男たちが、どこかで手に入れた黒い服を引っかけ、群れをなして刑務所の鉄扉を出て行こうとしていた。南労党の地下党員たちは市庁に集まれという知らせが口から口へと伝わり、明子も人々の隊列に従って歩いた。光化門に到着すると、道ばたで赤い旗を振る人々が見えた。中央庁舎の前では人民軍が戦車の前に整列しており、国旗掲揚台には北朝鮮の共和国旗がはためいていた。明子は両手を高く掲げて叫んだ。

「万歳！　万歳！」

「人民共和国万歳」を叫ぶ人もいた。明子は囚人服姿であることが誇らしかった。八・一五解放のときには刑務所から釈放された人々をうらやましい気持で眺めていたことを思いだした。苦痛と孤独に苛まれたこの一年間が走馬灯のように浮かび、悲しみがこみ上げてきて、もう一度叫んだ。

「万歳！　人民共和国万歳！　人民解放軍万歳！」

　涙ぐみながら「歴史は信念を捨てない人を見捨てないのだ」とつぶやいたとき、背後で誰かが彼女を呼んだ。金漢卿だった。ほぼ一年ぶりだった。ひどい拷問を受けたという噂を聞いていたが、どす黒いやつれた顔が拷問の痕跡だった。二人は、寄るべのない孤児の兄妹のように抱きあった。堪えていた涙が噴き出した。昨日、西大門刑務所で南労党の金三龍（キム・サムリョン）と李舟河（イ・ジュハ）が処刑されたことも金漢卿を通して知った。

「金三龍先生と李舟河先生以外に誰が処刑されたのかはわからない。一〇年刑以上の囚人が全員引きずり出されたという話もあるし、二〇年刑以上の囚人だという話もあって……」

　金漢卿は市庁に行くと言う。

「一緒に行こう。李承燁（イ・スンヨプ）同志がソウル市人民委員長として来ているそうだ」

　李承燁は明子にとっても馴染みのある名前だった。一九三〇年だっただろうか。三・一節の檄文を運ぶときに、仁川でビラの束を渡してくれたのが彼だった。最後に見たのは四七年春の二四時間ゼネストの翌日だっただろうか。ソウル駅前だったが、くたびれたパジチョゴリ姿で背負子を背負っていた。朴憲永（パク・ホニョン）が越北して、彼が代理の役割をしていたときだった。彼も後から北に行き、北朝鮮政府の司法相になったと聞いた。彼に対する記憶はいいものばかりではなかったが、会えてうれしい気持のほうが勝った。でも、一晩まんじりともできず、朝から何も食べていない上に、顔も洗っていなければ、髪も梳いていない自分の格好がひどすぎる。何よりも囚人服のズボンのゴムがゆるんでやたらと下がってくる。

「とりあえず家に帰って服を着替えるなりしないと」

　天地がひっくり返ったのだ。社稷洞の家はどうなっているだろう。大家が引っ越して、私たちの部屋に他の人が入って暮らしているのではないか？　社稷洞に到着したとき、明子はびっくりした。門は開け放たれており、庭には荷物が散乱していた。荷物の間から大家を発見した明子は、とりあえずうれしかった。

「避難するんですか」

　頭も顔もぐちゃぐちゃで、家の中の状態と同じくらい取り散らかって見える男は、手を左右に大きく振った。

「避難も糞もあったもんじゃない。果川（クァチョン）の兄さんの家に行こうとして、南営洞（ナミョンドン）で引き返して来たんだよ。もう人民軍が道をびっしり占拠してるからどこにも行けないよ」

砲声を聞いて夜通し荷造りをして出たが、南営洞あたりで避難民があふれかえっていて、みんなそれ以上行けず右往左往していると言う。昨晩、漢江（ハンガン）の橋が落とされ川を渡れなくなったのだが、橋を渡っていた避難民たちがみんな死んだという話を聞いて、家のほうがむしろ安全だと思って帰って来たのだと言う。人民軍が国軍と李承晩政府の退路を断つため、漢江鉄橋を爆破したらしいというのが彼の解説だった。

「人民軍が鉄橋を落としたら李承晩はもう捕虜になったんじゃないかしら。さっき見たら中央庁舎も人民軍が占拠してましたけど」

門脇の明子たちの借間には鍵がしっかりとかけられていた。明子はがっかりする胸を手でさすった。尹東鳴がきれいに掃除した部屋で戸を開け放し、うちわを扇ぎながら待っているとでも期待したのだろうか。大家が、この部屋はもう数カ月前から空いていると言った。

「部屋を他の人に貸すこともできませんでしたね。申しわけありません」

呂運亨先生の存命中に少しの間勤労人民党員だったことがある大家は中学校の先生で、夢陽（モンヤン）との縁もある上、暮らし向きもよいほうだったので、明子夫婦がしょっちゅう家賃を滞納しても何も言わなかった。

部屋には人が来た形跡がない。ただ、一月一日に来たときに敷居に挟んでおいたメモはなくなっていた。明子は大家の妻が竹籠に入れて持って来た蒸しジャガイモ二個を食べてから、布団を敷いてほんの少し寝て出かけるつもりが深い眠りに落ちてしまった。

昨年の一〇月に登録を抹消され、一二月に解体宣言をした勤労人民党が再び看板を掲げた。事務所がオープンすると、往年の同志たちが一人、二人と集まって来た。

聞くところでは、李承晩大統領の肉声でソウルを死守するという放送が流れている間に、大統領と政府要人らはもう大田まで行っており、ソウルを抜け出した後で漢江鉄橋を爆破したと言う。韓民党の人々は皆避難したらしいが、勤労人民党の人々は情報がなかったせいか、北朝鮮政府とそれほど悪い関係ではないと信じていたせいか、ほとんどがソウルに残っていた。明子は何度も尋ねた。

「漢江の橋を爆破したのは国軍だったんですか。人民軍ではなくて、国軍だったの？」

国軍の逃げ足が速すぎて、追いかける人民軍が歯磨きもできなければ、昼飯を食べる暇もなかったという噂は、単なる冗談ではなかったようだ。街頭には毎日毎日、新しい壁新聞が貼り出された。

「水原（スウォン）完全解放」

「仁川完全解放」

「原州（ウォンジュ）完全解放」

「万古の逆賊、李承晩一味の傀儡集団壊滅」

「我らが英明なる指導者、金日成（キム・イルソン）将軍万歳」

「朝鮮民族の親愛なる友、スターリン元帥万歳」

中央庁舎と市庁の前にはスターリンと金日成の巨大な肖像画が並べて掲げられた。ソウルの空の下に朝鮮民主主義人民共和国の旗がはためくことになるとは。天と地が、もう一度ひっくり返ったのだ。解放は解放だった。明子にとって生涯二度目の解放だった。五年前の八月の解放も、こんなビラ、壁新聞、旗と一緒にやって来た。

ソウル市人民委員会が義勇軍の募集を始めたのは、ソウル上空に米軍機が出現したころだった。義勇隊を組織し、決起大会と愛国行進を志願することが、勤労人民党再建後の最初の仕事となった。毎日のようにラジオや新聞を通して伝えられる破竹の勢いの戦況に、義勇軍の募集運動もこれ以上ないほど盛り上がった。学生たちは決起大会を終えて義勇軍の名簿に拇印を押すと、直ちに前戦へと向かって行った。

補導連盟の加入者たちは義勇軍への強制徴集第一位だった。以前夢陽先生の警護員として桂洞(ケドン)に出入りしていた青年が党舎を訪ねて来て、明子に訴えた。彼は警察がうるさく脅迫するから補導連盟に偽装加入しただけで、活動はほとんどしていなかったのだと言い、家に老母一人置いて戦場に出ることはできないのだと言う。明子は少し腹を立てて青年を説得した。

「今まで李承晩政権の下でさんざん殴られ叩かれ捕まったことが悔しくないの？　三週間あれば大邱、釜山まで陥落して家に帰って来られるのに、何が心配なの」

「本当に三週間で終わるでしょうか」

「民主共和国の人民として幸せに暮らすためには、あなたも何か役割を果たすべきじゃない？　前戦に出ることは過ちを洗い流すチャンスよ。お母さんを充分に安心させて出て来なさい」

　彼女自身が転向の誘惑に最後まで耐え抜いたという自負心もなくはなかったが、あくまで本気で言っていた。問題は、偶然にもちょうど党舎に入って来た政治保衛部の少佐がその対話を聞いていたことだった。青年は老母に別れの挨拶をする余裕も与えられずに、その場で壽松(スソン)国民学校の義勇軍訓練所に送られた。

明子は義勇軍への入隊を訴えるビラを書いた。

「戦争は速戦即決で！　勝利は目の前に迫っている。帝国主義勢力を追い出し、我々の力で民族の統一を完遂しよう。我々は皆、民主主義人民共和国の旗の下に団結しよう」

　しかし、モスクワ共産大学に通い、一時は記者もしていた明子の原稿を、二五歳になるかならないかくらいの政治保衛部の少佐が持って行き、真っ赤に修正を入れて彼女の机に投げた。

「我が人民の最も優れた息子、娘たちである人民軍が、李承晩一味の野蛮な圧政下で苦しんでいた南朝鮮人民を完全に解放し、あの破廉恥な侵略者米帝を海の中に沈める日も遠くない。強盗の米帝国主義と李承晩傀儡一味をやっつけ、我が祖国の完全な自主独立を獲得するための、この正義の戦争に、一刻も早く銃剣を持って立ち上がれと、我らの偉大なる指導者金日成将軍が呼びかけている。金日成将軍万歳。スターリン大元帥万歳」

最初の解放のときと似ているのは壁新聞と旗だけではなかった。昼間は決起大会と労力動員、夜は集会と教育と各種の選挙、そして何よりも食べ物がないことが同じだった。解放された年も、戦争の最後の段階で米が日本内地と戦線に全部運び出されてしまっていたが、今回の解放はそもそも戦争と共にやって来たのだ。ソウルに人民委員会が入って来ると真っ先に、赤い自治隊の腕章をつけ銃を下げた青年たちが家々を回って食糧調査をおこない、数日後には人民に公平に配給すると言って米を持って行ったが、その後、米を配給してくれるという話はなく、「食糧問題は自力で解決しよう」という壁新聞が貼り出されると、米の価格は天井知らずに跳ね上がり、金を持っていても米を買うことはできなくなった。明子も残った粟一合を毎日少しずつ出して、一日一回粥にして食べた。月給が出る先もないのに、朝から晩まで息つく暇もないほど忙しい日々だった。街頭デモでスローガンを叫び歌を歌い、夕方には近所の自治隊や女性同盟の集まりに参加するので、喉が枯れた。解放の興奮も、極度の空腹と疲労の中に沈没していた。

勤労人民党も再建の旗印を意欲的にはためかせたが、すぐにある種の乱気流に巻き込まれた。李相佰（イ・サンベク）や崔益煥（チェ・イクファン）、韓一大（ハン・イルテ）のような幹部クラスが続々と政治保衛部に呼び出され、取り調べられて戻った後、霜に当たった白菜のようにしゅんとしてしまった。若い党員たちはほとんど義勇軍に出てしまってガランとした事務所で、ある日、政治保衛部の人々の声が明子の耳に入ってきた。人民裁判禁止令が下されたことが話題になっていた。戦争が始まって一時、街頭で人民裁判が流行したが、地方ではもっとひどかったらしい。

「反動分子がのさばるザマといったら……、ちぇっ、鄭栢ってやつも南朝鮮に下りて来て、転向宣言して補導連盟に入って、名誉幹事長だとかいってあっちこっちで偉そうにしてたらしいが、あんなやつが熱血共産主義者を名乗って人民裁判を開いて大騒ぎさ。とにかく中間派ってやつはみんな日和見主義者じゃないか」

鄭栢の名前を聞いて明子は気絶しそうになった。鄭栢が府民館前の通りで人民裁判を主導したのだが、警察幹部一人がその場で棍棒で殴られて死に、鄭栢は政治保衛部に引っ張られて行って、すでに銃殺されたという話だった。驚きもしないし、悲しくもなかった。政治ゴロツキにふさわしい末路だった。明子の背筋が凍ったのは、中間派の話のせいだった。鄭栢も明子も勤労人民党系列で、勤労人民党はいわゆる中間派政党だった。勤労人民党は呂運亨を中心に創立した当初から、左でも右でもない、南でも北でもない、南労党でも韓民党でもない、その中間の道を標榜して出発した。しかし、左と右の中間には道はなく、道を開拓しようとすると両方から石つぶてが飛んできた。勤労人民党活動をおこないながら、明子は日和見主義者と後ろ指さされるのが中間派の運命なのだと思うようになった。しかし「中間派はみんな日和見主義者だ」という言葉を人民共和国の統治下で、人民軍の銃剣が乱舞する戦場で再び聞いたとき、明子は震え上がった。

明子をざわつかせた異様な気流の正体はすぐに明らかになった。ある日、明子が近所の人民委員会の選挙で明け方まで捕まっていて、かなり遅く党舎に行くと、党幹部数名が蒸し暑い中、窓も閉め切って汗をだくだくと流しながら何やら一生懸命に書いていた。政治保衛部の少佐は、彼女にも供述書を書くようにと言った。明子が半日かけて供述書を書いて出すと、少佐は日帝時代に親日活動をしたことも具体的に書くようにと言った。明子は『東洋之光』に関する部分をもう一度書いて、夜遅く帰宅した。翌日、事務所に出て行くと、少佐は供述書をもっと長く、もっと詳細に書きなおすようにと言った。二回目の供述書は丸二日かけて書いた。供述書を二度書いて出すと、今度は転向書を書けと言う。

「転向書ですって？」

「転向がどういう意味かわからないのかね？」

「どちらに転向するという意味ですか？」

「この人は、本当にわからないのかね？　徹頭徹尾のマルクス・レーニン主義者に転向しろという意味だ。自身の思想的欠陥の原因はどこにあるのか、中間派の問題点を自己批判して、恥ずかしくない民主主義人民共和国の人民になるための決意を新たにする覚書を書けってことだ」

少佐は供述書と転向書に基づいて労働党で審査することになると言った。審査して入党させるかどうかを決めるということなのか、審査して殺すか生かすかを決めるということなのか、わからなかった。転向書を書いた日は、すでに事務所から勤労人民党の看板が外されていた。勤労人民党の事務所は、人民委員会に接収された。党の幹部たちも知らない間に、党がなくなってしまったのだ。党舎に出る必要もなくなった。

明子は一緒に転向書を書いて党舎を出た勤労人民党の幹部と光化門通りで別れた。握手をしたとき、彼は別れの挨拶の代わりに愚痴を言った。

「最近は勤民党と言ったら、一発殴られれば済むところを二発殴られるような状況だね。財産の没収と義勇隊への直行。李承晩にやられたと思ってたけど、人民共和国の統治下はもっとひどいな」

朝、粟粥くらいは食べたのだろうかと心配になるくらい力のない声だった。中間派とは、李承晩政権下ではアカと同じ意味だったが、人民共和国の統治下では反動分子と同義語だった。

明子は、家に帰るや否や布団の上に倒れ込んだ。粟に白菜を入れてつくった粥を一杯朝に食べたら昼になる前におなかが空き、夕方ごろには動く力もなくなってじっと寝ているしかなかった。最近は女性同盟や自治隊から出て来るように言われても、あるときは身体を引きずってでも出るが、別の日には具合が悪いと言って家で休んでいる。集会に行ってまわりを見ると、人民委員会に指一本でも引っかけている人は血色もよかったが、そうでない人は顔が黄色くなっていた。ある家の老人が、または子どもが、飢え死にしたという噂が後を絶たない。明子は道行く人々の歩き方だけ見ても、食べられている人か飢えている人か区別できた。

ある日鍾路でバッタリ出くわした金漢卿も、歩き方がよろよろしている側だった。明子は勤労人民党の状況を話しながら、ソウル市人民委員長の李承燁が中間派に何か恨みでも持っているのではないかと言った。

「南労党が合党すると言ったとき、私たちが党を別につくって出て、正面からぶつかったじゃないですか。夢陽先生もそのときに金日成とも、朴憲永とも仲が悪くなったでしょ。北朝鮮側では私たちが韓民党と同じくらい憎いんじゃないかしら」

「そういうことがまったくないとは言えないと思うよ。李承燁は朴憲永先生の直系だから。でも、勤労人民党のことは金日成の指示だと聞いている。解放地区政策というのがあって、中間派は全員逮捕して南朝鮮の政界を粛清しろと言ったらしい。明子さんはそれでも南労党の工作員と言われて刑務所に入っていたおかげで政治保衛部の調査をまぬがれたんだと思う」

道ばたに熱い埃がわき上がる夏のど真ん中で、明子はふと背筋が凍った。背中のうしろで、何もないシベリア平原のように風がうなる音が聞こえた。ふと、呂運亨先生のことを思いだした。ソウルが泣き声でおおわれた葬儀の日を。

「夢陽先生はあのとき亡くなって、むしろよかったわね」

八月に入ると、ソウルの空に米軍戦闘機がひっきりなしに飛んで来た。以前は龍山(ヨンサン)の軍基地のようなところだけ選んで爆撃していたが、最近では鍾路(チョンノ)通りのど真ん中に爆弾が落とされ、彌阿里(ミアリ)工場の界隈は焼夷弾が落とされて廃墟になった。空襲サイレンが鳴ると電車はその場に停まり、乗客たちは降りて路地裏に走って行き、建物の中にいる人たちは地下室や防空壕に隠れた。米軍の飛行機編隊が爆撃をすると、人民軍の戦車の高射機関銃が空に向けて火を噴いた。

大家の一家は人民委員会から転出命令を受け、その日のうちにリヤカーに家財道具を載せて坡州(パジュ)に行った。引っ越して行った後で人民委員会が来て家捜しをしたかと思うと、大きな袋一つに何かを入れて来て、寝室の戸に釘で板を打ちつけて行った。人民委員会は、いずれ朝鮮民主主義人民共和国政府が平壌(ピョンヤン)からソウルに移転する計画だと言っていた。ソウルの人口一五〇万のうち五〇万人を外に出す転出施策は、遷都計画の一部だった。人民共和国政府が下りて来たら、勤労人民党出身者たちはどうなるのだろうか。明子(ミョンジャ)は頭がくらくらしてきた。

避難して、あるいは義勇軍に行って閑散としていた町が、転出施策でさらにガランとなった。男たちは金になりそうな物や服などを背負子やリヤカーに積んで、町外れの農家に行って糧食と交換して来た。大家が庭の小さな畑で南瓜と大根、キュウリを栽培し、明子のことを考えていくらか残して行ってくれたのが、彼女の救いとなった。長い午後を耐え抜くための食料として、根が二つ残ったキュウリの茎をまさぐっているとき、うしろで「お嬢さん」と言う声が聞こえた。うれしい声に明子が膝を伸ばして立ち上がった。庭に入って来たサムォルは、翡翠色の織り目の細かい苧麻（からむし）のチマチョゴリを着て、身なりはすっきりとしていたが、顔はカサカサしていて昨年の冬に見たときよりもやつれていた。明子が手を取って母屋の縁側に引っ張って行って座らせると、サムォルがすすり泣きを始めた。

「お嬢さんはお元気でしたか。なんだか顔色がずいぶん悪い気もしますが。お忙しいだろうからお家にもいらっしゃらないかと思っていました。ソ連で勉強もして来られたから、今みたいな世の中では高い地位に就かないといけないのに」

明子の顔色をうかがいながら、希望半分、失望半分で言葉を詰まらせたサムォルがついに泣きじゃくり始めた。

「お嬢さん、どうすればいいんですか。人民軍が来て旦那を捕まえて行ったんですけど、調査してすぐに帰してくれるって言ってたのに、もう四日も何の音沙汰もないんです。どこに連れて行ったのかもわからないし。洞会と自治隊でもわからないって。うちの旦那は政治なんて、そんなものは一切わからないし、人民共和国の統治下でも、ただやれって言われたとおりにやってきたのに、どうしてこんなことになるんでしょう？　李承晩（イ・スンマン）博士のときにも巡査や公務員にお金をずいぶん渡したりしてたみたいだけど。それで捕まえて行ったんですかね？　お嬢さんには絶対に迷惑はかけたくないんですけど……」

善良で純朴な人柄がそのままあらわれた大きな瞳から涙がとめどなく流れ、お金持の奥さまの苧麻のチョゴリを濡らしていた。

「まあ、どうすればいいかしら。私がとりあえず調べてはみるけど、最近はおかしなことばかりで。何がどうなっているんだか……」

サムォルを帰し、キュウリのことも忘れて縁側に座っていた明子の頭に浮かんだ名前は一つ。ソウル市人民委員長の李承燁（イ・スンヨプ）だった。聞くところによると、彼が戦時の南半部の最高責任者だと言う。明子は久しぶりに鏡をのぞき込み、口紅も塗って外出のしたくをした。

人民委員会がある市庁の入り口には、建物のワンフロア分の大きさの金日成（キム・イルソン）とスターリンの顔の下に、黄色い軍服にソ連製の機関短銃を下げた人民軍の歩哨が二人立っていた。一人は耳の下に産毛が生えた少年だった。明子は先任兵に見える歩哨兵に丁重に話しかけた。

「李承燁委員長同志にお会いしたくて来たんですが」

どういう用件で来たのかという問いに、明子は少しずれた返事をした。

「あのう、モスクワ留学から帰って来て朝鮮共産党運動をしていたときに李承燁同志と一緒に働いていました。刑務所生活も一緒でした」

若いほうの兵士が中に入って出て来た。

「今、庁舎にはいらっしゃいません。今日中に帰って来られるかわからないそうですが……」

先任兵が明子を上から下まで見て、「後で正確に時間の約束をして出直してください」と言ったそのとき、突然けたたましいサイレンの音がして、東大門のほうの空から米軍のB二九が二機、轟音を鳴らしながら飛んで来た。通行人があっという間にいなくなってしまった路上に、人民軍の歩哨二名と明子だけが瞬き一つせずに立っていた。日が傾く西の空からボンという爆音と共に黒い煙が立ち上り、蒸し暑い風が吹いてきた。簡単に諦めて帰るわけにはいかない。ていねいに束ね上げた髪の下のうなじに汗が流れる。

「あちらに立って待っててもいいですよね」

影一つない道ばたに座り込んだら乞食にしか見えないと思い、明子はスターリンの顔の下に行って、ガタガタする脚を必死に支えて立っていた。三〇分か、一時間か。どれくらい経ったかわからない時間が流れて、目の前がぼーっとしてめまいがし、空腹の胃から吐き気が上ってきた。道向こうの府民館のビルが近くなったり遠くなったりする。明子は市庁の壁を右手で辿りながら少しずつ脚を運んだ。家からここまでどうやって来たのか朦朧としていたが、壁のある場所に貼られた壁新聞の文字だけは頭にしっかりと刻みつけられた。

「許貞淑（ホ・ジョンスク）文化宣伝相の大講演、府民館」

　講演は二日後だった。真っ暗だった心の片隅に一縷（いちる）の光明が差した。

　府民館には早めに出て行ったが、もう満員で、明子は会場内を何周か回った末に、もうまわりの目など気にせずに若い学生を一人立たせてその席に座った。明子は五〇歳に近い年齢だ。

　しばらくして入り口から一群の人々が入って来た。客席がざわついた。明子のまわりでもひそひそと囁く声が聞こえた。

「許貞淑が来たみたい」

「どこどこ？　本当だ」

「わぁ、体格いいわね。満州でパルチザンの大将だったんだって？」

　囁きはすぐに拍手の音にかき消された。演壇に立った貞淑は、少し疲れて見える他は二年前に比べ血色もよく活力にも満ちていた。貞淑は老練な話術で語り始めた。

「二時間前にソウルに到着しました。一九三六年に中国に行ったので一五年ぶりです。お会いできてうれしいです」

　拍手が湧き起こった。故郷に帰って来た感慨が簡単に述べられた後の本論は、さんざん聞いてきた陳腐な内容だった。米軍政と李承晩一味の圧政の下でどれほどご苦労されたことか、李承晩売国一味と米帝国主義と戦って祖国を守り勝利へと導くために、南北朝鮮のすべての人民が心を合わせて協力しなければならない。新しい内容があるとしたら、北朝鮮で遂げられている文化芸術の発展と金日成首相の配慮を強調したことくらいだった。表情と言葉づかい、ジェスチャーのすべてが、占領地に来た文化宣伝責任者のものだった。明子のまわりの学生たちは、初めから両手を挙げていて、一言一言終わるたびにすかさず猛烈な拍手を送った。一時間の半分は講演、半分は拍手で流れていった。

講演が終わると、明子は演壇の前にそそくさと歩み出た。随行員なのか案内員なのか、三、四人に囲まれて演壇を降りてきた貞淑は、明子と目が合うと「あら明子、後で会いましょう」と言い、手を握る隙も与えずに出入り口のほうに行ってしまった。そこで一群の人々が彼女を待っていた。明子は戸惑いと寂しさをなんとか抑えて、貞淑のうしろ姿を見送った。

貞淑は扉のところで立ったまま、年配の女性と話をしていた。どこかで見たことのある顔だと思ったら、間違いなく春園（チュヌオン）こと李光洙（イ・グアンス）の妻、許英粛（ホ・ヨンスク）だ。許英粛のまわりにいる他の人々も深刻な表情だ。その人たちが貞淑一行と一緒に扉の外に出るのを見守りながら、明子は期待を捨てて府民館を出た。どういうことかわかる気がした。ここのところ通りすがりに見たら、李光洙の孝子洞（ヒョジャドン）の家と「許英粛産院」に共和国旗が掲げられ、人民軍が出入りしていた。おそらく家を返してほしいと訴えているのだろう。明子も貞淑に言いたいことがたくさんあるのに、挨拶をする暇もなかった。ああ、サムォルをどうしよう。

粟はとっくの昔になくなり、もう何日も前から庭の野菜で薄いお粥をつくって食べている。一日中部屋で横になったり起き上がって床に座ったりしていると、自治隊や女盟から集会や使役に出て来いと言いに来て、静まりかえった家の中に幽霊のように座り込んでうんともすんとも返事しない明子を見て、そのまま帰って行くことが何回か続いた。以前は戦闘機が飛んでいく音がしただけでもすくみ上がったものだが、今では近くに砲弾が落ちて空と地面が一気に揺れ動いても、驚きもしなければ、恐くもなかった。夜、灯火管制サイレンが鳴っても、明子は灯りを消さなかった。おなかの中に何もなくなったら、気持の中にも何もなくなった。食欲に対する記憶も希薄になって、食欲が完全になくなると、他の欲望はつまらないものになってしまった。記憶が曖昧になり、愛着がなくなると、心と体に平和が訪れた。過酷な植民地時代を生き抜いた彼女だが、いつも、あの丘を越えさえすれば何かがあるはずだという漠然とした期待を持っていた。過ぎた歳月を持ちこたえさせたのが希望だったのか、怒りだったのか、あるいは若さだったのか。若さが去ったら希望も怒りも年老いるものなのか。

　横になって目を閉じると、夢のように、現実のように、嘉會洞（カフェドン）の家が見え、母が見えた。母は、娘が刺繍もしないで変な本ばかり読んでいると小言を言う。明子は、突如として立ち上がり布団を畳んだ。共産主義者ともあろう者が人民共和国の統治下で飢え死にしたとなったら、後日軽い冗談の種にされてしまう！　庭に出ると陽射しがまぶしかった。

　何も残っていないけれど、命は残っているではないか。もうすぐ四七歳。充分に生きた気もするが、まだ人生を捨てるには惜しい年だ。ここで諦めたら、地球の上に何億年が流れても永遠に戻って来ることができない人生だ。明子は自分自身に命じた。

「補給闘争に立ち上がれ。死ぬ力があるなら、生きる力もあるはずだ」

　兄とは連絡を絶って、もう何年も経つ。兄は日帝時代に米豆取引所の大投資家だったのに、その妹の米びつが空だなんて話にならない。明子は庭の大根畑からやっと葉が五枚ほど出てきたばかりの小さな大根をいくつか引っこ抜いた。まだ生臭くてビリッと苦いけれど、かんでいると味がある。大根で飢えをしのいで家を出た。

嘉會洞の家は爆撃にも遭わず、そびえ立つ門が凜としていた。明子は、門にかけられた共和国旗を見て笑ってしまった。日帝時代には日章旗を掲げていた兄だった。明子に神社参拝に行こうと強く迫って、兄妹の仲が決裂したのだった。門の中に入って、明子は目を丸くした。家は確かに昔の家だが、そこにいる人は知らない顔ばかりだったからだ。黄色い人民軍服を着た人もいれば、赤い腕章をつけた女性もいた。明子が女性に「この家の主人はどこに行ったかご存知ですか」と聞くと、幼さの残る顔をした女性は「家の主人って何のことですか？　全部、人民の財産でしょ」と答え、くるっと踵を返して靴を履いたまま板の間にぴょんと飛び上がった。よく見ると、部屋の中にいる人たちも皆、靴を履いたままだ。板の間の下に黒くて艶々とした敷石が置かれているが、どこかで見たことのある石だと思いよく見たら、父が法官試験に合格したときに祖父が高い烏石でつくって門の横に建てた「壮途祝願碑」だった。

兄はどこに行ったのだろう。甥姪や義姉や妾たちはどこに行ったのだろう。家と財産を捧げて命拾いをしたのだろうか。または悪いところに連れて行かれて財産も没収されたのだろうか。明子の境遇も哀れだったが、彼女は初めて兄のことをかわいそうだと思った。

いずれにしても補給闘争の方向を修正しなければならない。明子は翌日、簞笥からサテンのチマチョゴリ一着と花と蝶の刺繡が入った布団カバーを引っ張り出して、風呂敷に包み外に出た。隣の家が行って来たという延新内(ヨンシンネ)のほうに行くことにした。久しぶりに郊外に出てみたら、ところどころ道路が寸断されており、畑に爆弾が落ちた穴や壊れた家や道ばたの側溝に落ちた軍用トラックなどがあって、見るからに戦場の光景だった。明子は延新内の小川に沿って稲が緑の穂をつけ始めた田んぼを通り過ぎ、農家数軒が集まっている少し盛り上がった土地に上って行った。道ばたの豆畑で豆がらを積んで座っている中年女性に近づき、風呂敷の中身を見せた。女は風呂敷包みには目もくれずに手を振った。

「アイゴ、なんて贅沢だこと。腕時計、柱時計、振り子時計、銀のピニョ、玉のピニョ、四大門の中にあった物がこの村のそこら中に転がってるよ。うちの簞笥もサテンのチマ、絹のチマでいっぱいだよ。この村は市内の人がもうとっくにあるだけ持って行ったよ。旧把撥（クパバル）か日迎（イリョン）のほうに行けば古い雑穀でも少しは残っているかもよ。まったく」

もう二〇里以上歩いた。旧把撥はおろか、帰れるのかどうかもわからなかった。明子は北漢山（プッカンサン）の麓の藁葺き家を隅々まで歩いてサテンのチマチョゴリ一着の代わりに、黄色くガサガサした穀麦一升を手に入れて帰って来た。

弘済洞（ホンジェドン）あたりまで来たとき、麻浦（マポ）のほうの空から戦闘機二機が爆弾を投下しながら飛んで来た。明子は周囲を見て道ばたの側溝に飛び込んだ。近いところで雷のような爆音が聞こえた。側溝に腰まで浸かって丸くなっていたが、飛行機の音が遠くなった後で見たら、側溝だと思っていたものが糞の浮く肥だめだった。胸に抱いていた麦の袋が濡れなくてよかった。

母岳峠（ムアッチェ）一帯に砲煙がたちこめていた。霊泉（ヨンチョン）市場のほうで黒い煙が立ち上り、火の手が上がるのが見えた。母岳峠を越えると、人々のわめき声と悲鳴が聞こえてきた。廃墟になった村でどこからか助けてと叫ぶ声、誰かの名前を呼ぶ声が聞こえた。明子は、道ばたのどこかの家の壊れた玄関の前で、埃と血を被った若い女が五、六歳くらいに見える女の子を抱いて泣いているのを見た。女の子はたった今、息絶えたように見える。少し立ち止まってまた歩き始めた明子の耳に、女の声がしばらくつきまとってきた。

「目を開けてごらん、目を開けてみて。お願いだから、一回だけ目を開けてみて」

明子にはできることが何もない。彼女自身も今日中に社稷洞（サジクトン）の家に帰り着けるのか定かでなかった。三、四日ほとんど何も食べずに一日中歩いたので、足が鉛のように重かった。

社稷洞に戻ってみると、ここも爆撃にあって母屋はすっかり崩壊し、明子の部屋は屋根の隅が飛ばされて天井に大きな穴が空いていた。夏だからまだよかった。今の状況では秋や冬の心配をするのは贅沢というものだ。

麦をゆで青物を入れてお粥をつくった。穀物を食べたらふくらはぎに力が入った。翌日の朝、雨が降り始め、三日間降り続けた。初秋の雨で空気が涼しくなった。三日目の夜、雨がやみ満月が浮くと、数日なかった召集令が下りた。夜遅く突然、板塀越しに「使役に出て来なさい」という大きな声が聞こえてきた。明子が聞こえないふりをして横になっていたら、門が開き、自衛隊の腕章をつけた中年の男が入って来た。

「今日は大目には見られないよ。一家に一人は必ず出て来なきゃだめなんだよ。一軒でも抜けたらだめなんだから」

「ここはみんな転出して誰もいません」

「あんたは人じゃないのかい？」

「私一人なんです」

「じゃあ、その一人が出て来なさい。今日は出て来なかったら営倉に直行だよ」

殺伐とした最後通牒を投げかけた男は、門のところで振り返った。

「今日はつるはしとかシャベルは要らないよ。服をしっかり着ておいで」

明子をかわいそうに思っていることが声ににじんでいた。

洞会の前に集まった三〇人くらいの人が、自衛隊員について出発した。昼間は米軍の爆撃機が恐くて、月の出ていない夜は暗すぎて、使役は主に月の明るい夜に招集された。最近の使役は年寄りと女ばかりだった。若い男たちはみんな義勇隊に行ったり逃げたり、あるいは屋根裏や床下に隠れてしまった。

一時間くらい歩いただろうか。彌阿里なのか貞陵（チョンヌン）なのか見分けがつかなかった。行軍が終わり、人々は暗い山すそに散らばっていった。爆弾の破片と弾丸と薬莢を拾って荷車に積んで運ぶ仕事だった。道なのか畑なのか、雨に濡れてじくじくする泥の中をさまよっている間にズボンが泥だらけになった。時々、弾丸の代わりに石ころを拾ったりもしたが、月光の下でテカテカする鉄片を見つけるのは、さほど難しくはなかった。月夜の静かな山すそに突然人々が出没すると、犬があらわれて走り回りワンワンと吠え立てた。時々ネズミが足元をかすめて行くとき、明子は腰を抜かしそうになった。太ったネズミたちが月光の下、テカテカした背中をピクピクさせながら歩き回っていた。人々はおなかを空かせてふらふらしているのに、戦場のネズミや犬はぶよぶよと疑わしく太っている。明子はネズミをよけて後ずさりしたとき、何かが足に引っかかって尻もちをついた。雨水に濡れてべちゃべちゃする藁束を両手でつかんで起き上がった明子は、身体についた水気をはたきながら悲鳴をあげた。月光の下、うっすらと輪郭をあらわしたそれは藁束ではなく、人の死体だったのだ。しかも一つではなかった。自衛隊員が走って来て明子を見ると舌打ちした。

「人の死体を見るのは初めてかい？　動員に出るたびにいつも畑に転がってるのが死体なのに」

薬莢を拾う間、明子は少なくとも二〇体以上の死体を見た。古い死体、まだ新しい死体、国軍の死体、人民軍の死体、民間人の死体、老若男女の死体。死体、また死体。死体を見ているうちに二つの感情がせめぎ合った。

まずは、生死は大したことじゃない、という思いだった。すぐ目の前があの世で、死はすぐ隣にあり、子どもも大人も理由もなく罪もなく死ぬのだから私だって特別ではない、あそこの草むらで一夏鳴いて死ぬ虫よりも人間の死のほうが悲しい理由もないではないか。でも、この蒸し暑い夏に、もう目にぽっかりと穴が空いた骸骨を見ると、一時でも人間の尊厳性が宿っていたことが信じられなかった。あの中に果たしてマルクスやガンジーやトルストイが入っていたというのか。息が絶えたら一瞬にしてあんなふうになってしまうと思うと、何が何でも息をし続けなければ、と思った。

使役が終わったとき、月は中天を越えて東の山の尾根にかかっていた。帰り道で老人二人が倒れ、人々の歩みが遅れて、行きよりも時間が二倍ほどかかった。近所に住む女たちがひそひそ話をしていた。米軍が忠清道(チュンチョンド)まで上がって来てるんだって。すぐに国軍が来るって。自衛隊員たちに聞かれるのではないかと低い声で話していたが、どこかうきうきとした声だった。けれども彼女たちの希望の囁きは、明子にとっては空っぽのおなかをかき回すだけのものだった。明子は一〇本の足の指が全部凍った冬の西大門(ソデムン)刑務所を思いだした。警察に逮捕されてヒ素を飲んで以来、胃腸が草紙紙(そうしがみ)のように薄くなったのか、ときには粟粒を少し呑み込んだだけでも引きちぎられるような腹痛を感じた。洞会の前に到着すると、自衛隊員が大声で言った。

「今晩また集まるように。雨天の場合にはどうするか、また連絡する」

門の中に入った明子は、倒れそうな身体をなんとか支えて部屋に這い上がった。ものすごく空腹で、すさまじく眠かった。そして眠気が空腹に勝った。明子は泥まみれのズボンだけ脱ぎ捨てて布団の上に倒れ込んだ。明子が起きたときには、もう昼だった。陽射しは強いのに、風は涼しかった。屋根が飛ばされてしまった天井の一隅に空が見えた。寝ている間に雨が入ってきたらしく、布団がじめじめしている。明子は布団をくるくると巻いて台所に下りていき、鍋に麦一握りを入れて石油コンロをつけた。コンロの火花が小さくなっていったと思ったら、麦粥が煮える前に火が消えてしまった。ソウル市内で白米よりも手に入りにくいのが石油だった。明子は生煮えの麦粒を口に少しずつ入れてかんだ。数日間の雨で急成長したサンチュの葉がおいしそうに見えたが、身体がヤマナラシの木のように激しく震え、庭がシベリア平原のように果てしなく遠く感じられた。砲声が鳴っているが、遠くのようでもあり、近くのようでもあった。

　明子は胃がもたれて目が覚め、戸のところまで這って行って吐いた。再び目が覚めたときにはあたりは暗く、また次に目が覚めたときには明るかった。板塀越しに「使役に出なさい」という声が聞こえ、門がバタンと開けられたとき、明子は真鍮のスプーンを戸の丸い取っ手に差し込んで錠をかけた。再び門が開かれ「国軍が来た！」という声が聞こえた。どこにあったっけ。部屋のどこかに共和国旗があったはずだけど。共和国旗を持って出て万歳を叫ばなきゃ。違う、違う。共和国旗じゃなくて、太極旗だ。太極旗はどこにあったっけ。門が開けられたのが夢のようでもあり、現実のようでもある。空襲のサイレンが聞こえ、景福宮（キョンボックン）あたりに砲弾が撃ち込まれているのか、四方の壁がうなりをあげた。壁に空いた穴からもわっとした風が吹き込んでくる。目を開けたら夏で、目を開けたら冬だった。陽射しの良い日に貞淑、世竹（セジュク）と一緒に清渓川（チョンゲチョン）に足を浸けて遊んだのは、ちょうど今くらいのとき、夏の終わりだった。夏かと思ったら冬で、庭にはサンチュが生い茂っているのに、一〇本の足の指が凍えて、四肢がブルブルと震える。モスクワの冬もこれほど寒くはなかった気がする。

　ぼうっと遠くなりかけていた気が戻って来て、ついにどこか別の世界に来たのかと思ったとき、天井の真ん中にぶら下がっていた裸電球が真昼の月のように青白い顔で見下ろしていた。天井が布団の上にドカッと落ちてきた。空気が重くて息ができない。明子が最後の息を引き取るときだった。東の窓に夜明けの黎明がかすかに宿ったのは。このとき、四六年留まった一つの魂が地上を離れたことを知る人は誰もいなかった。

植民地朝鮮で気が強いことでは五本の指に入ると言われた許英粛（ホ・ヨンスク）だが、老いて疲れた顔に、目だけが怒りで今にも飛び出さんばかりだった。貞淑（ジョンスク）は府民館に訪ねて来た許英粛の姿を何度か思いだした。

「あの人も、もう年を取って肺病三期の重病人だということは世の中みんなが知っているのに、あんな人を連れて行って、いったいどうしようってつもりなのか。家で本を読んでいたときに苧麻の単衣のチョゴリ姿でジープに乗せられて行ったきり、せいぜい一日か二日取り調べを受けて帰って来るだろうと思っていたのに、一カ月以上も何の連絡もないんですから、この人が生きているのか、身体は大丈夫なのか、全然……。貞淑さんを責めてるんじゃなくて、ちょうどソウルに来たから……、生死だけでも教えてほしいってお願い……してるんです」

許英粛は貞淑の前でついに涙を見せた。解放と同時に彼女たち夫婦に押し寄せた艱難辛苦（かんなんしんく）のせいなのか、還暦間近い年齢のせいなのかはわからない。医師だった許英粛は、新聞社での生活こそ貞淑よりも後から始めたが、年は七歳上だった。李光洙（イ・グァンス）は当代きっての小説家で言論人だったが、貞淑の目には、彼らは夫婦というよりも、病弱な息子と厳しい母親のように見えた。実際に病弱な李光洙は医師の妻と結婚しなければ若死にしていただろうと言われていた。

「政界や文化界のリーダークラスの方たちを平壌（ピョンヤン）にお連れする計画があるということは聞いていますが、春園（チュヌォン）先生も含まれているのかどうかは知りませんでした。すぐに調べてみます。すぐにお帰しできるとは申し上げられませんが」

計画を知っているどころか、貞淑が実際に介入していた。ただし、貞淑が解放地区の宣伝事業のためにソウルに来たときには、すでに第一次の工作対象者たちが北に送られた後で、春園はその中の一人だった。

それは、党中央委の指導の下に内務省がおこなったことだった。

人民軍がソウルを解放し、人民委員会が南半部で電光石火のごとく土地改革とソビエト組織事業を開始したときには、貞淑はもうすぐに戦争が終わり、首都がソウルに移れば、懐かしい故郷で新しい統一共和国の建設をすることになるだろうと密かに心躍らせていた。ところが人民軍は、大邱（テグ）まで猛烈な勢いで下りて行ったのとまったく同じスピードで平壌に逃げ帰って来た。最初に祖国解放戦争を始めたときには、北朝鮮の戦力が圧倒的に優勢で、南半部の人民も蜂起するから、戦争は三日で終わると楽観していた。米軍が入って来る暇がないだろうと考え、仮に米国が介入したとしても、国連まで動員してこんなに大胆に押し返してくるとは予想していなかった。人民共和国政府が平壌で三カ月間バンカー生活をした挙句に、ついに平壌を捨ててこ江界（カンゲ）まで押されて来ると、党と内閣の関係者は極度に失望し当惑して、公式の席上でも口を開けば「腰抜けの南朝鮮傀儡一味が」「米帝国主義の糞野郎ども」といった悪態が飛び出した。

米空軍の絨毯爆撃で平壌が廃墟になったという知らせも、指導部の人々をパニックに陥れた。一口に言って、平壌市内が石器時代に逆戻りしたという話だった。まともな家一軒も残っておらず、夜には灯り一つない暗黒の街だと言う。党の指導部や内閣の相、副相の中に家族を失った人も多かった。

わずか数カ月前に閣議で先制攻撃をうんぬんしていたときにはおおらかに意気投合していた人々だった。南朝鮮の解放を議論するときには鼻息の荒かった人たちが、実際に戦争を経験してからは苦虫をかみつぶしたような表情になった。銃弾が雨あられと降り注ぐ中をくぐり抜け、血が吹き出し肉片が飛び交う現場で家族を失い、避難の途中で傷んだ食べ物を口にして下痢をし、そんなふうに数カ月を過ごした人々は黄色くむくんだ顔と血走った目をしていた。貞淑自身も、コンディションは最悪だった。内閣や党の人々に、誰かれなく腹が立ち、首相や憲永（ホニョン）に出くわすと目を避けた。腸が煮えくりかえり、腹いせの対象を待ちかまえているのは皆、同じだった。平壌（ピョンヤン）の爆撃で老母と妹を失ったある副相に、相が慰めの言葉をかけた。

「本当に残念だ。家族を連れて後退すればよかったのに」

「何だって？　家族を置いて指導部が先に退却しようって、糞が詰まった犬みたいに騒いだやつは誰だ！」

「何だと？　気持はわかるが、それは言い過ぎというものだろう」

「あ、すみません。どうかしていました。米帝国主義のブタ野郎どもが大砲をぶち込んだために、このザマになったのです」

「腐った李承晩（イ・スンマン）売国逆賊どもめ、我々の力で祖国解放戦争を遂行しているのに、あの傀儡一味のザマを見ろ。親分の国の軍隊が間髪を容（い）れずに駆けつけたじゃないか」

「まったくおっしゃるとおりです」

相と副相は、米帝国主義と李承晩傀儡一味を仲良く批判しながら一触即発の危機を乗り越えた。戦争が長期化するにつれ、ねじれてしまった問題は一つや二つではなかった。

春園のことにしてもそうだ。七月にソウルで政界、文化界の要人たちを対象に「お連れする工作」を開始したときには、ソウルで一気に捕獲して平壌に連れて来た後、再教育しながら活用策を考える計画だった。ところが一〇〇人近い要人を連れて米軍機の無差別爆撃に追われ、倒れたり転んだりしながら狄踰（チョギュ）嶺（リョン）山脈を越え、鴨緑江（アムノッカン）の畔（ほとり）まで来ることになろうとは思ってもみなかった。春園は厳しい旅で危険な状態に陥り、親友の洪命熹（ホン・ミョンヒ）副首相が江界で近くの人民軍病院に入院させたと言う。貞淑は、文化宣伝省の局長に随時病院に寄って容態を報告するよう指示しておいた。

貞淑は内務省の臨時事務所に、朴一禹（パク・イル）内務相を訪ねた。

「一禹同志、ソウルから連れて来た人々はどうなるの？」

「僕も頭が痛いよ。現地で処決すべき者は処決して来るべきだった」

「春園はどうして連れて来たの？　病気だから放っておいても、もういくらも生きられない人なのに」

「あいつは破廉恥漢だ。誰に殺されたとしても、いずれは殺されるやつだ。でも、どうして急に春園のことを？　親しいのかい？」

「何ですって？　私も彼を擁護するつもりはないわ。でも、共和国とは世界観がまったく合わない人を無理矢理連れて来てどう使うつもりなの？　重病人を連れて来て、ここで死なれたら、葬式を出してあげても殺人だと思われるだけじゃない。元老たちを連れて来て虐殺したって言われるのがオチよ」

「はっきり言っておくけど、名簿は僕がつくったんじゃないよ。君もわかっているはずだろ」

「で、あの人たちはいつまで引っ張って歩くつもり？」

「おい、許女史、今は戦時なんだよ。君も、僕も、明日はどうなるかわからないんだ。死ぬも生きるも簡単な問題だ。南朝鮮の年寄りが何十人死んだとして誰もわかりゃしない」

貞淑は彼を一〇年間見てきたが、こんなにいら立つ姿は初めて見る。急な敗退局面で保安と安全に責任を負う立場の内務相の頭の中も、爆撃を受けた平壌市内のような状態だったのだろう。彼は、対話そのものにイライラしているようだった。「悪いが出かけなければならない」と言って立ち上がった彼は、また座って、貞淑に近づいて低い声で言った。

「君の言うことが全然わからないわけではないが、党中央がしている事業なんだ。あまり是非を問うな。首相が指示した事項なんだよ。もう一度言うけど、今は戦時なんだ、戦時」

満州平野から吹いてくる北風がもろに当たる高原地帯であるため、江界は一〇月でも小川に薄氷が張る。

南朝鮮の軍隊が平壌に入ったという情報が入ると、時々ドスンドスンという大砲の音が聞こえてきた。六月二五日以降は明日のこともわからない日々の連続だった。平壌で結婚生活を始めたと思ったら戦争が始まり、宣伝事業でソウルに行って帰って来たら新居が爆撃で粉々になっていた。江界で小さなかわら屋根の家を与えられたが、お互いに業務が忙しいので夫の顔を見ることができない日もあった。内閣がまたすぐに鴨緑江を越えて満州に移るという噂もあった。このままだと北朝鮮政府がそのまま亡命政府になってしまうのではないか。彼女も今後のことを思うと気が気ではなかった。

蔡奎衡(チェ・ギュヒョン)は夜、家に帰って来た。赤い顔から酒の臭いがした。

「最近でも遅くまで営業する飲み屋があるの？」

「いや、友だちの家で」

「この避難先でお酒を持っている家もあるのね」

気を遣って言葉をかけているのに、夫は答えもせずに部屋に入ってしまった。誰もが苦しんでいる時代だったが、夫はここのところ極度の情緒不安定状態だ。ソ連の移民家庭の歴史も楽ではなかっただろうが、いずれにせよ、そこで大学まで出て検事になり平坦な生活をしてきた彼にとって、今のこの状況は耐えがたいものだったのだろう。彼女も最近は心身が疲れ切っていたが、それで余計に家の中では言葉づかいに気をつけていた。部屋で着替えて出て来た蔡奎衡がぶつぶつ言った。

「ちっ、なんてザマだ。また荷物をまとめなきゃならんな。南朝鮮の解放だの何だの大口叩いていたくせに」

「本当にそうね。一日先が見えないから生きた心地がしないわね」

貞淑が相づちを打った。蔡奎衡は指くらいの太さの葉巻きを口にくわえてマッチの火をつけた。戦争の最中にも彼はどこで見つけてくるのか、キューバ製の葉巻きをうまいこと調達して吸っていた。彼は葉巻きの煙を深く吸い込み、ため息をつくかのように虚空に吐き出しながらつぶやいた。

「みんなバカなくせに声だけデカいんだ。まったく思ったとおりになることがない」

夫の不平が気に障りはしたが、彼女はあえて無視して裁縫箱を持って来て靴下を繕い始めた。狭い家の中がたちまち強いニコチン臭でいっぱいになった。夫の不平は終わったり、また始まったりしながら続いた。朝鮮語とロシア語がごちゃごちゃに交ざっていた。

「我がソ連ではあり得ないことだ。俺がバカだった。何の栄華を望んで出し抜けに平壌なんかに来たんだ」

このあたりで我慢できなくなった貞淑が、一言言ってやろうと繕っていた靴下を投げ捨てた。ところが夫の顔を見た彼女は黙ってしまった。彼の顔にさした青黒い影にゾクッとしたのだ。

「あなた、何か悪いことでもあったの？」

不吉で不安だった。貞淑は戦時出版報道事業について指示を受けたり、党中央と協議するために首相がいる晩浦（マンポ）に行かなければならないため、よく文化宣伝省を留守にした。文化宣伝省とはいっても、江界人民委員会事務所の一室を借りているだけで、宣伝相室もなかった。ある日、晩浦から戻って来ると、局長が深刻な表情で出迎えた。

「李光洙同志、いや、李光洙先生が昨日、死亡したそうです」

驚くことではなかった。今日か明日かと思っていたところだ。貞淑はしばらく許英粛のことを思った。彼女に夫の死を知らせる方法はなかった。夫の生死がわからず涙ぐんでいた彼女が哀れだった。

「李光洙も李光洙ですが、年寄りたちの中には今日か明日かという人が何人もいて、金奎植（キム・ギュシク）先生も長くないと言われていますし、鄭寅普(チョン・インボ)、安在鴻(アン・ジェホン)、趙素昂(チョ・ソアン)といった人たちもよくないそうです。今回聞いたところでは、北に来る途中で米軍戦闘機の爆撃で死傷した人もたくさんいるそうです。爆撃で死んだ中でも方應謨(パン・ウンモ)のような者は親米主義者なんですが、腐りきった米帝国主義者は自分の仲間もわからずに……」

貞淑は頭の中が複雑になって目を閉じた。局長は興奮を抑えながら一言付け足して帰って行った。

「李光洙先生の亡骸は洪命熹副首相が引き取ったそうです」

この二人の友情は、始まりと終わりが首尾一貫していた。日韓併合の日に自決した錦山(クムサン)郡主の息子で、由緒正しき両班(ヤンバン)家門の出である洪命熹と、極貧の家庭に生まれて両親ともコレラで亡くなり、一一歳で孤児になった李光洙。日本留学以来、李光洙は洪命熹にとって友であり実の兄のように頼れる存在で、交代で東亜日報の編集局長となり、李光洙がものすごい作品を量産する間に洪命熹は『林巨正(イムコッチョン)』一作を出し、李光洙が親日戦線に与した日帝末期を洪命熹は隠遁と沈黙の中で過ごし、互いの人生観や政治観が食い違ってかなり長い間、遠くから互いを見守るだけの関係だったが、結局、李光洙の遺骸を洪命熹が引き取った。李光洙は売れっ子時代にも気苦労が多く不幸に見えたが、洪命熹は豊かなときにも窮したときにも余裕のある粋人だった。貞淑は春園のことを、常に必死で最善を尽くす天才として記憶していた。小説を書くときも、親日をするときも、そうだった。

そのころ、貞淑にとって李光洙の死よりも衝撃的だったのは、毛沢東主席の息子の毛岸英のことだった。ロシア語の通訳将校として来ていた彼が、米軍機のナパーム弾の空襲で爆死したというのだ。母親が国民党軍に処刑されて父親は革命戦線に出ている間、モスクワの革命家子女保育園で育った子だった。貞淑は北京に行って毛沢東に派兵を要請したが、まさか自分の息子を抗米援朝軍として送ってくるとは思いもしなかった。彼が息子の戦死の報を聞いたことを思うと、貞淑は罪の意識に苛まれた。

暖かい南海（ナムヘ）で兵士たちが海水浴をして疲れを取っていると言っていたときからわずか二カ月で、寒風吹きすさぶ鴨緑江（アムノッカン）の目と鼻の先まで追われて来て、息つく暇もなかった党と内閣の指導部は、中国人民解放軍の参戦によって米軍の攻撃がゆるみ、やっと一息つく雰囲気だった。北朝鮮と中国の連合軍の作戦指揮権は中国側の総司令官彭徳懐に委ねられ、戦況管理も内閣の懸案から遠ざかった。南側の連合軍総司令官はマッカーサーだから、彭徳懐とマッカーサーの戦いだ。今や戦争は明らかに中国とアメリカの対決になっていた。

このころから戦争責任をうんぬんしてあちらこちらでひそひそ話が始まった。戦争を強引に推し進めた首相に対する露骨な不平が出てきた。党派ごとに言うことが違うが、ソ連派の中でも首相が無謀だったと言う者がいるかと思うと、人民軍が下りていけば南半部の地下党員たちが蜂起するだろうと言った南労党の判断ミスをあげつらう者もいた。南労党派は朴憲永（パク・ホニョン）副首相には実権がないから首相に従うしかなかったとか、いくつかの戦略的なミスが敗因で、その責任は最高司令官である首相にあるなどと言った。延安派は、首相の野心が火を噴き南労党がそれを煽って祖国の野山を廃墟にしたと、両方まとめて非難した。金科奉（キム・ドゥボン）委員長は、自分は初めから戦争には反対だったと言っていた。

ところが内閣や党中央から一歩外に出たら、一般人はもちろんのこと、知識層ですら李承晩（イ・スンマン）の軍隊が北侵したために戦争が起きたと思っていた。ラジオ放送や壁新聞を信じているのだ。

三日での速戦即決の夢はとっくに泡と消え、鴨緑江と頭満江（トゥマンガン）の北側に追い出されそうなところをやっとまぬがれたが、中国と国連の戦いになってしまったため、いったいいつ終わるか予測不可能な状況に陥ってしまった。無数の人民を犠牲にし、北半部の都市を廃墟にした責任を、誰かが取らなければならない。

戦争を発議したのも、推し進めたのも首相だという事実は明らかだった。また、戦争は短期間に終わるだろうし米国は介入しないだろうと言ってスターリンと毛沢東を説得したが、首相の予想ははずれた。スターリンが田舎の若者を抜擢して国家権力を与え、その若者が有頂天になって戦争を起こし破局を招いたわけだ。貞淑（ジョンスク）は、首相がせめて四〇歳になっていれば、戦争は起こさなかっただろうと確信した。

戦争が終わったら指導体制に大きな変化があることは明白だった。首相が無謀だったと囁く人々の顔から、貞淑はある種のいやらしい喜色を見た。ソ連が金日成（キム・イルソン）に対する後見を撤回すれば、朴憲永は朴憲永なりに、延安派は延安派なりに、ソ連派はソ連派なりにチャンスが訪れるのだ。戦争を主導した両大勢力、金日成首相と朴憲永副首相が、いかなる形であれ責任を取るであろうし、そうなれば延安派としては後々を期待することができる。中国に革命政府ができて、毛沢東が派兵要請に応じたことで、延安派の声がそれとなく大きくなっていた。中国側から総司令官として来ている彭徳懐は、延安派と親しい間柄だった。危機はチャンスで、破壊は建設の母。戦争こそがまさにそれらすべてだ。失う人がいれば得る人もいるのが、激烈かつ全面的な政治ゲームの常だ。

中国人民解放軍が破竹の勢いで平壌（ピョンヤン）まで押し返したが、北朝鮮指導部はざわついていた。勝戦の功を競うことよりも、敗戦の責任を押しつけることに必死にならざるを得ない。江界（カンゲ）市内の真っ暗な夜道で、異なる派閥の人々が三々五々集まって歩いていて気まずく鉢合わせすることもあった。戦時の臨時首都は一触即発の戦線だった。

事前の予告もなく労働党中央委員会全員会議の招集通知が届いたのは、貞淑が新聞放送機関の被害状況を見回って事務所に戻ったときだった。全員会議はたいがいは首相報告だけでも数時間かかるので一、二カ月は準備するのが普通だ。いくら戦時とはいえ、首相が全員会議を突然招集するということは良い兆候ではなかった。

一二月の中央委員会全員会議は、首相がいる晩浦(マンポ)で開催された。会議場に入った首相は硬い表情で、普段は騒がしく挨拶を交わすのだが、それもなかった。彼が「現情勢と当面の課題」を報告し、四つの課題を列挙するとき、主席団の朴憲永と洪命熹(ホン・ミョンヒ)など数人を除いて参加者全員が鉛筆の芯をなめながら筆記に一生懸命だった。敗走する敵への攻勢をいっそう強化しよう、米帝国主義者たちが侵略戦争で犯した罪悪を全世界に暴露しよう、解放された地域で秩序を確立し経済を復旧しよう、という三つの課題に次いで「党の規律をいっそう強化しなければならない」という四つ目の課題に達すると、議場はまたたく間に凍りついた。

「党の規律を弱めるあらゆる傾向と無慈悲な闘争を展開し、それが誰であっても党の規律を違反した者は厳格に処罰しなければなりません。今回の戦争を通して誰が真の党員で、誰が偽の党員かということが明白になりました。戦争は党内の不純分子、卑怯分子、異色分子を無慈悲に暴露しました。このような分子たちを党の隊列から追い出して党を強化しなければなりません」

貞淑は脂汗でじとじとになった手のひらをスカートで拭いた。首相の報告は一時間以上続いた。首相の報告が終わり、懸案に対する討論がおこなわれた後、不純分子の責任を問い罰することに対する国家検閲委員会の報告が続いた。軍隊内の不純分子に対する調査報告で武亭(ムジョン)の名前が挙がったとき、貞淑はめまいを感じた。

武亭は、平壌包囲司令官として国連軍に平壌を明け渡して逃げたということが最大の罪過で、戦時に野戦病院の医師を銃殺するなど封建軍閥のように行動したという批判を受け、その他にいくつか不正の事実が指摘された。貞淑にもそれらしく聞こえるものもあったが、とんでもないものもあった。首相は武亭に大きな権限を与えたことがなく、華麗な経歴に比べれば第二軍団長という職も小さなものだった。平壌防衛司令官が人民軍の退却に全面的に責任を負う理由もなかった。首相が軍人としては武亭を、政治家としては朴憲永を最高のライバルと考えていることは、秘密ではなかった。武亭は八路軍時代に彭徳懐の参謀長だった。彭徳懐が戦時総司令官として入って来ているにもかかわらず武亭を討てるということは、党と保安を掌握している自信があるからだ。それは、平壌にスターリンのソビエト体制をインキュベートする際、ソ連の顧問官たちが金日成に授けた統治術でもあった。

会議は緊急招集されたが、用意周到に準備されていたに違いない。戦争責任をうんぬんし、派閥同士で集まって陰口を叩いている間に、首相は優れた出口戦略を考案していたのだ。将軍たちと党幹部たちが不純分子、あるいは卑怯分子として続々と一刀両断にされ、奈落に落ちていく間、これに異議を唱えられる者は誰もいなかった。首相の奇襲先制攻撃が成功を収めていた。

会議は終日続いた。粛清の行列はどんどん長くなり、延安派だけでなくソ連派、南労党派、実に金日成派まで網羅されていた。貞淑は、武亭のことで後頭部を一発殴られたようにふらふらになっていたが、この後すぐ頭に大型爆弾が落とされて武亭の記憶はすっかり飛んでしまうことになる。国家検閲委員長の徐輝（ソ・フィ）が報告する不純分子名簿のトップに、夫の名前が呼ばれたのだ。蔡奎衡（チェ・ギュヒョン）が最高検察所副所長の権力を利用して国内で生産される炭を香港に売り飛ばし、大金を手に入れ、その金で社会安全相の方学世（パン・ハクセ）、党中央委員の南日（ナム・イル）らソ連派と毎日トランプで賭け事をしていたと言う。人々が貞淑のほうを振り返り、ちらちらと様子をうかがっていた。

顔を真っ赤にした方学世が立ち上がると、主席団に向かって「蔡同志の家で一、二回夕飯を食べてトランプをしたことはありますが、あくまでも娯楽であって決してギャンブルではありませんでした」と言い、頭を下げた。蔡奎衡がブルブル震える声で「私も少し発言してもいいでしょうか」と言い、半腰になって立とうとした。主席団にいる朴憲永が容赦なく切り捨てた。

「今ここは、この問題で白黒をはっきりさせる場ではない。検閲委員長はさらに詳しく調査して、後で報告するように」

戦争のようなマラソン会議が終わったとき、会場には生ける屍がゴロゴロしており、生き残った者たちも顔がどす黒くなっていた。貞淑は生存者とも、戦死者とも言えなかった。武装軍人二人が入って来ると、武亭を連行して行った。参加者たちは晩浦、江界、平壌などに散らばって行くのだろうが、別れの挨拶どころか一切の声が聞こえなかった。会場を出た貞淑は、うつむき加減に廊下を歩いていたところ、窓外にだぶだぶの白いシャツを着た武亭が軍用ジープに乗せられる姿を見た。軍服を脱がされた武亭は、もともと小さな背が余計に小さく見えた。そのとき、誰かが腕をつかんで彼女を窓際から引き離した。崔昌益(チェ・チャンイク)だった。彼は何も言わずに彼女と並んで歩いた。貞淑はふと、正式な結婚は慎重にするようにと言った彼の言葉を思いだした。あのとき、すでに何か知っていたのだろうか。

蔡奎衡は自宅軟禁となり、人民軍の兵士二名が門の前に立った。貞淑は蔡奎衡と一つ屋根の下で寝ていたが、夫婦関係はすでに終わっていた。貞淑は、国家検閲委員長が報告した夫の容疑事実を半分くらいしか信じていなかったが、夫の弁明も半分くらいしか信じられなかった。夫は初めは完全にしらを切った。

「陰謀だよ。戦争に失敗してスケープゴートが必要だったんだ。パルチザン派と南労党派が戦争を起こしておいて、全然関係のない人間を犠牲にしてるんだ」

そう言っていた彼も諦めたのか、「全部が事実とは言えない。小遣いをちょっともらって使っただけだ」と認めた。蔡奎衡は気分屋で金遣いも荒かった。彼が密貿易で巨額を手に入れたという話には無理があるが、若干の裏金を受け取った可能性はある。しかしそれがわずかな金額だったとしても、貞淑は許したくなかった。厳しい時局に無分別な行動をとって破滅を自ら招き、貞淑と父の名誉まで汚したことに我慢がならなかった。

蔡奎衡はある夜、眠っている貞淑を起こした。

「徐輝にちょっと言ってもらえないか。君は朴憲永副首相や首相同志とも親しいじゃないか。なんとかしてくれ、頼む」

彼は布団の上にひざまずいて両手をこすり合わせた。

「夫としての体面、男の体面、全部捨てて、正直な気持でお願いする。今みたいな時世に軍事裁判にかけられたら終わりだ。僕はここで死にたくないんだ。国外追放なら受け入れるよ。実際に僕が死ななきゃいけないような罪を犯したわけじゃないじゃないか」

貞淑は夫の卑屈な姿にそれ以上耐えることができなかった。彼女は布団を被って背を向けた。しばらくして、背中のうしろで夫のすすり泣きが聞こえた。

貞淑は夜が明けるまで一睡もできなかった。彼女は出勤するや否や憲永を訪ねて行った。寝ている妻を起こしてひざまずいて命乞いをする人を夫だとは思えなかった。ただ、雑然とした時局にスケープゴートになった一人の男を救うことができるなら救ってみようと思ったのだ。首相派と南労党派が戦争の失敗のスケープゴートとして蔡奎衡や武亭を選んだのは事実だった。彼の罪が死刑になるほどのものではないという言葉にも一理あった。今まで憲永と愛憎からまる歴史を積み上げてきたが、二人の間の最低限の信頼と義理は守ってきたと信じていた。憲永は合理的な人間だ。その上、貞淑が何か頼みごとをするのも初めてだ。世竹(セジュク)のことで気まずい感情が残ったのは確かだが、またそれゆえ憲永が貞淑に心の借りを感じているとしたら、借りを返すチャンスができたことを幸いと思うかもしれない。

憲永の執務室に到着するまでに、貞淑は憲永を説得する言葉を心の中で反芻した。最も穏当で論理的な言い方で説得しなければならない。絶対に卑屈になったり哀れに見えたりしてはならない。貞淑は応接室で待つ間に、この後述べる言葉の順序をもう一度整理した。会議を終えた憲永が貞淑を呼んだ。彼は座るように勧めて「どういう用件かね？」と聞いた。握手も、挨拶もなかった。その堅苦しく事務的な態度に愛想が尽きた。すべては戦争のせいだ。最近では党でも、政府でも、笑顔で挨拶する人に出会うことがない。貞淑は気持を落ち着けてから、用意してきた言葉をていねいに紡いでいった。かなり長い話を終えると、憲永は貞淑の顔をまじまじと見て、吐き捨てるように一言言った。

「要は夫の話なのか。貞淑さんも相変わらずだな」

かわいそうだと言わんばかりだった。その軽蔑の視線は、二十数年前の京城（キョンソン）でのことを思いださせた。貞淑は無残な気持になって、しばらく何も言えずに座っていたが、突然立ち上がり扉をバタンと閉めて出て来てしまった。

蔡奎衡との気まずい同居は長続きしなかった。朴憲永のところに行った二日後、夜中の一二時を過ぎた時間に、吹きすさぶ豪雪の中、武装軍人が四人あらわれて夫が軍事裁判にかけられることになったと通告し、直ちに所持品をまとめて出て来いと命じた。彼は貞淑の前で服を着替えながら首相や副首相らに対し、手当たり次第に罵詈雑言を浴びせた。玄関までついて行った貞淑が最後に聞いた言葉は「犬畜生ども」だった。戦時に軍事裁判にかけられる彼の運命は火を見るよりも明らかだった。吹雪の中をがくんと肩を落として歩いて行く彼の後ろ姿を見ながら、貞淑は別れの挨拶すらしていないことに気づいた。

新年を迎え、前戦が三八度線以南に再び押し返されて静かな後方都市となった江界(カンゲ)で、数日間の豪雪がやみ、白い雪景の上に再び冬の陽射しが明るく輝いた日のことだった。貞淑(ジョンスク)は夫が軍事裁判で死刑判決を受け銃殺されたという通知を受けた。左顧右眄(さこうべん)も深思熟考もない速戦即決だった。断頭台をつくった人が断頭台で死んだという話を聞いたことがある。北朝鮮の法廷を設計した彼が、建国以来最初の銃殺刑の犠牲者になったのだ。貞淑は事務所の窓から白い雪に覆われた通りを眺めた。情が深まる時間すらなく、わずかに芽生えた情すらも断ち切って逝ってしまったが、一時一つ布団の中で肌を寄せあった夫だ。涙を堪える彼女の顔にふっと薄笑いが浮かんだ。

「『犬畜生ども』が最後の遺言ってこと？」

朴憲永(パク・ホニョン)が検閲委員長の徐輝(ソ・フィ)の最終報告を受けて軍事裁判にかけるよう指示したという話を、貞淑は後で伝え聞いた。戦時の党の綱紀を正すため、モデルケースとして銃殺したという噂だった。貞淑は烈婦だったこともないし、まして悲しい未亡人などでは絶対にないが、朴憲永が憎くて我慢できなかった。貞淑は苦しい不眠の夜を過ごした。戦争で日常は壊され、あらゆることがめちゃくちゃになって、時々刻々と変化する状況に適応を重ねてきたが、今は夫が不名誉な理由で処刑されたという事実と、誰もいない部屋で一人で寝ることに慣れなければならない。恐ろしい孤独と煩悶が睡眠を呑み込んでしまった。愛憎の歴史も三〇年積み重ねられれば肉親のような強い絆が生まれるものだ。しかしそれは、彼女の独りよがりだったようだ。朴憲永は蔡奎衡(チェ・ギュヒョン)に、彼の罪過以上の過酷な刑罰を負わせ、夫を救命しに行った貞淑に屈辱感を与えて帰した。「私をみじめにさせたのとまったく同じように、あなたに返してあげるくらいの力は私にもあるのよ。私が持っている権力を全部使ってあなたを破滅させることだってできるのよ」。不眠が長くなって明け方になると、復讐を夢見たりもした。

しかし貞淑は雑念を振り払った。そして最低限の公式業務を除いて、あとは家に閉じこもった。同僚たちの煩雑な視線も、彼らとの対話も疲れる。憲永と会っても、貞淑は見向きもしなかった。

その代わりに、江界のチョサン里に避難して来ている父によく会いに行った。父は最高人民会議の議長、祖国統一民主主義戦線中央委員会の議長である上に、金日成（キム・イルソン）総合大学の総長まで務めていたが、職責が華々しいわりには暇だったし、さらに戦時であるため大学が休みになっていて家にいる時間が多くなっていた。父は病気のため顔色が悪く、息切れして何度も休みながら話をした。昔の話が増えているのは老化のしるしだろうか。六〇年を越える記憶の倉庫から、父は三・一万歳運動から新幹会までの一〇年の記憶を取り出すのが特に好きだった。父は金炳魯（キム・ビョンノ）、李仁（イ・イン）と意気投合して東奔西走した時代を、堯舜時代でも思いだすかのように懐かしそうに語った。

気力が弱った最近、父はとても寂しくなっているようだ。街人（カイン）こと金炳魯とは政治的な選択は異なるが、最も話の合う友人で、孤児として育った父にとっては実の兄のような存在だった。貞淑も街人の人柄を尊敬していたし、彼が大法院長になったのを見て、李承晩から見ても良いところがまったくないわけではないようだと思っていた。南朝鮮で金炳魯は大法院長、李仁は法務部長官だった。越北の直前、許憲（ホ・ホン）が指名手配を受けて隠れていたとき、過渡政府の司法部長だった街人が訪ねて来て政治的な立場を変えることはできないのかと言いながら涙を見せたと言う。

「お父さま、もしかして後悔なさっているのではありませんか」

「何を？」

「三八度線を越えたことを」

「そんなことはない」

「もしかして私のせいで」

「もちろん、おまえがいなかったらここに来たかどうかはわからない。しかし、北に来たのはあくまで私の選択だ。南朝鮮には希望が見えなかった。李承晩はアメリカで独立運動をしたと言うが、自分の利益をまず考える人間だ。金日成はとにかく命がけで戦った人だし。国家建設は血気盛んな若者よりも、狡猾な老人のほうがうまくやるかもしれない。それでも、私は若者のほうを選んだんだ。李承晩よりは金日成のほうが質はましだと思ったから」

「今でもそう思っていますか」

「基本的にはそうだが……」

語尾を濁す父の表情に複雑な返事が隠されていた。

「私ももう六六歳だ。長生きしたものだ。生まれたのが甲申(こうしん)政変の翌年だから、朝鮮の地の開化の歴史と共に年を取ったってわけだ。これまで生きてきて、国が風前の灯火でないときはなかった。まして植民地統治にまで至ったのだから、いやしくも東京で近代法体系を学んだ者にとってこの現実は、ほんの少しも気を抜いて休むことを許してくれないものだった。目に見えるものが矛盾だらけで、直ちに立ち上がって対処しなければならないことばかりだったから、気だるく怠惰な人生よりは生きがいはあったと思うが、振り返ってみると、私がやったことの中で大半はやらなくてもいいことだったのではないかと思う。今していることが何なのか、わからないのが人間というものだから」

貞淑は平壌(ピョンヤン)の体制に時々幻滅を感じていたが、父には隠していた。父もまた同じだったのだろう。父と彼女は互いに言葉にしなくても何を考えているのかよくわかる関係だった。だからこそ、もっと巧妙に隠さなければならなかった。

「貞淑、おまえは覇気があって、いつも攻撃していくが、そろそろ耐えることも学ばなければならないよ。金日成首相と同じ船に乗ったのだし、今は彼が船長なんだから、彼も良い意図で始めた人だと考えて、彼を信じなさい」

許憲は義侠心が強かったが、常識的で温情的な人だった。李承晩体制と妥協するのは嫌だったが、金日成体制に合う人でもなかった。許憲について、娘のせいで共産主義に加担し、三八度線を越え、そのために多くを犠牲にしたと言う人もいた。しかし明らかなことは、彼が人生の岐路で血縁の情理だけで、ある種の選択をする人間ではないということだ。彼が南労党の党首を引き受けたときには、自ら共産主義者だと思ったから引き受けたはずだ。朝鮮共産党事件が彼の運命の指針を変えたのかもしれない。また、彼が訪れたクーリッジ時代の豊かなアメリカが大恐慌で崩壊するのを目撃した影響もあったのではないだろうか。

一九五一年六月、許憲の誕生日祝いは金日成の提案で盛大におこなわれた。党と内閣の幹部たちが全員出席した宴会に、金日成の指示に従って六六本のロウソクが立てられた。金日成の愛情表現には抵抗しがたいものがあった。彼は、憎しみを表現する時にも、愛情を表現するときにも、情熱的だった。

誕生日祝いの二カ月後、許憲は洪水で氾濫した大寧江（テリョンガン）の筏の上で生涯を終えた。政府が平壌に戻り、金日成総合大学が開校することになり、許憲は大学に行くため車に乗ったまま筏で川を渡る途中、事故に遭ったのだ。人民軍と警察が大々的な捜索をおこなった末、一六日ぶりに定州（チョンジュ）沿岸で遺体が見つかり、九月七日に牡丹峰（モランボン）地下劇場で葬儀がとりおこなわれた。戦時であるにもかかわらず、金日成は軍隊を投入して海中を捜索させ遺体を見つけ出した。

大きな共和国旗がかけられた棺の前側の片方を金日成が、もう片方を朴憲永が持った。貞淑は憲永が流れる涙を黒い背広の袖でしきりに拭くのを見た。

憲永は父とは三〇年の仲だった。父子関係に近い友情だった。貞淑は二人が同じ父親を亡くしたことを知った。蔡奎衡が処刑された後、彼女の眠りを奪った憎しみが、彼の涙に流されて消えた。

「公開の席上で涙を見せるなんて。気が弱くなってるのね。いろいろ大変なのね」

今まさにひびが入り始めた薄氷の上に立っている彼が危うく見えた。そのころ、朴憲永が一人で決められることはほとんどなくなっていた。彼は閣議で「首相同志の立場を全面的に支持し、いくつか付け加えます」という語法を使った。戦争に負けても金日成はさほど揺れてもいないように見えた。戦争責任論の刀が彼の手に握られると、彼は素早く護身用に振り回した。権力はピラミッドの頂上に急速に集中していた。

葬儀で弔問客たちは金日成将軍の歌を歌った。

長白山(チャンペクサン)の山なみ　血のにじむ足跡
鴨緑江(アムノッカン)の流れに　血のにじむ足跡
きょうも自由朝鮮の花束の上に
歴々と照らしてくれる偉大な足跡
ああ　その名もゆかしい　われらの将軍
ああ　その名も輝かしい　金日成将軍

モスクワ

純白のウェディングドレスを着て、白バラのブーケを持つビビアンナは、世竹(セジュク)を見て微笑んだ。短い笑みに悲しみが滲んでいた。

「お父さんのこと、理解するわ。戦時だから動けないんでしょう。結婚式には必ず来ると何度も言ってたけど。この間モスクワに来たときにくれたダイヤの指輪が結婚のプレゼントになってしまったわ」

父を知らずに育った子だが、結婚式場に父がいないことを寂しがっていた。父親が新婦を連れて入場し、披露宴で新婦と踊るのが西欧の習慣だ。赤いつるバラが咲く小さな庭園で今、パーティーが始まった。新郎のビクトルが新婦の手を引いて庭園の中央に進みワルツを踊った。モイセーエフ楽団から来たバイオリン奏者二人とチェロ奏者一人が速いテンポで演奏する曲はチャイコフスキー『くるみ割り人形』の「花のワルツ」だった。歳月の重みに目尻が下がった五〇歳の高麗人女性が、チャイコフスキーの旋律にのって郷愁に浸った。遥か昔のことだが、彼女も音大生だったことがある。速いテンポのワルツ曲にのって新婦が白いドレスの裾をひらひらさせながら芝生の上を鳥のように舞い踊っている。目を閉じればワルツの旋律が美しく、目を開けたら娘の身のこなしがまぶしかった。

一曲が終わると、招待客たちが庭園に出て一緒に踊った。父の話をするときに少し暗かったビビアンナの顔が、一点の曇りもない幸せな顔に見えた。

「本当に世代が違うみたい。革命後世代も建設の時期にそれなりに苦労したし、飢えも経験しながら育ったけど、それでもこんなに楽しく踊って遊ぶんだから。私たちのときにはみんな深刻で真面目で、どんなことでも複雑に考えたものだけど。もっとも私は朝鮮人で、あの子はロシア人だから。それが国民性なのかも」

ビビアンナは革命家子女保育園を自分の家だと思って育ち、国家元首は永遠にスターリンだと信じて大人になった。スターリンの誕生日にお祝いの手紙競演大会で賞をもらい、戦時には国家の施策でお昼ご飯が食べられないこともあったが、父なる大元帥の保護の下、幸せな未来が待っていると信じていた。ウラジオストクで子どもを産んだときには、しばし場所を借りるだけだと思っていたが、結局この子はこの国の人になった。今やロシア人男性と結婚して完璧なロシア人になったのだ。世竹は婿が気に入った。ビクトルはかわいげのある男だった。ダンサーと画家。お似合いの芸術家夫婦だった。

音楽はいつのまにかハチャトゥリアンの『仮面舞踏会』に変わっていた。芝生はモイセーエフ舞踊団の若い男女ダンサーたちの総出動で、一つのショーの舞台になっていた。その中心でビビアンナがビクトルとワルツを踊っている。

世竹は二四歳の新婦になった娘が幸せな人生を生きていることを、目で、耳で、肌で感じた。

「娘だけでも幸せで、本当によかった」

独りごちながら世竹はふと驚いた。「幸せ」という単語を舌の上に載せてみたのはいったいいつ以来だろう。身分階級がなくなった今では人の暮らしは皆同じようなものだというが、裕福に、平坦に転がっていく人生もある。クズロルダだけ見ても、強制移民で来た高麗人や流刑囚たちはみんな不幸なことでは似たり寄ったりだったが、カザフ族の隣人たちの中にはそこそこの暮らしをしながら、戦争で死んだ家族もなく、子どもや孫に囲まれて幸せに老いていく人もかなりいる。ビビアンナは一〇代から有名なダンサーで、世竹はモスクワに来ると時々「立派な娘さんでうらやましい」とほめられた。しかし、クズロルダではできの善し悪しにかかわらず子どもや孫と同じ村で一緒に暮らすカザフの人々がうらやましかった。そして彼らのほうでは、子どもの代わりにウオッカの瓶を抱いて暮らす世竹に同情していた。

世竹は咸興での子ども時代からずっとそうだった。生きるのは苦しく辛いことだった。冬には寒くてひもじく、夏には暑くてひもじかった。その上、故郷も祖国も失い、夫も二度失い、息子も失い、見知らぬ国で流刑囚として一人で老いている。想像もできなかった不運に、次から次へと見舞われてきた。夫が監獄で拷問されて気が変になり、いったん心が壊れた後は、底の抜けた瓶のように幸せが溜まることがなかった。愛は怖く、希望は悲しかった。丹冶との結婚生活もいつ壊れるかわからずいつも不安だったし、結果は心配したとおりだった。もしかしたら彼女の人生で最も幸せだったのは新婚の薫井洞時代だったかもしれない。狭い部屋にいつも客がうじゃうじゃいて、食事の心配をしながらひっきりなしにご飯を炊いて出して、そんな時代を思いだしたら世竹はクスッと笑いが出て気持が温かくなった。

世竹はほんの少し明子の顔を思いだした。きれいでかわいい女性。あんなふうに生まれた人は、それらしく生きることになっている。お金持の家の一人娘だから今ごろは十中八九、自分の母親のように金持の奥さまとして暮らしているだろう。十長生の屏風が置かれた暖かい部屋で、孫たちを膝に乗せて、若かりしころの客気を童話のように話し聞かせながら。

モイセーエフのバイオリンとチェロ奏者たちも楽器をテーブルの上に置いて休みに行ったようだ。太った中年男がだぶだぶしたおなかの上にアコーディオンを置いて、左右に身体を揺らしながら演奏していた。若い男四人が出て来てコサックダンスを踊っている。世竹は席に戻ってハンカチで首の汗を拭く娘にレモネードを注いであげた。

「もう三〇年前ね。あなたのお父さんと結婚式を挙げたとき、教会の庭で夜通し遊んだんだけど、男たちがアコーディオンを弾きながらコサックダンスを踊ったのよ。呂運亨先生って言って、私たちが父親のように慕っていた方がいたんだけど、その方が結婚式を準備してくれたの。平壌で許貞淑おばさんに会ったって言ってたわよね？　お母さんとは実の姉妹のように親しかったわ。あのころは結婚式でもインターナショナルを歌ったのよ」

ビビアンナが笑った。

「うちの団員たちはダンスがうまいでしょ？」

「ダンスもいいし、演奏も素晴らしいわね。お母さんも昔、音楽の勉強をしていたのよ。知ってる？」

「いいえ」

「そんな時代があったわ。あなたのお父さんに会って、すべてが変わってしまったけど。今日のあなたの結婚式、本当に最高よ。お母さんの一生でこんなに幸せな日は初めてだわ。運の悪い人間が娘のおかげでいい思いをしてるわ」

世竹は考え得る最高の言葉で娘の結婚を祝福したかった。娘にこれまで一度も表現できなかった感謝を伝えたかった。しかし世竹は、つたないロシア語で気持が充分に伝わったか疑念が残った。我が子と外国語で話すのは、手袋をして握手をするような、靴を履いたまま足をかくような気分だった。しかしそれもまた不当な不満だ。

何もしてあげられなかったのに娘は立派に育ち、これ以上もう望むものはないと思ったら、気持が楽になった。ごちそうはたっぷりあって、肌に届く晩春の陽射しは暖かく、庭園の柵に咲きこぼれる赤いつるバラは美しかった。本当にいい季節ね。生きて、これらすべての中にいるなんて。

「お父さんとはどこで出会ったの？　同じ学校に通っていたの？」

ビビアンナがこんな質問をするなんて！　両親がどんなふうに愛しあったのか知りたくなったのね。ああ、うれしい！

「あのね、お母さんが上海というところに行ったの。あのころにはそこがね……」

　世竹は気持がせわしなくなった。彼女はビビアンナのグラスにレモネードをもう一杯たっぷりと注いだ。娘がこれを飲み干して立ち上がる前に、上海から京城（キョンソン）を経てモスクワまで、少なくとも三人家族団欒の時代までは話を終えなければならないのだが……。


　再び六日間の列車旅行をしてクズロルダに戻って来た後、世竹（セジュク）は寝込んでしまった。モスクワにいるときに咳が出始め、クズロルダに着いたころには高熱が出て息をするのも苦しかった。ビビアンナを産んでシベリアを横断する際に肺結核にかかり、黒海の休養所で治ったと言われたが、二〇年前の結核が再発したのだろうか。病院では充分な休息と栄養をとるほかに治療薬はないと言うが、一日に配給されるジャガイモ一個と黒パン一個、牛乳三〇〇ccでは結核菌を退治するほど充分な栄養にはならなかった。

　モスクワ旅行の後遺症をやっと克服して起き上がったころに、世竹は娘から手紙を受け取った。娘はいろいろなことを書いていた。いつも短い数行の手紙が彼女を寂しくさせたが、今回は長い手紙を書いてよこした。夫の話を長々と書きながら、少し不満を言ったりもしている。婚姻届を出すときに、名前をビビアンナ・マルコバではなく、ビビアンナ・パクのままにしておいたと言う。すでにビビアンナ・パクで広く知られているからだと言う。明らかに父に対する自負心もあるのだろう。世竹は「パク」姓をそのまま名乗るという知らせがうれしかった。

「今度の冬休みにはビクトルと一緒にクズロルダに行くつもりです。そちらは暖かいから。お母さんの家に是非一度行ってみたいです。そしてカザフスタンの民族舞踊をもう少し習いたいと思っています。お母さんも若いときに音楽を学んだって言ってましたよね？　私が芸術をすることになったのは、お母さんの血が流れているせいだと思います」

世竹は最後の段落を何度も何度も読み返した。

16.

僕が死んでも、その死が語るだろう

1952年 平壌、モスクワ

平壌

休戦交渉は遅々として進まず、平壌（ピョンヤン）の空には依然として米軍の爆撃機が飛び交っていた。文化宣伝省が制作した戦時映画の試写会が開かれた牡丹峰（モランボン）地下劇場は蒸し暑かった。試写会の途中、時々壁がドンドンと鳴ったが、爆撃が現実なのかスクリーンの中でのことなのかよくわからないということもあり、党と内閣の幹部たちは瞬きもしないで一生懸命に手うちわで扇ぎながら映画を鑑賞した。戦争も、二年も経つと日常になってしまった。

映画の主人公は人民軍兵士だった。片方の足を失って病床に横たわっている兵士は、付近の学校が米軍の空襲に破壊されると、松葉杖をついて軍医官のところに行って叫ぶ。

「軍医官同志、私に銃をください！　前戦に送ってください。あの悪辣な米帝国主義が後方の平和的な施設を無差別爆撃しているのを、これ以上黙って見ているわけにはいきません」

軍医官が彼の肩に手を乗せる。

「我慢しなさい。戦争はすぐに終わるはずだ。最高司令官の金日成（キム・イルソン）首相同志の領導の下、全世界人民の永遠の友であるソ連の戦車と中国の軍隊が我々の正義の戦争を物心両面で支援して、米帝国主義と李承晩（イ・スンマン）一味を三八度線の南から追い出し、朝鮮民主主義人民共和国の威力を世界中に知らせ、やつらがどうか助けてくれと哀願したから、首相同志が休戦を検討するよう指示されたんだ」

兵士は両手で拳をギュッと握りしめて「帝国主義者たちをこの手でやっつけたかったのに」と言い、すすり泣く。彼はやがて涙を拭いて決然とした表情で叫ぶ。

「金日成首相同志の領導に従います。金日成首相万歳！」

背景に人民抗争歌が力強く流れる。戦争の間ずっと耳にたこができるくらい聞いてきたこの歌は金順男（キム・スンナム）

の曲に林和（イム・ファ）が歌詞をつけたものだ。

敵と戦って死んだ
　群の死を悲しむな
旗をかぶせてくれ　赤い旗を
その下に戦死を誓った旗

映画が終わると客席から拍手が沸き起こった。副首相たちが順に論評した。映画は内閣の試写会に先立ち、人成山（テソンサン）の地下バンカーにある最高司令部の金日成執務室で先に上映されたが、首相は非常に満足げだった。彼は、映画制作メンバーとその家族をより安全な後方に連れて行って、設備もきちんと備えて作業させるようにと指示した。また、制作陣にきちんと食べさせるようにと、ワカメと米を送った。

試写会が終わって劇場を出る際、貞淑（ジョンスク）は憲永（ホニョン）に近寄った。

「そろそろ出産じゃないの？」

「息子だって。昨日モスクワから連絡があった」

臨月の妻と幼い娘をビビアンナのもとに送ったという話は、彼女も聞いて知っていた。

「おめでとう。娘一人、息子一人ね」

ところが憲永は、息子が生まれたお祝いを受ける人のご機嫌な顔つきではなかった。彼が内閣事務局のほうに道を渡る後ろ姿を、貞淑はしばらく見守っていた。彼が官用車を剥奪されて歩いているという噂は本当らしい。戦時物資を節約するためとはいえ、他の副首相たちはそのままで、彼の官用車だけ回収した。

妻をモスクワに送ったことが国外脱出の事前の布石だという噂もあった。

　戦争の責任を追及することは、仲良くソ連と中国に行って来た二人の巨頭間の攻防にならざるを得なかった。敗戦の責任とは、わかちあうものではない。敗者がすべての責任を負って、もしかしたら命まで捧げなければならないゲームだから、これも一つの戦争だった。晩浦（マンポ）に避難していたときにソ連大使館で開かれたボリシェヴィキ革命四四周年パーティーが、金日成と朴憲永の大げんかで修羅場になった時、貞淑は戦争が始まったなと思った。党と内閣とソ連大使が集まった場で、酒に酔った金日成が「南労党地下党員が蜂起すると言ってたが、どうなったんだ」と先に挑発し、朴憲永が「人民軍の主力部隊をソウルから引き抜いて洛東江（ナクトンガン）に送ったのは誰の命令だったんだ？」と受けて立つと、金日成が「この野郎」と言いながらインク瓶を投げ、互いに罵詈雑言を浴びせあった。

　政府樹立以来、危ういながらも維持されてきた平和が破られてしまった。薄氷が割られると、派閥間の深い溝が水面上にあらわれ、その下から露骨な不平不満が飛び出してきた。他派閥の人と合従連衡するおおらかな酒の場もなくなり、見え透いたお世辞や冗談を言う美徳も姿を隠した。人々は堪え性がなくなり、言葉も荒くなった。

　退却する国連軍について北朝鮮人民数百万人が越南してしまい、米軍の空襲で都市も農村も廃墟と化して民心が乱れるや、忙しくなったのは文化宣伝省だった。党中央の宣伝先導部から事業の指示が立て続けに発せられた。すべてが首相の指導力を守る事業だった。

　貞淑は春の間ずっと平壌と甲山（カプサン）郡普天堡（ポチョンボ）の間を東奔西走した。首相の生家がある平壌万景台（マンギョンデ）とパルチザン戦闘の戦績地である普天堡の二カ所に金日成記念館が建てられた。労働新聞では四月から金日成生誕四〇周年を迎えて伝記の連載が始まり、この公式伝記をめぐって不平不満が噴出した。抗日運動は首相一人がすべておこなったかのように描かれ、朝鮮義勇軍や独立同盟については一言半句もないと、延安派の人々は集まれば不満を言いあったが、朝鮮共産党や南労党も同じく完全に無視されていた。このような中で敗戦責任うんぬんは鎮まっていった。守勢を攻勢に転換させた首相の逆襲が功を奏したのだ。爆撃の残骸が醜く転がる平壌の市街地に、金日成賛歌だけが鳴り響いた。

文化宣伝省の副相である趙斗元(チョ・ドゥウォン)がある日、貞淑に「いくらなんでも個人崇拝が行きすぎではないでしょうか」と正論を吐いた。朴憲永とは姻戚で南労党の代表的な理論家でもある彼は、貞淑よりも一歳下で、朝鮮共産党時代からよく知っている仲だった。貞淑を常識が通じる相手だと思って言ったのだろう。

「趙副相、一度考えてみなさい。スターリン一人体制に無理がまったくなかったとは言いません。でも、またそれのおかげで今日のソ連が成立したのも否定できない事実ではないかしら。革命同志の集団指導体制が理想的ではあるけれども、トロツキーはトロツキーなりに、スターリンはスターリンなりに、ブハーリンはブハーリンなりに、それぞれが騒いだら独ソ戦でソ連は持ちこたえられなかったでしょう。今日の強力なソ連邦もなかったと思う。目下、ソ連があって米帝国主義と戦いながら世界共産主義を指導しているんだから、私たちが認めるべきことは認めるべきです。ソビエト建設期に強力な指導力は必須でしょう」

金日成指導体制の宣伝事業を実行する貞淑の公式的な立場だった。そして彼女の正直な考えでもあった。

趙斗元は一瞬あわてた。

「あ、はい。相同志のお言葉が正しいです」

「普大堡に比べて万景台は資料が足りないから作家たちが頑張ってくれないといけないけど、進度が遅いですね。対策を立てないと」

趙斗元が少し時間をおいて返答した。

「わかりました」

その後、趙斗元は貞淑の前で業務上どうしても必要なこと以外には口を閉ざした。閣議で憲永も儀礼的な発言以外は口をつぐんだ。

気まずい平和と不自然な沈黙はすぐに破られた。一〇月一七日、ソ連革命慶祝大会で朴憲永が演壇に上がったとき、貞淑は隣の席のソ連公使とロシア語でスターリンの近況について話していた。スターリンが脳卒中で倒れたという噂があった。彼ももう七〇代の老人だった。憲永が偉大なロシア革命の歴史を振り返りながら、それが全世界の人民にいかなる意義をもたらしたかについて力説しているときにも、貞淑はひそひそ話の最中だった。ソ連でスターリンの健康問題は高度な国家機密だった。

「チトーのためにストレスがたまっていらっしゃるでしょう」

「非常に強健な体力の持ち主なので、最近では主治医が九〇歳まで大丈夫だと言ったそうです」

朴憲永が「ソ連の一〇月革命が朝鮮の民族解放運動に新しい地平を開いた」と言ったときにも、話はまだ無難だった。しかし、その影響で一九一九年三月、朝鮮人民が蜂起し、農民、労働者たちが階級的自覚を持ったと言ったとき、貞淑は話がおかしな方向に流れていることを直感した。続いて憲永が一九二五年の朝鮮共産党の創立の歴史を口にすると、貞淑はひやりとした。彼はマルクス・レーニン主義の思想的土台の上に朝鮮共産党が創立され、民族解放運動の先頭に立ったと述べた。首相が満州で小学校に通っていた洟たれ時代に、すでに京城で朝鮮共産党を創立して、それが北朝鮮共産党の根になったという脈絡だった。党と内閣の関係者が座っている本部席にざわめきが起きた。

それは一種の宣戦布告だった。戦争終盤の不穏な情勢の中、皆がおとなしくひれ伏した平壌の政界で、金日成の公式伝記に対する最初の反撃だった。戦後体制を手に入れるための権力闘争は歴史の争奪戦で始まり、首相の歴史遠征が一方的な勝利を収めるかと思われたときに、憲永が砲門を開けたのだ。

不屈の革命家、朴憲永は平壌に来て以来、金日成の右側に座って少しずつおとなしい山羊になっていった。男は金日成一人いれば十分で、そのまわりで往年のそうそうたる革命家たちが少しずつ去勢されていった。朴憲永も現実政治のマナーを学んだ末に屈従に至るのかと思われた。ところが今、一時不屈の青年革命家だった者のプライドが再び姿をあらわしていた。憲永のよく通る声が耳元に響く間、貞淑は上海から京城、平壌に至る歳月が一気によみがえり、朴憲永と金日成、二人の男に対する愛憎がない交ぜになって頭痛に襲われた。憲永が刀を抜き出したのだから、それが歴史論文を書くことに終わりはしないだろう。貞淑はこの後に何が待っているのか気になった。ある種の軍事行動を用意してあるのだろうか。いや、作戦はすでに始まっているのかもしれない。

一九五二年秋の平壌は落ち着かなかった。空では依然として米軍機が餌を探すハゲタカのように徘徊しており、地上では微妙な地響きがまもなく始まる大地震を予告していた。閣議に集まった人々は誰もが目を血走らせていた。皆、夜中にも深く眠れない野生動物たちだった。誰かが平壌市内の復旧建設現場で作業服姿の武亭(ムジョン)を見たと言った。晩浦の会議場で武亭が連行されて行ったときの雰囲気からしたら、即刻処刑されてもおかしくなかった。しかし首相は北京を意識せざるを得なかった。まして、今はまだ中国の抗米援朝軍が入って来ている状態だ。

首相派と南労党派の間に戦雲が垂れ込める中、崔昌益(チエ・チャンイク)が副首相に昇進し、延安派の人々はこっそりと昌益の家に集まった。勝戦パーティーと言ってはいるが、話題は断然、首相と朴憲永の世紀の対決が今後どう進展するのか、だった。観戦態度は人によって少しずつ異なるが、基本的には「芝居でも見て餅でも食おう」だった。芝居はもう始まっており、副首相の座が延安派に転がり込んだのが餅ではないか。世紀の対決でナンバーワンとナンバーツーが共に致命傷を負うなら、それが一番いい。いずれにしても、チャンピオンの座が一歩近づいているのは間違いなかった。武亭の親友だった朴一禹（パク・イル）が、戦争の後始末で忙しい最中に個人崇拝事業が酷すぎると言いながら、「糞をたれておいて梅の花だと言い張っているようなものじゃないか」と発言したが、誰も気にしない雰囲気だった。露骨に持ち上がるさまざまな声の中で、憲永と長い歴史を持つ貞淑だけが深い煩悶に耐えていた。権力闘争は党と軍と情報系統を誰が握っているかの問題であり、金日成と朴憲永の勝負はすでについているようなものだった。

金日成は朴憲永の挑発にすぐに応答した。一二月一五日、首相は党中央委全員会議を招集し、二時間を越える長々とした基調演説をおこなったが、三〇分にわたって党内宗派分子に対する攻撃に熱をあげた。

> 一部の党指導者の中には無原則な不平ばかり言い散らし、党の決定と革命の利益に服従せず、自身の意見だけが最高だと考えて言葉の勉強ばかりしている分子もいます。とりわけ米帝国主義武力侵犯者たちと苛烈な戦争をしている今日、この宗派分子たちを放っておくならば結局、敵のスパイになってしまうということを肝に銘じなければなりません。一部の党員の中には党の路線と党の組織に依拠せずに、ある個人を信じて依拠しようとする傾向がありますが、これは結局、個人英雄主義者たちに利用されてしまうでしょう……。

宗派分子たちが南労党派であり、ある個人は朴憲永を指すということがわからない者はいなかった。くすぶっていた権力闘争がついに火花を散らし始めた。

年が替わった。南労党派の要人たちの運転手や家政婦たちが交代したという噂が流れた。新たに投入された運転手や家政婦は言うまでもなく監視要員だった。一九五二年の一年間、米軍による民間施設への無差別爆撃や細菌戦、捕虜虐待について国連と国際社会に向けて抗議声明を発表し、停戦協定に関する外交活動をしてきた朴憲永（パク・ホニョン）の外務省は、一九五三年の始まりと共に活動を停止した。

その代わりに朴憲永の親衛隊である江東（カンドン）政治学院出身の遊撃隊が平壌（ピョンヤン）外郭に雲集しているとか、李承燁（イ・スンヨプ）が麾下（きか）の兵力を前方から引き抜いて平壌に移動させようとしているといった極秘事項が貞淑（ジョンスク）の耳に入ってきた。米軍が北朝鮮の要人らの居場所を狙って爆撃していることをめぐって、高位級幹部の中に間違いなく米帝のスパイがいるとも言われていた。首相官邸に刺客が入ったという情報もあった。たいがいは首相派や延安派が耳打ちで流してくるのだが、政治工作の臭いがプンプンする情報ばかりだった。

貞淑は実際に南労党派がある種の軍事行動を試みているという心証は得ていた。まだ軍と情報系統に南労党系の人々がかなり残っていたので、首相に正面から挑戦するとしたら最後のチャンスだった。

ソ連革命記念日に勃発したある種の戦争が、冷戦と熱戦の間を行き来しながら数カ月続いていた。貞淑の右と左で龍と虎がうなり声をあげている状況だった。わからないのは貞淑の気持だった。憲永とは長い歳月を共にしており、首相とは強固な信頼関係があった。憲永には情を感じるが気まずく、首相は親切だが怖かった。二人を天秤にかけるのは容易ではない。しかし貞淑は無意識のうちに、自分が首相を応援していることに気づいて驚いた。

貞淑は、どちらが勝ったとしても、自分が差し出さなければならないものは地位程度で、命ではないという確信があった。地位なんかいつでも放り投げることができる。にもかかわらず首相のほうにかたむく気持をのぞき込んでみると、そこには首相が一貫して示してくれる好意以外のものがあった。今あるものをいったん壊してまた立て直すときの混乱が嫌だという気持。それは何なのだろう。変化が嫌だなんて。もう私は革命家ではないのか。

彼女は少なからず当惑した。もう五〇歳。面倒なことが増える年齢なのだ。いや、人に対する、人の集団に対する期待がなくなってしまったせいではないか。誰がとろうと権力の属性は同じだという思い、ある個人が他の個人よりも賢明であったとしても集団になったら必ず愚かになるという思い、だとしたら権力を食い飽きた集団のほうが、権力に飢えた集団よりはましなのではないか。飢えた狼の群れよりも、満腹なライオンの群れのほうがましなのではないか。これはもっとも低級で卑怯な保守主義者の考え方だ。私はいったいいつの間にこれほどの懐疑主義者になってしまったのかと、貞淑は深くため息をついた。人に対する信頼、歴史に対する信念。一時は大きな山でも持ち上げられそうだったそれらの「信」は、どこにいってしまったのだろうか。

三月初めのある日だった。貞淑は党政治委員会が朴憲永だけ除いて招集されたという情報を入手した。貞淑はそれが何を意味するのかを直感した。

貞淑は悶々と夜を明かした。翌朝、出勤するとすぐに、一〇日後に迫っている朝ソ経済文化協力協定締結四周年関連の書類を適当にまとめて憲永の執務室に行った。文化宣伝省の海外業務は逐一外務省の協力を得ることになっているので、外務省を訪ねるのはおかしなことではなかった。ただ、相が直接行くというのが異例ではあった。

公式の席に憲永はあまり姿を見せず、彼に声をかける人もいなかった。一〇月革命の記念祝辞以降、彼の演説を聴く機会はもうなくなった。憲永は要注意人物だった。派閥に関わりなく満遍なく気楽につきあう貞淑は、党や内務相から何回か「朴憲永との接触は避けるように」という警告混じりの助言を受けたことがある。

戦時の外務省臨時庁舎は小さくて粗末な掘っ立て小屋だった。ソ連製の機関短銃を持つ兵士二名が小屋の入り口を守っていた。その機関短銃は十中八九外務省を守るためではなく警戒するためだろう。憲永の執務室の玄関前に机を置いて座っていた男性秘書が貞淑を見ると立ち上がって挨拶をした。どういう用件かと尋ねるその男も、やはり秘書というよりは監視員であることは明らかだ。

貞淑が執務室の扉を開けて入って行くと、憲永が何も言わずに目で挨拶を送ってきた。彼の机の上は書類一枚もなくきれいだった。何もない机の前に座って彼は何をしていたのだろうか。副首相兼外相の執務室は数年前の海州（ヘジュ）の連絡事務所よりもガランとして寂しかった。

憲永は充血したまぶたをこすりながら立ち上がった。彼女同様、彼も昨日は眠れなかったのかもしれない。もしかしたらここ一週間、いや、この冬の間ずっと眠れていないのかもしれない。貞淑はテーブルの上に朝ソ協定の書類を出して話し始めた。しかし、そんな余計な話をしている心の余裕はなかった。

「状況がよくないみたいよ」

「わかってる」

「脱出するつもりはないの？」

憲永は答える代わりに書類をパラパラと見た。

「中国に行くなら、もしかしたら私が方法を探せるかもしれないわ」

「今ここに来ただけでも君が危ないかもしれない」

彼女もわかっていないわけではなかった。ただ、この状況で何もしないではいられなかった。

「私は朝ソ文化協定の問題で相談しに来たことになっているから」

「貞淑さん、お言葉はありがたいが、そうなったら君は、僕が脱出に成功しても失敗しても、どちらにしても危険になるよ」

貞淑は下唇をかんで短い息を吐いた。

「あなたはこのままだと……、あなたがここに残っていたら……、私があなたに対して不利な証言をするかもしれない」

憲永が短い沈黙の後で彼女を見た。うっすらとした笑みに諦めの色が見える。

「僕には行けるところがない。逃げ場はないんだ。北朝鮮から逃げたら、僕を受け入れてくれる場所はない。大きな戦争、小さな戦争、全部負けたんだから、もう選択の余地はないんだ」

彼はしばらく間を置いて続けた。

「この歴史の一本道から外れることはできない。僕に回って来る毒杯は僕が受け取るしかない。僕が死ぬことになったとしても、その死が語ってくれるはずだ。君がどんな証言をしたとしても、理解するよ。君にも避けられない状況があるから。ただ、それらすべてが歴史に残るだろう」

彼女と彼の間にあるテーブルの上に沈黙が重なった。やがて彼が口を開いた。

「頼みがある。もしも余力があったら妻と二人の子どもを保護してもらえないか」

貞淑は答えを見つけられなかった。妻は子どもを産んで平壌に戻っていた。意図的に行かせて戻さないつもりかと思っていたが、そうではなかったようだ。

「僕は今、革命家でもないし、これは革命とも言えないけれど、革命家は家庭を持ってはいけないという原則を捨てたことを、最近は骨の髄まで後悔してるよ」

そんなふうに言うとき、憲永の充血した目に赤い涙が滲んだようでもあり、そうでないようでもあった。その瞬間、貞淑の記憶が過去のある場所をまさぐった。そんなことを言っていた青年革命家がいたっけ。古いコート一着を友人と代わる代わるに着回して、ポケットには中華まんを一つ買える小銭しか入っていなかったけど、ある種の情熱で身体が熱くほてっていて、寒さも、ひもじさも入り込む隙がなかった、あの……。それは上海で、三〇年前のことだ。この三〇年は、彼にとって何だったのだろう。情熱が幻滅に変わる時間だったのだろうか。楽観が冷笑に変わる時間だったのだろうか。

翌日、文化宣伝省庁舎で趙斗元（チョ・ドゥウォン）副相が内務省の職員たちに連行されて行った。李承燁、李康国（イ・ガングク）、林和（イム・ファ）も逮捕された。中国駐在大使の権五稷（クォン・オジク）も召喚された。そして一週間後、朴憲永が逮捕された。

毎日、出勤すると南労党派の誰かが昨日、または一昨日、逮捕されたというニュースが待っていた。全員、内務省の地下監獄に監禁され、家族は平壌郊外のどこかに収容されたという話だった。モスクワのチャイコフスキー音楽院に留学していた金順男（キム・スンナム）も召喚され、従軍作家として人民軍に服務していた金南天（キム・ナムチョン）や政治とは距離を置いていた李泰俊（イ・テジュン）のような越北作家たちが逮捕されたという知らせに、貞淑はめまいがした。越北芸術家である金順男や金南天、李泰俊の逮捕の知らせは文化宣伝省第一副相の鄭尚鎮（チョン・サンジン）が党で聞いて来て、貞淑は後から知った。芸術家たちのことなのに文化宣伝相が知らなかったということに困惑した。

「文学芸術総同盟で委員長の韓雪野（ハン・ソリャ）がリストを作成し、首相とじかに取引したそうです。副委員長の安漠（アン・マク）も後から知ったということです。文化宣伝省が越北作家たちを庇護していると、韓雪野が最近どこかで言っていたという話、相同志もお聞きになりましたか」

韓雪野も、彼らと一緒にカップで活動した往年の同志ではないか。越北作家たちを特別に待遇したりしたことはない。中央の舞台で活動していた作家たちだから、北朝鮮出身の作家たちとはそもそも存在感が比べものにならなかっただけだ。貞淑は南労党派と越北芸術家たちに対する一斉検挙に当惑し、文化宣伝相の自分に何らの事前情報もなかったことに怒り、やがて自分も粛清対象に分類されているのかもしれないということに考えが及んだ。

　これらの物騒な事件と恐ろしい噂の末に、ついに腰に拳銃を下げた内務省の幹部たちが貞淑を訪ねて来た。そして、単刀直入に用件を切り出した。

「朴憲永とは長いつきあいだから有用な情報をお持ちだと思いますが」

　社会安全省が内務省に統合される前から方学世（パン・ハクセ）の下で仕事してきた男だった。

「一九二〇年度に相は朴憲永と『女子時論』で一緒に働いていましたよね」

「はい、そうです」

「親米分子の車美理士（チャ・ミリサ）と米国人宣教使のアンダーウッドが雑誌に関係していたそうですが、アンダーウッドという者は事務所によく来たんですか」

「ときどき来ました」

「そのとき、朴憲永の言動におかしな点はありませんでしたか。たとえば二人で密談をしているのを見たことはありませんか」

「さあ、人の見ているところで密談をしたなら、それは密談ではないでしょう」

「朴憲永はＹＭＣＡ英語学院で英語を学びながら米国人宣教師たちとつきあっていたそうですが、共産主義者だと言いながら帝国主義の言語を勉強することに必死だったのはおかしくありませんか。上海でもわざわざＹＭＣＡ学院で親米派たちとつきあっていたようですが」

「当時は英語を教えるところがYMCAしかありませんでしたから。それに、英語だけではなくて、エスペラント語も一生懸命に勉強していました」

幹部要員は期待していた情報が得られず、失望と怒りを抑えようと必死になっている様子がありありと見えた。元KGB情報将校の方学世の部下らしく、彼は尋問技術者として会心のカードを切り出した。

「三月四日に朴憲永のところに行っていますが、どういう用件で会ったんですか」

貞淑は朝ソ協定の問題で相談することがあって会ったと答えた。

「内閣事務局に三五分間いらっしゃいましたが、相談の結果はどのようなものですか」

この程度の脅迫に対する対応要領は持っていた。遠回しな脅迫が通用しないとわかると、露骨な脅迫が始まった。

「米帝国主義と南朝鮮が我が北朝鮮を呑み込もうと虎視眈々と狙っています。祖国解放戦争で我が人民が流した血を無駄にしないためには、ネズミ野郎どもの巣窟を掃討することに躊躇があってはならないと首相同志がおっしゃいました。今や南労党が米CIAのスパイ組織だったということが明らかになった以上、あいつら宗派分子グループは布団からダニをはたき落とすようにはたき出され、箒で掃き捨てられても文句が言えない状態になっています。実際我々は相同志に迷惑をかけるつもりはありません。我々が引っこ抜こうとしているのは米帝のスパイの頭目である朴憲永とその一味です。ですから相同志は朴憲永のスパイ行為について証言だけしてくれればいいんです。あいつがアンダーウッドに会って何を話したのか、今となってはわからないでしょう。相は、あの外人野郎と二人でひそひそ話しているのを見たとだけ証言してくれればいいんです」

方学世の部下は短気ゆえか忠誠心ゆえか、当局の南労党粛清シナリオをあっという間に公開してしまった。貞淑は短いため息をついてから簡単に答えた。

「いくらなんでも、私が実際に見ていないものを見たとは言えないでしょう?」

男は貞淑をにらみつけ、右手で腰にさした拳銃に一度さっと触れてから立ち上がった。貞淑は胸のあたりに銃弾の冷たい感触を感じた。首相派が掃き捨てようとしている宗派分子グループというのは、南労党の周辺だけで終わらないのかもしれない。朝鮮中央放送は、毎日のように宗派主義と自由主義の傾向を非難する報道を流していた。文化宣伝省の幹部たちは内務省の呼び出しを受けて、代わる代わる席を空けた。彼ら自身が宗派分子に加担した容疑で取り調べを受けているのか、朴憲永や林和、趙斗元に対する証人として呼ばれたのか、あるいは内務省が貞淑の裏を調べているのかはわからなかった。

林和の妻池河蓮(チ・ハリョン)は満州に避難していたところ夫の消息を聞いて平壌に戻って来たが、最近では髪を短く切って大声で怒鳴りながら道を徘徊していると言う。池河蓮は毎日のように内務省に行って夫に会わせてくれと哀願したあげく、ついに会うことができず、気が触れてしまったと言う。貞淑は想像ができなかった。その恐ろしい噂は、理知的な美貌の小説家とあまりにも不釣り合いだった。

平壌の街には、まともな建物もほとんどなかったが、まともに見える人もめずらしかった。缶もないため素手で物乞いをする乞食も、その乞食が手を差し出す通行人も、身なりのみすぼらしさは似たり寄ったりだった。崩壊した建物の垂木の下には、真っ昼間から寝ている人たちがいた。

貞淑は朝起きて内閣の庁舎に出勤することを思うと気が重くなった。権力の座というものが幸せだったことがあっただろうか。政治の場は果てしない戦場で、不安の中で一日が始まり、不安の中で一日が終わると、夜通し浅い眠りの中、不吉な夢を見た。黒い官用車に乗ってみすぼらしい通りを横切りながら車窓の外を眺めるとき、貞淑は道ばたに座り込んで物乞いをし、崩壊した建物の垂木の下で昼寝をする、あの名もない人々がうらやましかった。彼らにとって生存の条件は、はるかにシンプルなはずだ。

ある日、平壌郊外の孤児院を訪問して帰って来る途中、貞淑は脇腹に激しい痛みを感じた。ここのところ熱があり、ときどき咳も出て風邪かなと思っていたが、肋膜炎が再発したに違いない。医者は手術と療養をすすめた。

このいまいましい病気は、西大門（ソデムン）刑務所で臨月の彼女を襲い、風餐露宿の末に延安に入った彼女を寝込ませ、解放の年の冬の帰国行軍で疲れ切った彼女を死の門前まで連れて行った。今回、彼女を打ちのめしたのは何だろう。祖国解放戦争だろうか。解放戦争が終わるかと思ったときに始まった宗派戦争だろうか。夫を失い父まで失った不幸の連続だろうか。疲労と幻滅が爛熟して肺に膿が溜まってしまったのか。いずれであれ、貞淑はもう平壌を離れるときがきたと思った。

「五〇を過ぎたから今死んでも夭折と言う人はいないわね」

再び肋膜炎がぶり返した彼女は、余生もそう長くはないと予感した。いや、今回の肋膜炎に自身の生涯を託して送ってしまいたかった。彼女は父の故郷である鳴川（ミョンチョン）に行って療養し、本も読み、音楽も聴きながら気楽に人生の最後の時間を送りたいと願った。

貞淑は首相と会うのも、面々が変わった閣議も苦痛だった。文化宣伝省の仕事も、初期にはソビエトシステムを樹立するのだという信念で最善を尽くしたが、首相の保衛のための最近の仕事については頭の中が複雑だった。まして自分が守ろうとするソビエトシステムが同僚たちの墓になっているという事実が耐えがたかった。

貞淑は、南労党派への逮捕旋風が一段落して南北捕虜協定が調印され休戦交渉も最終段階に入ったある日、大成山（テソンサン）のバンカーを訪ねた。首相は気分のいいことがあったようで、豪快に笑いながら彼女を迎えた。

彼女は簡単な挨拶をした後、用件を切り出した。

「首相同志には面目ないお話ですが、私はもうあといくらも生きられない気がしています。肋膜炎で三回も死にそうになり、それでも祖国の建設に参加する機会が得られて、もうこれ以上望むこともありません。そろそろ退くときなのだと思います。私の無能力のせいで、最近ではときどき、文化宣伝省の仕事がどのように回っているのかわからないこともありますし、あまりにも情報にうといためご隠居扱いをされたりもしているんです」

祖国解放戦争中に一時、意気消沈していた金日成（キム・イルソン）は再び元気旺盛になっていた。三月、南労党派の一斉検挙の最中にスターリン死亡のニュースが飛び込んできたときには、党内はパニックに陥った。首相も焦燥感を隠さなかった。しかし、今や明らかに楽観的な方向に気持を整理していた。首相としては政治的後見人を失ったわけだが、同時に面倒くさい干渉者もいなくなったのだ。また、内部の最も強力なライバルをやっつけた直後だった。やっと四〇代に入ったばかりの彼の声が自信に満ちていた。

「内務省がわずらわしい思いをさせているのではありませんか。方学世（パン・ハクセ）同志から報告を受けました。私が許貞淑相を絶対に困らせないようにと言っておいたんですが。この間、相同志にはご無沙汰してしまいました。休戦協定に判を押して落ち着いたら私の家で静かに食事でもしながら、これまでの話をしましょう。今後は一切、そういうことは言わないでください。やらなければならないことが山のようにたまっています。私たちが手を取りあって共和国を再建しなければならないではないですか」

「お話をうかがって元気が出ますが……。体調がかなり悪いのです。身体の具合が悪いので精神状態もよくありませんし、悪いほう、悪いほうに考えてしまって。首相が信じて任せてくださるのに、役割をきちんと果たすことができず本当に申しわけありません。このまま田舎に行って野菜でも栽培しながら暮らしたいと思っています」

「許貞淑同志！」

首相は両手を延ばして貞淑の手をつかんで集め、悲壮で感慨深い表情で彼女の名を呼んだ。許貞淑同志という呼称も久しぶりだった。

「私自身がこれまで生きてきたのも絶え間ない闘争、また闘争の歴史でした。我が朝鮮の不倶戴天の敵、日本をこの地から追い出すために死に物狂いで戦い、それが終わったら凶悪な米帝武力侵犯者どもと相対して朝鮮民主主義人民共和国を死守するため死ぬほど戦い、今や反帝反封建民主革命を完遂するため夜を徹して東奔西走しているではありませんか。振り返ってみると、すべてが危機の連続でした。日本の討伐軍が蜂の群れのように襲いかかって北満州の平原が荒れ野になり、白頭山（ペクトゥサン）の天池が血の海になり、ついに私が満州を捨ててロシア領に行くときには、我々の闘争もここで終わりかと思いました。たくさんの部下たちの貴い命を日本に奪われ、何日も草の根をかみながら長白山（チャンベクサン）の尾根を越えるとき、どこかの名もない山すその火田民になって凡夫の人生を生きようかと思ったこともありました。でもそのときに軟弱な選択をしていたとしたら、その後、この北朝鮮の運命はどうなっていたでしょうか。考えただけでもぞっとします」

首相は雄弁大会で語るかのような演説をおこない、最後の一言のところでは激情がこみ上げた様子で声を震わせた。彼は目を閉じ、しばらく息を整えてから貞淑の手を離して落ち着いた口調で言った。

「文化宣伝省のことは大丈夫だから、心配しないで休んで身体を気遣ってください。モスクワのいい病院を見つけるように言っておきましょう。相同志がそこまで身体を壊されているとは知りませんでした。お父上もいらっしゃらないのに、気がつかなくてすみません。最近はそれどころではなくて」

彼は話の終わりに「宗派分子たちさえ全部処決すれば大丈夫です」と一言投げて、ちらっと彼女の反応をうかがった。

彼はすでに老獪な政治家だった。これまで彼女は、血気盛んな青年が急速に狡猾になっていく姿を見てきた。それがパルチザンから政治家に進化する過程なのだろうか。金日成ではなく、他の誰であっても同じだっただろうか。北朝鮮建国のモデルがスターリン体制だった時点で、すでに運命は決まっていた。七〇歳の老人スターリンの役割モデルを三〇代の青年が学習するのはやさしいことではなかっただろう。だが、学習は大方終わりつつあるようだ。

初夏に入った。ある日、首相が彼女を呼んで、モスクワの病院に話をしておいたから治療して帰って来るようにと言った。入院している間、貞淑は首相から手術は無事に終わったか、医療スタッフには満足しているかなどと尋ねる電話をもらった。首相は国内情勢を説明し、ていねいに安否を尋ねる優しい手紙も送ってきた。なかなか時間が取れないので、何日もかけて書いた手紙だということだった。

七月末に退院して帰国したとき、平壌の空気はずいぶんと変わっていた。平壌の上空から米軍機がなくなったこともそうだが、避難先から帰還して以来ずっとうさんくさくて散漫だった党の雰囲気も、砲煙と共に消えたように思えた。きれいに舗装された道路を走るかのように、すべてが快速で進められていた。

七月二七日、板門店（パンムンジョム）の平和テントで休戦協定が調印され、七月三〇日には李承燁、李康国、林和、趙斗元、李源朝（イ・ウォンジョ）ら南労党派一二名が反逆・スパイ容疑で起訴され、八月六日、このうちの一〇名が最高裁判所で死刑および全財産没収の判決を受け、八月五日から五カ月にわたって開かれた労働党中央委員会全員会議で党と国家を裏切った朴憲永ら宗派分子が除名された。一方、祖国の自由と独立を守る祖国解放戦争の勝利に特出した貢献をした金枓奉（キム・ドゥボン）、洪命熹（ホン・ミョンヒ）、崔庸健（チェ・ヨンゴン）が国家勲章を、崔昌益（チェ・チャンイク）は労力勲章を授与された。

休戦協定には金日成と中国軍司令官の彭徳懐、国連軍総司令官のマーク・ウェイン・クラークが署名した。李承晩(イ・スンマン)は依然として北進統一を主張し、休戦協定をボイコットした。休戦協定で国境線が引きなおされたが、北側は三八度線で元の位置にしようと主張し、国連軍は現在軍が対峙しているラインにしようと主張して、国連の主張が通った。戦争捕虜について北側は強制送還を、国連軍は自由送還を主張したが、これも国連軍の主張どおりになって、捕虜たちは南か北かを選択した。中には南でも北でもない第三国を選んだ者もいた。

戦争は三年と一カ月で終わった。朝鮮戦争の端緒は一九四五年二月にヤルタでルーズベルトがスターリンに太平洋戦争への参戦を要請したことに始まる。アメリカは太平洋戦争がもっと長引くと見てソ連を引き込んだが、戦争はソ連の派兵からわずか一週間で終わった。事実上、広島と長崎に投下したアメリカの原爆が決定打になったことを思えば、ソ連はすべてがお膳立てされたところにちゃっかりと座っただけだった。朝鮮半島に権限を持つことになった二つの国、アメリカとソ連は三八度線の北と南を臨時で分割占領することにした。米軍の大尉二人が三八度線というアイデアを出すのにかけた時間は三〇分だったと言う。

戦争の結果は、戦争の目的とは正反対だった。民族の統合が目的だったが、分断の溝がさらに深まり、憎悪の壁がより強固になった。南朝鮮人民を解放するとして始まったが、戦争を経て南朝鮮は、もう土地改革も、親日派の清算もできない状況になり、左翼は言うまでもなく中道派さえも息することのできない場所になった。北朝鮮は、これ以上言う必要もないだろう。戦争の罪業を覆い隠すため、より強固な鉄拳統治が必要になった。

日清戦争後、約五〇年ぶりの戦争だったが、戦闘機の登場は、戦争がもはや軍人間の戦争ではなく、前線というものはなくなったということをあらわしていた。一つの都市が瞬時に廃墟となり、大量の民間人が犠牲になった。崩れ落ちた橋と崩壊した工場は復旧できるが、死んだ人は戻って来ない。戦線が洛東江(ナクトンガン)と鴨緑江(アムノッカン)の間を行ったり来たりして、人民軍の治下と国防軍の治下に何度も変わったことで身体的、精神的リンチを受けながら生き残った人々に、幸せな人生というものはもはやあり得ず、戦争はトラウマとして残った。

朝鮮戦争で南と北、どちらも勝者ではなかった。両方とも甚大な被害を負い、軍隊を派兵した中国と国連加盟国も犠牲を払った。この戦争で何らの犠牲もなく莫大な利益を得たのは日本だった。日本は戦争物資を調達する軍需基地となり、敗戦後のアメリカによる占領政策で沈滞し解体された経済が反転のチャンスを得た。トヨタや三菱が朝鮮戦争特需で持ち直した代表的な大企業だ。

朝鮮戦争は朝鮮半島の中で起きたが、結果は世界大戦スケールだった。第二次大戦の同志だったソ連とアメリカが敵となり、その後三〇年間、世界を冷戦体制の下に引きずり込んだ。この戦争を起こしたむくいではあったが、朝鮮半島は全世界で冷戦が最も長く続く地域となった。

戦争が終わった後で迎えた最初の八月一五日には解放慶祝行事が大々的におこなわれた。休戦協定後に仮設された臨時巧芸劇場でサーカス公演があった。創立一年ほどの平壌巧芸団は、許貞淑の作品だった。北朝鮮のどこに行っても孤児院には戦争孤児があふれていた。貞淑は、この子どもたちを連れて中国、ソ連のようなサーカス団をつくったのだ。平壌郊外の捨てられた藁葺き家に収容された戦争孤児たちに彼女が直接会って団員を選抜した。

空中ブランコの上で逆立ちする二人の子どもを見ながら、貞淑は目頭が熱くなった。恐ろしいほど高いブランコの上に男の子が逆立ちし、その下に細い女の子がぶら下がっている。少年少女の手足は大同江鉄橋くらい強靱に見えた。初めて会った時には、鼻水をたらしながら泣き叫んでいた子どもたちだった。顔はたまった垢と白っぽい疥でまだらになっており、鳥の巣のような頭にはシラミがうじゃうじゃしていた。苦しい訓練に適応できずに孤児院に戻った子どものほうが多かった。しかし今、あの空中ブランコにぶら下がっている子どもたちは、それぞれ雪山を越え、長江を渡って、自分たちだけの孤独な大長征を耐え抜いた子どもたちだった。戦争で親を失い頼るもののない世界で、自分自身との孤独で厳しい闘いを勝ち抜いた子どもたちなのだ。貞淑は空中ブランコの上の子どもたちが毛沢東や周恩来のように偉大に見えた。

サーカス公演が終わり、幼い演技者たちが舞台挨拶をしているとき、金日成が席を立って拍手を送った。首相が立ち上がると、党と内閣の幹部たちが立ち上がり、すぐに客席全体が立ち上がった。首相は、目を真っ赤にしている貞淑を見て言った。

「米帝侵略軍に両親を奪われた子どもたちが、我が人民に楽しみを与える創造の働き手になったのだから、許貞淑同志、大したものだ。本当に素晴らしい。巧芸劇場を建てると言ってましたね。急いで進めてください。平壌に国立芸術劇場もあるし、古典芸術劇場もあるのに、曲芸劇場だけありませんから」

モスクワ

クズロルダ駅からモスクワ行きの列車に乗るとき、雪が降っていた。世竹は大きなトランクを下げ、咳をしながら列車に乗った。一〇月に初冬の寒さの中で引いた風邪がいまだに治っていない。長い列車旅行は無理だと思ったが、避けることもできなかった。

数日前、『プラウダ』を読んでいて、心臓が止まるかと思うほど驚いた。休戦協定後はあまりなかった北朝鮮のニュースが久しぶりに載っていたのだが、その見出しが「朴憲永（パク・ホニョン）副首相逮捕」だったのだ。彼が反国家反党容疑で逮捕され、国家転覆および米帝のスパイ活動の証拠が見つかったと書いてあった。いったい今、北朝鮮で何が起きているのか。

去年の夏、彼の若い妻がモスクワで息子を産んで帰った後、世竹はずっと不安だった。ビビアンナは父親が官用車を奪われて歩いて移動しているという彼女の言葉を伝えてきた。彼が臨月の妻と娘をモスクワに送る際、戻って来るなと言ったというから尋常ではない。彼女は生まれたばかりの息子を抱いて号泣したと言う。そしてビビアンナが必死に止めたにもかかわらず、夫を一人にしておくわけにはいかないと、平壌（ピョンヤン）に帰って行ったと言う。

世竹は『プラウダ』を読んでいても立ってもいられない一日を過ごした。何もせずにはいられないが、かといって何かできることもない。憲永は愛憎の彼方にある名で、記憶の中にいる人で、二〇年もの間互いに会おうともしなかった人だ。まして彼女とはもう何の関係でもないから、彼が北朝鮮で第一級の政治犯になったとしても、彼女が再び流刑にされることはないだろう。それでも、運命の絆というものがあって、彼が悲運に襲われれば、その生ぐさい臭いは彼女の鼻先に届くのだ。その日の夜、眠るために世竹は一時断っていたウオッカをまた口につけた。夢うつつの中で一夜を送り、翌朝、世竹は工場に行って旅行許可を申請した。

モスクワに行かなければ。

問題はビビアンナだった。憲永は娘の父親で、ソ連と北朝鮮当局に公式に知られた父娘関係だった。ソ連と北朝鮮は異なる国だが、一方で同じ国だった。父親が米帝のスパイとなれば、娘が無事でいられるはずがない。世竹の脳裏に一九三七年の悪夢がよみがえった。一人の夫は日帝のスパイ、もう一人の夫は米帝のスパイにされた。

カザフスタンに来て世竹は、人の命はしぶといものだと思うことがよくあった。夫が銃殺されて息子が死んでも彼女は生きている。目の前が真っ暗だと思っても、また明るくなり、笑い方を忘れたと思っていたのに、バカみたいにケラケラ笑うこともある。でも今、ビビアンナに何かあったら、彼女の人生はそこで終わる。ただの一日も、それ以上生きる意味がない。彼女は何があっても娘の側に一緒にいようと決意した。

カザフスタンの首都アルマトゥイから二日間走って来た列車の二階の寝台に横になった世竹は、カザフ語とロシア語の森の中で、口がきけなくなったかのように黙りこくって窓の外を見続けた。列車はシルダリヤ川に沿って北西に向かって走っていた。雪が激しくなり、灰色の空は午後五時にはもう真っ暗になった。

世竹は娘がかわいそうだった。親の懐がどういうものなのかも知らずに育った子だ。二〇歳で取り戻した父親なのに、こんなふうに再び失ってしまうのか。娘はこれからどうなるのだろう。スターリンは死んだが、連邦保安委員会もルビャンカもKGBもそのままだ。

汽車が揺れるたびにチカチカと寝ぼけている薄暗い室内灯の下で、世竹は長いため息をついた。憲永が再婚した女性は美しくて善良な女性だと聞いた。その幼い子ども二人はこれからどうなるのだろうか。

翌朝、列車はシルダリヤ川の河口に沿って走った。葦林が白い雪の下に沈み、その上にまた雪が降っていた。寝台室の通路の真ん中に置かれたストーブに薪が焚かれているのに、二階の寝台では爪先が冷え、窓には霜が降りていた。肩幅の広いカザフの男がストーブの横で、手斧で薪を割っている。よく見ると、薪のように見えた黒く固いそれは黒パン、フレーブだった。男は一人何も言わずに座っている彼女がかわいそうに見えたのか、手斧で切ったフレーブ一片を彼女に差し出した。彼女は牛乳の入った容器から冷たい牛乳を一杯注いでフレーブを食べた。男が何日も枕にしていたらしき黒パンは、表面がテカテカしていてパサパサに乾いていたが、中身はやわらかく口に入れるとすぐに溶けた。そのときやっと、世竹は昨日の夜から何も食べていないことに気づいた。

吹きすさぶ雪の間から灰色の海が見えた。アラル海だ。海岸に沿って走っていた列車が、ウラル山脈の山すそへと上り始めた。列車が揺れるたびに室内灯がついたり消えたりし、世竹は咳をした。

オルスク駅に着くと、胸に黒いリボンをつけた人が目についた。スターリンの哀悼期間は終わったのに、悲しみがいまだ癒えない人々なのだろうか。あるいはオルスク市はいまだに哀悼期間なのか？　三月五日にスターリンが死んだとき、クズロルダでは高麗人もカザフ人も、なぜかニコニコしていた。仲間同士で集まると、外に聞こえないようにスターリンの悪口を言った。私の息子を殺しておいて、それから一五年も生きたよ。嫌なやつ。私たちをこの中央アジアの平原に捨てて、寿命をまっとうしてはいないと思うよ。誰かがスープに毒を入れたんだよ。自分の女房もそうやって殺したじゃないか。

そのころ、世竹は娘から手紙をもらった。ビビアンナは数日間、目がパンパンに腫れるくらい泣いたと言う。娘は優しい父親を亡くした孝行娘のように悲しんだ。

「これで第五次五カ年計画はどうなるのでしょうか。父なる大元帥がいらっしゃらないのに、今や五カ年計画は誰が推し進めるのでしょうか。ソ連が富強になればなるほど資本主義帝国の攻勢がひどくなるでしょうに、大元帥が亡くなったことで、敵が今だとばかりに押し入って来るのではないでしょうか。米帝国主義者のやつらが今度はモスクワに核爆弾を落とすかもしれません」

スターリンの死は、ビビアンナを悲しみどころか、衝撃と恐怖に陥れ、世竹が何か言ったとしても、落ち着くようなレベルではなかった。ビビアンナ世代にとってスターリンは政治指導者ではなく、父であり、唯一の神だったのだ。二〇歳を越えて結婚もして子どもも産んだが、ビビアンナはいつもスターリンの前では革命家子女保育園の園生だった。世竹は娘を理解した。この子の父親は朴憲永ではなく、スターリンなのだ。朴憲永は産んだだけで逃げてしまったが、スターリンは食べさせ、服を着せ、育ててくれた。実際、世竹自身が願い、招いた結果だった。彼女は、娘がスターリン体制に幼児のように従順であることを願った。スターリンに対する彼女の憎悪に娘が気づくのではないか、憎悪が伝染するのではないか、運命が引き継がれるのではないかと、彼女は自分の気持を徹底的に隠した。流刑の事実すら隠した。そして実は、もっと深いところに隠されたもう一つの真実があった。世竹は、父なる大元帥を悪く言って娘に告発されるようなことだけは避けたかったのだ。

たった一人しかいない肉親から、自身の悲運に対する共感を得られないということ、憎悪と憤怒の感情を共有できないということが寂しかった。スターリンが死んだとき、世竹はむなしさを覚えた。スターリンを憎んで一時代が行き、スターリンが死んで振り返ってみたら自分も年老いていた。オルスク駅の構内にもスターリンの銅像があった。子ども二人と話す優しい姿の半身像だ。

列車はウラル山脈の脇を走っていた。東に向かってシベリア平原から防雪林を突き抜けてきた吹雪が窓ガラスに当たる。白く垢がついた窓ガラスに、さらに白く霜が降りて、世竹は何度も窓に息を吹きかけては服の袖で霜を拭き、外を眺めた。鉄道に沿って並ぶヒマラヤスギとモミの木に積もった雪が、列車が通るときにドサッと落ちた。雪に覆われた山間の村ではときどき、雪ソリが砂漠のラクダのように行列をなして壮観だった。馬や犬が引く雪ソリの間に、丸い角をつけて腰の曲がった山羊がノロノロと引くソリもあった。

列車の旅が三日目に入ったころから、咳が徐々にひどくなった。咳のせいで眠れないのは世竹だけではなく、同じ車両の他の人たちも同じで、カザフ語で不満の声が聞こえてきた。彼女の下の寝台の心優しいカザフ人の男は、次のスベルドロフスク駅で病院に行ってみるようにと言った。

吹雪の夜を列車は走る。薄暗い室内灯が一つだけチカチカとついたり消えたりしている。車窓には月の明かりも見えない、暗く長い冬の夜だった。ガタゴトと線路の上を走る列車の音を聞きながら斜めに横たわり、咳の合間にうとうとと眠りに落ちるとき、世竹はビタリーを胸に抱いていた。目やにがべっとりとついたビタリーは、目を開けることができない。夢うつつの中、『鋼鉄はいかに鍛えられたか』の作家オストロフスキーの顔も浮かんだり消えたりした。この不世出の小説家は、レーニン勲章を授けられた翌年、ウクライナからモスクワに向かう列車の中で死んだ。まだ三三歳の若さで。ロシアでは無数の人々が列車の中で死ぬ。一生の多くの時間を列車の中で過ごし、列車の中で生まれもし、死にもするのが、地球上で最も広い領土を持つロシア人の運命なのだ。それゆえ無人駅の鉄道沿いには、木の十字架が差された小さな墓がいくつもある。

真冬の列車の旅はうんざりだ。昼は束の間で、夜は長く、客室の寝台の上で牛乳が凍り、窓を開けたら錐のような寒風が突き刺すので、空気がにごっていても窓を開けることもできない。冬の列車の中で、人々は肺炎や気管支炎にかかる。

今度モスクワから帰って来たら、こんないまわしい列車の旅は二度としない。すぐにまた復権訴訟を起こして、カザフスタンの生活を終わらせてみせる。スターリンも死んだんだから。

再び日が昇り昼になると、咳がだいぶ治まってきた。いつのまにかスベルドロフスク駅だ。表示板にエカテリンブルクというツァーリ時代の駅名も書かれている。ウラル山脈の麓にあるこの都市は、シベリアからモスクワに入る入り口にあたる。また、ヨーロッパが始まる場所でもある。ヨーロッパ風の石造建築ときれいに舗装された道路がそれを物語っている。

世竹は列車から降りた。彼女は郵便局に行ってモスクワの娘に列車の到着時間を知らせる電報を打った。わけのわからない娘はびっくりするだろう。世竹は薬局で風邪薬を買い、雑貨店に行って孫のおもちゃを選んだ後、コルホーズの女たちが運営する簡易食堂で温かい牛乳とゆでたジャガイモを買った。

列車は西に走り始めた。ウラル山脈の高原は広くて、行っても、行っても、平原だ。深い霧雪の間にウラルの連峰がときどき、姿を現す。もう二日後には娘に会える。世竹は、一方では怖く、一方では楽しみだった。いつも母親を突き放してばかりの娘だったが、結婚してから急に大人になり、子どもを産んでからはとても優しくなった。父親に会って以来、世竹にときどき、父と母の若いころについて聞いてきたりもした。自分が立派な両親の元に生まれたと思っている様子で、世竹を見る視線にも好感が見て取れた。世竹は、今度こそ娘にすべてを語るつもりだ。スターリンが私に何をしたのか。もう金丹冶（キム・ダニャ）についても話せそうだ。不幸に生まれ、不運に死んでいった父親違いの弟についても。

世竹の寝台の下にいたカザフ人は降りて、タタール人夫婦が入って来た。夫婦の話は一言も聞き取れなかった。列車は雪原を通り過ぎ、鉄橋を渡って西へ、西へと走った。窓の外では、雪原が太陽の光を受けてキラキラと輝いたかと思うと、再び雪が降りしきり、雪原が夕焼けに染まったかと思うと、また大雪に見舞われた。世竹はときどき、気が遠くなってはまた正気に戻った。四方からガヤガヤという声が聞こえてくる。異なる言語が同時に聞こえる。ケンカしているのか。頭が割れるように痛い。火のように熱いビタリーを抱いていると思っていたが、気がついてみると自分の身体が火だるまのようだった。口が渇き、喉が痛い。

世竹はクズロルダを出てから六日後にモスクワに到着した。流刑にされたときには一〇日かかったが、経済五カ年計画が三回おこなわれる間に、列車と鉄道の状態が改善されたのだ。世竹が、汽車に乗った時よりも一〇倍くらい重くなったトランクを下げて中央駅のプラットホームに降り立ったとき、冷たい風が熊手で顔を引っかくように吹きつけてきた。とめどない咳に襲われ、袖で口を覆うと、白い袖の先に血がにじんだ。全身がぶるぶると震える。荷物も、足も、鉛のように重い。

「いまいましいモスクワ！　三七年の大虐殺のときにも、恐ろしく寒い冬だった。男たちが道ばたで立ち小便をしたら、氷柱になって落ちたっけ」

世竹は、トランクを下ろしてフーと息をついた。息は白く凍り、霰（あられ）のように散らばった。ビクトルが駆けて来て世竹の手をつかんだ。世竹はまわりを見回した。

「ビビアンナは？」

「地方公演に行っています。来週帰って来ます」

ビクトルはひどく咳き込む世竹の身体を支えて電車駅に向かって歩いたが、とても無理だと思ったのかタクシーを呼んだ。タクシーの後部座席に乗ったとたん、世竹は濡れた洗濯物のようにくたっとへたり込んだ。数日間降り続いた雪がやみ、空が青く晴れているとビクトルが言った。彼女は重いまぶたを開けて窓の外を見たが、白い雪に覆われた道も、青く晴れているという空も、区別がつかず、何もかもが曇った灰色だった。

家に到着するとビクトルは世竹をおぶってベッドに移した。ビクトルが水でしぼったタオルを世竹の額にのせた。

「長旅で無理されたんですね。どうしたんですか、急に」

世竹は息が切れ、頭が朦朧として言葉が出ない。彼女は答える代わりに、トランクから数日前の『プラウダ』を出した。

ビクトルは非常電話で区域の医者を呼んだ。医者は肺結核だと言った。体温は四〇度だった。

「ビビアンナに電報を打ちました。今、キエフにいるんですが、すぐに出発したとしても、明後日の朝くらいになると思います。もう少しだけ待ってください」

世竹は救急車で病院に搬送された。ビクトルが病床を見守った。世竹は、自分が今、目を開けているのか閉じているのかもわからなかった。眠っているのか起きているのかもわからない。ビクトルと看護師がバタバタしている様子がちらつき、何か騒ぎ立てる声もウインウインと耳元に響いている。ふと、幼いころに過ごした咸興(ハムン)の家の庭が目の前に浮かんだ。そこにビクトルとビビアンナがいて、母も見える。母は何も言わない。世竹は、娘と婿に初めて祖母と祖父の話をした。ビビアンナの父親と一緒に朝鮮を脱出してウラジオストクで娘を産んだこと、金丹冶に会って暮らすことになった話もした。とても長い話だった。

おかしい。少し前に咸興の家で娘と婿に昔の話をしていたのに、ここはどこだろう。赤十字のキャップをかぶった金髪の看護婦が見える。ビクトルが上体を下げて何か言っているが、一言も聞き取れない。いったい何語で話しているの。ロシア語で言ってよ。ところで、どうしてビビアンナはいないの。ビビアンナに、言葉にも、身体にも気をつけるように言ってあげなきゃいけないのに。スターリンが私たち家族に何をしたのか、言ってあげなきゃいけないのに。

目の前でビクトルの影が薄くなり、ついに暗闇が視野を覆った。闇が重すぎて、世竹は唇を開くこともできない。彼女はやっとのことで一言だけ言って、口を閉じた。

「とても疲れたわ。ビビアンナにありがとうって伝えてね」

その夜、世竹はこの世を去った。

最期の瞬間が近いと感じたビクトルが「誰に連絡しましょうか」と尋ねたとき、彼女は何も答えなかった。娘を守りに来て、娘に会うこともできずに死ぬ。最期まで行き違う自身の運命を振り返っていたのだろうか。戦場や監獄で非業の死を遂げたり、国境を越えようとして客死してもおかしくない厳しい時代に、ベッドの上で自然死できることに感謝していたのだろうか。彼女は荒い呼吸を何度か繰り返し、ついに静かになった。

翌日、ビビアンナが帰って来た。彼女は遺体になった母の姿を最後に見たとき、涙を流した。しかし、スターリン大元帥が亡くなったときのように号泣することはなかった。ビクトルが臨終の際の母の姿を伝えた。

「お母さんは病院に搬送したときには、もう意識不明だったんだ。昏睡状態で韓国語で何かいろいろ言っていたんだけど、ときどきビビアンナの名前を呼んでたよ」

娘とその夫は葬儀のミサを挙げ、遺骸は火葬してモスクワ市内のダンスキー修道院の納骨堂に安置した。小さな身体に巨大な傷を負い、短い人生に長い事情を抱えていた。墓碑銘はシンプルだった。

「ハン・ヴェーラ　一九〇一―一九五三」


ビビアンナは生まれて初めてクズロルダを訪れた。母には結婚した年に行くと言ったのだが、すぐに妊娠して行けなくなってしまったのだ。クズロルダ州内務委員会からアパートがすぐに他の人に割り当てられる予定だという知らせを受けて、ビビアンナは少し迷ったが、母の家財道具や遺品を整理しに行くことにした。

母の家は赤いレンガ造りの古い工場労働者の共同住宅の中にあった。寝室一つと小さな居間のある、七坪くらいに見える独身者用のアパートだった。母の居間は素朴だった。小さな机に本が数冊と『プラウダ』、そして地域党が発行する月刊誌が積まれていた。壁には額が三つかかっている。結婚式場のビビアンナとビクトル、舞台でモンゴル舞踊を踊るビビアンナ、そしてモイセーエフ舞踊学校時代のビビアンナと母。全部ビビアンナの写真だった。テーブルの片隅には何も挿されていない花瓶と、半分くらい残ったウオッカの瓶があった。寝室にあるのは作りつけのタンスだけだ。ビビアンナはタンスからチマチョゴリ一着だけ取り出し、それ以外の服は区域ソビエトの事務所に寄贈するため箱に詰めた。まるで死を予期して整理しておいたかのように、五二年の歳月が残した痕跡はこざっぱりとしていた。

居間の棚にはアルバムがあった。ビビアンナはテーブルの前に座ってアルバムを広げた。中には半分切り取られた写真もある。身分を隠したり、誰かをかばわなければならなかった時代の跡なのだろう。ビビアンナは数枚の色褪せた写真の中の、若くて美しい女性の顔から目を離すことができなかった。ビビアンナは一度も母が美人だと思ったことはなかった。友だちの母親たちと違って、黄色くてのっぺりとしたアジア人女性で、晩年は老いて疲れた高麗人のおばあさん以上でも、以下でもなかった。異民族社会に捨てられた貧しくて孤独で病んだ女性の運命が、この若くて美しい女性にはまったく不釣り合いだと思い、ビビアンナは首を横に振った。大理石の彫刻像のように端整で秀麗な目鼻立ち、潑剌として生気に満ちた強い眼差しは、あきらめや不遇とはあまりにも距離が遠い。この女性の横に肩を重ねて座っているめがねの男は、くせ毛と固く閉ざした口、ガンコそうな顎が強靱な印象を与えている。二人の前に座って一歳の誕生日を祝われているこの赤ん坊、父親のほうに似て目鼻立ちがこぢんまりとしたこの子がビビアンナだ。

ビビアンナは、二人がどんなふうに愛しあうようになったのかと聞いたことがある。

「あなたのお父さんは今でも知らないと思うけど、先に好きになったのはお母さんのほうだったのよ。外見(そとみ)には強く見えるけど、内面は温かくて弱くて、ずいぶんと傷ついた人だったのよ。だから包み込んであげたかったの。母性愛だったのかも」

もう一枚の写真に目がとまった。小川に三人の女が足をつけて遊んでいる写真だ。真ん中のセーラー服の女は間違いなく母だ。右は許貞淑(ホ・ジョンスク)おばさんみたいだが、左のもう一人の女性は誰だろう。みんな爽やかなショートカットだが、今の私くらいの年かな。お母さんにもこんな時代があったのね。

「娘かい」

開けてあった玄関ドアから、見知らぬ女がのぞき込んでいる。中年のカザフ女性だった。ビビアンナが笑いながら挨拶をすると、女は玄関に一歩入って来た。

「ヴェーラが亡くなったって？　いい人だったのに。この界隈じゃ一番インテリな女性だったよ。『プラウダ』を読む女は一人しかいなかったからね。モスクワの娘の話をよくしていたよ。娘に最期を看取られたんだから神さまのご加護だよ。ヴェーラは見知らぬ土地に流刑で来て、寂しく暮らしながらずいぶんと心労も多かったんだよ」

「流刑ですって？　母は集団移民措置で来たんですけど」

女はあわてて口ごもった。

「な、なに言ってるの」

女はぶつぶつと独りごちた。

「間違いなく流刑囚だったはずだけど、勘違いかな。そりゃ、娘のほうが合ってるだろうよ。ところでお母さんはどこに、モスクワに埋葬したの？」

　女は知りたいことが多いようだ。ビビアンナはアルバムを閉じて荷物の整理を急いだ。工場ソビエトの共同住宅の管理人と会う時間だった。

17.

我々は結局、
アメリカを発見できなかった
コロンブスだった

1956年 平壌

朴憲永（パク・ホニョン）が昨年末の裁判で死刑判決を受けた後、今どこにいるのかわからない。内務省の地下監獄にいるとも、平安北道（ピョンアンプクト）鐵山（チョルサン）郡の山中にいるとも言われている。貞淑（ジョンスク）は今も、法廷に立った憲永の声が耳鳴りのように聞こえてくると心をかき乱される。

一九五五年一二月一五日、南労党派の最後の裁判として開かれた朴憲永裁判では、内閣の相と副相級が全員傍聴席にいた。貞淑も、もちろんその場にいた。それは一口に言っておかしな集まりだった。一時共和国を共に建設していた内閣の同僚たちが集まっているのだが、朴憲永の後任の副首相になった崔庸健（チェ・ヨンゴン）と内務省の方学世（パン・ハクセ）は裁判官として、死刑宣告を受けてすでに処刑されたとばかり思っていた趙斗元（チョ・ドゥウォン）、李康国（イ・ガングク）、権五稷（クォン・オジク）は証人として、許貞淑と崔昌益（チェ・チャンイク）は傍聴人として、そしてそれら全員の上官だった朴憲永は被告人として、そこにいた。以前の南労党員らが彼を脱出させて日本に亡命させたという外信の報道が文化宣伝省に打電されてきたが、朴憲永は逮捕されてから三年ぶりに、以前よりもずいぶんとやせこけた顔で法廷に姿をあらわした。丸一日、裁判がおこなわれ、反党宗派分子の頭目で特級の米帝のスパイという罪名に対し、朴憲永は異議を唱え、裁判官たちと論争を繰り広げたが、最終陳述ではすべてを諦めた様子だった。

「そうだ。私は米国のスパイだった。すべては私が主導した。南労党の幹部たちには一切の責任がない。彼らは皆、祖国の解放と統一、社会主義革命のために昼夜をわかたず働いてきた愛国者たちだ。私の罪過はすべて受け入れるから、南労党の幹部たちは免罪してもらいたい」

特別裁判長の崔庸健が一時間かけて読み上げた判決文の容疑事実目録は『女子時論』から始まる。

被疑者の朴憲永は一九一九年ごろ、ソウルで雑誌『女子時論』の編集員をしていたころから同誌を主幹する親米分子の車美理士（チャ・ミリサ）およびキリスト教宣教師で延禧（ヨニ）専門学校の教員だった米国人アンダーウッドとの親交を通して崇米思想を抱くようになり、一九二五年一一月初旬、日帝警察に逮捕されると、変節して各地の地下秘密組織を告白し、指導的幹部らを告発することによって、日帝の手先として朝鮮革命運動の弾圧に服務し、その対価として精神錯乱という口実の下に保釈の名目で釈放され……。

死刑と全財産の没収を言い渡して裁判が終わったときには夜の一〇時を回っており、傍聴席のソ連派と延安派の人々は互いに目を合わせないようにしながら暗い平壌（ピョンヤン）の通りに散って行った。朴憲永の妻と子どもたちがどこに行ったのか、知るすべもなかった。朴憲永が容疑事実を認める代わりに妻と子どもたちを海外に送るという約束を取りつけたというが、そのような兆候はなかった。

平壌に再び春がきて、夏がきた。梅雨が始まっていた。貞淑は内閣庁舎の文化宣伝相室に座って、窓外の大同江（テドンガン）を眺めていた。灰色の川面にたれかかる濃い緑の柳が雨に濡れていた。

戦争を経験し、夫を銃殺され、人生でこれ以上のことは今後ないだろう、最悪の試練をよく乗り越えてきたと自分なりに思っていた。ところが、朴憲永と南労党派のことは、それをしのぐものだった。新しい夫よりも、長年の友の悲運のほうが、彼女の心にはるかに深く大きな波紋をもたらした。しかし、これもまた、耐え抜こうとしている過程にある。一昨年、長男が結婚して初孫を抱いた。選択の余地がない。生きなければならない。南労党派が逮捕されるとき、ソ連に留学していた李承燁（イ・スンヨプ）や李康国の息子たちが次々と呼び戻されて内務省で取り調べを受けるのを見た。そしてその後どうなったのかがわからない。どうしようもない状況では、耐えるしかないのだ。ただ、疾風怒濤のど真ん中で、孤独が深まるばかりだ。

今年になって内閣庁舎で延安派やソ連派の幹部たちに会うと、皆一様に頭の中が複雑そうな表情をしている。国際情勢そのものが複雑だ。三〇年間のスターリン体制は、その名のとおり鋼鉄で建てた城だったので、崩壊するときの騒動は想像以上のものだった。スターリンの死後三年間に起きたことを思うと、貞淑はくらくらしてくる。スターリンは、全世界の共産主義人民の父で唯一神という座から格下げされ引きずり下ろされて、ついに「虐殺者、独裁者スターリン」に落ち着いた。そしてソ連共産党大会で第一書記フルシチョフはスターリンの一人独裁と個人崇拝を批判し、今後、レーニン主義に立脚した集団指導体制を推進すること、米国をはじめとする資本主義国家との平和共存をめざすことを宣言した。「敵(かたき)である米帝国主義」を追い出そうと解放戦争をした北朝鮮としては、あり得ないことが起きたのだ。スターリンのマニュアルどおりにつくられた政治体制は混乱に陥り、米帝国主義打倒という政治目標は標的を見失ってしまった。

第二次大戦後、共産主義世界はスターリンの太陽系だった。金日成(キム・イルソン)は「スターリンキッズ」だったが、スターリンの死によってスターリンキッズたちもドミノ倒しのように倒れていった。ポーランド、ハンガリーなど東欧の指導者たちが相次ぎ交代、または一人支配体制を手放さざるを得なかった。敗戦の責任をまぬがれた金日成が新たな試練を迎えたのだ。しかし、金日成はスターリン死後の混沌とフルシチョフの修正主義の風を遮断し、自身の支配体制を守る秘策を発見したようだった。「主体(チュチェ)」である。

一九五五年一二月、党宣伝扇動活動家たちに演説する中で「主体」という言葉を初めて使って以来、金日成はこの単語を始終口にするようになった。

思想事業において主体がしっかりと立っていないために教条主義と形式主義の過ちを犯すことにな

り、我が革命事業に多くの害を及ぼすことになります。朝鮮革命のためには、朝鮮の歴史を知らなければなりませんし、朝鮮人民の風俗を知る必要があります。……

ソ連では国際緊張状態を緩和させる方向なので、我々も米帝国主義に反対するスローガンを引っ込めなければならないと言います。このような主張は、我が人民の革命的警戒心を鈍くさせるものです。米帝国主義者たちは、我が領土を燃やし、罪もない人民を大量に殺戮し、今も我が祖国の南半部を強制占領し続けている、永遠に忘れることのできない敵（かたき）ではありませんか。……ソ連式がいいと言う人もいれば、中国式がいいと言う人もいます。しかし、今や我々（ウリ）式をつくるときではないでしょうか。

「主体」は、今や特別な思想の名称になった。金日成が北朝鮮の生存戦略だとした、この新生理念は、実は彼自身と彼の家系の生存戦略になった。

一九五六年四月の党大会にソ連代表として参加した党書記のブレジネフは、北朝鮮にもフルシチョフの新路線に協力するよう強く迫った。これに対する北朝鮮の政治家たちの発言は、みっともない弁解にならざるを得なかった。最高人民会議常任委員長の金枓奉（キム・ドゥボン）は、金日成首相が集団指導体制を堅持してきたのに、朴憲永や李承燁のような宗派主義者たちが妨害したのだと言った。首相は国内の宗派主義者たちの英雄主義策動に対する攻撃をぶちまけながら、昔の火曜派、ML派、ソウル派、ソウルコムグループまで持ち出したが、彼の報告はめちゃくちゃで混乱していた。

四月の党大会で窮地に追い込まれた首相は六月一日、五〇日間の海外歴訪に出発した。兄弟国に経済援助を求めるためソ連、東ドイツ、ポーランドなどを訪問すると言っていたが、借款を借りることよりも政治的な問題が急を要していたことは、火を見るよりも明らかだった。

ノックの音がして扉が開いた。首相室から内閣会議の招集通知が来たと局長が言う。首相が海外歴訪を終えて帰って来たのが数日前だ。

「首相同志が今回、九カ国歴訪を成功裏に終えて帰って来られたのですが、成功した歴訪結果に関する報告がある予定だそうです」

局長が会議資料を貞淑の机の上に置いた。首相室が歴訪の成功を強調したのだろう。局長は「成功」という言葉を繰り返し使った。

「首相同志が宗派主義者の朴憲永を即刻処決するよう指示されたのですが、その結果について内務省が特別報告をするそうです」

帰国するや否やまず処刑を急ぐとは、ソ連や中国の顔色をうかがって延び延びにしてきた首相が、何か確信を得て帰って来たということだろう。朴憲永、彼がもうこの地上にはいないということだ。彼がこの世を去ったのは昨日だろうか、一昨日だろうか。

陰惨な夏だった。平壌(ピョンヤン)の湿っぽい空気の中に、貞淑(ジョンスク)は日常的に死の臭いをかいでいた。憲永(ホニョン)が死んだ後、貞淑は余生を生きている気分だった。

秘書が、副首相が来たと告げた。崔昌益(チェ・チャンイク)が彼女の執務室に入って来た。今朝電話で、来年度の予算と第一次五カ年計画について相談に来ると言っていた。今年で人民経済復旧発展三カ年計画が終わったら、来年度一九五七年から第一次五カ年計画が始まる。予算協議が必要なのは明らかだ。ただし、副首相兼財政相が直接、文化宣伝相を訪ねて来るというのが異例だった。文化宣伝省の立場としては畏れ多いことだが、貞淑は嫌な予感がした。

昌益は第一次五カ年計画の予算案の内訳をテーブルの上に置き、いくつか要点を説明した。まず、首相が九カ国歴訪で取りつけてきた援助がソ連の借款三億ルーブルだけだということ。フルシチョフが援助を大幅に削減するだろうということは貞淑も予想していたことだった。

「それで予算規模を縮小せざるを得なくなった。最低でも二〇億ルーブル以上を確保できると予想して予算を立てたから」

「五年で三億ルーブルだからずいぶん削られたわね。経済復旧三カ年のときには一〇億ルーブルだったのに」

昌益は首相の重工業優先政策に伴う他の予算を縮小調整せざるを得ないと言った。五カ年計画は電力と機械、石炭、化学、工業のほうに力を注ぎ、工場建設、技術開発、鉱業生産に予算を集中させた。戦争で工事が中止された禿魯江（トンノガン）発電所と江界（カンゲ）発電所を完成させる予算よりも、文化宣伝省の全体予算のほうが少ないのが実態だ。彼は、文化宣伝省の予算内訳を比較的詳細に把握しており、貞淑の意見をよく聞いて、いくつかは反映させると言い、それ以外の部分については修正案を提案した。

業務に関する話が終わった後で昌益は数日後の許憲（ホ・ホン）の命日に言及し、貞淑は昌益の還暦祝いについて尋ねた。

「いや、そんな祝いをするなんて言える状況じゃないだろ、最近の雰囲気は」

「だからといってやらなかったら家族は寂しいでしょ」

「歳月は流れるのに太ももに贅肉だけついてしまう。劉備が髀肉之嘆（ひにくのたん）と言ったというが」

首相を除けば内閣で最強の地位にいるが、その地位が今は針のむしろだった。首相が昨春の党大会で朝鮮共産党を宗派主義の温床だと攻撃する際に、昔のソウル派の話まで引き合いに出したのだが、そのソウル派の頭目が崔昌益だった。

「今、国際情勢は雪解けムードだが、平壌は逆だ。かえってまた凍り始めている」

昌益が急に小声になった。

「ブレジネフ書記がこないだの党大会に出て発言したじゃないか。ソ連が北朝鮮に変化を要求しているんだ。北朝鮮としては堅実な社会主義体制を改めて打ち立てるチャンスじゃないかと思う」

兄弟国、兄弟党が互いに党大会を親善訪問し、半月ないし一カ月滞在して友好を深めるのがプロレタリア国際主義の慣例だが、この四月のブレジネフの訪問は親善レベルではなかった。

「フルシチョフの平和共存路線が南北朝鮮にとって一つのチャンスになるかもしれない。我々はモスクワ三国外相会議の決定を拒絶してしまったが、オーストリアは四大国の保護統治に入って、昨年、一〇年ぶりに中立国家になって独立したじゃないか」

彼は朝鮮半島の中立化統一のことを言っていた。卓越していると同時に危険極まりない発想だった。皆が洪水に巻き込まれた人のように呆然としてあわてているときに、昌益はそれらすべての現実の重圧と混沌をはねのけて、爽快な卓見を打ち出す。昌益は常に歴史を学んでいるから、そのような分別と眼目が出てくるのだ。彼女は内心感服した。ところが口をついて出た言葉はまったく逆だった。

「理想論ね。南も北も、指導体制がそれを望まないから」

一九四六年だったらわからないが、一言で遅すぎる処方だった。

「わかってる。近いうちに党中央委全員会議があるだろうから、いろいろと準備が必要だと思ってる」

全員会議のことは初耳だった。また、準備という言葉は意味深長だった。彼がこういうことを言うということは、間違いなく何かが進められているということだ。四月の党大会直後に尹公欽（ユン・ゴンフム）が、貞淑もいる場で崔昌益に「すぐに抗米援朝軍が完全撤収します。中国軍が残留している間がチャンスではありませんか」と言った。休戦協定のころ、朴一禹（パク・イル）が彭徳懐に会ってきて、武亭（ムジョン）が粛清されたことで北京でも不満に思っていると言いながら、尹公欽と同じようなことを言っていた。中国軍もそうだが、フルシチョフの修正主義は北朝鮮の体制を揺さぶる絶好のチャンスであることは事実だった。首相が平壌を留守にしている間に、尋常ではない雰囲気を貞淑も感じていた。しかし何をするというのか。戦争が終わって軍の幹部はパルチザン派一色になり、朝鮮人民軍は創設一〇年で首相の親衛部隊として完全に整理されていた。

　貞淑は一言一言に力を込めて言った。

「諦めなさい！」

　今や二人は中国語で話していた。四方に耳がある。

「軍隊も、保安も、全部首相が握っているのよ。彼と妥協しなさい」

「党大会で君も見ただろ。あっちが先に刀を抜いたんだ。腕組みして何もしないでやられるか、一か八かやってみるかの違いだ。これは権力闘争じゃなくて、生存闘争なんだよ。今、我々延安の人々だけじゃなくてソ連派も、南労党のほうもみんな沸き立っているんだ。勝算がまったくない戦いではないんだよ」

昌益の顔の皺に疲労の色が深く刻み込まれている。貞淑は黙って彼の顔をのぞき込んでから口を開いた。声高に、今度は朝鮮語だった。

「ブレジネフは、外見はスターリンだけど、性格はレーニンのほうに近いと思うわ。朝鮮の伝統舞踊を見せてあげたらすごく喜んでいたもの」

　トンチンカンな論評に、昌益は彼女をまじまじと眺めた。それから彼はテーブルの上の予算書類をゆっくりとまとめて彼女の前に置き、席を立った。彼女は何も言わずに、出て行く彼の後ろ姿を見ていた。視線がなんとなく太もものあたりに落ちた。

　南労党派が続々と逮捕されて死刑宣告を受け、党から除名されたときに、昌益は副首相に昇格して身の安全をはかり、延安派は首相の側に立った。内務相だった朴一禹だけが武亭や南労党のことを不満に思い、不忠を告発されて裁判にかけられ、唐突に死刑にされたが、延安派はおおよそ「味方に被害なし」という表情だった。権力序列の第一位が切られれば、その座は自分たちのものだという計算だった。ところがそれは、あまりにも楽観的な誤算だった。権力序列の第一位ではなく、粛清序列の第一位になったのだという事実が、徐々に明らかになっていった。

　武亭と朴一禹は貞淑と同年代で、延安時代から親しくしていた。彼女も寂しさを感じることがたびたびだった。友人たちが順に去っていく。昌益が来た日以来、貞淑は不眠に悩まされた。全員会議はいつ招集されるのだろうか。南労党派、ソ連派が順に除去され、今度は我々の番なのか。延安派が粛清される日には、彼女も例外ではいられない。昌益が来てから数日後、党中央委員会全員会議の招集通知が届いた。会議は八月二九日。明日だ。一九五〇年一二月もそうだった。全員会議を極秘裏に準備して、一日前に通告するのは不吉な前兆だ。決戦の日が来たのだろうか。あるいは昌益が刀を鞘に収めて首相の前に従順に首を差し出すことにしたのだろうか。

　会議場に入ると、暑くねっとりとした空気がぶわっと顔に当たった。窓はきっちりと閉められ、壁にかけられた扇風機から弱い風が吹いている。海外歴訪の報告をする金日成（キム・イルソン）の声は硬く、議場の空気は息する音もなく乾ききっているが、ときおり頭の上に吹いてくるかすかな扇風機の風から、なぜか金属音が聞こえてくる。貞淑は喉が渇いていてテーブルの上のコップに入った水を飲み、喉を潤した。

いくつかの公式報告が終わると同時に、商業相の尹公欽が発言の許可を求めて壇上へと進んで行くとき、貞淑は事件が始まったことを直感した。彼なら、自ら率先して猫の首に鈴をつけると申し出たとしてもおかしくない。二等飛行士だった彼は、植民地時代にテロに使う飛行機を日本の軍部から払い下げてもらうと東京に行き、交渉したあげくに逮捕されて獄中暮らしをしたという大胆不敵な男だった。

「私は今回の全員会議で必ず個人崇拝の問題を討論するべきだと思います。これは当然、中央委員会で提起されるべき問題です」

尹公欽の口から、これまで不問に付されてきたすべての問題が一つずつ暴露されていた。祖国解放戦争で勝利を収めたというのはとんでもない嘘であり、人民がただちに食べるもの、着るものもないのに重工業にだけ集中するのは誤りであり、首相は同志たちを勝手に利用して残忍に処理してきたと。過去一〇年のタブーが豊かな実例と共に続々と暴露される間、議場は驚愕し、誰もが茫然自失状態に陥った。

「解放された年に曺晩植(チョ・マンシク)の朝鮮民主党を瓦解させた首相の戦術も不道徳でした。崔庸健(チェ・ヨンゴン)同志を操り人形のように前面に立てて朝鮮民主党を横取りしたではありませんか」

「何だと？　言葉をつつしみなさい」

尹公欽の大演説にブレーキをかけたのは崔庸健副首相だった。副首相席に並んで座っていた崔昌益が、崔庸健をちらっと見て一言言った。

「討論は党員の正当な権利だ。それを抑圧するのは党内の民主原則に反する」

そしてすぐに崔昌益が過度な重工業政策を批判し、尹公欽に助け船を出した。ソ連派の朴昌玉(パク・チャンオク)も、北朝鮮がフルシチョフ時代に合わせて集団指導体制に転換するべきだと加勢した。しかし、朴昌玉の発言はすぐに揶揄と怒声にかき消されてしまった。休会が宣言された。会議が再開されたとき、尹公欽の姿はなかった。彼と共に首相を批判した徐輝、李弼圭もいなくなった。これ以上、討論の必要もなかった。延安派の宗派的な行為に対する集中砲火の真ん中で、崔昌益が黙々と座っていた。

二日目の会議は「崔昌益、尹公欽、徐輝、李弼圭、朴昌玉同志の宗派的陰謀行為について」という決定を採択し、彼らを除名処分にした上で党検閲委員会に付した。崔昌益は党と内閣のすべての職責を剝奪された。会議場での謀反は失敗に終わった。八月の全員会議は、北朝鮮政府樹立後に公式の場で繰り広げられた最も激烈な路線闘争で、延安派とソ連派が手を組んで首相派を相手に決行した議場クーデターだった。

尹公欽と徐輝は、会議が中断された時に会議場を抜け出してジープに乗り、そのまま鴨緑江を渡って中国に亡命した。昌益も一緒に逃げることはできただろう。しかし、彼は一人、平壌に残った。家族のためなのか、残って反乱をやりとげるつもりだったのか、一人殉教者になることを選択したのかはわからない。

間もなくソ連のアナスタス・ミコヤン副首相と中国の彭徳懐国務院副首相が平壌に駆けつけた。朴憲永の粛清のときには何回か反対の意思を表明しただけだった毛沢東が、今回は彭徳懐を送って直接介入してきたのだ。延安での友情もあっただろうが、南労党のときとは違って、延安派は一種の討論を試みただけで、軍事行動はなかった。首相は九月に異例の全員会議を再び招集して、ミコヤンと彭徳懐が見守る中で「八月宗派事件の主犯たち」を全員復権せざるを得なかった。首相が「過ちを犯した同志たちも寛大に抱擁して反省の機会を与える」と言ったとき、青ざめて紅潮した顔に強いて笑顔をつくっているように見えた。その代わりに、副首相兼財政相だった崔昌益は文化宣伝省の文化遺物保存管理局長に降格され、副首相の朴昌玉はセメント工場の副支配人として更迭された。前妻の部下にするのが、崔昌益に対する金日成の復讐だった。

文化宣伝省に来た昌益は、名ばかりの局長で、実際には一切の仕事から退けられた。党中央の指示だった。職員たちは廊下で崔昌益と会ったりすると、疫病患者に出くわしたかのように後ずさりして逃げた。崔昌益を知っている人は知っているという理由で、知らない人は知らないという理由で、彼を避けた。まして一時夫婦だった貞淑は、なおさら彼を遠ざけなければならなかった。彼は二四時間監視対象で、文化宣伝省内の誰が監視員なのか、彼女も知らなかった。昌益は事務所と家を幽霊のように行き来した。復権されたとはいえ、彼の運命は首相の手中にあった。彼は街頭を闊歩する死刑囚だった。首相が命を奪う決心をするときまで、執行猶予状態の死刑囚だ。

貞淑は庁舎で彼に会うと、複雑な気持だった。でも、彼女ができることなど何もない。全員会議でクーデターを企てたときに、命をかける覚悟くらいはできていたはずだ。そして彼女は、彼と同じ船に乗ることを拒否した。

八月の宗派事件から一年後、首相は明確に結論を示した。一九五七年九月、新内閣が発表されたのだ。延安派の崔昌益（チェ・チャンイク）とソ連派の朴昌玉の名前は消え、貞淑（ジョンスク）は司法相に昇格した。宗派事件で延安派の同僚たちに加担しなかったことに対する褒賞だった。

文化宣伝相がなくなり、新たに生まれた教育文化相に小説家の韓雪野（ハン・ソリャ）が任命された。朴憲永（パク・ホニョン）、沈熏（シム・フン）と京城（キョンソン）高普の同窓生だった韓雪野は、解放された年に『人間金日成（キム・イルソン）』『永久金日成』『将軍金日成』シリーズを発表したのを皮切りに、崇拝文学の先端を走り、文学芸術総同盟委員長時代に越北作家粛清の手引きをした。金科奉（キム・ドゥボン）が国家元首格の最高人民会議常任委員長の座を追われたのも意外だった。延安派の元老ではあるが、八月の宗派事件とは何ら関係がなかっただけでなく、必要なときには必ず首相に協力してきた人物だからだ。最高人民会議委員長には崔庸健（チェ・ヨンゴン）が就いた。

崔庸健は貞淑に任命状を渡しながら、「宗派主義に染まることなく共和国と首相のために一途に働いた」とほめたたえた。

金日成は第二期内閣発足披露宴で、貞淑と乾杯しながら大きな声で「私は仲間内でつるむ男どもにはもう本当にうんざりだ」と言った。彼は、六〇歳近い年で初入閣した韓雪野に空いたグラスを突きつけて、「相同志、おめでとう。さあ、私のことを好きな分だけ酒を注いでください」と言い、豪快に笑った。韓雪野は顔を真っ赤にして酒を注いだが、誰が見てもわかるくらい手がブルブルと震えていたため、酒瓶がグラスにぶつかってガチャガチャと音を立て、酒があふれてしまった。金日成はもう一度大笑いした。

「わははは、愛があふれているようだ」

北朝鮮政府が初めて発足したころはまだ、彼は自分の席にお客さまのようにぎこちなく座っていた。しかし彼は、自分が握った権力の効能を瞬く間に把握し、それを思い切り使い始めた。そして挑戦者たちをはね除けながら権力ゲームの最終勝利者になる間に、心理操縦と統治術の達人になっていた。今や内閣であれ、党であれ、彼の座を脅かす者はもういない。

単純で無知だったパルチザンの大将は、読書もして、時には教養人の対話を持ちかけて、貞淑をあわてさせた。

「朴趾源（パク・チウォン）の『両班伝（ヤンバンジョン）』こそ革命小説だと思いませんか」

一九五五年の演説で主体（チュチェ）を打ち立てるためには丁若鏞（チョン・ヤギョン）や朴趾源のような先進的な学者や優れた作品を深く研究し広く広報しなければならないと指摘したと思ったら、歴史本や文学作品を集中的に読み始めた。優れた記憶力を持つ彼は日に日に学識を備えていった。

崔昌益と朴昌玉は裁判を受けることなく、国家検閲委員会の処分に任された。司法上の権限で貞淑は密かに崔昌益の所在を追跡した。彼は、国家検閲委員会の特別教化所に収監された後、ある田舎の豚農場に送られた。金科奉先生は平壌付近の共同農場に行ったと言う。

閣議の顔ぶれが一新して、黒い川が流れる人生の深淵を貞淑が泳いで渡る間に冬が過ぎ、春が来た。

一九五八年三月六日の朝、外出のしたくを終えた貞淑は鏡の前に立った。鏡の中の女はボブカットにスーツを着て、上着の大きなポケット二つはいつものように膨らんでいる。ポケットにボールペンや手帳などを入れ、内ポケットには党員証や財布を入れて歩くのが長年の習慣だ。見慣れた姿ではあったが、今朝は何かが違う。めがねの奥で揺れる目が空虚に見える。貞淑は、ほつれた数本の髪を梳き上げてピンで留めながらつぶやいた。

「あのときも最悪の試練だって言ったのよね。次に何が起きるのかも知らないで。インテリだとか、内閣の相だとか言って。目の前に飛んでくるのが銃弾なのか雀なのかもわからないくせに」

一カ月ぶりの外出だった。門の外では、昨日まで小銃を肩にかけてうろついていた内務省の監視兵たちが撤収した代わりに、書類ケースを下げた秘書と運転手が待っていた。自宅軟禁が解けた貞淑は、朝鮮労働党代表者会議場に向かった。貞淑に特別な役割が与えられた今日は、代表者会議三日目で、最後の日だった。

一カ月前、司法相室に内務省の局長が訪ねて来た。文化宣伝省から移った人物だ。南労党派の粛清が終わるや否や内務省が連れて行ったことから、彼が文化宣伝省の中でどんな任務を極秘で果たしていたのかがわかった。

「内務省が私に何の用かしら?」

貞淑が聞くと、彼はへいこらして「申しわけありません」と言い、すぐに用件を切り出した。

「今回の党第一回代表者会議について、敬愛する首領同志は、我が党がかつての宗派主義の垢を洗い落とし、領導的核心を形成して強力な政党として新たに出発する契機にしなければならないとおっしゃいました。第二期人民会議と共に内閣も新たに出発するわけですから、党と内閣が鋼鉄のごとく心を合わせて協力し、二度と宗派分子があらわれることがないよう、隊伍の純潔性を堅持するためには、過去の小ブルジョア的英雄主義と功名出世主義と反党的宗派主義の残滓（ざんし）を暴露、清算して、究極的には米帝国主義と李（イ）承晩（スンマン）一味の圧迫の下でテロと虐殺が横行する南朝鮮人民を苦痛と不幸から救い出し、南朝鮮解放の目標を達成しなければなりませんが」

やや退屈な前置きの後で出てきた本論は、貞淑に一カ月後に開かれる代表者会議で過去の同僚たちが犯した歴史的罪悪を告発し、批判してくれということだった。内務省局長は速やかに任務を終えて帰りたいという切実さで、貞淑の口を見守った。しかし、そこから飛び出したのは、見当違いな質問だった。

「ここのところ内務省の仕事はどう？」

「あ、はい、非常に忙しい部署なので大変ですが」

「心配ないでしょう。局長同志は何でも早く覚える人だから」

「とんでもないです。私が文化宣伝省にいた時には、相同志は私にのろまだと、金玉ぶら下げてそんなことしかできないのかと、怒鳴られたではありませんか」

一〇年間、内閣に女一人だったからか、荒っぽいスタイルのせいか、貞淑は善意であれ、悪意であれ、誇張された噂に包まれて日々を過ごしてきた。そんな噂が聞こえてくると、彼女は他人のことのように聞き流した。にもかかわらず、実際にあったことさえ誇張して覚えている人に会うと、面食らった。

「私は正確に覚えているんだけど、そんな汚らしい表現は使っていませんよ。男のくせにそんなことしかできないのかって言ったのは確かだけど」

「あの、相同志、では、代表者会議で発言してくださると報告します」

「いつ私が発言すると言ったの？」

局長が手ぶらで帰ると、翌日、内務省の方学世(パン・ハクセ)が来た。貞淑はムキになった。

「すでに教化所に行って再教育を受けているかわいそうな老人たちを再び引っ張り出して、そんなことまでする必要がありますか。それに私自身も、その反党的陰謀の内幕を正確には知らない立場ですから、何も言えることがありません」

方学世は冷ややかな表情で帰って行った。

数日後、夜中の一二時過ぎに内務署員三人が家に来た。彼らは何らの説明もなく貞淑を車に乗せた。着いたところは内務省の地下監獄だった。地下に入ると貞淑は寒気がした。命運が尽きたと予感した時の寒気でもあった。内務省の監獄に入ったということは、次は二つに一つだ。検閲委員会の教化所か、特別裁判か。どちらになっても、彼女くらいの高位級は死をまぬがれることはない。

深夜列車よりも暗い蛍光灯の下、歩くたびに足音だけがコンクリートの壁にコツコツと響く。貞淑は地下監獄のいちばん奥の独房に入れられた。司法相兼最高裁判所長が内務省の監獄に入れられたのだ。しかし、朴憲永(パク・ホニョン)を始め、一時の副首相たちも次々とここを経て、人生の最期を迎えた。権力の断崖というものは公平で、より高いところから落ちるほうが、よりひどく壊れるものなのだ。

三日間、一日三食の食事を運んでくれる内務署員以外には誰も来なかった。薄暗い蛍光灯は常につけっぱなしで、四方の壁を見回してもスイッチはない。窓のない密室には、昼もなく、夜もなかった。食事が運ばれてきた時に、朝なのだな、昼なのだな、と思うだけだ。

人間の心理というのは奇妙なものだ。貞淑にも内務省の地下監獄に対する恐怖があった。恐怖は二つだ。一つは首相に捨てられて権力から駆逐されること。もう一つは拷問と死に対する恐怖だった。だから同僚たちが次々と内務省の地下監獄に呼び出される時に、名簿に入らないことを願って身を潜めていた。しかし、いざ暗く冷え冷えとした内務省の地下監獄に入ったら、一番目の恐怖はなくなった。

首相に捨てられたと思った瞬間、すべての欲望と執着が信じられないくらいあっという間に消え去ったのだ。その代わりに、今まで我慢していた怒りと幻滅が湧き上がった。地下監獄のセメントの床に投げ出されてやっと、貞淑は自分がこれまでどれほど莫大な怒りを抑え込んできたのか気がついた。平壌（ピョンヤン）は我慢できないことだらけだ。金日成（キム・イルソン）はどんどん質（たち）の悪い人間になっていくし、良識的で立派な人は根絶やしにされる一方で、こびへつらうやつと策士だけが生き残っていた。マルクスは、革命家こそが高貴で善良な人間の典型だと言ったが、本当にそうなのだろうか。万景台（マンギョンデ）造成事業なんていうのはいったい何なのか。歴史を勝手に改ざんしていいのか。不幸な祖国に生命の灯火をもたらすプロメテウスたちが、同族の手で銃殺され、田舎で豚の飼育をしているのだ。思い切り腹を立てて怒ってみたら、長年のつかえがすっきりするような気がした。

今や二つ目の恐怖が彼女を待ちかまえていた。隣の部屋で誰かが拷問されて死んだとしても誰にも気づかれることもない、この肉厚なコンクリートの地下監獄で、南労党の人々がどんなふうに扱われたか、彼女も聞いたことがある。ここで誰にも知られずに死んだからといって何だというのか。尹世冑（ユン・セジュ）も、陳光華（チン・グァンファ）も、金学武（キム・ハンム）もとっくの昔に死に、朴憲永も、朴一禹（パク・イル）も、武亭（ムジョン）も逝った。こっちの世界より、あの世にいる同志のほうが多いではないか。できれば肉体的な苦痛なく送ってほしい。彼女は拷問に耐え抜く自信がなかった。人間の皮を被った猛獣たちは、果たしていつ襲ってくるのだろうか。

内務省の監獄で四日目になる日、朝食を終えると初めて来客があった。党組織部長の金英柱だった。首相の八歳年下の弟である彼は最近、党組織部を担当して活動範囲を広げていた。

「首相がずいぶんと心配されています。そこまでする必要があるのかと叱られもしました。しかし、しかたありません。実際、私は残念な気持があります。首領が相同志をあんなに信頼して頼っていらっしゃるのに、この程度のことを受け入れてくださらないんですから。あんな死んで当然の反党分子たちが、わが共和国の柱である首相同志よりも大切なんですか」

猛獣の初印象は極めてソフトだった。彼は、無鉄砲スタイルの兄よりも、はるかに複雑な考えを持つ顔つきをしていた。相手が老獪な政治的修辞を用いるならば、彼女もいくらでも同じような修辞で応じることができる。

「平壌に来て一三年です。その間に肋膜炎で二回、死にそうになりましたが、二回とも首相が医者を送ってくださり、病院を紹介してくださって、命拾いしました。ですから首相が私の命を持っていかれるとしても、望むところです。あの時に死ぬはずだった人間ですから、長生きし過ぎたと思います。もう共和国政府に私のような者は必要もないでしょうから、首相のお荷物になるだけです」

似たような会話が何回か繰り返された後、金英柱が意味深長な一言を残して出て行った。

「もう少し深く考えられたほうがいいと思います」

はっきりしたことが二つある。彼らが彼女の首を簡単に吊しはしないということ、そして選択権は彼女自身にあるということだ。

再び二日間、貞淑は一人だった。より思考を深めるしかない時間だった。孤独は思い出を生み、思い出は懐かしさを生み、懐かしさは憎しみを生み、憎しみは人間や、理念や、革命や、政治や、それらすべてに対する懐疑を生んだ。懐疑がかき回して通り過ぎていくと、透明だったすべてのものが濁った。しかし、灰色の泡の下に沈殿していくものの中から、彼女はマルクスとエンゲルス、そしてレーニンをすくい上げた。それこそが人類の半分を奴隷状態から救い出したのではなかったか。中国、ソ連は五〇年前までは皇帝とツァーリの社会だったし、マルクス・レーニン主義者として、その思想の上に政府を樹立する仕事ができたことは幸運だった。権力というものも、味わうことができた。彼女は男たちがそれに夢中になる理由がわかるような気がしていた。自分が好きな人の運命を変えてあげられる力、嫌いな人を奈落に落とせる力が権力だ。権力は権力者に、それがそのまま自身の人格だと信じ込ませてしまう。また、まわりに集まる人々が自分のことを本当に心から好いていると信じさせもする。権力は、自己陶酔に陥らせ、その魔力は時に命とも替えられるくらい強力だ。彼女も権力を味わった。しかし、何かおかしなものが付着したら、いつでも捨てることができる。貞淑は、地面に落ちて泥が付着しようが、糞が付着しようが、それが権力ならば払い落としもしないで拾って食べる男たちをたくさん見てきた。

「それでも、また選択しろと言われたら、ソウルではなく平壌だわ」

貞淑は独りごちた。金英柱が来てから数日後、内務省の方学世があらわれた。方学世からはいつも、ソ連軍情報将校の臭いがする。家の主人らしく彼は、食事はどうか、寝床はどうかといった質問をした。それから最近の情勢について説明し、崔昌益の政府転覆の陰謀について摘発した内容を語った。

「南労党の時と同じで、崔昌益（チェ・チャンイク）一味も内閣の絵を描いていました。クーデターが成功したら、一つずつ分け持つというものです。本人たちに伝えていたそうですが、もしかして相も何か言われていませんでしたか」

「私は何相だったと言っているんですか」

「司法相同志が自分の意志で加担されたとは思っていません。しかし、非常に近い間柄なので、耳を塞いでいることもなかなかできなかったのではないかと思うのです」

「内閣の話は今初めて聞きました」

方学世は、崔昌益の宗派主義言動について執拗に聞き出そうとした。

延安派の人々は、貞淑を「首相派」と呼んでトゲのある冗談を言い、ときどき口ゲンカに火花が散ることもあったが、一〇年近く同じ釜の飯を食った同僚間の友愛は強かった。金日成に対しては最初から不満が多く、言いたい放題だった。それらを全部書き記したら、本が一冊出せるくらいだ。レーニンや毛沢東と比較して、建国の指導者としては人格的にも、学識的にも、闘争経歴からしてもはるかに劣るという人物評と悪口は日常茶飯事で、第一人者に対する妬みとやっかみは頻繁に一線を越えた。

「李承晩みたいな年寄りなら、それでも希望があるじゃないか。すぐに死ぬだろうし、順に機会が訪れる。ところが金日成は若造だから、柿の木の下で口を開けて待っていても、あいつの柿は落ちてきやしない。年取った我々のほうが先に死ぬだけだ」

「個人崇拝なんてもんじゃない。父親、祖父、妻まで、家族崇拝だ。完全に封建王朝時代の焼き直しだよ。このまま行ったら、首相は正日（ジョンイル）に北朝鮮を譲り与えるとか言い出すんじゃないか？」

「おい、冗談もたいがいにしろ！　天下のスターリンだって、そんなことはしなかったじゃないか。栴檀（せんだん）は双葉より芳（かんば）しって言うだろ。正日、あのガキを見てみろ。大物になるようには見えないじゃないか。ただのお調子者だよ」

「子どもはみんなそんなもんさ。正日はともかく、首相はあれだけ自分の手を血に染めたんだ。寿命をまっとうするのは難しいだろう」

貞淑は方学世に、「私も平壌に来てからは独立同盟の同志たちと疎遠になった感があります。あれこれ話はたくさんしましたが、これといったことは思いだせません」と返答した。彼は尋問の焦点を変えた。

「あんな宗派分子たちを批判するとか、しないとかいうのが問題ではないんです。司法相同志の党性に対して疑念が持たれていることはご存知でしょう？」

貞淑がまじまじと見ると、彼は声に力を込めた。

「以前の文化宣伝省の事業作風に対して小ブルジョア的だという批判が絶えずありました。相同志ご自身もそうです。自由主義の残滓を清算できていない南半部の人々とつきあい、崔承喜（チェ・スンヒ）のようなブルジョアをかばった問題もあるではありませんか」

つまり、彼女の党性を検討するということだ。二人は、今はなくなった文化宣伝省の事業について口論した。

「確かに、私はブルジョア出身で、自由主義の気質があります。否定したくはありません。でも、今の私はマルクス・レーニン主義者です。自由主義とブルジョアの残りかすを洗い落とそうと不断の努力をしてきました」

「それはわかっています。だから首相も、許貞淑相を引き続き高く評価して起用されているのではありませんか。そろそろそれを立証して見せるときが来たのではないかと思います。相同志に対する疑念を一気に吹き飛ばすためには、党に対する忠誠心を見せてください。党全員会議はどういう場ですか。あのような場で徒党を組んで、個人崇拝について討論してみようなどと言って、首相同志を引きずり降ろそうと猛烈に攻撃したんですから、小英雄的宗派主義でなく、いったい何だというのでしょうか」

「第二回インターナショナル大会でエンゲルスは宗派が形成されるのを防ぐために討論が許されなければならないと言いました。討論そのものを宗派主義と決めつけてはなりません。党は、討論を通して発展するものですから、討論を防いだら発展もないではないですか」

その瞬間、方学世がバンとテーブルを叩いた。

「許貞淑相はまだここがどこかわかっていないんですか！」

彼女も未練の類いを捨てた後は、あれこれ計算する気持など、とうになくなっていた。

「あなたは私がどういう人間か、まだわかっていないの！」

彼女の凜とした声が四方の壁に響いた。方学世は椅子を蹴って立ち上がり、息巻きながら出て行った。

その日の夜、方学世がまた入って来た。

「さあ、交渉しよう。あんたは実際、宗派事件のときに飛ばすこともできたんだ。私はそうしようという立場だった。あんたが崔昌益と密談したこともわかってるんだ。あんたは運がよかった。しかし、いつまでも幸運がついて来るとは思うな。あんたの昔の同僚たちは首相が何回も寛容を示して命を助けてやったのに恩知らずにも首相を裏切った。崔昌益は首相に忠誠をつくすと、足の裏までなめそうに卑屈にやってたやつじゃないか。恩を知らない人間は死んで当然だ。殺してくれと言わんばかりに自分から首を差し出したんだからしかたないだろ。こんなネズミ野郎がモスクワに、北京に、こっそりと連絡を入れている限り、我が共和国は安全ではない。このネズミ野郎たちを一掃するのは主体(チュチェ)を渇望する我が人民の願いだ。ただ、首相が許同志を特別に寵愛していて、選択の機会をくださった。あんたが選べ。彼らと同じ墓に入るか、生き残って共に祖国の栄光に浴するのか。あんたが墓場行きを選ぶなら、そのときにはあんた一人で行くことにはならないだろう」

方学世は、機関銃のように演説を浴びせてからしばらく間を置いて、もう一言つけたした。

「あんたの家族も無事ではいられないだろう」

問題の党代表者会議の日程が近づいていた。死ぬか、生きるか。二者択一の問題だった。首相は、この戦争をどこまで続けるつもりなのか。党と内閣にパルチザン派だけ残るときまで血を見続けるつもりなのか。自身の忠実な部下たち、一つの党派だけで鉄血の一党独裁を押し通そうということなのか。初めて平壌に来たころ、延安派の人々は主に金日成の言ったことや行動を話題にした。そしていつごろからか、首相の頭の中に何が入っているのかについてテーマになった。それが将来、自分や自分のグループにどのような影響を及ぼすのか、彼の表情や気分、私的・公的情報を総動員して、推理を打ち出した。ところが今、貞淑は一人で首相の頭の中を推し量ることしかできない。

翌日の午後、ノックの音が聞こえたとき、彼女は淡々としていた。方学世にはもうこれ以上、言うこともなかった。扉が開くと、彼女はびっくりした。長男が孫を抱いて入って来たのだ。やっと四歳になったばかりの孫だ。うれしくて涙が出そうだった。しかし彼女は、椅子に座ったまま怒鳴りつけた。

「こんなところにどうして子どもを連れて来るの！　地下室の腐った空気を子どもに吸わせたいの！　すぐに連れて出なさい！」

祖母の怒声に驚いた子どもが泣き出した。貞淑は息子に背を向けた。子どもを泣きやませようと、あやす声が背後で聞こえる。子どもが泣きやむと、静寂が訪れた。

「お母さん」

息子の声が響いた。震える声に切実さが滲んでいる。再び沈黙が流れた。子どもがしゃっくりする声が聞こえ、しばらくしてまた静かになった。やがて彼女の背後で扉が開いて閉まる音が聞こえた。窓もないコンクリートの独房が再び静寂に包まれた。

息子がお母さんと呼ぶときには、何かを言おうとするときだ。この子はいつもこうだ。助けてくれと泣きつくとか、自分勝手だと非難するとか、でなければ、自分は大丈夫だからお母さんの思いどおりにしたらいいとか、結局、何も言えずにもじもじするだけで出て行ってしまった。母親の強い気概に気圧されて、我慢して、譲歩して。いつもそうだ。何かをしてくれと頼みもしなければ、怒ったり恨みごとを言ったりすることもない。ソウルに置いてきたのに、新年と母親の誕生日にはきちんきちんと「お母さまへ」と手紙を送ってくるし、平壌に来いと言ったら来るし、モスクワに留学しろと言えば行き、静かに暮らせと言ったら静かに暮らしている。

貞淑は涙が出た。この地下監獄に来て乾いた怒りばかりがこみ上げていたが、初めて流した涙だった。すすり泣きがいつのまにか号泣に変わった。完璧に防音されたコンクリート壁の地下監獄で、彼女は父の死後七年ぶりに思い切り声を出して泣いた。その深いところから湧き上がる慟哭は、怒りと憎悪、愛おしさと罪の意識が入り交じって熱く、赤かった。

翌日、朝食を持って来た内務署員に、貞淑は「内務相同士に会いたいと伝えなさい」と言った。真上の階で勤務中だったのか、方学世はすぐに降りて来た。うれしそうな明るい顔つきだった。

一月末に見たときには凍っていた大同江(テドンガン)が、解けて波打っている。川の畔に芽吹くコウライヤナギの実を見ると、確かに春が訪れている。内務相の地下監獄と自宅軟禁まで合わせて一カ月ほどの間に、季節が変わっていた。

「そういえば、今日は啓蟄(けいちつ)ね。大同江も解けるという啓蟄……」

代表者会議が開かれる劇場の入り口で、党の組織部の人たちが待っていた。組織部長の金英柱(キム・ヨンジュ)が会議場の前で待っていて、貞淑を見ると深々と挨拶した。彼女は金英柱に近づいて行った。

「私の読む原稿があるとおっしゃいましたね」

金英柱が代表者会議の資料集を渡した。資料集の中にプリントされた紙が五枚挟まっていた。ガリ版刷りのプリントの最初のページには、「崔昌益(チェ・チャンイク)の歴史的な罪悪暴露要旨」というタイトルが印刷されている。彼女は立ったまま文案にざっと目を通した。

「ここですが、『ネズミの尻尾程度の権力でも手に入れたら、猫も杓子も、自分の党派の人々を引き入れて地位につける虫けら以下のやつら』、この部分は省きます。それから、『人民を惑わす宗派主義者の野郎ども』は、『野郎ども』を取って、ただ宗派主義者と言うことにしますよ」

演壇に立った貞淑は、老眼鏡をかけて暴露要旨を読み上げた。無表情な顔、無味乾燥な語調だった。

貞淑が演壇から降りた後、咸鏡道(ハムギョンド)から来たという党員がうしろのほうで発言を申し出るのが聞こえた。彼はやっと聞こえるくらいの低く震える声で発言した。

「我々がパルチザン闘争をしていたときには、三日に一回ずつ飢えながらも、どこかで麦か粟一合でも手に入ったら同志たちが集まって、一つ釜で炊いてわけあって食べたものです。それで苦労も苦労とは思わずに死に物狂いで闘いました。ところが今、よくわかりませんが、お互いに考え方が少し違ったとしても、以前のあの革命闘争のときの精神を生かして、互いに理解しあい、手を取りあって、誰かがミスをしたとしても温かく包み込んで……」

このくだりで「なんだと！」という怒声が聞こえ、男の声はヤジにかき消された。ひとしきりの騒動の後、貞淑が振り返って見ると、その男が内務署員たちに引きずり出されるところだった。彼女のうしろであざ笑うような声が聞こえた。

「情けない奴め、寝言みたいなことを言ってる」

「パルチザンの英雄が戻って来られたわけだ」

貞淑は、椅子に身体を深く埋め、頭をたれた。咸鏡北道党から来たという男が、崔昌益を「北海道の雄犬みたいなやつ」と言い、信川郡の共同農場管理委員長だという女は「あいつを八つ裂きにして豚に食べさせます」と言って、拍手喝采を浴びた。前夫が若い女性を好む好色漢で、業務そっちのけで酒ばかり飲んでるのんべえな上に、利権を得るためなら何でもする破廉恥漢にされている間、貞淑はうつむいたままぶつぶつと言い続けた。

「私も咸鏡道出身だから悪態を嫌というほど聞いてきた人間だけど、公式の席上で、やつらとか、野郎とかいう風土が大きな問題だわ。パルチザン派の中核たちが口が悪いから、近ごろでは誰も彼もそれを真似してる。下品に言わなきゃ党性が認められないと思ってるんだわ。それでも、朝鮮の初期のマルクス主義者たちはホイットマンやプーシキンの詩を一篇くらいは原語で読みあげることができる粋人たちだったのに」

二カ月後、貞淑は平壌駅で内閣と党の幹部たちの見送りを受けながら、新義州行きの列車に乗った。一九五八年五月三日だった。

貞淑は、二日後に開幕する中国共産党第八回党大会に、北朝鮮代表団長として出席する予定だった。出国前に首相室に挨拶に行くと、首相は「許貞淑同志は北京の人々と長いつきあいがあるんですから、友誼をさらに深めて来てください。そして、毛主席によろしくお伝えください」と言った。言われなくても、貞淑は自身の役割が何か、よくわかっていた。貞淑が代表団長として北京に行くということ自体が重要だったのだ。延安派であっても宗派主義に巻き込まれない良心的な人物ならば、依然として首相の政治的同志として高位職に残っているのだという証拠を示しさえすればよかった。

中国革命が、あと数年早く実現していたらどうだっただろうか。一九四三年一一月のカイロ会談のテーブルに、ルーズベルト、チャーチルと共に、蔣介石ではなく毛沢東が座っていたとしたらどうだっただろうか。スターリンではなく毛沢東が建国の産婆役を担当していたら、何か変わっていただろうか。金日成(キム・イルソン)ではなく崔昌益が首相になっただろうか。貞淑が最後に昌益の所在を調べたとき、彼はすでに豚農場にはいなかった。他の場所に再配置されてもいなかった。貞淑は、それが何を意味するのか知っていた。彼は、静かに処理されたのだ。

プラットホームで外務省副相の歓送の辞を聞きながら、貞淑は北京に行ったら王府井(おうふせい)や琉璃廠(るりしょう)で孫のお土産を買おうと考えていた。何がいいかな、コオロギの飼育箱か覇王別姫仮面かな、それとも琵琶を買ってあげようか。

列車が出発する前に客車に上がって来た外務省副相は、両手を腹に当てて丁重な挨拶をした。
「思いがけないご苦労をされたとお聞きしました。首相同志が特別に相同志だけは共和国に献身した功労に鑑みて赦免せよとおっしゃり、相同志も熱い涙を流されたと。首相同志が相同志を思われるお気持は、私などにはとても推し量れないほどです。遠路ですが、なにとぞお身体にお気をつけて行ってらしてください」

歴史がそのように書かれていた。貞淑は笑いながら「ありがとうございます」とだけ答えた。
ガタゴトと進む北行きの列車の車窓に、山や野がピンクに染められていた。

「ツツジの季節には朝鮮半島が本当にまぶしいくらい美しいわね」

五〇年の人生だが、もう五〇〇年くらい生きたような気がする。人生が長すぎる。これからまたどんなことがあるのだろう。死ぬのはたやすい。生きるのが難しいのだ。二〇年前、昌益と一緒に乗った北行きの列車が、はるかに遠い過去の風景のように頭の中を横切り音を立てて走り去る。文化宣伝省に出勤していた時代の昌益は、寡黙を通り過ぎて口のない人だった。貞淑の前で昌益がたった一度、口を開いたときに言った言葉はこれだった。

「朝鮮で我々は共産主義の始まりと終わりの両方を見たな。もう北朝鮮はマルクス・レーニン主義社会ではない。それはもしかしたら、金日成やスターリンのような特定の個人の問題とだけは言えないのかもしれない。理想的な制度を受け入れるには、我々人間があまりにも利己的な存在なのかも。我々が唯物論だと信じたものが、もしかしたらただの観念論だったのかもしれない。我々は結局、アメリカを発見できなかったコロンブスだったんだ」

北京はユーラシア大陸の東の端から西の端まで、各国の共産党代表でひしめいていた。毛沢東主席は、見るたびに額が広くなっていく。延安を発って以来、北京を訪問するたびに会い、昨年の秋にはソ連革命四〇周年でモスクワで会ったから、半年ぶりだ。貞淑が「先生」と挨拶をすると、彼は「許貞淑君」と言い、手を握った。貞淑が「ますますハンサムになられた」と言うと、「それは個人崇拝かな？」と言って笑う。

ふと、貞淑は抗米援朝戦争のときに北朝鮮に来て戦死した毛主席の息子のことを思った。息子を死地に送った父親の気持はわかるようでもあり、到底わかりきれないだろうとも思う。貞淑は息子を生かすために妥協したのだから。

毛主席は、貞淑の紹介を受けながら北朝鮮代表団と一人ずつ握手をし、挨拶を交わした。毛沢東と金日成は、いろいろな点で違いがあるが、共通点の一つは抜群の記憶力だ。公私の別なく、一度でも会った人の名前と職責を忘れない。しかし、今回の北朝鮮代表団はほとんどが新顔であるため、いちいち貞淑の紹介が必要だった。

「貞淑さん、最近はいかがお過ごしですか」

「天より離るること三尺三寸です」

毛沢東が大長征のときに書いた詩『山』の一節だ。

快き馬に鞍を加へて　未だ鞍より下りず
驚きて首を回らせば
天より離るること三尺三寸

毛主席も『山』の一節で応答した。

「青天を刺き破りて刃未だ欠けず。天堕ちんと欲すれば頼りて以て其の間を支う」

延安の窯洞でボロを着てシラミと一緒に暮らしていた時代の、愛おしく気の置けない革命家同志たちの顔が一つ、二つと消えていく。毛沢東が貞淑の手を握りしめて振る時、喜びの色が浮かぶ。別れる時のいつもの挨拶まで意味深長だった。

「ツァイチエン（再見）！」

エピローグ

1991年 平壌

許貞淑（ホ・ジョンスク）は九〇歳近い年齢にもかかわらず、背筋がしゃんと伸びて鋭かったと言う。

「革命の先駆者として年老いて、孤独に暮らしておられる。よく面倒を見てさしあげるように」という金日成（キム・イルソン）の指示があり、党では毎年二回、旧正月と秋夕（チュソク）に人を送って挨拶をする。毎年二回の訪問を担当していたL氏に、この小説を書く過程でなんとか会うことができた。彼は一九九一年の旧正月が許貞淑への最後の訪問だったと言った。

許貞淑は、大同江（テドンガン）の畔の百戦百勝アパートで暮らしていた。目の前に党創建記念塔があり、党幹部たちと高位層が主に暮らす一五階建てのマンションだ。L氏は、党統一戦線部の若い職員二名を連れて行く。その二人が贈りもののボックスを持ってついて行くのだが、バナナ、ミカン、中国製の春雨が一箱ずつで、どれもこれも北朝鮮では貴重なものばかりだった。党が彼女の好みに合わせて選んだ贈りものだ。エレベーターが動いていなかったため、一行は階段を上って行った。許貞淑の家は九階で、ベランダから大同江の向こうに万寿台（マンスデ）と金日成の銅像がよく見えた。中心街の高級マンションで、すでに老朽化しているが、許貞淑の家だけは党が内部修理をしていてきれいだった。

L氏一行が贈りものの箱を下ろしながら「将軍からの贈りものです」と言うと、許貞淑は「贈りものを持って来るのはもうやめなさい」と言った。四部屋のマンションで彼女は四〇歳くらいに見える看護師と二人で暮らしていた。許貞淑は、北朝鮮の高齢女性たちにありがちなパーマ・スタイルではなく、いつもボブカットで通してきたが、そのころは半分くらい白髪だった。

家には本がたくさんあって、ソ連の党機関紙『プラウダ』と雑誌『アガニョーク』を購読していた。居間の蓄音機からロシアの作曲家ミハイル・グリンカのオペラ『イヴァン・スサーニン』が流れていた。レコード六枚を一枚ずつ落とすアンティークな蓄音機だ。北朝鮮では外国の新聞や雑誌を購読するためには特別な承認を受けなければならず、ソ連の音楽を聴くのも事大主義または修正主義と批判される可能性があるので、一般人には考えることもできないことだ。

看護師がサイダーを持って来た。三〇歳も年の差があるのだから気楽に話してほしいと言っても、許貞淑は最後まで丁重な物言いを変えなかったと言う。L氏が「将軍が許貞淑女史の健康を心配されています」と挨拶すると、許貞淑は「将軍はお元気ですか」と答えた。許貞淑は、第三次七カ年計画（一九八七から一九九三）はどうなっているかと尋ねた。いくつかの名誉職以外には公職から退き、外出も少なくなっていたが、ソ連の新聞や雑誌を購読する彼女は、世の中の動きについて普通の党幹部たち以上によく知っており、北朝鮮の経済がどん底にあることもわかっていた。党では七カ年計画が成功していると発表していたが、許貞淑は実態を知りたがった。しかし、L氏も正確な内容はわからなかったし、わかっていたとしても言うことはできなかった。

実際そのころ、第三次七カ年計画は問題があるどころではなく、収拾不可能な難関にぶつかっていた。燃料と電力の不足により大半の工場が稼働を中止し、生活必需品と食糧不足で一日二食が義務化され、鴨緑江（アムノッカン）と頭満江（トゥマンガン）を越えて住民の脱北が始まっていた。許貞淑のマンションのエレベーターが動いていなかったのも、十中八九、電力不足のせいだったと思われる。一九八〇年代を通して西側はかつてないほどの好況だったが、科学技術文明の世界に取り残された北朝鮮は、ソ連からの石油供給が中断され、東欧諸国との交易も減少して、破綻状態に追い込まれていた。

ソ連にゴルバチョフという五〇代の若い書記長が登場して改革開放に舵を切り、東欧諸国の共産主義体制がドミノ倒しになっていた。二〇年から三〇年という長期政権を維持してきた金日成の同世代指導者たちの末路は悲惨なもので、ルーマニアのチャウシェスクは妻と共に公開処刑された。

スターリンが死に、フルシチョフが一人支配体制を改善するよう圧力を加えた時、金日成が見つけ出した出口は「主体（チュチェ）」だった。ゴルバチョフが改革開放を打ち出したころに、金日成が提示したのは「我々式（ウリ）の社会主義」と「我々式（ウリ）に暮らそう」というスローガンだった。金日成は国家財政をつぎ込んで、国民を飢餓から救う代わりに、自身と北朝鮮の健在を誇示する大々的なイベントを繰り広げた。一九八九年の夏に開催された青年学生祝典には、当時の北朝鮮の一年分の対外貿易額に匹敵する四〇億ドルの予算がつぎ込まれた。

一九七二年、金日成の六〇歳の誕生日に高さ二〇メートルの金日成の銅像が建てられ、一九八二年の七〇歳の誕生日には一〇万席規模の金日成競技場と凱旋門、世界一高いという一五〇メートルの主体思想塔が建設されたが、八〇歳の誕生日を控えて金日成は、五〇歳の息子に国防委員長という職責を与え、国を相続する憲法改正を準備していた。

「首領も人間ですから、同志の批判を受けなければ発展はないのですが、将軍に言うべきことを言う人がいなくて心配です。将軍の周辺にはこびへつらう人間ばかりが多くて問題です。将軍をサポートするなら、こびてはいけません。こびへつらっていたのでは国は滅びます。将軍も大変でしょう」

L氏によると、許貞淑はそう言ったという。首領は絶対に間違わないという「首領の無誤謬性」原理にそむく危険極まりない発言だ。そんなことが言えるのは許貞淑しかいなかった。にもかかわらず、国際的な信望があり国際共産主義運動においても尊敬される人物だからこそ、党でも尊重して、放っておいているのだと言う。L氏は、許貞淑は原則に忠実で、理路整然としており、政治的に清潔で、自分の考えを曲げないスタイルだと言った。朝鮮戦争直後、許貞淑の文化宣伝相時代にその下で副相を務めていた鄭尚鎮（チョン・サンジン）や局長だった朴甲東（パク・カプトン）の回顧談にも、似たようなことが書かれている。

許貞淑は、いわゆる八月宗派事件の際に延安派で一人生き残ったが、二年後の一九六〇年に最高裁判所所長を解任され、一九六一年には党中央委員から外されて失脚した。許貞淑個人を粛清したと言うよりは、方学世(パン・ハクセ)まで含めて、金日成と共に建国に参加した人々が政治の第一線から退く、一種の世代交代だった。その後、許貞淑は中央図書館の館長をしていたとL氏は証言する。彼女が館長になってから英語の書籍が公開されたと言う。

彼女は一九七二年、南北対話ムードの中で、祖国統一民主主義戦線書記局長になって、対南事業の顔として登場した。一世代下の呂運亨(ヨ・ウニョン)の娘、呂鷰九(ヨ・ヨング)が後日、許貞淑の後任として書記局長になった。許貞淑は一九七二年九月、平壌(ピョンヤン)に行った南側の記者たちとの会見で、「孫は男女が半々だ。メディアの仕事をしている息子と、家事をする嫁と一緒に暮らしている」と述べた。

許貞淑は一九八〇年、八〇歳近い年で、党中央委員に復帰し、翌年、党中央委対外事業担当秘書になって、主に海外関連の活動をした。一九八三年にイタリア共産党党大会に北朝鮮代表として参加したという記録があり、八八歳まで公式行事に姿をあらわしていたと言う。五カ国語をあやつる許貞淑は、北朝鮮社会ではめずらしい、そして建国世代の生存者の中では公認された最高のインテリだった。L氏が旧正月に挨拶に行った四カ月後に、許貞淑はこの世を去った。数え年九〇歳だった。二〇歳のときから肋膜炎に苦しめられながら生きた人としては信じられない長寿をまっとうした。一九九一年六月五日、北朝鮮当局は祖国平和統一委員会副委員長の許貞淑が死亡したと発表した。彼女の遺骨は平壌の愛国烈士陵に埋葬された。

彼女は末年に『太陽の胸に抱かれて輝いた人生』など、二冊の自叙伝を残したが、タイトルが物語るとおり、許貞淑の個人史というよりは「私が出会った金日成─許貞淑編」に近い。本人が口述はしたのだろうが、他の人によって執筆されたものだ。彼女が死んだ後の一九九四年、北朝鮮当局が歴史人物映画シリーズ『民族と運命』の一つとして、許貞淑編を制作した。自叙伝も、映画も、金日成の英雄伝を完成させるために、許貞淑個人史の主要な事実や歴史的考証は無視している。たとえば、許貞淑が中国に行ったのは、満州で民族解放闘争を率いる首領の近くに行きたいという一念だったと書いてある。金日成という名前が初めて国内に知られた普天堡（ポチョンボ）戦闘は、許貞淑が中国に行った翌年のことだ。

許貞淑は、高明子（コ・ミョンジャ）と朱世竹（チュ・セジュク）が死んだ後、ほぼ四〇年を生きた。三人の女のすれ違った運命は、選ぶ女と選ばれる女の違いだったのだろうか。いずれにしても、三人の女の中で唯一、許貞淑は自分の男を自らキャスティングし、ときに悲運に巻き込まれはしたが、最後まで活気ある人生を生きた。

高明子に関わる最後の記録は、『呂運亨―時代と思想を超越した融和主義者』（イ・ジョンシク、二〇〇八年）の付録に掲載された李欄（イ・ラン）の証言だ。呂運亨の最側近であり後援者でもあった李林洙（イ・イムス）の息子である李欄は、朝鮮戦争勃発の数日後にソウルが人民共和国の治下に入った直後、人民党舎で高明子に会ったと言う。高明子が解放後に社稷洞（サジクトン）の一間きりの借間で、尹東鳴（ユン・ドンミョン）と同棲していたということは、李欄、そして記者出身で『呂運亨評伝』を書いた李奇衡（イ・ギヒョン）の証言だ。戦争中に彼女に関する記録は終わっており、どう死んだのかについては何もわかっていない。

一時、朱世竹は一九三〇年代にシベリアで死亡したとされていた。金丹冶（キム・ダニャ）は一九三〇年代末にも京城（キョンソン）に潜入して地下活動をしたことが、日本の警察文書に出ており、『韓国共産主義運動史』（全五巻、キム・ジュンヨプ、キム・チャンスン共著、一九八六年）は、彼が八・一五解放後にソ連科学院の翰林（かんりん）学士として海外普及用理論書の韓国語監修を担当していたと書いている。異国を流浪する過程で非業の死を遂げた「洪吉童（ホン・ギルドン）」だっただけに、金丹冶については推測に基づく噂が多い。一九九〇年の韓ソ国交正常化後、ソ連政府の資料が公開され、ビビアンナ・パクがソウルを訪問したことによって、朱世竹が流刑になった事実と金丹冶の悲劇的な最期が明らかになった。朱世竹と金丹冶は、ゴルバチョフ政権の下で復権した。

大韓民国政府は二〇〇五年、八・一五光復節を迎えて二一四名の殉国先烈と愛国志士に対する叙勲を発表したが、その名簿に金丹冶も含まれていた。これによって、金丹冶はソ連に次ぎ、韓国でも復権した。

このような人々が、二〇世紀初頭の朝鮮半島に生きていた。革命が職業で、歴史が職場だった人々。一九二〇年、三人の女は文字を習い始めた幼い少女たちだったが、いつのまにかハイジャックされた国の国民になっていた。誰かが我が家の庭を廃墟にし、土足で寝室に上がり込んだとしたら、日常はすでに壊され、生活は闘争にならざるを得ない。だから、三人の女と男たちは、人生を歴史に「オールイン」した。氷点下二〇度の真冬に、薄着のままソウルからウラジオストクまで歩いて行った。財産を守るどころか、財産も捨て、恋人や家族も捨て、それ以上捨てるものがないときには、命を捨てた。

彼らは、ある国が他の国を搾取してはならないと信じた。そして、ある階級が他の階級を搾取してはならないと信じた。農夫は自分の土地を持つべきだと考えた。誰でも病気になったら、お金があってもなくても、治療を受けられなければならないと考えた。彼らは、人間は平等でなければ尊厳が守られないと信じた。それゆえ、マルクス主義者になった。

彼らは、共産主義というイデオロギーの盛衰興亡を自身の生涯で経験し、科学だと信じていた歴史法則の誤作動によって命を失いもした。彼らは、まさに時代の申し子だった。爆撃された国で破片のように周辺に飛び出した人々。それは切実で追い詰められたディアスポラで、悲しくも苦難に満ちたグローバルライフだった。

彼らのほとんどは、墓すら残していない。彼らのような部類の生き方全体が一つの失敗と見なされ、後世の人々はその痕跡を消したがった。

一八四八年のパンフレットから始まった一九世紀の理論は、二〇世紀に世界的規模のイデオロギー闘争として展開されたが、世紀が変わる前に終了した。朝鮮半島の北側のソビエト実験は、早々に共産主義の軌道からはみ出して奇怪なファシズムへと向かってしまった。二一世紀に入ってマルクス主義は、体制や革命や理念の問題ではなく、哲学と態度と政策の問題として残された。

資本主義と共産主義の大競合の時代に、資本主義は共産主義から多くを学んだ。マルクスの理論とレーニンの革命は、彼らに追従した共産主義世界を幸福にする代わりに、資本主義の世界をより人間らしくする上で決定的な手助けをした。それは一つの逆説だった。

作者あとがき

私がこの小説を書き始めたのは二〇〇五年である。小説を書き出す糸口になったのは、許貞淑（ホ・ジョンスク）の発見だった。冷戦時代を過ごした我々世代にとって、独立運動は金九（キム・グ）だけだったのと同じように、新女性といえば羅蕙錫（ナ・ヘソク）しかいなかったので、許貞淑のことを初めて知ったときには驚いた。許貞淑に興味を持って調べてみると、また別の魅力的な新女性の群像が目に入ってくるようになり、その周辺で共産主義運動に命をかけた悲運の男たちも見えてきた。

しかし、小説を計画どおりに書き進めることはできなかった。許貞淑、朱世竹（チュ・セジュク）、高明子（コ・ミョンジャ）に関する資料を探して読み、いよいよ執筆に入ろうとした二〇〇六年九月、たまたま三年任期の公職に就くことになったのだ。私は、歴史本や評伝といった類いの書籍は本棚にしまい込み、資料（ほとんどが国会図書館で複写した新聞、雑誌、単行本だった）とノートをラーメンの空き箱二個の中に入れて青いテープで封をした後、韓国映像資料院に出勤した。

三年後、家に帰って来て箱を開け資料を取り出して見たが、あきれたことに、三年前に読んでいた二〇〜三〇冊の本の内容はほとんど記憶に残っていなかった。容量の小さな私の頭脳に、不慣れな職場の新しい業務ファイルが大量にアップロードされて、既存のファイルを無差別に上書き保存してしまったようだ。ところが、三年という時差の被害を補ってあまりある利点が一方で生まれていた。その間にインターネット検索機能が驚くほど進化して、ちょっとした昔の本よりもウィキペディアが有益なツールになり、国会図書館で複写カードを買ってA4、A3用紙に限りなくコピーした新聞や雑誌を、家でNAVERニュースライブラリーを通して見ることができるようになっていた。その間に歴史小説を書く環境に、それこそ産業革命が起きていたのである。

　しかし、初稿を書いた後、修正を重ねて、やっと終わったと思ったときに、再び意図せぬ変数があらわれた。ソウル文化財団の仕事のために、『三人の女』は再び四年半もの間、後回しにされることになった。二〇一六年九月に財団を辞めた後、パソコンに保存されたファイルを開けてみて途方にくれた。四年前には、これ以上足すことも、抜くこともない、完璧だと思われていた小説原稿が、改めて見ると雑としか言いようのない代物だったのだ。原州(ウォンジュ)土地文化館に二カ月間滞在したことが、公職生活から作家にモード転換する上で決定的な助けとなった。

　全宇宙に妨害されているような執筆過程だったが、決して悪いことばかりではなかったと思う。そんなふうに延び延びになる間に、三人の女の人生が私の頭と胸の中でリンゴのようにゆっくりと熟していった。その間に、私は四〇代から五〇代になり、今度は三人の女の末年を扱う際に、以前に比べてはるかに気持が楽になっているのを感じた。

　この小説で、主人公の三人の女を始め漢字名で登場する人は全員、実在する人物だ。登場人物に関する歴史記録に基づいて、隙間を想像力で埋めた。歴史記録に反する想像力は抑え、「小説」が「歴史」に反することがないよう注意した。

　小説は、三人の女と周辺の男たちの人生と共に、一九二〇年代から一九五〇年代にわたる朝鮮半島の共産主義運動の誕生から消滅までを扱っている。私は、一九五五年に主体(チュチェ)思想が登場し、一九五六年に延安派が粛清されたことで、朝鮮半島の共産主義は終焉したと考えている。

三人の女は二〇代を共に過ごした後、ユーラシア大陸の異なる場所へと散らばって行ったが、常に朝鮮近代史の克明な現場のど真ん中にいた。たとえば、朱世竹がスターリン治下で韓人強制移住の惨憺たる現場に投げ出されたとき、許貞淑は延安で毛沢東から革命戦略を学んでおり、高明子は京城（キョンソン）で親日雑誌の記者をしていた。解放空間で、許貞淑と高明子は三八度線の北と南におり、許貞淑は金日成（キム・イルソン）の側近、高明子は呂運亨（ヨ・ウニョン）の側にいた。

この小説は三人の女が主人公だが、歴史も、もう一つの主人公だ。一人の人生のように、歴史にもミスがあり、誤りがあり、偶然があり、幸運がある。目的と正反対の結果が生まれ、偶然のミスが運命を変えることもある。

ヤルタ会談でルーズベルトがソ連を太平洋戦争に引き込んだのはミスだった。帝国主義日本の侵略が分断の根本的な原因だったとしたら、ヤルタ会談の失策が分断の直接的な動機になり、それを挽回しようとする無駄骨、繰り返されるシーシュポスの重労働が、我が民族の運命になった。しかし、アメリカとソ連は三八度線の臨時分割を終わらせる案も提示したが、それを受け入れなかったのは南北の政治家たちだった。私も、朝鮮半島が強国によって分断されたと学校で学んだ。そんなふうに被害者になりきっていれば自責も必要なく、少しは気も軽くなろうというものだが、私たち自身の愚かさは改善されないだろう。

小説を書き始めた一二年前に比べ、韓国社会もずいぶん変わった。アルファ碁など第四次産業革命の時代になったが、依然として変わらないのは韓国社会が解放空間、朝鮮戦争の延長線上にあるという点だ。二〇一七年にも相変わらず分断の結果は悪夢となってよみがえり、朝鮮半島をめぐる周辺国の露骨な利権争いは帝国主義のデジャブだ。解放空間のトラウマは、政治的にたやすく激昂し理念で派閥をわける習性の中に生きている。

韓国社会がそのような外傷後ストレス障害を卒業するためには、一度は左右を一緒くたに混ぜあわせなければならないのではないかと思う。だから盧武鉉（ノ・ムヒョン）元大統領や安熙正（アン・ヒジョン）氏が大連立を唱えたとき、私はそれを非常に真摯に受け止めた。

この小説を書き終わった今、解放空間の修羅場をつぶさに見て、朝鮮戦争を直接体験したような気持になっている。それゆえときおり、物騒な時局に対して元老たちが何か懸念する論評を出したりすると、私の考えと酷似していて、もしかして私は老化の過程を飛び級しているのではないかとあわてたりもする。

三人の女が生まれたのは二〇世紀の入り口だったが、私は彼女たちと共に一〇〇年以上生きたような気分だ。この小説の三人の女が生きた時代は、歴史の最も暗鬱な谷間、比喩や風刺ではなく、文字どおり「ヘル（Ｈｅｌｌ）朝鮮」、朝鮮という名の地獄だった。しかし、三人の女の人生まで、ただの地獄だったわけではない。女たちは凜々しく、運命に挑戦し、ドラマチックな人生を生き抜いた。私たちは今、年俸や昇進の問題で鬱々としたりするが、この女たちは、現実をものともせず、命にすら重きを置かず、自らの肉体で歴史に立ち向かった。新しい思想と理念がアドバルーンのように浮かんだ二〇世紀初頭に、彼女たちの人生は地獄の中でも時には春だった。

小説を書く間、一時代を探索することは楽しかったが、悲痛な事実にずいぶんと泣いた。作家たちはよく、作品を書き終えたときに主人公をやっと手放すと言うが、私も今やっと三人の女を送り出す。三人の女は私の中で一二年もの歳月を生きていた。三人の方の人生を、この方たちの世代の人生を、そしてその時代の歴史を、慰めながら送り出したいと思う。

二〇一七年六月　チョ・ソニ

解説

佐藤 優（作家・元外務省主任分析官）

優れた歴史小説だ。近代朝鮮と朝鮮人の歴史、大韓民国（韓国）と朝鮮民主主義人民共和国の形成過程を知る上での必読書だ。著者のチョ・ソニは、「この小説で、主人公の三人の女を始め漢字名で登場する人は全員、実在する人物だ。登場人物に関する歴史記録に基づいて、隙間を想像力で埋めた。歴史記録に反する想像力は抑え、『小説』が『歴史』に反することがないよう注意した」（下巻、三三一頁）と強調している。本書に登場する人々に関しては、史料の欠落が少なからずある。読者に登場人物をリアリティに富んだ人間として伝えるためには、史料の隙間を想像力で補うことが不可欠になる。本書の優れた点は、チョ・ソニが、想像力を極めて抑制的に働かせ、史実からの逸脱を極力避けようとしているところにある。

本書の展開も小説として見事だ。ビビアンナ・パクが、カザフスタンに流刑になっていた母親（朱世竹）が保存していた写真を取り出すところから物語が展開する。

春なのだろうか。いや、夏かもしれない。三人の女が小川に足をひたして、おしゃべりをしている。短い丈の白いチマチョゴリの上に真昼の陽射しが砕け散る。ピーンと張ったふくらはぎと、ふくよかな頰、軽やかな短髪は、三人の女の人生も、真昼の太陽の下を歩いている最中であることを物語っている。三人の女が水遊びをする小川は清渓川だろうか。

真ん中に座る洋服の女性。額が広く鼻筋の通ったこの女性が間違いなく朱世竹だ。右側の女性は朱世竹の親友、許貞淑だろう。では、もう一人の女性は誰なのか。

（上巻、一八頁）

もう一人の女性は高明子だ。

このくだりを読んだところで、私の記憶のスイッチが入った。今から四四年前になるが、同志社大学神学部一回生（一九七九年）の秋から冬にかけて、私は朝鮮の共産主義運動関係の文献を集中して読んだ。母親がプロテスタントだった関係で、私は物心がつくかつかない頃から母親に手を引かれ教会に通っていた。高校時代にはマルクス主義に関心を持ち、社会党系の日本社会主義青年同盟（社青同）の同盟員になった。一年浪人している間にマルクス主義の科学的無神論を本格的に勉強したくなった。そこで当時、総合大学神学部、単科の神学大学では唯一、キリスト教徒であること（洗礼を受けていること）を受験の条件としていない同志社大学神学部を受験した。当時の同志社大学神学部は、知的にも学生運動の観点からも梁山泊のような空間だった。あの頃の私には日本のキリスト教会が置かれた環境が生温く思われた。キリスト教徒であることが社会的リスクを伴う国家での教会に関心を持った。そういう場のひとつが韓国で、もうひとつがチェコスロヴァキア（当時）だった。韓国は朴正熙大統領の強権支配体制下で、プロテスタント教会もカトリック教会も民主化闘争に取り組んでいた。また神学部の先輩で韓国神学大学留学中に「学園浸透スパイ団事件」（一九七五年、韓国留学中の在日韓国人学生たちがＫＣＩＡ＝韓国中央情報部によって朝鮮民主主義人民共和国のスパイとして逮捕され、死刑を含む有罪判決を受けた冤罪事件）に連座して、投獄されている人がいた。

神学部では教授会と学生自治会が協力して、この先輩の救援運動に従事していた。

　私は一九七九年の五月の大型連休と七～八月の夏休みを利用して、韓国を旅行し、キリスト教徒との交流を深めた。韓国では、解放の神学や革命の神学の影響が強く、またキリスト教の土着化と政治活動を両立させようとする民衆の神学が形成されつつあることを知って、知的刺激を受けた。同時に当時の韓国では強力な反共政策が展開されており、マルクス主義に関する研究がまったくできず、その結果、キリスト教とマルクス主義の関係という研究テーマが成り立たないと思った。ならば北朝鮮におけるキリスト教について研究してみようと思い。文献を読みあさった。金日成の両親が熱心な長老派（プロテスタントのカルヴァン派）だったこともあって、主体思想にはキリスト教的要素がある。さらに北朝鮮にも朝鮮キリスト教徒連盟という教団があった。平壌が「東洋のエルサレム」と呼ばれたように北朝鮮はキリスト教の影響が強い地域だった。神学部図書室には第二次世界大戦前に平壌で発行された英語の神学書が何冊かあったので熱心に読んだ。

　北朝鮮の歴史を勉強するうちに、金日成のライバルで南朝鮮労働党の指導者であった朴憲永という人物に私は関心を持つようになった。北朝鮮の公式文献で朴憲永は、アメリカのスパイということになっている。


　セクト主義、地方主義、家族主義、機関なわばり主義の傾向に強く反対し、全党が党中央の指導に従うようにするたたかいをいっそう強めなければなりません。

　それでは、セクト主義に反対するためには、どのような活動をおこなうべきでしょうか。M・L派や火曜派についてだけ、また朴憲永、崔昌益の罪状のみを論ずるのではなく、かつてわが党を破壊し、今日再びわが党を四分五裂させ、資本主義を復活させるおそれのあるセクト主義、家族主義、地方主義の害悪をわが党員に徹底的に認識させなければなりません。

まえに朴憲永が悪いことをし、今度は崔昌益が悪いことをしたといった式の批判で党員を教育するのではなく、セクト主義、家族主義、地方主義の本質はなんであり、分派分子はどのように行動し、かれらの思想的な根源はどこにあるかを党員にはっきりと認識させなければなりません。こうして、分派分子らが足がかりにするすきを与えないようにすべきであります。こうすることによって、誰一人分派に引き込まれないようにし、引き込もうとする者がいれば、いち早くそれを見抜いて反対できるようにすることがきわめて重要であります。

（金日成「第一次五か年計画を成功裏に遂行するために――朝鮮労働党代表者会議での結語――」〔一九五八年三月六日〕『金日成著作選集2』朝鮮・平壌、外国文出版社、一九七九年、一三〇～一三一頁）

金日成は、朴憲永の思想と行動を全否定している。もっとも他の文献で金日成は、朴憲永と一時期、行動を共にしたというだけの人々を排除してはならないと強調している。

日本帝国主義者は、「民生団」という反革命的スパイ団体を組織して、間島の革命地区に送り込みました。こうしてかれらは、朝鮮人と中国人とのあいだに水をさし、また朝鮮人同士を争わせる策略をもちいました。ひところは、敵の策略に陥って、革命陣営内で互いに殺し合いを演じたため、多くの人がいわれもなく犠牲になりました。

われわれが、朴憲永一味の事件を取り扱ったとき、この経験が大いに役立ちました。われわれは、スパイとスパイでない者とを厳格に区別する原則を強くうちだしました。われわれは、政治委員会で何度もこのことを強調しました。まかり間違えばアメリカの策略に陥って、多くの人を破滅させるおそれがありました。

もちろん闘争は厳格におこなうべきです。そうでないとスパイを取りにがすおそれがあります。しかし闘争はあくまでも思想闘争の方法で展開しなければなりません。

朴憲永の影響を受けたからといって、すべて朴憲永派になるとは限らないし、スパイになるとも限りません。しかし、これらの人びとの頭には朴憲永から受けた思想的影響がまだ残っています。これとたたかわなければなりません。

朴憲永一味との闘争および反スパイ闘争の経験を、党員のあいだに徹底的に浸透させ、かれらがスパイと断固とたたかい、スパイを正確に見分けられるようにしなければなりません。もし、そうしないで、すべての人を疑うようでは、ついには自分の影にさえおびえるようになるでしょう。

（金日成「思想活動において教条主義と形式主義を一掃し、主体性を確立するために――党の宣伝扇動活動家におこなった演説――」〔一九五五年一二月二八日〕『金日成著作選集1』朝鮮・平壌、外国文出版社、一九七九年、五九五～五九六頁）

日本と協力する「民生団」に関与したことがある人々はかなりいるので、この人々を完全に排除すると北朝鮮の国家建設ができなくなる。朝鮮労働党から朴憲永派を完全に排除すると党が成り立たなくなるという危機意識を金日成が持っていたのだと思う。

朴憲永とそれに連なる人々は、反共政策を掲げる韓国でも主体思想以外を認めない北朝鮮でもタブー視されていた。ただし、一冊だけ、朴憲永の側近であった朴甲東が書いた『歎きの朝鮮革命』があった。朴甲東は、朴憲永の側近で、北朝鮮当局に逮捕拘束されていたが、一九五六年に憲永が処刑された後、釈放され、五六年に脱北し、日本に住むようになった。成甲書房の創設者である。『歎きの朝鮮革命』は、一九七二年七月四日に韓国と北朝鮮が同時発表した「南北共同声明」発表後の短い雪解け期に、韓国の全国紙『中央日報』に掲載された朴甲東の手記を基にしている。

> 中央日報の編集局は　この連載を最後まで無事に　成功させるために　苦労と緊張のうちに一九七三年二月から九月まで　八ヵ月間の長期に亘り　無事に連載を成功させ　それこそ「洛陽の紙価をたかめ」　読者の絶賛をあびたのであります。
>
> しかし　これを　韓国では　書籍として出版できないのでこの度　日本で出版することにしました。日本の読者に理解しやすいように書きなおしましたが　表現とか　若干の部分においては　ちがう所もありますが　基本的パターンにおいては　たいして異なる所はないと思います。日本の読者のみなさまが　ある種の先入観にとらわれないで　この書を読んで頂ければ　朝鮮人民の苦しみも　望みも　分ってもらえると信じます。
>
> 最後に　これを日本で出版できるように　御尽力頂いた「人間の條件」の作家　私の尊敬する五味川純平先生と　快く出版をひきうけて下さった　三一書房の竹村一社長に　深い感謝の意を表します。
>
> （バック　カップ　トン『歎きの朝鮮革命』三一書房、一九七五年、四頁）

『三人の女』は、小説という形態で歴史のリアリティを読者に伝えるという点では五味川純平の長編小説『戦争と人間』に似たところがある。もっとも『戦争と人間』では、伍代財閥という鮎川財閥に似せた架空の財閥をつくり、この一族を主要な登場人物としているので、史実に対して厳格な『三人の女』とは本質的に表現法が異なる作品だ。

『歎きの朝鮮革命』で、私は朱世竹、許貞淑、高明子について知った。

> 朴憲永　林元根　金泰淵（引用者注・金丹冶の本名）など三人の若いコムニストたちの活躍も　目ざましかったが　かれらの妻たちの活躍も　また目ざましいものがあった。上海時代から　終始　苦楽を共にしてきた朴憲永の妻　朱世竹　林元根の妻　許貞淑　金泰淵の愛人　高明子などは　社会主義女性運動の先頭に立っていた。
>
> また　曺奉岩の妻　金祚伊　ソウル青年会の領袖　金思国の妻　朴元熙などの活躍も　また　めざましいものがあった。
>
> 勿論　かの女たちの夫たちの影響も大きかったが　かの女たちは　結婚前から　すでに　古い殻をとび出して　朝鮮の社会制度を改革し　民族を解放しようとして　新女性運動の先頭に立つ　先駆的な　新しいタイプの女性たちであった。
>
> （前掲『歎きの朝鮮革命』七二頁）

朝鮮では共産主義運動に、封建制を打破する運動、民主主義闘争、植民地独立闘争、女性解放闘争などが包摂されていたのである。日本の朝鮮に対する植民地政策は、徹底した同化主義と政治弾圧で特徴付けられていた。従って、朝鮮ではブルジョア政党や社会民主主義政党あるいはファッショ政党が発達する余地がなく、派閥抗争が激しく統一した行動はなかなかとれなかったが、朝鮮共産党がさまざまな闘争課題を一手に担っていたと見ることができる。

朴甲東は、三人の女性のうち許貞淑、高明子の二人とは面識を持っていたし、北朝鮮で文化宣伝相をつとめていた許貞淑の部下として働いていたこともある。

新文化啓蒙運動の先頭に立った女性同友会の会員たちは　女だからといって　不便きわまりない長い髪をして歩く必要はないとして　短く切ってしまった。それを　その頃の言葉では「短髪美人」といった。許貞淑　趙元淑（趙斗元の妹でM・L派の指導者でソ連亡命中　亡くなった梁明の妻。南朝鮮民主女性同盟の指導者。北朝鮮の工作員として韓国に派遣され　現在　韓国の獄中にいる）沈恩淑の三人が同時に　髪の毛を短く切ってあらわれたので　ソウルで大きな話題となったこともあった。朴憲永の妻　朱世竹も　髪の毛を短く切って「短髪美人」の仲間入りをした。金泰淵（丹冶）の恋人　高明子も女性同友会の活動メンバーであった。高明子は当時　総督府病院の看護婦をしていたが　小柄で眼がぱっちりとした美貌の人であった。解放後　私は趙元淑と　高明子とに会ったが　趙元淑は　家庭婦人のように髪の毛をのばしやせてひょろ長く　女闘士のようには見えなかった。高明子はあいかわらずの短髪で　女優にでもなれるような美人で愛嬌のある女であった。高明子がその昔　総督府病院につとめている時　同志の人たちが「なんで　日帝の職場に勤めているのか」と詰問すると「職場なんか　かまわないのよ。わたしだって　ちゃんと　やるべきことはやっているのよ」と静かに　うけとめたといわれる。許貞淑が、男を「男」と思わないでちょうど男が女をかえるように　逆に男をとりかえるのに対し　朱世竹と高明子は　しとやかで　一人の男につくす方であった。

（前掲『歎きの朝鮮革命』七六〜七七頁）

「許貞淑が、男を『男』と思わない」とか「朱世竹と高明子は　しとやかで　一人の男につくす方であった」という朴甲東の評価には、男権主義的な偏見がある。しかし、そのような偏見のプリズムを通してでも、朱世竹、許貞淑、高明子の三人が自立した女性として生きていくという姿勢を貫いたことが伝わってくる。『三人の女』においても、『中央日報』に朴甲東が連載した手記が資料として使われていると思う。ただし、チョ・ソニは、朴甲東の男権主義的限界、また何らかの考慮から隠蔽している出来事（例えば、高明子が激しい拷問を受けた結果、転向し、「内鮮一体」を志向する日本語雑誌で勤務していたこと）についても、丹念な取材と文献の解読によって、歴史の真実に迫る努力をしている。

チョ・ソニは、三人の人生について、こう略述する。

三人の女は二〇代を共に過ごした後、ユーラシア大陸の異なる場所へと散らばって行ったが、常に朝鮮近代史の克明な現場のど真ん中にいた。たとえば、朱世竹がスターリン治下で韓人強制移住の惨憺たる現場に投げ出されたとき、許貞淑は延安で毛沢東から革命戦略を学んでおり、高明子は京城で親日雑誌の記者をしていた。解放空間で、許貞淑と高明子は三八度線の北と南におり、許貞淑は金日成の側近、高明子は呂運亨の側にいた。

（下巻、三三二頁）

その上で、三人に共通する特徴についてこう総括する。

許貞淑は、高明子と朱世竹が死んだ後、ほぼ四〇年を生きた。三人の女のすれ違った運命は、選ぶ女と選ばれる女の違いだったのだろうか。いずれにしても、三人の女の中で唯一、許貞淑は自分の男を自らキャスティングし、ときに悲運に巻き込まれはしたが、最後まで活気ある人生を生きた。

（下巻、三二六頁）

許貞淑は、表面的履歴だけを見ると最も成功した人物だ。朴憲永との関係も深く、派閥的には、中国共産党との関係が深い延安派に属していたが、金日成の信頼を得て、北朝鮮のエリートとして、一九九一年に天寿を全うすることができた。もっとも許貞淑も崔昌益が逮捕された際には、逮捕され、処刑される危険があった。結局は、息子の命を救うために公の席で崔昌益らを激しく断罪することで生き残ることができた。北朝鮮だけでなく、スターリン主義体制下のソ連、チェコスロヴァキア、東ドイツなどでも、よくあった出来事だ。

チョ・ソンニは、内務省の監獄での許貞淑の独白として、次のような創作をしている。

北朝鮮も、出発は悪くなかった。土地改革も立派だった。マルクス・レーニン主義者として、その思想の上に政府を樹立する仕事ができたことは幸運だった。権力というものも、味わうことができた。彼女は男たちがそれに夢中になる理由がわかるような気がしていた。自分が好きな人の運命を変えてあげられる力、嫌いな人を奈落に落とせる力が権力だ。権力は権力者に、それがそのまま自身の人格だと信じ込ませてしまう。また、まわりに集まる人々が自分のことを本当に心から好いていると信じさせもする。権力は、自己陶酔に陥らせ、その魔力は時に命とも替えられるくらい強力だ。彼女も権力を味わった。しかし、何かおかしなものが付着したら、いつでも捨てることができる。貞淑は、地面に落ちて泥が付着しようが、糞が付着しようが、それが権力ならば払い落としもしないで拾って食べる男たちをたくさん見てきた。

（下巻、三一〇頁）

チョ・ソニは、許貞淑の口を借りて、北朝鮮の体制やスターリン主義体制だけでなく、すべての政治活動に不可分に結び付いている男権性を批判しているのだと思う。「地面に落ちて泥が付着しようが、糞が付着しようが、それが権力ならば払い落としもしないで拾って食べる男たち」は、東京の永田町にもワシントンのホワイトハウスにもモスクワのクレムリンにも少なからずいる。

なお『三人の女』で、許貞淑は一九二〇年代から政治の男権性に辛辣な批判を加えている。

三人の男は、昼は朝鮮日報で働き夜は薫井洞の家に帰って行った。昼は新聞記者、夜は「共産青年会」の二重生活だった。新聞記者とはいえ経営難である上にしょっちゅう刊行停止になるので月給は出たり出なかったりだった。薫井洞のアジトキーパーだった世竹は台所から出ることができず、貞淑はそれが不満だった。

「あなた、料理を習いに留学したの？　ある階級が他の階級を搾取する体制をくつがえすために革命を起こすのに、革命という名の下に誰かの労働力を搾取するのは二律背反だわ。夫と妻の間であってもよ」

世竹は夫の秘書の役割もしていた。ときには禁書を借りてきて一冊丸ごとノートに写し書いたりもした。

「誰かがしなければいけないことだから。一粒の麦の種が地面に落ちて死ななければ実を結ぶことはできないのよ」

上海では三人の男たちと一緒に勉強し、討論し、遊びもしたのに、京城に帰って来て党を結成した後は、男たち同士でつるんで、外の仕事は男たちの役割で女たちは知らなくてもいいといったふうだった。朝鮮共産党も高麗共産青年会も自分たちだけで結成式をおこなった。それが地下組織の性格なのか朝鮮の風土なのかはわからなかった。

「差別なく平等にって言いながら、いったいこれは何なの？　朝鮮共産党も共産青年会も幹部の中に女は一人もいないじゃない。一緒に討論していたのに食事時になったら女たちにご飯を出せって言うし、髷を結ってキセルで煙草を吸う両班たちがそういうことするなら、なるほどねって思うけど、共産主義を唱える若い男たちがああいう態度なのを見ると本当に裏切られた気分だわ」

（上巻、一二九〜一三〇頁）

日本の戦前の共産主義運動、社会（民主）主義運動だけでなく、太平洋戦争後の日本共産党、新左翼、全共闘運動でも、このような男性中心主義が見られた。そしてこの構造は現在も基本的に脱構築されていない。

北朝鮮のマルクス主義（共産主義）の歴史についても、チョ・ソニは独自の見方をする。

小説は、三人の女と周辺の男たちの人生と共に、一九二〇年代から一九五〇年代にわたる朝鮮半島の共産主義運動の誕生から消滅までを扱っている。私は、一九五五年に主体思想が登場し、一九五六年に延安派が粛清されたことで、朝鮮半島の共産主義は終焉したと考えている。（下巻、三三一〜三三二頁）。

この見方にも説得力がある。金日成が作った主体思想は、マルクス主義もしくはマルクス・レーニン主義の系譜とは異なる朝鮮の土着思想だ。それは儒教、カルヴィニズム、フォイエルバッハ流の人間主義、スターリン主義が奇妙に融合したアマルガム（合金）なのである。

現時点で、北朝鮮は主体思想についてこう説明している。北朝鮮政府が事実上運営するウェブサイト「ネナラ」（朝鮮語で「わが国」の意味）から引用する。

昔、人々は自主性、創造性、意識性の水準が低かったため自然環境に期待をかけて運命の道を模索した。自然環境が人間の運命を決定すると見なした当時の見解によれば領土の大きさ、気候条件、土壌が人々の意識と社会制度を決定すると見なした。そのため、蒸し暑い気候条件で暮らす人々は「怠け」と服従性をもっており、子も多く生むと言った。

しかし、人間は環境と相互作用しながら生きる存在ではない。人間は必要な条件と環境を設計し、それを現実化するための主動的な作用と役割によって自分の運命を切り開いていく。

長い歴史の期間、自己の運命を環境に順応させねばならなかった人民大衆が歴史と自己の運命の主人として登場した今日の現実は人間が社会的環境に宿命的に対するのではなく、それを自分により有利、かつ効果的に服務するように改造していく自己の運命の主人、世界の主人であるということを示している。

チュチェ思想は史上初めて、人間は自己の運命の主人であり、自己の運命を切り開く力も自分自身にあるということを明らかにした。この原理は人間が自分の運命のために何を、どのようにすべきであるかということを集約的に示している。

金正日国防委員長は、主席が創始したチュチェ思想を集大成して不朽の著作「チュチェ思想について」を発表した。この著作はチュチェ思想の創始、チュチェ思想の哲学的原理、チュチェ思想の社会的、歴史的原理、チュチェ思想の指導的原則、チュチェ思想の歴史的意義の5つの体系となっている。

（二〇二三年四月一四日「ネナラ」日本語版）。

字面だけから判断すると、主体思想は極端なヒューマニズムなのである。人間に全幅の信頼を置き、原罪を認めない世界観、人間観がこの思想の限界だと思う。この限界をマルクス主義者、マルクス・レーニン主義者も克服することができていない。『三人の女』では、キリスト教信仰を捨てたはずの朱世竹が、人生の危機的状況に直面すると、思わず「主よ」と口に出す情景が何度か出ている。ここには人間の理性を超える外部があることが示唆されている。この外部に気付くことが、ヒューマニズムからもたらされる「善意の抑圧体制」を脱構築する鍵になると思う。

二〇二三年五月三一日

訳者あとがき

『三人の女』は、出版からほどなく韓国のSNS上で大変な話題になっていた。ネタバレを避けてか、具体的な内容は書かないのだが、とにかく読んだ人たちが興奮しているのが伝わってくる。韓国に行ったら必ず買おう、と心に決めた。そして韓国の書店でこの本を手に取った時、三人の女の名前を初めて知った。許貞淑（ホ・ジョンスク）、朱世竹（チュ・セジュク）、高明子（コ・ミョンジャ）。私は、許貞淑の名前を見て興奮した。

一九八〇年代だったか、朝鮮民主主義人民共和国の幹部名簿を見たことがある。最高人民会議議員か、朝鮮労働党中央委員の名簿だったと思うが、男性らしき名前ばかりが並ぶ中、二つだけ明らかに女性だと確信できる名前があった。一つは金聖愛（キム・ソンエ）、金日成（キム・イルソン）の妻だ。そしてもう一つが許貞淑だった。男たちの中にポツンとある許貞淑という名前は、私の脳裏に焼き付いた。この人はいったいどういう人なのだろう。俄然興味を惹かれたが、それ以上追求はしないままだった。そして四〇年の歳月を経て、その名前が再び目の前に現れたのだ。

もう一人の女、朱世竹が朴憲永（パク・ホニョン）の妻だということにも驚いた。朝鮮現代史にほんの少しでも何らかの形で接したことのある人ならば、朴憲永の名前は聞いたことがあるだろう。私自身も、朴憲永は（朝鮮学校に通っていた）中学生の時から嫌というほど聞いてきた名前だった。しかし、朴憲永の妻の存在については考えたこともなかった。私自身も、男たちの名前で綴られる「大きな歴史」しか知らなかったことに今さらながら気づかされたのである。

この小説には、朝鮮半島の「大きな」現代史に名を連ねるそうそうたる人々の名前が続々と出てくる。呂運亨（ヨ・ウニョン）、金九（キム・グ）、金奎植（キム・ギュシク）、安在鴻（アン・ジェホン）、等々。朝鮮現代史に関する基本的な教養書でも読めば、必ず出てくる名前たちだ。一方でこれまで馴染みのない女性たちの名前も数多く登場する。鄭鍾鳴（チョン・ジョンミョン）、丁七星（チョン・チルソン）、金祚伊（キム・ジョイ）、金命時（キム・ミョンシ）、等々。彼女たちの名前がこれまで見えにくかったのは、女性であるということに加えて社会主義、共産主義思想を持って活動したためだろう。反共を国是とする南でも、金日成の個人崇拝を進める北でも、それらは消されるしかない名前だったのだ。

このような人々に光をあてたいという著者の思いに共感して、この作品を日本で紹介したいと強く願った。しかし翻訳作業は遅々として進まず、出版社も、著者も、ずいぶんと待たせることになってしまった。粗訳を終えたとき私は韓国に行き、著者のチョ・ソニさんが経営するカフェ「本を読む猫」を初めて訪ねた。そのカフェは、ドラマのロケ地としてよく使われる駱山（ナクサン）公園の城郭に沿って登って行ったところにあった。初めて著者に会い、思いのほか翻訳に時間がかかったことを詫びると、チョ・ソニさんは「ゆっくりとやったほうがいい」と言いながら、「三人の女の中で誰が一番好きか」と私に問いかけた。私は咄嗟に一人を選ぶことができず、「三人みんなに少しずつ不満がある」と返答した。

しかし、その「不満」とは何なのか。返事をした後で、改めて考えさせられた。そして、読後、翻訳後に漠然と感じていた「不満」は、三人の女たちの生き方や、ありように対するものではなかったことに気づいた。

物心ついたときには国を奪われ、母語ではない言語を「国語」だと教育されたばかりでなく、女であるがゆえの理不尽な規範にまで縛られた女性たちが、それら全てに抗って闘う途を選び、投獄され、拷問され、病を得て、家族とも離ればなれになって、そうしてやっと祖国解放の日を迎えたにもかかわらず、結局は解放後に、失意のうちに命を落としていく。寿命を全うしたと見られる許貞淑にしても、自らが命がけで闘って建設した社会主義祖国が理想とは異なる形になっていく様を見ながら年老いたのだから、その無念たるやいかばかりだっただろう。

報われない闘いに対する不満、いわば彼女たちが生きた時代に対する不満、歴史に対するやりきれない思いが、読後に残されたのだ。思えば当たり前のことで、ハッピーエンドなど期待できるはずもない時代を生きた女たちの物語に、私はいったい何を期待していたのだろう。過酷な時代を生きた女たちは決してかっこよくもなく、納得できる生き様でもない。しかし、それゆえ余計に愛おしい。

彼女たちはなぜ、そのような理不尽な人生を生きなければならなかったのか。第一義的には日本による植民地支配がその原因だが、彼女たちの失意は、明らかに解放後に彼女たちを襲っている。日本帝国主義という倒すべき最大の敵から解放された後、闘うべき対象を間違えた争いが繰り広げられる中で、彼女たちの失意は始まり終わっていく。そしてその歴史の影は今も色濃く残され、続いている。であれば、これは決して過去の物語とは言えないのだ。かつての宗主国である日本に生まれ、両親が生まれた国の混乱を目の当たりにしながら育った私にとって、この物語は決して「私が生まれる前の話」とは考えられないものだった。

日本の今を生きる読者にとっても、これが過去の歴史の物語、よその国の物語になってはならないと思う。私たちは、歴史と断絶されて生きることはできないのだから。

韓国ではベストセラーになった本とはいえ、このような歴史長編小説を翻訳出版するのは勇気の要ることだ。「でも、翻訳して日本で出したい」という私のつぶやきに即、呼応してくれたアジュマブックス代表の北原みのりさんに深く感謝する。また、体調がすぐれない中、素晴らしい解説を寄せてくださった佐藤優さんにも多大な感謝を述べたい。すぐに出版の許諾を取りつけ出版を実現するため奔走してくれた小田明美さん、難しい本の編集を引き受け完成させてくれた大島史子さんの尽力がなければ、この本は出版にこぎつけることができなかった。優れた翻訳者でもある大島さんの調査力や的確な指摘に負うところが大だったことを付しておきたい。そして誰よりも感謝したいのは、やはり著者のチョ・ソニさんだ。翻訳を進めながら、私はわからないところ、確認したいところを列記して、たびたび著者に送った。韓国での出版からすでに五年ほど経過しており、新しい作品に取り組んでいた著者にとって、古い記録と記憶をひもといて返信することは大変な負担だったはずだ。にもかかわらず、しつこく細かい質問に、辛抱強くおつきあいくださった。心から感謝したい。

二〇二三年七月　梁 澄子

年	主な登場人物をめぐるできごと	朝鮮のできごと	その他の国のできごと
一九三九	高明子、雑誌『東洋之光』に記者として勤める。 朴憲永、出獄。		第二次世界大戦勃発（一九三九） ドイツ、ソ連に侵攻（一九四一） 日本、真珠湾攻撃。太平洋戦争勃発（一九四一）
一九四五	高明子、建国準備委員会に加わる。 許貞淑、延安から平壌を目指して行軍。 朴憲永、「八月テーゼ」を公表。朝鮮共産党指導者と目される。	日本の植民地支配が終了（一九四五） モスクワ三国外相会議で朝鮮の信託統治案が出る。左右を超えて反託運動が盛り上がる（一九四五）	ドイツ降伏（一九四五） アメリカ、広島・長崎に原爆投下（一九四五） 日本、ポツダム宣言を受諾。敗戦（一九四五）
一九四六	高明子、尹東鳴と同棲。	朝鮮共産党、信託統治賛成（賛託）に方針変更（一九四六）	
一九四七	許貞淑、平壌で人民委員会の宣伝局長に就任。	呂運亨、暗殺される（一九四七）	
一九四八	高明子、平壌の南北諸政党社会団体連席会議に出席し許貞淑と再会。 許貞淑、朝鮮民主主義人民共和国文化宣伝相に就任。	大韓民国樹立（一九四八） 朝鮮民主主義人民共和国樹立（一九四八）	
一九四九	朴憲永、尹オクと結婚。 許貞淑、蔡奎衡と結婚。		中華人民共和国樹立（一九四九）
一九五〇	高明子、南労党工作員として逮捕される。 許貞淑、ソウルで講演等の文化広報活動。	朝鮮戦争勃発（一九五〇）	日本、「朝鮮特需」による好景気（一九五〇）
一九五一	許貞淑の夫蔡奎衡、軍事裁判で死刑判決を受け銃殺される。		

一九五二	許貞淑、肋膜炎の手術のためモスクワの病院に入院。 朴憲永、米帝のスパイとして逮捕。 朱世竹、モスクワの病院で死去。	朝鮮戦争休戦（一九五三）	スターリン死去（一九五三）
一九五六	朴憲永、処刑される。		
一九五七	許貞淑、司法相に就任。		
一九五八	許貞淑、内務省地下監獄に連行される。 許貞淑、中国共産党第八回党大会に北朝鮮代表団長として出席。		
一九九一	許貞淑、平壌で死去。		

著者

チョ・ソニ

1960年江原道江陵生まれ。江陵女子高校、高麗大学を卒業し1982年聯合通信社で記者生活を始める。ハンギョレ新聞創刊に参与し、文化部記者となり、雑誌『シネ21』編集長をつとめた。韓国映像資料院長とソウル文化財団代表を歴任し、2019年秋から2020年春までベルリン自由大学に訪問研究者として在籍した。

エッセイ『ジャングルではときどきハイエナになる』、長編小説『熱情と不安』、短編集『日の光がまばゆい日々』、韓国古典映画に関する著書『クラシック中毒』、韓国社会全般を眺望する書籍『常識の再構成』を出版。

『三人の女』は2005年に執筆を始めたが、二度の公職生活によって中断され、12年をかけて完成された。

『三人の女』で許筠文学賞、樂山金廷漢文学賞、老斤里平和賞を受賞。

訳者

梁 澄子（ヤン・チンジャ）

通訳・翻訳業。一般社団法人希望のたね基金代表理事。日本軍「慰安婦」問題解決全国行動共同代表。

著書に『「慰安婦」問題ってなんだろう？　あなたと考えたい戦争で傷つけられた女性たちのこと』（2022年・平凡社）、共著書に『海を渡った朝鮮人海女』（1988年・新宿書房）、『朝鮮人女性がみた「慰安婦問題」』（1992年・三一書房）、『もっと知りたい「慰安婦」問題』（1995年・明石書店）、『オレの心は負けてない』（2007年・樹花舎）等。訳書に尹美香著『20年間の水曜日』（2011年・東方出版）、イ・ギョンシン著『咲ききれなかった花　ハルモニたちの終わらない美術の時間』（2021年・アジュマブックス）。

解説

佐藤 優（さとう まさる）

1960年1月18日、東京都生まれ。1985年同志社大学大学院神学研究科修了（神学修士）。1985年に外務省入省。英国、ロシアなどに勤務。2002年5月に鈴木宗男事件に連座し、2009年6月に執行猶予付き有罪確定。2013年6月に執行猶予期間を満了し、刑の言い渡しが効力を失った。

『国家の罠―外務省のラスプーチンと呼ばれて―』（新潮社）、『自壊する帝国』（新潮社）、『交渉術』（文藝春秋）などの作品がある。


ajumabooksはシスターフッドの出版社です。アジュマは韓国語で中高年女性を示す美しい響きの言葉。たくさんのアジュマ（未来のアジュマも含めて！）の声を届けたいという思いではじめました。猫のマークは放浪の民ホボがサバイブするために残した記号の一つ。意味は「親切な女性が住んでいる家」です。アジュマと猫は最強の組み合わせですよね。柔らかで最強な私たちの読書の時間を深められる物語を紡いでいきます。一緒にシスターフッドの世界、つくっていきましょう。

ajuma books 代表　北原みのり

三人の女
二〇世紀の春　下

2023年8月15日　第1版第1刷発行

著者　チョ・ソニ
訳者　梁 澄子
解説　佐藤 優
発行者　北原みのり
発行　(有) アジュマ
〒113-0033 東京都文京区本郷7-2-2
TEL 03-5840-6455
https://www.ajuma-books.com/

印刷・製本所　モリモト印刷

価格はカバーに表示してあります。

落丁・乱丁本は、送料小社負担にてお取り替えいたします。
小社まで購入書店名とともにご連絡ください。
(古書店で購入したものについてはお取り替えできません)

ISBN978-4-910276-12-0 C0097 Y2400E

ajuma books